D1743659

Kurt Pachl

Burschis späte Rache

Roman

© 2017 Kurt Pachl
Umschlag, Illustration: Kurt Pachl
Verlag: tredition GmbH, Hamburg

ISBN
Paperback   978-3-7439-6544-7
Hardcover   978-3-7439-6545-4
e-Book   978-3-7439-6546-1

Printed in Germany

Vielen Dank an dieser Stelle an meinem Freund
Hansjürgen Wölfinger,
der mich beratend und tatkräftig bei diesem
Buch und weiteren Büchern
unterstützt hat.

Man muss die Kraft haben zu vergeben.

Vergessen?

Nein. Vergessen kann man viele Dinge nicht!

In seinen Träumen hatte Simon die fünf niederträchtigsten und bösartigsten Wesen des Dorfes viele Male in die Hölle geschickt. Diese Szenen, Geräusche und Gefühle nahmen von Woche zu Woche eine immer realistischere Gestalt an.

Doch wenn er schweißgebadet aufwachte, empfand er seltsamerweise kein Gefühl der Genugtuung oder gar Befreiung. Denn letztlich waren es nicht nur diese fünf Kreaturen, die seiner Seele tiefe Wunden zugefügt hatten.

Die meisten Bewohner des unterfränkischen Dorfes waren böse und seelenlos. Damals, im August 1946, begegneten sie allen Heimatvertriebenen mit einer tiefen Abneigung. Für sie waren es Polacken, Zigeuner und Tagediebe.

Die Einwohner dieses Dorfes waren nicht fähig, sich vor Augen zu halten, dass es sich um Landsleute handelte, die lediglich das Pech gehabt hatten, nicht mehr dort wohnen zu dürfen, wo ihre Wurzeln waren. Gemeinsam hatten sie das Glück gehabt, diesen fürchterlichen Krieg zu überleben. Viele Millionen Soldaten waren gefallen oder in Gefangenschaft. Ihr gesunder Menschenverstand hätte ihnen sagen müssen, dass man dieses zerbombte Deutschland nur gemeinsam wiederaufbauen konnte – gemeinsam.

Das Schicksal meinte es mit Simon Klinger besonders hart. In seiner Kindheit und Jugend musste er mit dem Stigma eines Krüppels aufwachsen. In diesem fränkischen Dorf war er als Krüppel nicht mehr und nicht weniger wert als eine räudige Katze. Allerdings: Eine räudige Katze erschlug man einfach, um sie danach auf den Misthaufen zu werfen. Misthaufen gab es viele in Aalfurth.

Im Juli 1973 verwarf er seine Pläne, sich auf eine blutige Weise rächen zu wollen. Je länger er nachdachte, umso wütender wurde er auf sich selbst. Der zeitliche und vor allem der finanzielle Aufwand war beträchtlich gewesen, sich eine alte Armeepistole und eine moderne Schrotflinte besorgt zu haben.

Als er an einem Sonntagnachmittag lange genug in den Lauf dieser Schrotflinte gestarrt hatte, sagte eine Stimme in ihm, dass er auf diese Option immer noch zurückgreifen könne. Irgendwann. Später. Von nun an wollte er sein Schicksal selbst in die Hand nehmen. Noch am gleichen Abend stand für ihn fest: Er würde nicht nur Franken, sondern auch Deutschland verlassen. Was sollte noch schlimmer sein, als sich mit einer 12er Schrotladung den Kopf wegzupusten.

Noch nie zuvor hatte er einen Gedanken daran verschwendet, in welchem Land er sich alternativ hätte heimisch fühlen können.

Zu diesem Zeitpunkt war Simon 25 Jahre alt.

Seit drei Jahren reiste er für Procter & Gamble durch die Lande. Er galt als zäh, ehrgeizig, kreativ und vor allem fleißig. Aus seinen Bewertungsunterlagen war allerdings zu entnehmen, dass es ihm an Härte und Selbstbewusstsein mangele. Procter & Gamble war diesbezüglich offen und schonungslos.

Simons Schicksal fand Gefallen daran, dass er beabsichtigte, künftig sein Leben selbst in die Hand nehmen zu wollen. Offensichtlich wollte er ein winziges bisschen nachhelfen. Denn genau eine Woche nach seiner Entscheidung fand ein großes Procter-Meeting in Frankfurt stattfand.

Seine Englischkenntnisse waren recht passabel.

Als Tischnachbar stellte sich ein Mr. Krug auch Cincinnati vor. Was als Smalltalk begann, sollte sein Leben schlagartig verändern.

»Vor zehn Jahren war ich mit einer amerikanischen Familie eng befreundet«, begann Simon das Gespräch.

Zu diesem Zeitpunkt wusste er noch nicht, dass Mr. Krug für ganz West-Europa zuständig war – und in Cincinnati wohnte.

»Sehr interessant«, antwortete der Amerikaner mit gut einstudierter Mimik.

»Nach zwei Jahren sind sie leider zurück nach Cincinnati. Wir waren alle traurig.«

»Cincinnati? Wie hieß die Familie?«

»Libby. Die Familie von Major Libby.«

Die Augen des Procter-Managers begannen zu leuchten.

»Können Sie sich noch an die Namen der Kinder erinnern?«

»Selbstverständlich. Richy und Coleen. Und Richards Frau hieß Madeline. Vor allem mit Richy habe ich viel unternommen. Madeline hat mir noch viele Jahre eine Weihnachtskarte geschickt.«

Ein breites Grinsen zog sich über das Gesicht des Procter-Mannes.

»Richy und Colleen sind beide auf der High-School.«

»Sie kennen die Familie?«, fragte Simon erregt.

Mr. Krug lehnte sich mit einer stolzen Gestik zurück.

»Wir sind nicht nur Nachbarn. Madeline ist meine Schwester. Ich bin Richys godfather.«

Wie sich später herausstellte, bedeutete dies Taufpate.

»Ich werde morgen mit meiner Schwester telefonieren«, fügte der Amerikaner lächelnd hinzu.

»Soll ich etwas ausrichten?«

»Natürlich. Gerne. Sagen Sie Ihr, dass es mich freuen würde, die ganze Familie einmal wieder zu sehen.«

Simon entnahm aus dem Gesichtsausdruck des Amerikaners, dass dieser leicht enttäuscht war. Die Antwort des jungen Deutschen war ihm offensichtlich eine Spur zu oberflächlich. In vielen Seminaren waren die Procter-Soldaten darauf getrimmt worden, blitzschnell aus Mimik und Gestik ihres jeweiligen Gegenübers zu lesen.

»Ich liebe die United States«, fuhr deshalb Simon rasch fort.

»Seit einigen Wochen ist es mein sehnlichster Wunsch dort zu wohnen und zu arbeiten. Vielleicht sogar für immer.«

Mr. Percy Krug verschränkte seine Hände ineinander und blickte seinem deutschen Gesprächspartner überrascht und nachdenklich in die Augen. Er ließ sich Zeit mit seiner Antwort.

»Die Welt ist voller Überraschungen. Ich werde über Ihre Worte nachdenken«, sagte er leise und fast ein wenig abwesend. Danach bat er um Verständnis, dass er an diesem Abend noch mit einigen anderen Gästen sprechen müsse.

Drei Tage später fand ein Gespräch in der Procter & Gamble-Zentrale in Schwalbach statt. Was nun folgte, war typisch amerikanisch und entsprach den Procter & Gamble-Vorgehensweisen.

Im September 1973 saß Simon im Flugzeug nach Cincinnati.

Alle Vorbereitungen waren höchst professionell und bis in alle Details geplant. Für den Anfang hatte der Konzern ein möbliertes Apartment im District One in Cincinnati gemietet. Hier im Over-the-Rhine wohnten gut fünfzig Prozent deutschstämmige Familien. Es gab Einkaufsstätten und Restaurants, in denen deutsch gesprochen wurde.

Am zweiten Abend fand eine Begrüßungsfeier im Hause der Libbys statt, zu der selbstverständlich auch Mr. Krug und dessen Frau eingeladen waren. Die kleine Colleen war inzwischen achtzehn Jahre alt und ging auf die High-

School. Als Achtjährige war sie in Simon vernarrt. Damals störte es sie nicht, dass ihr Schwarm hinkte. Auch ihr sportlicher Freund war eingeladen. Er war fast einen Kopf größer als Simon.

Richy, ihr Bruder, hatte sich zu einem regional bekannten Football-Star entwickelt und sah an diesem Abend milde auf sein früheres Idol herab. Deshalb konzentrierte sich der Gast auf die Herrin des Hauses. Madeline genoss dies sichtlich.

In die heiligen Hallen der Procter-Zentrale wurde Simon nicht eingeladen.

Am 1. Oktober fand die Einarbeitung in seinem Bezirk statt. Wie nicht anders zu erwarten, musste Simon ganz von unten anfangen; als Reisender. Zugeteilt wurde ihm der Süden von Illinois mit den Städten St. Louis und Springfield. Als Procter-Soldat, das besagten die Statuten, galten in allen Ländern der Erde die gleichen Regularien und Vorgehensweisen.

Zum ersten Mal in seinem Leben fühlte sich Simon wohl. Er hatte großes Glück gehabt. Doch Glück war für ihn nicht gleichbedeutend mit glücklich sein. Er machte sich nichts vor: Unbeschwertheit, Lebensfreude und glücklich sein war in seinen Genen nicht vorgesehen. In den kommenden Jahren wollte er auf seine Leistungen stolz und zufrieden sein. Mehr hatte er sich für den Anfang nicht vorgenommen.

Bereits nach einem Jahr wurde der deutsche Procter-Mann zum Inspektor befördert. Fortan war er für ganz Indiana zuständig und wohnte in Columbus. Von hier aus hatte er es nicht weit nach Cincinnati. Zwischenzeitlich war er sich dessen bewusst, dass die Sprossen seines Aufstieges bei Procter & Gamble bei der Position eines Bevollmächtigten enden würden. Für das gehobene Management wäre der Stallgeruch einer amerikanischen Elite-Universität eine unbedingte Voraussetzung gewesen.

Amerika war zu seiner neuen Heimat geworden. Im Land der unbegrenzten Möglichkeiten wollte er Geld machen; es zu etwas bringen. Ein guter Amerikaner hätte es belächelt, wenn man von ihm verlangen würde, sein Geld zu verdienen. In den Vereinigten Staaten pflegte man Geld zu machen. „I make money", sagten sie. Oder sie sagten verächtlich: „There is no money in it".

Zumindest in der letzten Sichtweise unterschied sich Simon von der großen Masse der Amerikaner. Aus seiner Sicht waren die meisten Amerikaner denkfaul. Dabei war dieses Land ein Mekka für Macher. Es brauchte nur Menschen, die Ideen hatten, welche zum Zeitgeist passten. Es mussten mutige und entscheidungsfreudige Macher sein, die notfalls, sie nannten es „Worst Case", die Bereitschaft mitbrachten, wieder als Tellerwäscher von vorn zu beginnen.

Simon sprühte vor Ideen.

Procter-Mitarbeiter hatten zu funktionieren, nach Richtlinien zu arbeiten und durften ausschließlich im Rahmen ihrer Denk-Bandbreite kreativ sein.

Nein, in diesem Unternehmen konnte er seine Träume nicht verwirklichen.

Er hasste große Menschenansammlungen.

Lediglich einmal war Simon auf der Michaelismesse in Weinersheim gewesen.

Ohne Geld machte es keinen Spaß; war man verloren - war man ein Niemand. Natürlich hatte er vom Oktoberfest in München gehört. Doch das war damals genauso weit entfernt gewesen wie der Mond.

Das größte Oktoberfest in den Vereinigten Staaten fand seit Generationen in Cincinnati statt. 500.000 Besucher zog dieses Spektakel an. Dabei wurden über 80.000 Bratwürste und 23.000 Brezeln verdrückt. Es gab den weltweit bekannten Chicken-Dance, Schuhplattler-Auftritte, deutsches Bier und deutsche Weine.

Das Schicksal machte Simon mit dem wohlbeleibten 48-jährigen und deutschstämmigen Restaurant-Betreiber Harald Schwarz bekannt. Er war der unumschränkte Zinzinatti-King.

Das gesamte Jahr bereitete er in aller Seelenruhe dieses große Event vor. Dazwischen genoss er sein Leben: Er aß gut und viel, liebte den Wein und reiste viel.

Der amerikanische Buddha schloss Simon sofort in sein Herz. Wahrscheinlich lag es daran, dass seine Vorfahren ihre Wurzeln in Würzburg hatten. Diese Stadt lag knapp vierzig Kilometer von Weinersheim entfernt. Alle zwei Jahre zog es Harald für einige Wochen nach Franken und Bayern.

Der Zinzinatti-Manager wohnte seit Jahrzehnten in einer kleinen Villa im District Over-the-Rhine. Von dort aus konnte er zu Fuß durch Little Germany schlendern. Er genoss es, wie ein Star begrüßt zu werden, ein Schwätzchen zu halten – und natürlich viele Schoppen Wein zu trinken.

Er bestand darauf, von Simon geduzt zu werden. Und er erkannte sofort, dass dieser junge Deutsche ungewöhnlich kreativ war. Das war einer der Gründe, warum er ihn in seine Villa einlud. Allerdings gab es da noch einen weiteren Grund.

Der lebenslustige Harald strotzte nicht vor Intelligenz. Dafür besaß er die Bauernschläue und den Instinkt seiner Vorfahren. An oberster Stelle auf seiner Prioritätenliste stand zweifellos, seine Tochter Alice vorzustellen.

Die 26-jährige Schönheit war dem Besucher allerdings bereits während des Oktoberfestes aufgefallen.

Alice zog am zweiten Oktoberfestabend seine Blicke auf sich. Um sie herum schien die Welt stillzusehen, als sie eine asiatische Dirndlträgerin lang und innig küsste.

»Ihre Schönheit ist mir bereits am zweiten Zinzinatti-Abend aufgefallen«, begrüßte Simon die Tochter des Gastgebers, während er ihr einen Handkuss gab.

Alice stutzte kurz. Sichtlich dachte sie über die Worte des Gastes nach. Und plötzlich hauchte sie Simon einen zarten Kuss auf die Wange.

»Es freut mich, dass wir diesen Punkt geklärt haben.«

Danach lächelte sie leicht süffisant ihren Vater an.

»Mein alter Herr versucht es nun schon seit Jahren, mich von dieser Krankheit zu befreien. Ist er nicht süß?«

Der Gastgeber ließ sich ächzend in einen Sessel fallen.

»Ist es so schlimm, dass ich mir immer gewünscht habe, ein kleines Enkelchen auf meinen Knien zu schaukeln?«

Er ließ dabei seine dicken Wangen nach unten hängen und machte den Eindruck eines Mopses, dem man soeben den Napf mit seiner Lieblingsspeise weggezogen hatte.

Seine Tochter beeilte sich, ihrem Vater einen Kuss auf die Wange zu drücken, und säuselte:

»Sei friedlich Paps. Vielleicht fällt dir irgendwann eine andere Lösung ein. Du bist doch der kreativste Mensch, den ich kenne.«

Harald schob seine Tochter mit einem gespielt beleidigten Gesichtsausdruck von sich. Danach blickte er in Richtung seines Gastes.

»So wie ich diesen Burschen dort einschätze, ist er mir um Galaxien voraus, was Kreativität anbelangt. Vielleicht hat er ja eine Idee?«

Simon ließ sich unaufgefordert in einen Sessel nieder, und verschränkte seine Hände.

»Es gibt kein Problem, das nicht auf die eine oder andere Weise gelöst werden könnte«, sagte er leise.

Er wusste genau, dass er damit den enttäuschten Paps neugierig machen würde.

Wie vorauszusehen war, prustete dieser:

»Los. Los. Das interessiert mich jetzt!«

Hierbei goss er Wein in die vorbereiteten drei Gläser.

Simon wartete, bis der Hausherr sein Glas erhob. Er nippte kurz am Glas und sagte, als sei es das Selbstverständlichste auf der Welt:

»Im Grunde genommen ist das ganz einfach: Du gibst mir deine Tochter zur Frau. Sie adoptiert ein süßes kleines Mädchen. Ich bekomme die amerikanische Staatsbürgerschaft. Nach außen hin sind wir ein glückliches Paar. Und alle sind glücklich.«

Nicht nur der Zinzinnati-King war sprachlos. Dessen Tochter sah mit ihrem erstarrten Gesichtsausdruck plötzlich nicht mehr so attraktiv aus. Mit Tränen in den Augen verließ sie rasch das Zimmer.

Der Buddha aus Cincinnati hatte sich erstaunlich rasch erholt. Er beugte sich ächzend nach vorn und tätschelte mit seinen massigen Händen einige Male Simons Wange.

»Bingo. Ich hab's gewusst. Dieser Abend wird ganz bestimmt dein und mein Leben verändern.«

Er blickte grinsend zur Tür.

»Jetzt steht sie im Garten und raucht einen Joint. Danach geht sie ins Bad, um neues Rouge aufzulegen. In drei Minuten kommt sie dann strahlend zurück. Wetten?«

Es war wie ein einstudiertes Spiel.

Die beiden Männer saßen mit ihrem Weinglas in ihren Sesseln und starrten schweigend und interessiert zur Tür. Sie ließen sich Zeit. Drei Minuten konnten verdammt lange sein.

Und tatsächlich. Der wohlbeleibte Vater hatte seine Tochter richtig eingeschätzt. Sie tauchte mit einem Lächeln im Türrahmen auf … als sei nichts passiert. Verdutzt blickte sie auf die beiden Männer, die zu lachen begannen.

»Das ist doch nicht zu fassen? Anstatt mich davor zu

bewahren, dass ich mich vor den nächsten Zug werfe, sauft ihr den guten Wein weg.«

Sie begann laut zu lachen.

Mit diesem Lachen im Gesicht huschte sie zu Simon hinüber, um ihm einen Kuss auf die Lippen zu drücken.

»Es ist die verrückteste Idee, die ich seit Jahren gehört habe. Aber sie ist so gut, dass wir sie in die Tat umsetzen sollten«, gluckste sie, um anschließend eine ernste Miene aufzusetzen.

»Aber die Realität ist nicht so problemlos. Getrennte Schlafzimmer inklusive. Hast du dir das wirklich gut überlegt?«

Bis tief in die Nacht hinein hatte Harald Schwarz seine Liste abgearbeitet. Überglücklich schlief er im Sessel ein. Für seine Tochter schien dies keine neue Szene zu sein. In der Ecke des großen Salons lagen einige Decken bereit. Liebevoll wickelte sie ihren Vater, soweit es eben ging, in eine große Decke, um ihm anschließend einen Kuss auf die Stirn zu hauchen. Danach übten die jungen Leute das getrennte Schlafen. Die Villa war weitaus geräumiger, als Simon dieses vermutet hatte.

Obwohl sich draußen der Tag ansagte, konnte Simon noch nicht einschlafen. Er dachte über die zurückliegenden Stunden nach. In diesen Stunden hatten sie weitreichende Entscheidungen getroffen.

Alice stockte am anderen Morgen der Atem, als ihr Vater berichtete, für einen solchen Fall, wie er es nannte, in Florence eine Farm gekauft zu haben. Morgen würde er den Turteltäubchen ihr neues Heim zeigen. Natürlich musste noch einiges modernisiert werden.

Und als Simon die Ansicht vertrat, den Umsatz in den nächsten fünf bis zehn Jahren verzehnfachen zu wollen, brachte der Zinzinatti-King viele Minuten noch nicht einmal ein Krächzen über die Lippen. Im Grunde genommen wollte der Wohlbeleibte in den kommenden Jahren sukzessive kürzertreten, und Simon lediglich als Geschäftsführer gewinnen. Stattdessen zauberte dieser Jungspund einen handgeschriebenen Vertragsentwurf aus der Tasche. Darin war zu lesen, dass er Teilhaber werden wollte. Entgeistert starrte Harald Schwarz auf die DIN-A4-Seite. Der kurze Text besagte, dass der IST-Stand festgeschrieben wurde; als Ausgangsposition für weiteren Wachstum. Dem Buddha konnte also nichts passieren. Auch Alice fand in den wenigen Zeilen in keinster Weise einen Satz oder Nebensatz, der hätte missverständlich sein können. Sie konnten nicht wissen, wie lange Simon um jedes Wort und um jede Silbe gerungen hatte. Die Sprengkraft der Worte würde sich erst in wenigen Jahren ergeben.

Noch am gleichen Abend unterzeichneten die beiden Männer diesen Vertrag. Als künftige Ehefrau von Simon unterzeichnete Alice diesen Vertrag ebenfalls. Sollte es zu einer Scheidung kommen, würde Simon keinen Anspruch auf das Adoptivkind haben, keinen Anspruch auf die Ranch in Florence und keinen Anspruch auf Teile des Unternehmens, wie sie sich zum gegenwärtigen Zeitpunkt darstellten. Es gab also keinen Haken an diesem Stück Papier. Dass Simon für seine Dienste ab Anfang des kommenden Jahres ein Fixum für seine Tätigkeit zustand, war selbstverständlich. Gleichzeitig sollte oder konnte Harald sich immer mehr zurückziehen. Es verstand sich von selbst, dass er weiterhin das Aushängeschild des Unternehmens war oder sein musste. Dass Simon siebzig Prozent der Ertragssteigerungen zustanden, war aus Sicht des Zinzinatti-Kings ebenfalls verständlich, aber vernachlässigbar. Da sollte er sich irren.

Mr. Krug bedauerte Simons Entscheidung, das Unternehmen verlassen zu wollen. Der Wechsel seines deutschen Freundes zum Unternehmen von Harald Schwarz, wollte jedoch in keinster Weise in die Gedankenwelt des Procter-Managers passen. Hatte Alice diesem jungen Mann den Kopf verdreht? Das war unmöglich. So dumm konnte Simon doch nicht sein! In Cincinnati hatte es sich doch schon seit Jahren herumgesprochen, an welchem Ufer diese zugegebenermaßen attraktive Frau verankert war. Und als die Hochzeit bekanntgegeben wurde, war die Verwirrung perfekt.

Doch Simon war mit dieser Entwicklung höchst zufrieden. Niemals würde er sich in eine Frau verlieben – oder gar aus Liebe heiraten. Er liebte nur eine Frau. Und diese Frau hieß Marita. Bis zu seinem letzten Atemzug würde er sie lieben.

Das kleine Städtchen Kitchener-Waterloo in Ontario hörte bis 1916 noch auf den Namen Berlin. Weit über fünfzig Prozent der Einwanderer kamen aus Deutschland. Im kanadischen Kitchener-Waterloo fand ebenfalls alljährlich ein deutschgeprägtes Oktoberfest statt. Und das war um weit über fünfzig Prozent größer als das amerikanische Zinzinatti-Festival. Das einwöchige Fest zog mehr als 800.000 Besucher in die riesigen 17 Festhallen. Für das kommende Jahr hatte Simon einen Vertrag für die 18. Halle ausgehandelt. Zusätzlich nahm er an der weltbekannten Steubenparade in New York teil. Bereits im Juli nächsten Jahres würde sich das Unternehmen Schwarz-Klinger am German-Fest in Milwaukee beteiligen. Erst für das darauffolgende Jahr konnte er eine Vereinbarung für das dreitägige Oktoberfest Fredericksburg in Texas erhandeln. Hilfreich hierbei war es gewesen, auf das Know-how von Harald Schwarz zu verweisen.

Simon hatte weitreichende Strategien entwickelt. Alle diese Feste mussten mit unverwechselbaren deutschen und österreichischen Produkten beliefert werden. Zusammen mit tatkräftigen deutschstämmigen und rein deutschen Helfern baute er zunächst einen Importhandel auf. So bald wie möglich sollten Produktionsstätten in den Staaten folgen; natürlich mit Hilfe von Experten aus Deutschland und Österreich. Es war ebenso wichtig, eine gute Logistik innerhalb der Staaten und Kanada aufzubauen.

Überall in den Staaten gab es chinesische, indische, italienische, griechische, mexikanische oder anderweitige Speiselokale und Supermärkte. Und hier gab es über 50 Millionen Menschen, die als Hauptabstammungsland Deutschland angaben. Hinzu kamen mindestens zwanzig Millionen Deutschstämmige in Kanada. Dass dieses riesige Potenzial gierig nach deutschen Fleisch-, Wurst-, oder Mehlspeisen war, bewiesen die deutsch-amerikanischen oder deutsch-kanadischen Events.

Alle Produktentwicklungen, alle Produktionen, der Verkauf und die gesamte Logistik mussten über seine eigenen Unternehmen laufen. Damit würde er keine Vertragsverletzung begehen. Um allen Eventualitäten aus dem Weg zu gehen, war es allerdings sinnvoll, Strohfirmen zwischenzuschalten.

Simon musste keine Rücksicht auf Frau und Familie nehmen. Weit über achtzig Prozent seiner Zeit war er in den Staaten, in Kanada oder auch in Deutschland und Österreich unterwegs.

Alice hatte letzlich darauf verzichtet, ein Kind zu adoptieren.

Ihr Egoismus siegte.

Harald war tief enttäuscht von seiner Tochter. Er begann seinen Kummer im Alkohol zu ertränken. Die geschäftlichen Erfolge Simons waren kein Ersatz dafür, ein Enkelchen auf seinen Knien zu schaukeln und von großen Kinderaugen angelächelt zu werden.

Umso mehr freute er sich auf die Gespräche mit seinem Schwiegersohn. Er hing an den Lippen seines jungen Geschäftspartners, der ihm blumig von den Entwicklungen berichtete und von weiteren Visionen schwärmte. Harald Schwarz war stolz auf seine Entscheidung. Er begann diesen jungen Mann zu lieben, als sei er sein eigen Fleisch und Blut.

Nachdem der Zinzinatti-King im Oktober 1983 mit zittriger Stimme das Oktoberfest eröffnet hatte, ließ er sich von Simon in die Villa fahren. Während seine lebenslustige Tochter mit einer neuen Schönheit durch die Hallen schlenderte und am Chicken-Dance teilnahm, starb Harald Schwarz, sichtlich zufrieden, in den Armen seines Schwiegersohnes. Er wurde nur neunundfünfzig Jahre alt.

Als drei Wochen später der Nachlassverwalter mit stockender Stimme Haralds letzten Willen verlas, musste Alice nach einem Schreikrampf in eine Klinik eingeliefert werden. Der wohlbeleibte Mann hatte sein gesamtes Vermögen je zur Hälfte seiner Tochter und seinem geliebten Schwiegersohn vermacht.

Als Alice nach vier Wochen die Klinik verlassen durfte, war sie schlagartig um Jahre gealtert. Sie zog in die Stadtvilla. Ein Vier-Augen-Gespräch mit Simon lehnte sie kategorisch ab. Doch dieser ließ über seinen Anwalt wissen, dass er sämtliche Ämter niederlegen würde, sollte es innerhalb der nächsten drei Wochen zu keiner Einigung kommen. Alices Anwalt machte seiner Mandantin klar, dass damit der Wert des Event-Geschäftes ins Bodenlose fallen würde. Der verbleibende Rest müsste dann trotzdem durch zwei geteilt werden. Danach ging alles sehr schnell. Alice entschied sich für die Stadtvilla, während die Ranch in Florence sowie das Event-Geschäft der Ehemann bekommen sollte. Das Barvermögen war in den letzten Jahren auf dreißig Millionen Dollar angewachsen. Simon entschied, dass er davon lediglich zehn Millionen Dollar haben wollte. Drei Wochen später wurde die Ehescheidung offiziell bestätigt. Fortan war die Ranch in der Nähe von Florence das Domizil des erfolgreichen Managers.

Das Event-Geschäft zu verzehnfachen war für Simon kein Problem gewesen. Das war es, was Harald so beeindruckt hatte. Doch ohne diesen lebensbejahenden Buddha machte dieses Geschäft plötzlich keine Freude mehr. Betriebswirtschaftlich gesehen grenzte es an Schizophrenie, sich vom Event-Geschäft zu trennen. Schließlich waren die Expansionsbestrebungen bei Weitem noch nicht abgeschlossen. Viele erfolgversprechende Verhandlungen standen kurz vor dem Abschluss. Und genau diese Tatsache bewog Kenneth Blackwood, der größte Wettbewerber des Zinzinnati-Kings, Simon ein Angebot zu unterbreiten, das dieser nicht ablehnen konnte – und auch nicht wollte. Die Ablösesumme von fünfunddreißig Millionen Dollar waren für weitere Expansions-Pläne des Neu-Amerikaners hochwillkommen. Seine Importfirmen für deutsche Produkte, aber auch seine Produktionsfirmen im Land, waren ohnehin indirekt an den künftigen Erfolgen des neuen Zinzinatti-Kings beteiligt. Doch das konnte Blackwood nicht wissen.

Bislang deutete nichts darauf hin, dass diese Produktionsstätten und Importfirmen, welche auf viele Städte und Bundesstaaten verteilt waren, einen Inhaber hatten. In den USA gab es kein einheitliches Register. Auch die Finanzämter waren nicht miteinander vernetzt.

Als Simon aufgrund der explosionsartigen Entwicklungen alles über den Kopf zu wachsen drohte, sah er sich vor einem halben Jahr allerdings gezwungen, sein Reich sauber zu strukturieren. Für die Bereiche Produktionsunternehmen, Import, Produktentwicklungen, Belieferungen von

Hotels und Restaurants, Belieferungen von deutschen Spezialgeschäften und letztlich der Logistik bildete er Units. Und für diese waren Geschäftsführer zuständig.

Jetzt hatte der umtriebige Manager den Kopf wieder frei für neue Projekte. Chancen gab es für ihn fast an jeder Straßenecke. Der deutsch-amerikanische Selfmademan war zu diesem Zeitpunkt erst fünfunddreißig Jahre alt. Und sein Kampfeswille war ungebrochen. Herausforderungen und Erfolge waren wie Medizin für ihn. Zurückblicken war Gift. Nur Marita konnte und durfte er nicht vergessen. Niemals.

Eine Ausnahme machte Simon. Vor vier Jahren war er im Rahmen seiner Suche nach neuen Produzenten für deutsche Produkte selbst nach Deutschland geflogen – und hatte dabei einen Abstecher nach Weinersheim gemacht. Als er in Weinersheim Station machte, musste er automatisch an die Phase in seinem Leben denken, als er dort die Höhere Handelsschule besuchte. Er und Paul Korber waren die absoluten Außenseiter in seiner Klasse gewesen. Die anderen sechsundzwanzig jungen Burschen und Damen kamen aus der wachsenden Mittelschicht. Sie ließen es den beiden mageren und introvertierten Bürschchen in ihren abgetragenen Kleidungen mit Inbrunst spüren, Gottes zweite Garnitur zu sein, wie Willi Heinrich Personen in einem seiner Romane genannt hatte.

In einem Café am mittelalterlichen Marktplatz machte Paul den Eindruck, mit seinem Leben nicht unzufrieden zu sein. Er war Abteilungsleiter in einem Lagerhaus geworden und hatte eine stark gehbehinderte junge Frau aus seinem Dorf geheiratet. Simon wollte Janette unbedingt kennenlernen. Also fuhren sie auf die Höhe hinauf, wie man rund um Weinersheim zu sagen pflegte. Janette wirkte aufgeschlossen, natürlich und war intelligent. Sie hatte das Abitur mit der Note 1,2 bestanden. Seit einigen Jahren war sie jedoch arbeitslos.

Gerne folgten sie der Einladung nach Cincinnati, zumal Simon alle Kosten übernahm. Simon duldete keine Diskussionen. Paul und Janette sollten studieren; sich auf die Fächer Jura und Betriebswirtschaft konzentrieren. Und Janette sollte sich operieren lassen. Als Paul wieder nach Deutschland zurückkehrte, konnte er eine Überweisung von 300.000 Dollar auf seinem Konto feststellen. Seitdem telefonierten die Freunde einmal pro Monat. Janette hatte vor einem halben Jahr ihr Studium abgeschlossen. Paul musste das Abitur nachholen. Bei ihrem letzten Kurzbesuch in den Staaten versprach Simon, dass sie die größten und schönsten Büros in der Stadt haben würden. Paul sollte eine Anwaltspraxis einrichten und Janette eine Notariatspraxis. Simon fragte sich selbst, warum er in Paul und Janette so viel Zeit und Geld investierte. Doch darüber wollte er nicht nachdenken.

Als Simon in sich hineinknurrte, welcher Teufel ihn geritten hatte, den Termin bei seinem Anwalt in Boston nicht zu verschieben, war es schon zu spät. Seit Tagen kreisten die Wetternachrichten nur noch um den großen Sturm. Ein Jetstream drückte das Tiefdrucksystem weit nach Süden. Vor der Küste fegte der gegen den Uhrzeigersinn drehende Wirbel unvorstellbare Mengen Feuchtigkeit heran. Zeitgleich wurde aus der Arktis Kaltluft angesaugt. Das seien ideale Voraussetzungen für einen riesigen Blizzard, hieß es.

Simon steckte fest; im Zentrum von Cambridge, gleich gegenüber von Downtown Boston. Ihm schien plötzlich, als sei er allein unterwegs. Auf dieser sonst viel befahrenen Massachusetts Avenue, der Hauptstraße, die Boston mit der Harvard University und dem Massachusetts Institute of Technology verband, fuhr kein Auto mehr. Während er den gedämpften Sirenen einer Schneefräse lauschte, versuchte er seinen geländegängigen und starken Jeep so nah wie möglich an den Gehsteig, der natürlich nicht mehr zu sehen war, heranzubringen. Danach wollte er sich im Fond des Fahrzeuges in einen Schlafsack zwängen. Plötzlich schreckte ihn ein dumpfes Geräusch auf. Durch das Schneetreiben hindurch sah er, dass eine große Gestalt vor seiner Kühlerhaube in sich zusammensackte – und verschwand. Wie erstarrt wartete er viele Sekunden. Doch nichts passierte. Er war sich sicher, dass es ein Mann war. Ein großer Mann sogar. Und nun war Stille. Vor seinem Fahrzeug musste ein Mann liegen. Daran bestand für ihn jetzt kein Zweifel mehr.

Hastig schlüpfte er in ein paar gefütterte Schneeboots und zog in der Enge des Fahrzeuges eine Jacke mit Kapuze über. Nur mit Mühe konnte er die Tür nach außen öffnen. Durch das Schneetreiben hindurch konnte er ausmachen, dass von den Büros oder Geschäften keine Hilfe zu erwarten war. Viele hatten die Rollläden heruntergelassen. Einige Fenster waren sogar mit großen Brettern verbarrikadiert.

Und tatsächlich. Vor seinem Jeep lag ein Mann. Nein, das war kein Mann. Trotz der Tatsache, dass der Körper zum Teil bereits eingeschneit war, erkannte er, dass es sich um einen Hünen handeln musste. Gott sei Dank tauchte neben ihm eine vermummte Gestalt auf.

»Hallo. He. Helfen Sie mir bitte«, schrie Simon.

Mit einem »Take care« stapfte der Mann jedoch weiter und war rasch im Schneetreiben verschwunden.

Obwohl Simon wusste, dass es sinnlos war, versuchte er den Mann vom Schnee zu befreien und anzuheben. Wie befürchtet erwies sich dies als hirnrissiges Unterfangen.

Und da. Jetzt tauchte wieder eine Gestalt im Schneegestöber auf. Doch dieses Mal rempelte Simon diese Gestalt an. Mit Leibeskräften schrie er:

»Dort liegt ein Mann. Helfen Sie mir.«

»Ach du Scheiße«, schrie der Mann, nachdem er den leblosen Körper gesehen hatte.

»Sind Sie sicher, dass der noch lebt?«

»Vor zehn oder fünfzehn Minuten hat er auf alle Fälle noch gelebt.«

»Für den brauchen wir einen Kran ... Wohin?«

»Am besten in mein Auto.«

Erst als ein dritter Mann hinzustieß, schafften sie es, die riesige Gestalt schweißtreibend auf den Rücksitz des Jeeps zu hieven.

»Okay. Danke. Jetzt versuche ich die Polizei oder einen Krankenwagen zu holen«, schrie Simon.

Die beiden Männer verschwanden daraufhin grußlos. Sekunden später hatte sie der Schnee verschluckt.

»Hallo. Hallo. Wir haben gerade einen leblosen Mann in mein Fahrzeug gehievt«, brüllte Simon in sein Handy.

»Wo befinden Sie sich?«, war die Stimme des Polizisten zu vernehmen.

»Zentrum Cambridge. Gegenüber von Downtown Boston. Keine Ahnung wo genau. In einem silbergrauen Jeep.«

»Lebt der Mann noch?«

»Keine Ahnung. Er ist in mein Auto gelaufen, das ich am Straßenrand geparkt hatte. Keine Ahnung, warum es ihn hingehauen hat. Danach hat er auf alle Fälle keinen Mucks mehr gemacht. Meine Finger sind klamm. Ich kann nicht fühlen, ob er noch Puls hat.«

»Ihr Name?«

»Simon Klinger.«

»German?«

»Nein. Ich habe eine Ranch bei Florence.«

»Ich brauche Ihnen nicht zu erklären, dass es mehr als ein paar Minuten dauern wird, bis ein Krankenwagen bei Ihnen eintrifft«, sagte der Polizist und legte auf.

Plötzlich spürte Simon, wie etwas nach seiner Hand tastete. Es war eine riesige, eiskalte Hand, die nun seine Hand fest umklammerte.

Der Mann lebte also noch.

Es dauerte schließlich gut eine halbe Stunde, bis ein Raupenfahrzeug der Army neben dem Jeep anhielt. Zwei Sanitäter versuchten den Griff des Hünen zu lösen. Sinnlos. Erst nach der Spritze eines der Sanitäter lockerte sich der schraubstockgleiche Griff.

»Sind Sie mit dem Mann verwandt? Kennen Sie den Mann?«, fragte später eine übermüdet wirkende weiß gekleidete Frau.

»Nein. Er donnerte einfach gegen mein Fahrzeug, als ich schon einige Minuten stand. Danach blieb er reglos liegen. Lebt er noch?«

»Da Sie mit ihm nicht verwandt sind, ist es schwierig für mich … Mister …?«

»Mein Name ist Simon Klinger. Hätte ich ihn einfach liegen lassen sollen. Jetzt wäre er bestimmt schon erfroren.«

Er blickte in die Augen der Schwester. Oder war es eine Ärztin? Auf alle Fälle hatte sie wasserblaue Augen, müde Augen. Und diese Augen versuchten, für den Bruchteil einer Sekunde, zu lächeln.

»Setzen Sie sich wieder«, sagte die Stimme, die zu diesen Augen gehörten. Und eine zarte Hand ergriff seine immer noch kalte Hand.

»Mary-Jane. Dr. Mary-Jane Krug.«

»Sind sie zufällig mit den Krugs in Cincinnati verwandt?«

Jetzt huschte ein Lächeln über das müde Gesicht der Ärztin.

»Weitläufig. Sie kennen jemand aus dieser Familie?«

»Ja. Mr. Krug, der bei Procter & Gamble arbeitet. Und seine Schwester Madeline. Natürlich Richard Libby. Ich bin quasi mit den beiden Kindern aufgewachsen.«

»Oh my goodness«, stammelte die Ärztin.

»Wenn das so ist, kann ich Ihnen selbstverständlich Näheres sagen.«

Mit diesen Worten setzte sie sich neben Simon.

»Also dieser Gabe Graves … dieser Name geht aus seinen Unterlagen hervor, die er mit sich führte … lebt noch. Aber seine nächste Spritze, die er sich mit Sicherheit setzen wird, wird ihn vermutlich umbringen.«

»Darf ich ihn sehen, Dr. Krug?«

»Ja. Kommen Sie. Aber nennen Sie mich bitte Mary-Jane.«

Normalerweise durfte niemand auf die Intensiv-Station. Doch Mary-Jane machte eine Ausnahme. Dort lag dieser bedauernswerte Kerl. Er trug einen Bart und hatte schulterlange, ungepflegte Haare.

»Schätzen Sie mal, wie alt dieser Mann ist«, fragte die Ärztin.

»Zweiunddreißig. Vielleicht fünfunddreißig«, flüsterte Simon.

Das Lächeln von Mary-Jane war bitter. Und ihre Antwort auch.

»Er ist vor einem Monat einundzwanzig Jahre alt geworden.«

»Sind sie wirklich sicher«, schnaufte Simon entgeistert.

»Sicher. Todsicher sogar«, war die lakonische Antwort.

Plötzlich bewegte sich die rechte Hand des bärtigen Mannes. Sie tastete in der Luft, also suche sie dort etwas.

Zwei Stimmen in Simon meldeten sich gleichzeitig zu Wort. Die eine sagte sanft:

»Siehst du nicht? Er will dir die Hand geben.«

Die andere Stimme schrie:

»Sei nicht so blöd. Er lässt sie nicht mehr los. Das hast du doch schon erlebt.«

Der Deutsch-Amerikaner entschied sich trotzdem für die erste Stimme. Er gab dem Bärtigen seine Hand. Es war die Hand eines Ertrinkenden, der nach einem Strohhalm greift. Doch diese Hand griff dieses Mal nicht mehr wie ein Schraubstock zu. Allerdings ließ sie keinen Zweifel daran, die Hand seines Retters nicht mehr loslassen zu wollen. Und der Anflug eines Lächelns huschte über das leicht runzelige Gesicht des Einundzwanzigjährigen.

Simon blickte hilfesuchend zur Ärztin, die auf der anderen Seite des Bettes stand. Er blickte in wasserblaue Augen, in denen sich Tränen bildeten, die langsam über ihre Wangen zu kullern begannen. Abrupt drehte sie sich um, und verließ rasch das Krankenzimmer.

Als der Hüne auch nach zwei Stunden den Griff nicht lockern wollte, und Simon zur Toilette musste, robbte er sich näher an das Ohr des Bärtigen.

»Hör‘ gut zu mein Freund. Sobald du wieder sprechen kannst, darfst du mich Simon nennen. Es gibt zwei Möglichkeiten. Entweder du vertraust mir – und lässt mich zur Toilette gehen. Ich kann ja schlecht auf dein Bett pinkeln. Dann verspreche ich, dass ich wiederkommen und mich um dich kümmern werde. Oder du vertraust mir nicht – und bekommst wieder eine Spritze. Danach haue ich dann still und heimlich ab. Und du siehst mich nie wieder. Haben wir uns verstanden?«

Gabe öffnete kurz die Augen. Schlagartig lockerte sich der Schraubstock.

»Na. Hat er Sie wieder losgelassen?«, fragte die Ärztin, als sie sich auf dem Gang begegneten.

»Ich soll Sie übrigens von Madeline grüßen. In ihr haben Sie eine innige Verehrerin. Wie kamen Sie eigentlich mit Richard klar?«

»Bestens. Ab und zu sind wir zusammen angeln gegangen.«

Die Ärztin zuckte mit den Schultern.

»Wahnsinn. Die Welt ist bunt … aber irgendwie auch schön.«

Sie machte eine kurze Pause, um mit ernster Miene fortzufahren:

»Sie geben mir ihre Visitenkarte. Ich verspreche Ihnen, dass ich Sie täglich anrufe, wie es dem Patienten geht.«

»Ich fürchte, dass wir jetzt ein kleines Problem bekommen«, sagte Simon, während er sich bei Mary-Jane unterhakte.

»Er hat mich nur auf die Toilette gehen lassen, nachdem ich versprochen habe, mich um ihn zu kümmern. Und da beginnt wahrscheinlich unser gemeinsames Problem. Ich pflege grundsätzlich meine Versprechen zu halten.«

Die Ärztin versuchte, sich zu befreien, und war über Simons Reaktionsvermögen erstaunt.

»Irgendwie ist er süß«, dachte sie.

»Ist es möglich, dass er etwas mit Madeline gehabt hat? Richard war ja oft genug und lange unterwegs gewesen. Aber viel wichtiger ist jetzt: Wie bekomme ich diesen Mann wieder los?«

»Wie um alles in der Welt darf ich das jetzt verstehen?«, sagte sie deshalb in einem barschen Ton.

Der versierte Geschäftsmann, er hatte unzählige Seminare für angewandte Psychologie hinter sich, erkannte sehr wohl, dass ihre Entrüstung nur gespielt war. Ganz bestimmt wusste sie die Sachlage sehr genau einzuschätzen.

»Es gibt viele Dinge zwischen Himmel und Erde, die man anderen gegenüber nicht mit wenigen Worten erklären kann. Mein Leben wäre ohne die Libbys mit Sicherheit anders verlaufen. Dieser Familie und natürlich auch Mr. Krug bin ich zu großem Dank verpflichtet. Vielleicht will ich meine Dankbarkeit dieser Welt zurückgeben, indem ich versuche, dass dieser Bursche da drinnen wieder auf die

Beine kommt. Wenn ich Sie richtig verstanden habe, geben Sie diesem Wrack doch noch nicht einmal zehn Prozent, dass er älter als fünfundzwanzig Jahre wird. Oder?«

»Muss ich darauf antworten?«

»Nein. Aber ich verspreche Ihnen, dass dieser stattliche Mann älter als fünfzig Jahre wird. Sie müssten doch daran interessiert sein, dass wir gemeinsam alle Chancen ausschöpfen, um das Leben dieses Menschen zu retten. Auch ein Junkie ist ein Mensch. Also: Ich habe mir vor ein paar Minuten geschworen, diesem Mann zu helfen.«

»Sie stellen sich das wahrscheinlich einfacher vor, als es in Wirklichkeit sein wird«, sagte die Ärztin mit sanfter und sorgenvoller Stimme.

»Was dieser Gabe braucht ist Zuwendung, Vertrauen, Härte und Perspektiven – vielleicht sogar Freundschaft.«

»Wenn Sie mir versprechen, ihm das alles geben zu wollen, werde ich meinen Beitrag dazu leisten. Gerne sogar.«

Nachdem Simon der Ärztin einen zarten Kuss auf die Wange gedrückt hatte, sagte er mit einer fast geschäftsmäßig klingenden Stimme:

»Gut. Dann kommen wir gleich zum Praktischen. Ab wann kann ich mit dem Burschen da drin vernünftig sprechen? Ab wann kann ich ihn auf meine Ranch fliegen lassen? Und: Können Sie sich vierzehn Tage Urlaub nehmen? Sind Sie über die Weihnachtsfeiertage überhaupt privat abkömmlich? Das wäre eine schöne und auch lohnende Aufgabe für Sie. Das verspreche ich Ihnen.«

Mary-Jane riss zunächst die Augen entsetzt auf. Danach begann sie kopfschüttelnd zu lachen.

»Eines steht fest: An Minderwertigkeitskomplexen leiden Sie weiß Gott nicht.«

Die Ärztin glaubte, es verantworten zu können, Gabe auf ein Zweibett-Zimmer für Privatpatienten zu verlegen. Simon bekam einen Schlafanzug, ein Abendessen sowie

Zahnbürste und Zahnpasta auf das gleiche Zimmer gebracht. In den frühen Morgenstunden würde sie dem Patienten eine Spritze geben, sodass dieser im Laufe des Vormittags ansprechbar war. Einen Hubschrauber konnte sie erst für den Tag darauf organisieren. Der Blizzard hatte ganze Arbeit geleistet. Stündlich wurden weitere zum Teil Schwerverletzte eingeliefert. Selbst über die bevorstehenden Weihnachtsfeiertage war Mary-Jane unabkömmlich. Allerdings gelang es ihr, aus der psychiatrischen Abteilung eine ältere Schwester zu gewinnen. Für gutes Geld war diese bereit, die kommenden vierzehn Tage auf der Ranch zu bleiben. Sie hatte langjährige Erfahrungen mit Drogenabhängigen.

Marvin und Claire, die guten Seelen der Ranch, trafen inzwischen alle Vorbereitungen.

Der bärtige und langmähnige Hüne registrierte offensichtlich, was um ihn herum vor sich ging – und dass Simon im gleichen Zimmer schlafen würde. Sein Gesichtsausdruck war entspannt und zufrieden.

Am darauffolgenden Vormittag, als die Spritze der Ärztin langsam zu wirken begann, beäugte der Bärtige jede Bewegung seines Zimmernachbarn. Dieser hatte sich vorgenommen, den Rauschgiftsüchtigen vorerst keines Blickes zu würdigen. Das war Teil seiner Taktik. Er hatte in aller Ruhe gefrühstückt, sich angezogen und einige Telefonate geführt. Erst gegen 11:00 Uhr setzte er sich auf das Bett des Rauschgiftsüchtigen.

»Hallo Gabe. Ich bin Simon«, begann er mit warmer Stimme.

Sein fester Blick verfolgte die Augenbewegungen des Hünen.

Simon hatte sich einen Rasierspiegel bringen lassen, den er nun dem leicht eingeschüchterten Junkie vor das Gesicht hielt.

»Schau dich an Gabe. Ich Arschloch habe dich gestern vierzehn Jahre älter eingeschätzt. Wie alt schätzt du dich selbst in diesem Spiegel? Los! Schau dich genau an! So sieht ein einundzwanzigjähriger Junkie aus. Ist das nicht Wahnsinn?«

Der Langhaarige blickte zunächst für den Bruchteil einer Sekunde in den Spiegel.

Doch später, als Simon eine bewusst lange Pause einlegte, sah er sich dann doch etwas genauer an – und verzog dabei verächtlich die Mundwinkel.

»Scheiße Gabe. Willst du wirklich schon sterben? Mit einundzwanzig Jahren?«, brummte Simon ärgerlich.

Der Angesprochene fasste sich einige Male nervös an die Nase.

»Ich hatte auch eine beschissene Kindheit und eine grauenhafte Jugend«, fuhr Simon fort.

»Und trotzdem habe ich es zu etwas gebracht.«

Er legte eine Kunstpause ein.

»Du gehörst zu den ganz wenigen Menschen in meinem Leben, denen ich meine Freundschaft anbiete. Willst du mein Freund werden ... Gabe?«

Es brauchte einige Zeit, bis der Rauschgiftsüchtige Simons letzte Sätze verarbeitet hatte. Seine graugrünen Augen flackerten und tasteten Zentimeter für Zentimeter das Gesicht des Mannes ab, der auf der Bettkante saß. In diesem Moment schien er nicht zu wissen, wie er auf diese Worte reagieren sollte.

Deshalb durchschnitt Simon die Stille.

»Ganz bestimmt wolltest du es auch zu etwas bringen. Irgendeine Scheiße ist dann wohl dazwischengekommen. Ein Mann ist nur dann ein Mann, wenn er immer wieder aufsteht - und weiterkämpft. Ein Kerl, der an der Nadel hängt … ist kein Mann. Auf Schwächlingen trampelt man herum. Das war immer so. Und das wird immer so sein. Ich weiß, wovon ich spreche.«

Gabe senkte verschämt den Blick.

»Als dein Freund würde ich dafür sorgen, dass du wieder gesund wirst. Das wird mit Sicherheit nicht leicht werden. Die Ärztin hat mir angeraten, diesen Blödsinn zu lassen. Es wird verdammt schwer - für uns beide. Ich verspreche dir, dass du als mein Freund wieder aufrecht gehen kannst, und dass du wieder stolz auf dich sein darfst. Und als mein Freund wirst du erfolgreich werden … vielleicht sogar wohlhabend.«

Und erneut entstand Stille im Raum.

»Lass dir Zeit mit deiner Antwort. Davon hängt vielleicht dein Leben ab. Auf alle Fälle deine Zukunft.«

Danach schwieg Simon eisern. Jetzt war der Bärtige am Zug. Er musste etwas tun … etwas sagen. Diese Stille im Raum war erdrückend. Man konnte sie fast schneiden. Minuten waren mitunter eine ganze Ewigkeit. Simon ließ diesem Burschen Zeit – und sich auch.

»Danke Simon«, sagte eine Stimme.

Sie erinnerte an ein Reibeisen oder an einen heiseren Raben im herbstlichen Nebel. Jetzt räusperte sich der kranke Hüne.

»Ich wäre glücklich gewesen, dich vor einem halben Jahr getroffen zu haben. Aber heute? Heute würde ich mir wünschen, deine Hand zu halten, nachdem ich mir den goldenen Schuss gesetzt habe. Das wäre schön. Das wünsche ich mir in diesem Augenblick.«

Die Stimme des bärtigen Rauschgiftsüchtigen war jetzt dunkel mit einem angenehmen sonoren Touch. Für eine Sekunde war Simon neidisch. Was hätte er darum gegeben, eine solche männliche Stimme zu haben.

»Bei deiner Statur und deiner Stimme müssen die Weiber in deiner Jugend doch fast ausgeflippt sein. War doch so. Oder?«, sagte er deshalb mit einem Lächeln.

»Weiß nicht. Irgendwas hab' ich falsch gemacht. Und danach winkte der Teufel … kam das Loch.«

»Na das ist doch schon was. Ich kenne solche Teufel. Hey, ich hab' da eine Idee. Du lockst diese dunklen Gestalten wieder an. Dann schneiden wir ihnen gemeinsam die Schwänze ab … und braten sie über einem offenen Feuer. Das wird ein Fest.«

Simon rieb sich mit einem breiten Grinsen die Hände.

Jetzt begann der Hüne zu lachen.

»Du bist ein ganz schön verrückter Hund. Dir traue ich so etwas sogar zu«, sagte die sonore Stimme.

»Daraus lässt sich sogar ein toller Song machen. Der würde abgehen wie die Post.«

»Und du mit deiner tollen Stimme singst den Song. So schnell kann man berühmt werden. Vielleicht wirst du sogar Millionär. Und ich manage dich. Das kann ich gut, verdammt gut sogar.«

Simon machte eine kurze Pause, um anschließend mit gut gespielter Begeisterung fortzufahren:

»Aber es gibt noch viele weitere Möglichkeiten und Chancen. Du musst nur aufstehen – und kämpfen. Und ich helfe dir dabei. Nein … noch besser. Wir machen das zusammen. Wir sind ein schlagkräftiges Team. Notfalls habe ich die Ideen … und du die Fäuste. Was sagst du dazu?«

Gabe streckte plötzlich seine rechte Hand lachend nach vorn.

»Abgemacht. Lass' uns Freunde werden.«

Simon hob seine rechte Hand.

»Stopp. Langsam. Zuerst passt du auf, dass du nicht wieder meine Hand zerquetscht.« Er lachte bei diesem Satz, um mit ernster Miene fortzufahren:

»Und du schwörst auf unsere Freundschaft, dass du kämpfen wirst … kämpfen wie ein Löwe. Schwörst du das?«

Gabe hob den Mittel- und Zeigefinger seiner rechten Hand.

»Ich schwöre … auf unsere Freundschaft.«

Danach gaben sich die Männer die Hand. Über Gabes Wangen rannen einige Tränen.

Und er lächelte dabei.

Der große Hubschrauber, Simon hatte eine sehr großzügige Spende versprochen, setzte Simon, Gabe und die korpulente, ältere Krankenschwester mit ihren Utensilien auf der Ranch ab. Marvin hatte mit dem Schneeräumer einen großzügigen Landeplatz geschaffen und einen breiten Weg zum Eingang der Ranch. Die Sonne schien auf die hochverschneite traumhafte Winterlandschaft. Schwester Cäcilia Krosnov und Gabe Graves waren begeistert. Der Pilot, dem Simon vor dem Abflug einen größeren Geldbetrag zugesteckt hatte, brummte ehrfurchtsvoll, dass er hier gerne Urlaub machen würde. Er bedauerte außerordentlich, dass er Simons Einladung, dies bereits heute in die Tat umzusetzen, nicht folgen konnte. Aber er übergab Simon seine Visitenkarte. Jederzeit dürfe dieser künftig seine Dienste in Anspruch nehmen.

Schwester Cäcilia und Clair, die sich als heimliche Chefin der Ranch verstand, machten auf die Bewohner der Ranch den Eindruck, als seien sie Zwillingsschwestern. Dieses Zusammenspiel wurde von Tag zu Tag wichtiger. Denn mit der Vorweihnachtszeit rollte die Hölle heran; für alle auf der Ranch.

Der Körper von Gabe forderte Nachschub. Er gierte nach Heroin. Bei der Einlieferung ins Krankenhaus war er kurz davor gewesen, an einem Atemstillstand zu sterben.

Das war nicht ungewöhnlich bei zu hohen Dosen Heroin. Deshalb sah sich Dr. Krug gezwungen, dem Körper zumindest kleine Mengen Heroin zuzuführen.

Nun war die Wunde im Stammhirn wieder aufgerissen – und bereitete Gabe riesige Schmerzen; unerträgliche Gelenkschmerzen, heftiges Zittern sowie Herz- und Kreislaufprobleme. Er schwitzte. Er schrie. Er tobte und er krümmte sich.

Mit den Folgen eines starken Rauschgiftkonsums hatte sich Simon noch nie auseinandergesetzt.

»Frau Dr. Krug lag da wohl nicht falsch mit ihrer Einschätzung«, stöhnte die korpulente Krankenschwester und atmete dabei tief durch.

»Wenn jemand beschließt, zum ersten Mal ein Auto zu fahren, ist es zwar nicht notwendig, dieses Auto reparieren zu können. Aber wie man das Ding fährt, sollte man schon wissen. Und die wichtigsten Verkehrsregeln muss man ebenfalls kennen. Einen stark Heroinabhängigen allein wieder auf die Schiene des Lebens setzen zu wollen, und einfach nur zu hoffen, dass der Bursche bei der nächsten Kurve auch draufbleibt, ist ohne genaue Kenntnisse nichts anderes als eine Geisterfahrt.«

Danach bekam Simon Nachhilfeunterricht im Schnellverfahren.

»Ich gehe fest davon aus, dass Sie schon etwas von einem Großhirn, dem Kleinhirn und dem Mittelhirn gehört haben. Das ist das, was den modernen und intelligenten Menschen ausmacht. Diese Sinne und Mechanismen bei ihrem Freund anzusprechen, ist völlig sinnlos. Worauf es in den kommenden Wochen ankommt ist zu wissen, wie das Stammhirn beziehungsweise der nur Mittelfinger große Hirnstamm funktioniert. Im Hirnstamm werden alle körperlichen Funktionen wie Herzschlag, Atmung, Darmtätigkeit, Schlafen, Wachen sowie Hunger und Durst gesteuert.

Wenn Sie so wollen – wie bei einem Bonobo oder Schimpansen. Es klingt auf den ersten Blick wie Wahnsinn. Aber die Prozesse in diesem fingerdicken Ding unterliegen im Wesentlichen nicht der willentlichen Kontrolle. Selbst wenn ich mich dagegenstemme, schlafe ich irgendwann ein. Weil der Körper es braucht, um nicht zu sterben.«

Schwester Cäcilie goss sich eine neue Tasse Kaffee nach, und deutete anschließend auf den dampfenden Kaffee.

»Mit dem Coffein da drin ist es ein winziges bisschen wie mit dem Heroin. Zu den wesentlichen Aufgaben des Hirnstammes gehört es auch, sich am Leben zu erfreuen. Von dort wird das Hunger- und Durstgefühl gesteuert, Trauer und vor allem auch Glücksgefühle. Dieser Mechanismus ist eng verbunden mit dem Fortpflanzungstrieb; also auch zu empfinden, ob ich eine bestimmte Frau mag, oder etwas neuzeitlicher ausgedrückt, liebe.

Dieses knifflige Thema sollten wir an dieser Stelle nicht vertiefen.

Auf alle Fälle wollen die Mechanismen, welche die Natur kreiert hat, dass die Kerlchen dort drinnen rufen: „He, das Leben ist schön.“ Wenn sich das Hungergefühl meldet, stieren die Augen auf das riesige Stück Fleisch. Das wird sicher lecker schmecken, signalisieren wieder die Kerlchen da drinnen. Und wenn das gekaute Stück Fleisch in den Magen befördert wird, schreit eine Stimme: „Yes. Wunderbar. Das Leben ist herrlich.“ Dann ist man glücklich, weil Dopamin, dieses Wort sollten wir uns merken, ausgeschüttet werden. Und wenn ich mich über viele Jahre an diesen starken und dampfenden Kaffee gewöhnt habe, sagen die Männchen im Stammhirn, dass ich das wiederhaben will, damit Dopamin ausgeschüttet werden.

Im Vergleich zum Heroin, sind das natürlich kleine Mengen, um so etwas Ähnliches wie glücklich zu werden.

Aber … das wirklich blöde am Heroin ist, dass ich zunehmend eine größere Menge davon brauche, damit die bösen Kerle da drinnen „Hurra" schreien.«

Die versierte Schwester machte bewusst eine Pause. Sie hob den Zeigefinger, um fortzufahren:

»Wir erinnern uns, dass dieses Stammhirn autonom arbeitet; abgekoppelt vom Großhirn, dem Klein- und Mittelhirn. Es nutzt also zunächst gar nichts, wenn ich mich an die Intelligenz eines stark Rauschgiftabhängigen wende; ihn anschreie, ihn bitte, appelliere oder was weiß ich noch alles.

Die Intelligenz will ja aufhören mit dieser Scheiße. Sie weiß ja, welche Konsequenzen drohen, wenn man nicht damit aufhört. Doch die Männchen im Stammhirn zeigen uns den Stinkefinger. Wir machen was wir wollen. Und wir wollen Spaß und Freude. Wir wollen dieses „Hurra" – auch dann, wenn wir danach das letzte Abendrot in diesem Leben sehen. Das müssen wir wissen, wenn Gabe schreit und tobt. Das müssen wir wissen, wenn er unsere Autoschlüssel und unser Geld klauen will. Er will in die nächste Stadt, um sich diesen herrlichen Stoff zu besorgen, koste es, was es wolle.«

Cäcilie und Simon waren so stark in die Materie vertieft gewesen, dass sie Marvin und Claire nicht hatten kommen hören. Die beiden saßen in der Ecke des großen Raumes. Ihre Gesichter waren blass geworden. Simon zuckte zusammen, als er sie nun sah.

»Das ist schon okay«, sagte Cäcilie.

»Es ist gut, wenn auch sie wissen, was Sache ist.«

Simon legte seine Hand auf die der Krankenschwester aus Boston.

»Okay Cäcilie. Jetzt kennen wir die schlimmen Seiten. Aber jetzt sorgen Sie bitte bei uns für eine kleine Dopaminausschüttungen, damit wir heute und morgen halbwegs ruhig schlafen können. Wie geht es weiter – und wie sollen

wir uns verhalten. Der Bursche hat schließlich Bären-
kräfte.«

Die mollige Schwester lächelte etwas verschmitzt.

»Ich verrate Ihnen ein Geheimnis. Bitte verraten Sie
mich nicht bei Frau Dr. Krug. Versprochen?«

»Versprochen. Ganz bestimmt.«

»Das Doppelzimmer, worin Sie und der Patient sich
aufgehalten haben, gehörte zum erweiterten Bereich der Intensiv-Station. Es hätte ja sein können, dass Sie tief und fest
schlafen, während der Patient stiften geht. Genau genommen hätten wir ihn zu seiner eigenen Sicherheit fixieren
müssen. Deshalb haben wir dieses Zimmer an unsere Über-
wachungsanlage angeschlossen.« Sie räusperte sich.

»Und in diesem Zusammenhang haben Frau Dr. Krug
und ich ... zufällig ... das Gespräch zwischen Ihnen und
Gabe mitbekommen.«

»Hm. Das ist zwar nicht die feine englische Art«,
brummte Simon.

»Aber erzählen Sie weiter.«

»Allem Anschein nach haben Sie sich unbewusst fabel-
haft verhalten, wenn ich das sagen darf. Die Glücksgefühle,
die Sie in Gabe ausgelöst haben, waren zwar nicht mit He-
roindosen zu vergleichen. Aber es waren zumindest kleine
Dopaminausschüttungen. Unsere Aufgabe ist es, damit
fortzufahren. Er muss sich wohlfühlen. Schön wäre es,
wenn wir wüssten, was er gerne isst.« Sie lachte.

»Für ein weibliches Wesen wäre er noch zu schwach. Sie
müssen versuchen, mehr über seine Vergangenheit zu erfahren. Was ist schiefgelaufen? Worüber würde er sich in
Zukunft freuen? Er braucht Visionen, Ziele und Perspektiven. Er braucht Freundschaft und Anerkennung. So bald
wie möglich sollte er sich körperlich betätigen; sich auspo-
wern. Richten Sie ihm einen Fitnessraum ein. Sobald es
geht, stapfen Sie mit ihm durch den Schnee. Lassen Sie ihn

den Schnee und diese herrliche Umgebung riechen und in sich aufnehmen. Sie erinnern sich: Glücksgefühle erzeugen. Das ist wichtig.«

Sie klopfte in die Hände, um übergangslos fortzufahren:

»Meine Aufgabe besteht darin, seinen Zustand stündlich zu überwachen. Am Anfang gebe ich ihm kleine Mengen Opiate und natürlich Methadon. Wichtig ist sein Kreislauf. Er darf nicht kollabieren. Gravierende Atemnot könnte tödlich sein. Zur Not habe ich bereits ein Gerät aufgebaut, um ihn künstlich beatmen zu können. Vor allem in der Nacht stellen wir ihn ruhig. Die bösen Buben in seinem Stammhirn – wir erinnern uns? – dürfen ihn nicht quälen und fortwährend nur eines flüstern: „Du brauchst das Zeug. Dringend. Nur das ist wichtig.". Ich werde alles unternehmen, damit wir ihn nicht fixieren müssen. Aber eines müssen wir alle wissen: Er ist noch lange nicht über dem Berg. Wir sind erst am Anfang – ganz am Anfang.«

Simon ging mit dem großen und wie Espenlaub zitternden Mann in den folgenden Tagen unzählige Male unter die Dusche. Er legt sich zu ihm ins Bett, und hielt dabei dessen Hand. Er flößte ihm Getränke mit Vitaminen und wichtige Mineralstoffe ein, die durch das Schwitzen, durch das Erbrechen oder aufgrund des Durchfalles verloren gegangen waren. Das war lebenswichtig.

In der zweiten Januarwoche musste Schwester Cäcilia zurück nach Boston. Simon hatte ihr zuvor einen Umschlag in die Hand gedrückt. Sie musste versprechen, ihn erst in Boston zu öffnen. Er wollte keine Diskussionen. Aus seiner Sicht hatte sie den stattlichen Betrag verdient. Jetzt waren sie allerdings auf sich allein gestellt.

Simon hatte sich geschworen, geschäftliche Besprechungen von der Ranch fernzuhalten. Die Ranch war tabu. Bislang besuchte er die einzelnen Firmenzentralen. Ganz selten traf er sich mit den Geschäftsführern oder Managern in Hotels. Dort mietete er dann einen großen Besprechungsraum.

Er hatte es bislang peinlichst vermieden, sich ein Büro mit Sekretärin anzuschaffen Niemand sollte sich Überblick über die beträchtlichen Diversifizierungen seiner Unternehmen verschaffen können. Die gesamte Bandbreite kannte nur noch sein befreundeter Anwalt in Boston. Auch seine diversen Steuerberater durften nicht in alle Karten blicken. Simon wusste zwar, dass er damit beträchtliche Synergiegewinne verschenkte. Nun sah er sich das erste Mal gezwungen, einige Geschäftsführer, auf seine Ranch zu bitten.

Mitte Februar fühlte sich Simon zum ersten Mal wie ausgelaugt. Als ob dieser riesige Bursche seine Gedanken roch oder spürte, hatte er sich noch vor dem Frühstück in seine verschlissene Kluft gezwängt, und stand vor dem Bett seines Freundes und Gönners.

»Aufstehen. Die Sonne scheint. Lass' uns wenigstens einige Minuten durch den Schnee stapfen.«

Er kniff sich ans Ohr und verzog dabei den Mund.

»Allerdings ... Ich habe keinen Mantel. Und Schneeboots habe ich auch nicht. Ich brauche unbedingt neue Klamotten.«

Marvin hatte das Gespräch von der Küche aus mitbekommen. Wenige Minuten später stand er im Flur. Er ließ ein Paar riesige Stiefel und einen klammen Mantel auf den Boden fallen.

»Das habe ich in einer Kammer in der Scheune gefunden.« Er lachte.

»Hier muss früher ein halber Riese gearbeitet haben.«

Es wurde weiß Gott kein Spaziergang.

Wo Gabe einen Schritt machte, musste sich Simon mit zwei oder gar drei Schritten durch den Schnee kämpfen.

Anschließend entwickelte der Hüne einen ungeahnten Appetit.

Claire war glücklich. Sie begann Gabe auszuquetschen, worauf er in den nächsten Tagen Appetit hatte. Und die Antwort des riesigen Mannes machte sie noch glücklicher.

Eines Tages wollte Gabe nach Cincinnati fahren, um neue Klamotten zu kaufen. Betrübt stelle er jedoch fest, dass sich nur noch zehn Dollar in seiner Brieftasche befanden. Bei der Frage nach seiner Scheckkarte musste er lachen.

»Ich und die Banken sind schon lange keine Freunde mehr.«

»Hm. Als mein künftiger Bodyguard gebe ich dir selbstverständlich einen Vorschuss«, sagte Simon.

»Aber bevor wir Kleider kaufen, gehen wir zusammen zum Friseur.«

»Dieser Satz könnte locker von einer Frau kommen«, schnaubte Gabe.

»Schon allein deshalb werde ich niemals heiraten. Und das eine sage ich dir gleich: Der Bart bleibt dran.«

Simon hob beide Hände.

»Okay. Alles wird ein gutes Stück kürzer. Keine Diskussion! Und nach Cincinnati fahren wir erst im Frühling. Was wir brauchen, bekommen wir sicher auch in Florence.«

Mit Cäcilia hatte Simon viele Gespräche geführt. Danach sollte Gabe vorläufig große Städte meiden. Große Städte erinnerten sein Unterbewusstsein automatisch an die Chance, dort leichter an Stoff zu gelangen.

»Du hast unsere Freundschaft auf eine sehr harte Probe gestellt«, begann Simon, als sie am späten Nachmittag wieder im großen Wohnzimmer der Ranch saßen.

Gabe zuckte lediglich mit den Schultern.

»Du hast dich in Florence wie ein angetrunkener Halbstarker benommen. Viele Leute dort kennen mich. Du hast mich völlig respektlos behandelt. Ich musste mich für dich schämen. Wir können vielleicht weiterhin Freunde bleiben. Aber wenn du dein Verhalten nicht grundlegend änderst, trennen sich unsere Wege.«

Simon stand auf und ging wortlos in sein Büro. Sein Abendessen ließ er sich von der weinenden Claire ebenfalls in sein Büro bringen.

»Ich bin ein saublöder Hund. Verzeih mir bitte«, hörte er mitten in der Nacht eine dunkle und fast weinerliche Stimme.

Simon vermied es, die Nachttischlampe einzuschalten.

»Schick' mich bitte nicht weg. Stoß' mich nicht von dir. Ich habe dir doch geschworen, dein Freund zu sein.«

»Du hast mir und dir geschworen, ein Mann zu sein. Ich habe dir nicht versprochen, dein kindhaftes und flegelhaftes Benehmen zu schlucken und aus mir einen Affen machen zu lassen.«

Stille entstand im dunklen Raum. Selbst die Lampen vor dem Eingang waren inzwischen ausgeschaltet worden. Es war stockdunkel.

»Ich hab' mich unmöglich benommen. Das ist mir inzwischen klargeworden. Scheiße. Vielleicht ist in meiner Birne da oben noch nicht alles an seinem Platz. Bitte Simon … verzeih' mir. Noch dieses eine Mal. Ich weiß jetzt auch, wo künftig mein Platz sein wird … auch wenn wir Freunde sind. Ich werde dich nie wieder enttäuschen.«

Eine große Hand tastete sich durch die Dunkelheit nach oben und legte sich auf die Kante des Bettes.

»Gib mir bitte deine Hand Simon. Sage mir, dass du mir nicht mehr böse bist. Lass' und ganz von vorn anfangen … wie Männer … wie Männer, die gewinnen wollen. Bitte Simon. Bitte.«

In der stockdunklen Nacht fanden sich die beiden Hände; die eher zierliche Hand des Deutsch-Amerikaners, der erbärmliche Dinge erlebt hatte – und Gabes große und grobe Hand, der sicher auch nicht nur gelacht hatte in seinem Leben.

»Danke Simon. Danke«, sagte der Mann am Boden leise.

Nach vielleicht zehn Minuten begann nicht Simon, sondern seine Hand einzuschlafen.

»Wir haben jetzt noch einmal unsere Freundschaft besiegelt«, flüsterte Simon leise.

»Und jetzt geh‘ auf dein Zimmer. Auch du brauchst den Schlaf.«

»Lass‘ mich hierbleiben. Nur diese Nacht. Bitte.«

Für besonders kalte Nächte hatte Simon am Fußende vorsichtshalber eine warme Decke liegen. Die nahm er jetzt und reichte sie zu Gabe hinab. Nur die Nacht hörte, wie sich der große Mann notdürftig in die Decke wickelte.

Simon versuchte, sein schlechtes Gewissen wegzuschieben. Diese Nacht würde dieser starke Mann auf dem Boden überstehen. Er hatte ganz bestimmt schon unter widrigeren Umständen geschlafen. Und wenn er in Boston nicht auf die Kühlerhaube seines Jeeps gefallen wäre, läge er jetzt schon längst unter der Erde. Daran gab es nicht den geringsten Zweifel. Er hatte diesem Mann seine Freundschaft angeboten. Doch er hatte zu keinem Zeitpunkt Freundschaft auf Augenhöhe versprochen. Eine Freundschaft auf Augenhöhe musste sich dieser riesige Bursche noch verdienen. Der Verlauf dieser Nacht sollte ein erster Test sein. Weitere Prüfungen würden folgen. Wenn dieser Hüne länger bei ihm bleiben wollte, musste er sich blind auf ihn verlassen können.

Niemand musste ihn lieben. Doch Menschen, die eng mit ihm zusammenarbeiten oder gar mit ihm zusammenleben wollten, mussten eine Grundvoraussetzung mit sich bringen: sie mussten ihn respektieren. Über diese Dinge hatte er bis heute noch nie intensiv nachgedacht. Insofern bedauerte er dieses Erlebnis nicht. Auch er selbst musste wissen, wo er stand - und welche Anforderungen er an seine künftigen Freunde stellte.

Marvin hatte es vorgezogen Schnee zu schieben.

Der Neuschnee lag fast einen Meter hoch. Auf diese Weise musste er nicht am Frühstückstisch sitzen. Das Ehepaar Tanner traute momentan dem Frieden nicht mehr. Claire musterte höchst aufmerksam die beiden Männer. Zu ihnen wollte sie sich heute nicht setzen. Sie hatte plötzlich unheimlich viel zu tun.

Gabe war freundlich und ausgesprochen ruhig. Sollte ein Mensch sich über Nacht so grundlegend verändert haben, sinnierte Simon. Auch er traute dem Frieden nicht.

»Es wird Zeit, dass du etwas von dir und über dein bisheriges Leben erzählst«, begann Simon.

»Einen Marsch durch die Schneelandschaft können wir ohnehin für die nächsten Tage vergessen. Gehen wir ins Kaminzimmer.«

Claire schloss leise die Tür des riesigen, aber recht dunklen Kaminzimmers. Sie fühlte, dass die beiden Männer jetzt lange unter sich bleiben wollten.

In Gabe schien sich tatsächlich über Nacht eine Wandlung vollzogen zu haben. Ihm war voll bewusstgeworden, dass er in Simon zwar einen hilfsbereiten und zuverlässigen Freund gefunden hatte. Doch dieser Freund konnte auch hart wie Granit sein. Der Verlauf der letzten Nacht sollte folgendes zeigen: Simon lag oben im warmen Bett. Der Fußboden war hart und die Decke warm. Sein wohlhabender Freund war bereit, ihm Sicherheit zu bieten.

Er erinnerte sich an Simons Ansprache im Krankenhaus. Danach würde dieser Sorge dafür tragen, dass auch er irgendwann wohlhabend wäre. Und eines war völlig unbestritten: Was dieser Mann sagte, das meinte er auch so. Er,

Gabe, musste beweisen, dass sich dieser Mann voll und ganz auf ihn verlassen konnte. Zwischen ihm und Simon durfte kein Blatt Papier Platz haben. Er nahm sich vor, für und mit seinem Freund durchs Feuer zu gehen – auch dann, wenn dieses noch so lodern sollte.

Er machte sich nichts vor: Ohne diesen Mann würde er bereits schon zwei Meter unter festgefrorener Erde liegen. Simon hatte in den letzten Wochen unheimliche Torturen auf sich genommen, um ihn wieder auf die Beine zu stellen; ihn, einem zuvor völlig fremden Mann. Er forderte zu Recht Respekt und Dankbarkeit ein. Und deshalb würde er ihm alles über sich erzählen. Alles. Auch über seine Schwächen.

Gabe Graves wurde auf der Straße erzogen. Schon früh lernte er sich durchzusetzen. Ein Großteil der jungen Burschen zog tagelang durch die Wälder und schwänzte die Schule. Und als in Iron Mountain eine düstere Box- und Fitness-Spelunke eröffnet wurde, strömten viele Burschen aus den Nachbargemeinden dorthin. Sie stählten ihre Körper, schwitzten ihre Seelen aus ihren Leibern – und wollten mit ihren riesigen Muskelpaketen zum Film. Ihre Idole waren der Neu-Amerikaner Schwarzenegger und Nick Nolte. Im Alter von sechzehn Jahren warf Jack Graves seinen Sohn Gabe aus dem Haus. In Iron Mountain gab es nur die Möglichkeit, bei einem der Holz- oder Papierwerke unterzukommen. Nachdem für Gabe seine Muskelbude wichtiger war, als in der Papierindustrie Schichten zu schieben, wurde er auch dort auf die Straße gesetzt. Daraufhin wollte er den Stier an den Hörnern packen. Er reiste nach Hollywood. Dort traf er auf Typen mit noch größeren Muskelpaketen, die von seelenlosen Agenten ausgebeutet wurden.

Ein Sicherheitsunternehmen in Los Angeles hatte schließlich Verwendung für ihn. Dort brauchte man Kerle mit Muskeln und Mut. Das war die schönste Zeit in seinem

Leben. Er fuhr starke und spritzige Autos, gepanzerte Fahrzeuge und wurde als Schütze ausgebildet. In einem Crash-Kurs brachte man ihm sogar das Fliegen mit kleinen Flugzeugen bei. Auf welche Weise man ihm damals den Flugschein besorgt hatte, blieb das Geheimnis seiner Auftraggeber. Trainieren musste er auf alle Fälle mit Flugzeugen, die Schädlingsbekämpfungsmittel über riesige Mais- und Sojafelder versprühten. Da war es oft angesagt, auf kurzen Distanzen zu starten, zu landen und schnelle Kurven zu fliegen.

Fast zwei Jahre wurde er quer durch die Staaten gereicht. Zwei Dinge waren hierbei wichtig: Er musste bereit sein, notfalls sein Leben zu riskieren. Und er musste schweigen können. Hierbei lernte Gabe viele intelligente Männer und noch mehr halbseidene Gestalten kennen. In Boston kam er zum ersten Mal mit Rauschgift in Kontakt. Danach ging alles schnell – bis zu jenem Wintertag, an dem er von der Kühlerhaube von Simons Jeep rutschte.

Es war bereits am späten Abend, als Gabe, mit einem Glas Gin-Tonic in der Hand, brummte:

»Ich habe keinen blassen Schimmer, womit du dein Geld verdienst. Hier hängen keine Bilder und aus deinen Telefonaten hab' ich bis jetzt auch nichts heraushören können. Es müssen allerdings recht viele Unternehmen sein, die zu deinem Reich gehören.«

»Lebensmittel. Deutsche Produkte für „German Americans", wie man hier so schön sagt«, antwortete Simon knapp.

»Alles legal?«, fragte Gabe.

Es war unschwer zu erkennen, dass er jetzt spannende Geschichten erwartete.

»Ja. Alles legal«, sagte Simon lachend.

»Du brauchst dich nicht darauf vorbereiten, dass wir in den nächsten Tagen Whiskey schmuggeln.«

»Hm. Das ist schlecht. Das ist sogar sehr schlecht. Wie kann ich dir dann überhaupt nützlich sein?«

»Ich werde jetzt einige Tage über das, was du mir erzählt hast, nachdenken. Einverstanden?«

»Einverstanden.«

Simon griff Gabe an seinen beiden Oberarmen.

»Und du hast vor einigen Jahren Bodybuilding gemacht? Wer soll das denn glauben.«

Er nahm Gabe bei der Hand und zog ihn in einen großen Raum, den er bislang verschlossen hielt.

Mit aufgerissenen Augen starrte der Hüne auf eine stattliche Anzahl modernster Geräte.

»Wow. Mich laust der Affe. Die werde ich heute noch ausprobieren. He. Und was ist mit dir?«

»Du darfst mir auch ein paar Tipps geben.«

Als sie am anderen Vormittag total verschwitzt nebeneinandersaßen, sagte Simon schwer atmend:

»Von deiner bisherigen Welt hatte ich bislang nicht den blassesten Schimmer gehabt. Irgendwas in mir sagt, dass diese Materie interessant sein könnte. Ich möchte mit dir zusammen einige Sport- und Fitness-Studios anschauen. Aber so richtig teure Schuppen. Du verstehst?«

Drei Wochen später saßen die beiden Männer auf der Terrasse des Mondrian South Beach Hotels in Miami Beach. Sie hatten eine Mammuttour hinter sich. Simon hatte Gabe das Steuer überlassen. Sie starteten in Cincinnati und fuhren über Pittsburgh nach Boston und von dort die gesamte Ostküste bis nach Florida. Die Kundschafter der besonderen Art machten Halt in New York, Philadelphia, Baltimore, Washington, Richmond, Portsmouth, Charlotte, Columbia, Atlanta, Savannah und Orlando.

Auf der Rückreise wollten sie über Atlanta, Nashville, St. Louis und Indianapolis fahren. Mitte März war es bereits angenehm warm in Miami Beach.

Simon wollte Bilanz ziehen. Ganz bewusst hatte er mit Gabe nicht intensiv über die einzelnen Center und Studios gesprochen.

»Wenn du jetzt deine Augen schließt, und die ganzen noblen Schuppen in Gedanken an dir vorbeiziehen lässt … Welches Fitness-Center hat den größten Eindruck auf dich gemacht?«

»Ich fühle mich immer noch wie erschlagen«, sagte Gabe, und verdrehte dabei die Augen.

»Wow. Hätte nie gedacht, dass es so etwas gibt.«

»Okay mein Freund. Dann frage ich einmal anders: Wo würdest du dich … na sagen wir … zusätzlich zu den Foltergeräten wohl und heimisch fühlen.«

Gabe nippte am Glas mit einem blauschimmernden Longdrink.

»Um ehrlich zu sein, fühle ich mich in deinem kleinen Fitness-Studio bei dir zuhause am wohlsten.«

»Das ehrt mich Gabe. Aber sage künftig bitte unser Zuhause. Okay?«

Simon verzog lachend seinen Mund.

»Du hast dich um eine ehrliche Antwort auf meine Frage herumgemogelt. Also noch einmal: Wenn du absolut keine finanziellen Probleme hättest – wo würdest du einen Jahresvertrag unterschreiben und wöchentlich mehrere Male hingehen? Oder vielleicht noch einmal anders formuliert: Welches von diesen teuren Schuppen hatte so etwas Ähnliches wie eine Seele? Wo würdest du es vielleicht sogar einen ganzen Tag lang aushalten?«

»Das ist mir jetzt zu akademisch, wie du hin und wieder zu sagen pflegst«, prustete der Hüne.

»Seele? Wohl fühlen? Heimisch fühlen? Das ist doch nicht der Sinn und Zweck von solchen Einrichtungen.«

»Ich lasse nicht locker Gabe. Wenn ich dir jetzt zwanzig oder dreißig Millionen Dollar in die Hand drücke, und dir die Entscheidung überlassen würde, einige solcher Center auf die Beine zu stellen. Was würdest du dann machen?«

Gabe setzte sein Glas krachend auf die Glasplatte des runden Tisches. Jäh wurde er blass und begann leicht zu zittern.

»Zwanzig Millionen? Dreißig Millionen? Bist du verrückt?! Darauf kann und will ich dir nicht antworten. Denkst du tatsächlich über solche Dinge nach?«

Simon verzog lachend das Gesicht und klopfte Gabe auf die Schulter.

»Nicht nervös werden mein Freund. Das war nur eine hypothetische Frage. Wenn sich Menschen mit Geld solche Fragen nicht stellen, brauchen sie sich nicht wundern, wenn ihr Geld eines Tages weg ist. Lass' uns bei uns zu Hause noch einmal in aller Ruhe darüber reden. Einverstanden?«

»Ich weiß nicht. Jetzt macht mir die Rückreise nicht mehr so viel Spaß.«

»Wenn du eines Tages viel Geld hast, wirst du automatisch damit aufhören, ausschließlich danach zu fragen, ob etwas Spaß macht oder nicht.«

Mit diesen Worten schloss Simon dieses Thema ab. Er wollte seinen Freund nicht nervös machen. Das wäre für dessen Rekonvaleszenz nicht günstig gewesen.

Während den langen Fahrten zwischen den einzelnen Städten nahm sich Simon Zeit nachzudenken. Als angenehm erwies sich, dass Gabe das große Fahrzeug souverän fuhr, und vor allem über viele Stunden hinweg schweigen konnte. Dieser riesige Bursche schien von Tag zu Tag sein neues Leben mehr zu genießen.

Gabes Beifahrer schmiedete inzwischen Pläne und dachte über Strategien nach.

Die Zeit blieb nicht stehen.

In den kommenden Jahrzehnten würden Dienstleistungen aller Art den Hunger nach Produkten, wie zum Beispiel

Lebensmittel, ablösen. Die Menschen wollten es angenehm haben, Spaß haben und das Leben genießen. Die Reichen würden noch reicher werden. Es würde sich ein gesunder und wohlhabender Mittelstand bilden. Dass dies zu Lasten der ärmeren Schichten gehen musste, war reine Mathematik.

Simon war nicht in die Vereinigten Staaten geflogen, um dieses Land zu verändern. Dieses Land ließ sich ohnehin nicht fundamental ändern. Die Einwohner der mit vielen Rassen durchsetzten Staaten waren auch nicht daran interessiert, ihr Land zu verändern und dabei die Umwelt zu schonen. Sie rannten dem Goldenen Kalb hinterher und fielen auf immer die gleichen Typen herein, die ihnen vor den Wahlen versprachen, für den Wohlstand dieses Landes Sorge zu tragen. Und alle sollten interessanterweise daran teilhaben. Das verletzte zwar den gesunden Menschenverstand. Und fast jeder halbwegs intelligente Bürger der Vereinigten Staaten wusste: Um an die Macht zu gelangen, mussten diese Typen ihre Seele an viele noble „Spender" verkaufen – nicht nur an einen Teufel, wie bei Faust, sondern an viele Teufel.

Was Simon nie begriff: In diesem Land gab es eine Partei der besonders Mächtigen und Korrupten. Sie rannten nicht mehr mit Ku-Klux-Klan-Kapuzen herum und grillten Andersdenkende. Ihre Vorgehensweisen waren profaner und subtiler. Und da gab es noch die andere, ebenfalls korrupte Partei, die ihn an die FDP in Deutschland erinnerte. Doch trotz der gigantischen Anzahl Armer kam offensichtlich niemand auf die Idee, eine soziale Partei ins Leben zu rufen. Eine weitere Partei, die sich für die Umwelt einsetzte, würde es in den Staaten selbst in hundert Jahren nicht geben.

Die Massen im Land der unbegrenzten Möglichkeiten wollten Money machen, sich ein kleines überschuldetes

Häuschen leisten und leben. Sie ließen sich durch sportliche Veranstaltungen ablenken – wie im alten Rom.

Politische Veranstaltungen, insbesondere vor den Wahlen, waren von den billigen Serien im Fernsehen nicht zu unterscheiden. Die Menschen wollten belogen und eingelullt werden. Weit über vierzig Prozent der Menschen im Land der unbegrenzten Möglichkeiten rannten Rattenfängern hinterher, die Glauben machen wollten, dass diese Erde in sieben Tagen erschaffen wurde. Dinosaurierknochen oder die Lehre Darwins: Das war Mumpitz. Stattdessen flogen sie zum Mond.

Dieses Land hatte in den letzten hundert Jahren mehr Kriege geführt, als alle Diktaturen dieser Erde. Dabei verteidigten sie nicht ihr Land, sondern ihren Wohlstand; die sogenannte „Innere Sicherheit". Das Ziel dieser Kriege war es, Rohstoffe zu sichern. Die Politiker sprachen von Werten und wollten Sittenwächter auf dieser Erde spielen. Koste es, was es wolle.

Das Rüstungsbudget war größer als das von China, Saudi-Arabien, Russland, Großbritannien, Indien, Frankreich, Japan und Deutschland zusammengenommen. Nein. Intelligent, sozial und menschlich konnte dieses Land in seiner Gesamtheit wahrlich nicht sein. Es rutschte Stück für Stück in die Dekadenz ab – wie im alten Rom. Warum unterrichtete man in diesen Bundesstaaten noch Geschichte? … wenn niemand aus der Geschichte lernen wollte.

Trotzdem stand für Simon fest. Die Vereinigten Staaten waren seine neue Heimat geworden. In seiner alten Heimat hatten sie ihn in seiner Kindheit und in seiner Jugend mit den Füßen getreten. Es gab also nicht den geringsten Grund, seine ehemalige Heimat in den Himmel zu heben. Er hatte genau hingeschaut. Er hatte verstanden, wie das System seines neuen Heimatlandes funktionierte. Er wollte Money machen und noch reicher werden. Nur dann konnte er punktuell helfen und Mensch sein. Gabe war das beste Beispiel hierfür.

Noch bevor sie wieder die Ranch erreichten, stand sein neues Konzept und seine neue Strategie fest: Für die wohlhabenderen Kundengruppen würde er Wellness- und Wohlfühl-Tempel schaffen. Dort sollten sie sich unter Anleitung fit halten, noch schöner werden, etwas erleben, relaxen und sich wohlfühlen können. Das sollte für viele Wohlhabende das zweite oder gar das erste Zuhause werden. Hier sollten sie sich ungestört treffen können und sich anleiten lassen, noch schöner, noch fitter und noch begehrenswerter zu werden. Und das alles abgeschirmt von der Welt da draußen.

Ja, das war opportunistisch. Vielleicht war seine Denkweise inzwischen auch dekadent. Aber die Dekadenz war in vielen sogenannten Demokratien dieser Erde ohnehin nicht zu stoppen. Für Simon war dies eine nicht mehr abzuwendende Phase innerhalb der Evolution auf dieser Erde. Für die allermeisten Menschen dieses Landes galt das JETZT und das HEUTE. Und genau das wollte er ihnen bieten.

Er würde mit einigen Pilotprojekten innerhalb eines Radius von 200 Meilen beginnen. Das Netz sollte dann an der Ostküste entlang in Richtung Süden ausgedehnt werden. Und erst im nächsten Schritt würde er sich die Städte an der Westküste vornehmen. Jedes einzelne Projekt sollte ein Unikat werden; zugeschnitten auf die Wünsche und Bedürfnisse der zahlungsfähigen und zahlungswilligen Kundengruppen. Dass er an diesem Konzept noch feilen musste, war ihm bewusst. Er hatte ja keine Eile, dachte er. Doch da irrte er sich.

Zuhause angekommen freute sich Simon über eine Einladung der Familie Libby. Explizit war zu lesen, dass er Gabe mitbringen solle.

Es ist eine sehr gute Gelegenheit, diesen Burschen mit größtem Nachdruck zu bitten, sich von seinem Gemüse im Gesicht zu trennen, dachte Simon. Nur seine Haare durfte er weiterhin etwas länger tragen.

»Oh my goodness - jetzt werden dir die Weiber nachrennen«, flötete Clair. Sie blickte an dem Hünen hinauf und himmelte ihn an. Dieser Blick versöhnte Gabe wieder.

Madeleine war begeistert. Colleen himmelte den großen Burschen sofort an. Vorausschauend hatte sie ihren Freund nicht mitgebracht. Und Richy, der mittlerweile zu einer bekannten Rugby-Mannschaft gewechselt hatte, blies die Luft hörbar durch die Lippen, nachdem Gabe ihm die Hand gedrückt hatte. Richard Libby schmollte ein wenig. Er, der frühere Elite-Soldat und spätere Lt. Colonel, war im Moment nicht wichtig.

Und noch jemand musterte Gabe mit größtem Interesse. Die Ärztin Dr. Krug hatte sich selbst eingeladen, als sie hörte, dass Simon seinen Freund mitbringen würde. Nachdem sie sich sattgesehen hatte, hakte sie sich bei Simon unter.

»Als Cäcilia von ihrer Ranch zurückkehrte, habe ich mir Sorgen gemacht. Aber heute … wow … ich weiß nicht, was sich sagen soll. Wie haben Sie das nur geschafft?«

Statt zu antworten, zog Simon seinen Freund heran.

»Gabe. Das ist Frau Dr. Krug. Ohne sie würdest du bereits da oben mit den Engeln um die Wette singen oder da unten in einem Kessel schmoren.«

Gabe wusste, was sein Freund jetzt von ihm erwartete. Er gab der Ärztin möglichst sanft seine riesige Hand. Danach beugte er sich zu ihr hinunter, um ihr links und rechts ein Küsschen auf die Wangen zu drücken.

»Vielen, vielen Dank. Wenn ich einmal etwas für Sie tun kann, so lassen Sie mich das bitte wissen«, sagte er mit einer besonders sonoren Stimme.

»Fühle mal seine Muskeln Mary-Jane«, gurrte Colleen. Dabei trat sie an Gabe heran, um mit geweiteten Pupillen einen Selbstversuch zu unternehmen. Dabei quietschte sie vor Vergnügen.

»My goodness. Wenn einige andere Dinge auch so gebaut sind …«

Weiter kam sie nicht. Madeline zog mit gespieltem Entsetzen ihre Tochter zurück.

»Colleen. Ich bin entsetzt. Jetzt entschuldigst du dich sofort für dein schlechtes Benehmen. Und dann geh' bitte auf dein Zimmer.«

»Jaja. Sofort Mammi. Und dort stelle ich mich sofort unter die kalte Dusche.«

Alle Anwesenden mussten lachen.

Erst jetzt sah Simon, dass Madeline noch einen Gast eingeladen hatte. Ihr Bruder, der Procter-Manager Percy Krug, trat aus dem Schatten, um seinem ehemaligen Mitarbeiter und dem offensichtlichen Mittelpunkt des heutigen Tages die Hand zu drücken.

Als Simon sich suchend umschaute, kam ihm Krug zuvor.

»Meine Frau fühlt sich heute leider nicht wohl. Sie lässt sich entschuldigen.«

Es war der Procter-Manager gewesen, der darauf bestanden hatte, dass Simon parallel zu vielen anderen Kursen auch den der „Transaktions-Analyse“ besuchen sollte.

Im Bruchteil einer Sekunde ließ der Ex-Procter-Mann seine Antennen ausfahren. Was Krug sagte, klang zwar im ersten Moment nachvollziehbar. Doch wie er es sagte, ließ Simon aufhorchen. Dessen Gesichtsausdruck und dessen Augen verrieten, dass er nicht die Wahrheit gesagt hatte. Außerdem war es unüblich in diesen Kreisen, die bessere Ehehälfte nicht mitgenommen zu haben. Und wenn er allein war, so hatte dies einen geschäftlichen Grund.

Und richtig: Wenige Minuten später zog ihn dann der Procter-Mann zur Seite.

»Während ihr Freund weiterhin begutachtet wird, könnten wir doch einmal kurz in den Garten gehen und das Frühlingswetter genießen.«

»Wir sollten uns nichts vormachen Mr. Krug«, begann Simon, als sie im pflegeleichten Garten angekommen waren.

»Sie wollen mir hier mit Sicherheit nicht einige seltenen Blumen zeigen.«

Der Procter-Mann verzog nervös das Gesicht.

»Eines sollten wir an dieser Stelle festhalten: Diese Art der Gesprächseröffnung haben Sie nicht bei Procter gelernt Simon. Wie auch immer. Bitte nennen Sie mich künftig Percy. Das erleichtert mir meine Mission.«

»Mission? So etwas Ähnliches habe ich bereits gerochen Percy. Reden wir also nicht lange um den heißen Brei herum.«

Der Procter-Manager blickte Simon mit festem Blick in die Augen.

»Ich brauche nicht zu betonen, dass du mir einiges zu verdanken hast Simon.«

»Das ist richtig. Dafür bin ich dir zu ewigem Dank verpflichtet. Ich werde das nie vergessen.«

»Ich bin ein wenig enttäuscht, dass du mich nicht um den einen oder anderen Rat gefragt hast. Aber auch ohne meinen Rat hast du Erfolge zu verzeichnen, die ich niemals für möglich gehalten hätte. Allerdings: Mit den Erfolgen kommen auch Neider. Vielleicht sogar Feinde. Ich will es noch deutlicher ausdrücken Simon: Du bist ins Visier des FBI geraten.« Simon blieb abrupt stehen.

»FBI?! Seitdem ich in diesem Land bin, habe ich mir noch nie etwas zu Schulden kommen lassen. Noch nicht einmal annähernd.«

»Das sehen wohl einige Menschen auf dieser Welt differenzierter. Du hast zum Beispiel einen Schwerst-Drogenabhängigen bei dir aufgenommen … sagt man.«

»Stimmt. Und den hast du gerade kennengelernt«, lachte Simon bitter.

»Ich habe einem kranken Menschen höchstwahrscheinlich das Leben gerettet. Was soll diese Scheiße?«

»Wir beide wissen natürlich, dass du Recht hast. Du bist ganz offensichtlich einigen Unternehmen zu mächtig und zu erfolgreich geworden. Man will sich freundschaftlich mit dir zusammensetzen, um eine Lösung herbeizuführen … bevor man sich gezwungen sieht, andere Wege zu beschreiten. Vor dir steht eine Art Parlamentär, der daran interessiert ist, dass es zu keinem wirtschaftlichen oder persönlichen „Blutvergießen" kommt.«

»Also Procter & Gamble kann es nicht sein. Dieser Verein hat mit dem Lebensmittel-Bereich nichts am Hut. Unabhängig davon … ich bin doch ein kleiner Fisch.«

»Es bringt wenig, wenn du jetzt versuchst, dein Licht unter den Scheffel zu stellen. Es sind deine vielen in sich verschachtelten Firmen und das Konzept, das einigen Managern Sorgen bereitet. Ich war von den Socken, nachdem man mich mit einbezogen hat. Diese Leute haben Sorge, was da sonst noch alles kommen wird.«

»Und jetzt Percy? Was rätst du mir als Freund? Du bist doch noch mein Freund. Oder?«

Der Procter-Manager legte eine Hand auf Simons Schulter.

»Das ist ja gerade das Problem. Ich fühle mich irgendwie für dich und für dein Schicksal verantwortlich. Eine Art Grundsatzgespräch … ein Abtasten … kostet doch nichts. Ich rate dir mit Nachdruck zu einem solchen Gespräch. Danach bist du klüger und kannst deine Sachlage besser einschätzen.«

»Wenn wir Freunde sind Percy – um welches Unternehmen handelt es sich? FBI. Das ist doch Mumpitz.«

»Es handelt sich um einen großen Konzern. Einen sehr großen Konzern sogar. Die Wachstumsraten sind nicht mehr so wie früher. Aktiengesellschaften haben ohnehin ihre eigenen Gesetze. Moral steht da nicht immer an erster Stelle … um es einmal vorsichtig auszudrücken. Aber das brauche ich dir wohl nicht zu erklären.«

Simon fuhr sich durch die Haare. Sie waren lichter geworden in den letzten Jahren.

»Gut. Dann bestehe ich darauf, dass du anstelle meines Anwalts an diesem eigenartigen Gespräch teilnimmst Percy.«

Sein Blick signalisierte, dass er keinen Widerspruch dulden würde.

Beschwichtigend hob Percy Krug seine Hände.

»Damit würde für mich persönlich der Worst Case eintreten. Können wir das nicht anders lösen? Bitte Simon?«

»Nein. Ein Parlamentär muss mit solchen Wendungen des Schicksals rechnen.«

Er lachte.

»Allerdings: Im Krieg sind schon viele Parlamentäre erschossen worden … wenn sie nicht erfolgreich waren.«

Die Zusammensetzung des Meetings war höchst ungewöhnlich. Und: sie stellten sich zwar namentlich vor; nicht jedoch, in welcher Eigenschaft sie an diesem Tisch saßen. Simon bestand bereits nach fünf Minuten auf eine kurze Pause, um sich mit Percy zurückziehen zu dürfen.

Erst nachdem Simon seinem neuen Freund glaubhaft drohte, rückte dieser mit der Wahrheit heraus.

Bei dem sechzigjährigen Glatzkopf, der gut 130 Kilogramm

wog, handelte sich um den Finanzchef des Konzerns.

Der schlaksige, etwa fünfunddreißigjährige Bursche neben ihm, war der engste Berater des Gouverneurs, in dessen Bundesstatt sich die Zentrale des Konzerns befand.

Der Glatzkopf stellte sich als Hektor und der schleimige Typ als Arnold vor.

Beide hatte Percy noch nie zuvor gesehen.

Zurück am Konferenztisch schob der Glatzkopf ein Blatt Papier über den Tisch.

»Gehören Ihnen alle diese Unternehmen Mr. Klinger?«

»Kein Kommentar«, war Simons knappe Antwort.

»Ist diese Liste komplett Mr. Klinger?«

»Kein Kommentar.« Simon legte ein Pokerface auf.

»Also ist die Liste nicht komplett«, schnaubte der Dicke.

»Wie schon gesagt: Kein Kommentar zum gegenwärtigen Zeitpunkt. Sie haben um dieses Treffen gebeten. Also liegt es an Ihnen zu sagen, wer Sie sind, in welcher Eigenschaft Sie hier sitzen, und was genau Sie von mir wollen.«

»So kommen wir aber nicht weiter«, blaffte der Typ, der sich als Arnold vorgestellt hatte.

Vielleicht hielt sich diese Witzfigur tatsächlich für den Bruder von Arnold Schwarzenegger, dachte Simon; antwortete jedoch:

»Richtig. Dann können wir zum gemütlichen Teil übergehen. Wo sind die Ladies?«

Percy Krug wusste nicht, ob er nun lachen sollte. Er entschied sich deshalb, seine Nase laut und ausgiebig zu putzen.

»Mr. Krug. Haben Sie diesem Clown nicht erklärt, wie wichtig uns dieses Gespräch ist?«, schrie Arnold.

Simon beugte sich zum Procter-Manager hinüber und sagte halblaut:

»Habe ich Ihnen nicht prophezeit, dass erfolglose Parlamentäre im Extremfall erschossen werden?«

Ein Duzen wäre bei diesem Satz nicht angebracht gewesen.

Während der schlaksige Bursche nach Luft schnappte, entschied sich der Glatzkopf für ein breites Grinsen. Er war ausgebufft und wusste instinktiv, dass sie kein Leichtgewicht vor sich sitzen hatten. Demonstrativ schrieb er mit seinem Kugelschreiber etwas auf ein Blatt Papier, das er wortlos zu Simon hinüberschob.

150 MIO stand auf diesem Papier.

Auch Percy konnte diese Zahl lesen. Sein Kinnladen rutschte nach unten. Mit aufgerissenen Augen starrte er Simon an. Er konnte nicht wissen, dass ausgerechnet Richard, also Percys Schwager, Simon beim letzten Besuch zugeflüstert hatte:

»Der Konzern will viele der deutschen Produkte ins Sortiment aufnehmen. Meiner Meinung nach handelt es sich um Walmart. Lass' dich nicht über den Tisch ziehen.«

Da Simon während seiner Procter-Zeit viele Filialen dieses Konzerns besuchen musste, war es nur zu verständlich, dass er sich in den letzten Tagen intensiv mit diesen Giganten auseinandergesetzt hatte.

Walmart stand auf Platz 1 der umsatzstärksten Unternehmen weltweit.

Von den 11 000 Filialen befanden sich 600 Discountstores, 200 Neighborhood markets sowie 3000 Supercenter in den Vereinigen Staaten.

Wenn dieser Konzern deutsche Produkte ins Sortiment aufnehmen würde, hätte sich der Betrag auf dieser DIN-A4-Seite in zwei Jahren amortisiert. Und genau das wusste dieser Glatzkopf auf der anderen Seite des Tisches. Deshalb beschloss Simon, diesen bislang blasiert dreinblickenden Pokerspieler ein wenig ins Schwitzen zu bringen.

In winzigen Buchstaben notierte er zu wenig auf das vor ihm liegende Papier, faltete es zusammen, um es über den blankpolierten Konferenztisch zurückzuschieben.

Nachdem sich der Zahlen-Buddha die Augen verstaucht hatte, veränderte sich sein Gesichtsausdruck schlagartig.

»Darf ich kurz diesen Raum verlassen? Ich muss ein Telefonat führen.«

»Nicht notwendig«, sagte Simon, während er sich erhob.

»Ich werde mir inzwischen meine Hände waschen.«

Er lächelte, während die übrigen Männer im Raum säuerlich dreinblickten.

Simon war gerade damit beschäftigt, tatsächlich seine Hände zu waschen, als Arnold mit grimmiger Miene hereingestakst kam.

»Sie komischer Heiliger«, giftete er Simon an.

»Mit diesem Geld können Sie ein Heim für tausend Drogenabhängige eröffnen und durchfüttern, bis sie an Altersschwäche sterben.«

Er begann genüsslich zu pinkeln.

»Wir haben schon ganz anderen Vögeln die Flügel gestutzt. Gehen Sie rein. Unterschreiben Sie den Wisch.«

Über seine Schulter hinweg grinste er Simon hämisch an.

»Und danach können Sie in Frieden leben. Sie haben schließlich nur dieses eine beschissene Leben. Na ja, wer weiß. Nazis haben vielleicht zwei Leben.«

Nach diesen Worten klopfte er Simon auf den Rücken und verließ mit einem breiten Grinsen das WC.

War dieser Kerl wirklich so abgrundtief blöd?«, fluchte Simon in sich hinein. Oder war dieser WC-Besuch ein abgekartetes Spiel; eine offene Drohung?

Er entschied sich, einen robusten Versuchsballon zu starten.

Der Glatzkopf hatte inzwischen sein Telefonat geführt

und wischte sich mit mehreren übereinandergelegten Tempotaschentüchern den Schweiß von der Stirn.

»Ich bin Amerikaner. Ein mittlerweile sogar erfolgreicher Amerikaner, wie Sie wissen meine Herren«, begann Simon seine kurze Ansprache. Demonstrativ nahm er nicht Platz.

»Es gehört nicht zu meinen Usancen, mich auf einer Toilette von einem drittklassigen Türsteher als Nazi beschimpfen zu lassen.«

Er blickte dabei in die Richtung des Schlaksigen, der bis zu diesem Moment mit einem zufriedenen Grinsen in seinem Sessel lümmelte.

»Bitte haben Sie Verständnis, dass ich unter diesen Umständen das Gespräch abbrechen muss.«

Er verneigte sich knapp in Richtung des schwitzenden Dicken. Danach reichte er dem völlig verdutzt dreinblickenden Procter-Manager die Hand und sagte tonlos:

»Entschuldige bitte Percy.«

Vor dem Hotel wartete Gabe. Schlaff ließ sich Simon auf den Beifahrersitz sacken.

»Ach Gabe. Was bin ich froh, dass du fährst. Bitte suche einen ruhigen Waldweg. Ich brauche frische Luft. Sei mir bitte nicht böse, wenn ich bis dahin etwas zur Ruhe kommen möchte.«

Er sah, dass Simons Hände zitterten. Noch nie hatte er seinen Freund in einem vergleichbaren Zustand gesehen. Und deshalb litt er mit ihm.

Gabe war überrascht über sich selbst. Eine heiße Welle der Wut stieg in ihm hoch. Niemand durfte seinen Freund ungestraft in eine solche Situation bringen.

Niemand!

Es war ein herrliches Waldstück. Weiter unten mäanderte ein kleines Flüsschen. Die hellen Buchenblätter leuchteten im Gegenlicht. Der Waldboden war übersät mit

Buschwindröschen und blauen Blumen, die Simon nicht kannte. Er setzte sich auf einen großen Eichenstamm am Wegrand und sog die Frühlingsluft tief in seine Lungen.

Es war an der Zeit, Gabe mit allen Details rund um sein wirtschaftliches Reich einzuweihen.

Er blickte Simon mit großen Augen an und war tief beeindruckt. Das hatte dieser Mann in nur zehn Jahren auf die Beine gestellt? Unfassbar!

Simon erzählte er Gabe vom Verlauf des Gespräches.

»Ich fürchte, dass dieser Arnold zwar atemberaubend blöd ist. Aber er hat bestimmt auch die Möglichkeit, atemberaubend gefährlich zu werden«, sagte er mit einem tiefen Seufzer.

Gabe suchte nach Simons Hand. Dessen Hand war feucht. Und sie zitterte noch immer leicht.

»Darf ich dieses Problem für dich lösen mein Freund?«

»Was kannst du schon gegen diese Arschlöcher ausrichten? In diesem Fall bräuchten wir eine halbe Armee.«

Gabe lächelte. Doch dieses Lächeln, nein, es war eher eine bösartige und besorgniserregende Grimasse, hatte Simon zuvor noch nie bei diesem Mann gesehen. Dieses bösartige Grinsen war furchteinflößend.

»Es ist verrückt mein Freund«, sagte Gabe. Seine sonst so sonore Stimme hatte einen Klang, den Simon ebenfalls noch nie zuvor gehört hatte.

»Fast freue ich mich über diese Situation. Endlich könnte ich nützlich für dich sein. Du bist ein exzellenter und kreativer kaufmännischer Stratege. Bislang hat es allem Anschein nach gut geklappt, mit irgendwelchen Tricks und Finessen alle Probleme zu umschiffen. Doch diese Welt ist auch böse und brutal – und schert sich einen Dreck um Moral, wenn es darum geht, an mehr Geld zu gelangen. Vielen Idioten geht es aber nicht mehr um Geld. Ihnen geht es ausschließlich um mehr Macht. Ich will zwar auch in

Frieden leben. Aber wenn es notwendig wird, habe ich keine Probleme damit, richtig böse zu sein. Dort liegen meine Stärken. Du warst es doch, der damals … im Krankenhaus … zu mir gesagt hat, dass ich deine Faust sein darf. Erinnerst du dich? Zum ersten Mal in meinem Leben weiß ich, wofür es sich zu kämpfen lohnt. Für unsere Freundschaft. Für dich. Vielleicht hat uns das Schicksal nur deshalb zusammengeführt. Ich weiß, dass meine Bestimmung darin besteht, dich zu beschützen.«

»Langsam. Langsam. Jetzt übertreibe mal nicht.«

Gabe hatte sich zu seinem Freund auf den Eichenstamm gesetzt. Jetzt machte er eine weitausholende Geste.

»Ich habe noch nie ein so schönes Bild gesehen wie diese Landschaft hier. Nein, das ist nicht richtig so. Bislang wäre ich nie auf die Idee gekommen, mich auf einen Eichenstamm zu setzen und ein solches Bild auf mich einwirken zu lassen. Das habe ich erst durch dich gelernt. Mein Leben ist ein anderes Leben geworden. Ein schöneres Leben. Ein Leben, für das es sich zu kämpfen lohnt; zusammen mit dir - für dich.«

Eine Minute schwiegen sie gemeinsam. Simon genoss diese Bilder und das Vogelkonzert.

Anders als Gabe kannte er alle diese Pflanzen hier. Er konnte sogar die Vogelstimmen unterscheiden und zuordnen.

»Unterbreche mich bitte eine Minute lang nicht Simon«, fuhr Gabe fort.

»Künftig erbitte ich drei Sätze von dir. Sie klingen alle ähnlich; haben jedoch eine völlig andere Bedeutung. „Wir haben da ein kleines Problem" bedeutet für mich, dass die Person, die du mir nennst, zu bestrafen ist. Die Schmerzen sollen ihm sagen, dass er dich künftig mit Respekt zu behandeln hat; dass er sich nicht zwischen dir und deinen Zielen stellen darf.«

Gabe machte eine kurze Pause, um zu verdeutlichen, dass er nun mit einer Steigerung der Vorgehensweisen aufwarten würde.

»Der nächste Satz lautet: „Da haben wir ein Problem." Damit gibst du zu verstehen, dass ein Mann, oder auch mehrere Männer – natürlich können es auch Frauen sein – so zu bestrafen sind, dass es für alle als Exempel oder Abschreckung zu verstehen ist. Das muss nicht unbedingt bedeuten, dass ihnen riesige Schmerzen zugefügt werden müssen. Der Verlust ihrer Reputation kann für bestimmte Menschen schmerzvoller sein als grobe Schläge. Für solche Fälle solltest du einen Betrag, na sagen wir 50 000 Dollar, irgendwo hinterlegen. Um mich und dich zu schützen, greife ich auf Freunde von früher zurück. Du verstehst?«

Gabe wartete nicht auf eine Reaktion seines Freundes. Demonstrativ stand er auf. Er wandte Simon den Rücken zu und blickte in den lichten Wald. Es hatte den Anschein, dass er bei dem, was er nun sagen würde, seinem Freund nicht in die Augen schauen wollte.

»Für die dritte Stufe solltest du einen Betrag von fünfhunderttausend … oder vielleicht sogar eine Million Dollar bereitstellen. Nach der Geschichte von vorhin kannst du es nicht gänzlich ausschließen, dass jemand auf dich einen Anschlag verübt oder dass man dich entführt. Für einen solchen Fall … oder wenn du zu mir sagst: „Wir haben da ein sehr großes Problem", ist das für mich ein … na sagen wir Hinweis …, dass bestimmte Personen nichts mehr auf dieser Erde zu suchen haben. Du hast es aber auch in der Hand, ob und wie man die Leichen dieses Abschaums finden soll.«

Gabe drehte sich wieder zu Simon um; blieb aber stehen.

»Für die Version zwei und vor allem für die dritte Stufe habe ich Kontakte zu Personen, die tatsächlich eine kleine

Armee auf die Beine stellen können. Mein oberstes Ziel wird immer sein, dass dein Name niemals offiziell mit irgendeiner Aktion in Verbindung gebracht werden kann.

Es wird immer auch mein Bestreben sein, selbst nicht in Gefahr zu geraten. Doch sollte ich Probleme bekommen, so weiß ich, dass sich deine Anwälte um mich kümmern werden. Und wenn ich im Extremfall für eine Zeitlang in den Bau gehen muss, dann ist das auch kein Problem für mich.«

Beim letzten Satz sprang Simon auf und schrie:

»Jetzt ist es aber gut mein Freund. Du willst mich wohl zu einem …«

Gabe legte einen Zeigefinger an seinen Mund.

»Sag' es nicht Simon! Bitte. Sage diesen Satz nicht. Sage am besten gar nichts mehr. Es sind Szenarien, die in dieser Extreme nicht eintreffen werden oder sollten. Das hier ist eine grundsätzliche Vereinbarung unter Männern. Mehr nicht. Und danach sollten wir nie wieder über dieses Thema sprechen. Einverstanden?«

Simon wusste instinktiv, dass er auf Gabes Worte nicht antworten sollte; im eigenen Interesse. Nach diesen Sätzen war es sinnvoll und gut, einige Minuten zu schweigen.

»Danke Gabe für deine Freundschaft«, sagte Simon nach einer kleinen Ewigkeit.

Der Hüne lächelte leicht und senkte seine beiden Augenlider.

Er hielt die Augen lange geschlossen. Und wieder schwiegen die beiden Männer. Sie lauschten den Geräuschen des herrlichen Frühlingstages.

»Ich werde mir für diesen schmierigen Typen und für diesen dicken Glatzkopf etwas einfallen lassen«, sagte Gabe, ohne dabei Simon anzusehen.

»Sie sind für uns ein Problem. Sag' nichts Simon. Dein Schweigen genügt mir.«

Am gleichen Abend bat Simon seinen Freund in das große Kaminzimmer. Dort drückte er ihm kommentarlos einen braunen Umschlag in die Hand. Darin befanden sich 50 000 Dollar. Anschließend legte er einen Schlüssel und einen kleinen Zettel auf den Tisch.

»Das ist der Code für den kleinen Raum neben meinem Büro. Der Schlüssel ist für den Safe … wie du es vorgeschlagen hast. Hoffen wir gemeinsam, dass du ihn nie brauchen wirst, mein Freund«, sagte er mit belegter Stimme.

Am darauffolgenden Morgen sagte Claire beim Frühstück:

»Simon. Ich soll von Gabe ausrichten, dass er unterwegs ist, um Wölfe und Kojoten zu jagen. Es kann einige Tage dauern. Das finde ich toll. Diese Biester haben mir in den letzten Tagen zwei Hühner geholt.«

»Wie ich ihn kenne, wird er die Viecher mit der bloßen Faust erschlagen«, brummte Marvin grimmig.

Die korpulente Frau gab ihrem Grummelmann einen Kuss auf die Wange und kicherte in Richtung Simon:

»Ist er nicht süß. Er wird auf seine alten Tage eifersüchtig.«

Drei Tage später rief Gabe aus Alaska an. Er teilte mit, dass er seit zwei Tagen mit seinem indianischen Freund auf Lachsfang sei. Er klang begeistert.

Erst einige Stunden später machte sich Simon einen Reim auf diesen Anruf. Gabes Freund würde ganz bestimmt Stein und Bein schwören, dass er mit dem Hünen seit zwei Tagen unterwegs gewesen war - sollte eine solche Aussage notwendig werden. Darüber hinaus hielt es Gabe offensichtlich für nicht völlig abwegig, dass Simons Telefon abgehört wurde.

Einige Minuten später, es war kurz nach 9:00 Uhr, führte Claire einen Besucher in Simons Büro. Es war der Procter-Manager. Auf seiner Stirn standen Schweißperlen.

Hastig warf er den mitgebrachten kleinen Stoß Zeitungen auf den großen Schreibtisch.

»Hast du schon die heutigen Schlagzeilen gelesen Simon?«

»Hier? Auf der Ranch? Um neun Uhr? Warum? Hat uns Russland den Krieg erklärt?«, lachte der Hausherr.

»Zunächst einmal guten Morgen Percy.«

Doch dem Procter-Mann war eindeutig nicht zum Scherzen zumute.

»Quatsch. Das ist kein guter Morgen. Aber irgendwie hast du trotzdem recht Simon. Deine Sache hat sich zum Krieg entwickelt.«

Mit diesen Worten hämmerte er mit seinen Fäusten auf den Zeitungsstapel, um sich anschließend in einem Bürosessel fallen zu lassen. Danach schnappte er sich eine weitere Zeitung und begann vorzulesen:

„Sex und Kokain. Vierzehnjährige Tochter des Gouverneurs Cole Mullins und sein engster Berater Jos Ingram."

Hastig griff er nach der nächsten Zeitung.

„Gouverneur feuert seinen Berater. Intime Spiele mit dem Töchterchen des Gouverneurs. Rauschgift-Orgien."

Mit einer wütenden Bewegung fegte er die Zeitungen vom Schreibtisch und rannte wie ein wildgewordener Stier durch das Büro.

»Weißt du, was das für diesen Bundesstaat … ach was … für ganz Amerika bedeutet?«

Simon schlug mit der Hand auf den Schreibtisch.

»Jetzt ist aber Schluss mit diesem Theater«, schrie er.

»Das hier ist mein Büro. Was interessiert mich dieser Schmuddelkram. Interessant für mich ist lediglich, dass dieses Schwein nicht Arnold, sondern Jos Ingram heißt.«

»Simon. Du wirst mir doch nicht sagen, dass das alles rein zufällig passiert ist. Ich glaube nicht an solche Zufälle.«

»Schon vergessen, dass mich dieses dekadente Schwein einen Nazi genannt hat? Meine Eltern waren Leidtragende dieser ganzen Nazi-Scheiße! Dieser Mist hat auch meine Kindheit und meine Jugend … ach was, mein ganzes Leben geprägt!«

Simon stellte sich vor den zehn Zentimeter größeren Percy Krug.

»Außerdem bin ich Geschäftsmann!«

»Und dieses Riesenbaby; dieser Rauschgiftknabe?«

»Fängt seit einigen Tagen Lachse. In Alaska. Große Lachse.«

»Das nimmt dir kein Schwein ab Simon.«

Simon hakte sich mit einem festen Griff bei Percy unter und zog ihn zur Türe seines Büros.

»Niemals hätte ich es mir träumen lassen, dass mich ein Percy Krug zwingt, ihn aus meinem Büro zu werfen.«

In diesem Moment klingelte das Handy des Procter-Mannes. Es schien, als wolle das Schicksal, oder wer auch immer, Simon zur Ruhe und Besonnenheit aufrufen. Er entließ den Procter-Mann aus der Umklammerung.

Percy griff nach seinem Handy … und wurde bereits nach wenigen Sekunden noch blasser. Seine Hände begannen zu zittern.

»Danke«, sagte er schwer atmend. »Ich rufe in ein paar Minuten zurück. Bin gerade bei Simon Klinger.«

»Emerson Huff ist vor einer Stunde gefeuert worden. Das wird nicht ohne Folgen bleiben«, grunzte Percy und lehnte sich haltsuchend an den Türrahmen.

»Huff? Wer ist Huff?«, fragte Simon.

»Der dicke Glatzkopf. Hektor. Der Finanzchef des Konzerns.«

»Lass' mich raten. Auch Rauschgift mit einem kleinen Mädchen? Dieses dekadente Gesocks. Die haben doch alle einen an der Waffel.«

»Nein. Kein Rauschgift. Ein Strichjunge. Dreizehn Jahre alt. Das ist sein berufliches und privates Ende. Jetzt kann er sich nur noch erschießen.«

»Okay Percy. Sollen wir auch dessen Schicksal jetzt gemeinsam beweinen? Im bigotten Procter-Laden bekommt dieser Bursche mit Sicherheit keine Anstellung. Hey. Und das ist gut so.«

Simon drehte sich abrupt um und knurrte:

»Und diesem Schwein haben wir beide die Hand gegeben und artig gekuscht. Ist das nicht Wahnsinn?«

Er machte eine kurze Pause, um mit einem harten Gesichtsausdruck fortzufahren:

»Selbstverständlich habe ich gewusst, um welchen Konzern es sich hier handelt. Aber viel wichtiger für mich ist, welche Rolle du bei dieser ganzen Scheiße gespielt hast oder noch spielst?«

»Ich mache das so wie du bei dieser beschissenen Konferenz. Kein Kommentar!«

Grußlos knallte Percy die Haustür hinter sich zu. Das sollte mit Sicherheit nicht als Kriegserklärung verstanden werden. Dazu hatte der Procter-Manager inzwischen zu viel Respekt vor Simon … um das Wort „Angst" dezent zu umgehen.

Aber dieser laute Knall bedeutete das Ende ihrer Freundschaft. Leider.

Vincent Frazier war seit sieben Jahren Simons Anwalt. Mehr noch: Simon verstand ihn als seinen engsten Vertrauten und Berater. Der Spross eingewanderter Franzosen aus Marseille hatte sich auf die Beratung von mittelständischen, hungrigen, kreativen und aufstrebenden Unternehmen spezialisiert. Er und Simon duzten sich inzwischen.

Dass der fünfundvierzigjährige Anwalt seinen 35. Stock verließ, um über das Wochenende zu einem Kunden zu fahren, war eine völlig neue Erfahrung für ihn.

Vincent war es, der angeregt hatte, die Ranch von Spezialisten unter die Lupe nehmen zu lassen. Gabe schrie und tobte, als Simon ihm die Wanzen auf seine riesige Handfläche legt. Die ausgesuchten Fachleute fanden zehn Wanzen der neuesten Bauart. Sie konnten nur von FBI-Experten angebracht worden sein.

»Dir werde ich es eines Tages zu verdanken haben, dass ich jung und geistig beweglich geblieben bin«, sagte Vincent nach der ersten halben Stunde des Gespräches mit Simon.

»Ich habe mich zum Lebensmittelspezialisten entwickelt. Ich weiß jetzt nicht nur, dass es eine Meterbratwurst aus Sulzfeld am River Main gibt. Für mich ist es inzwischen in Fleisch und Blut übergegangen, dass diese dünnen Würste nicht zu trocken sein dürfen – und dass es über ein Jahr gedauert hat herauszufinden, dass diese Dinger nach dem Schockfrosten immer noch die gleiche Konsistenz behalten wie frische Ware. Hey, und jetzt soll ich das alles wieder vergessen, weil du, ich fasse es nicht, ein Netz von Fitness-Centern der besonderen Art aus den Boden stampfen willst?«

»Richtig. Die Betonung liegt auf „der besonderen Art". Es sollen Tempel der Fitness, der Gesundheit, der Entspannung, der Schönheit und der Freude werden, mein Freund. Und ich mache keinen Hehl daraus, dass mein Profit hier deutlich höher sein wird, als im Lebensmittelbereich.«

»Es sollen also Tempel der Schönen und der Reichen werden, um es einmal flapsig auszudrücken, mein Freund.«

»Wenn du das unbedingt so ausdrücken willst, soll mir das Recht sein.« Simon klopfte seinem Freund auf die Schulter.

»Priorität hat jedoch zunächst der Verkauf meiner gegenwärtigen Firmen. Bei allen Transaktionen darfst du dieses Mal tüchtig verdienen. Dafür erwarte ich von dir kreativen und vollen Einsatz.«

Der dicke Glatzkopf hatte ihm bereits 150 Millionen Dollar angeboten. Dabei standen noch nicht alle Unternehmen incl. der Immobilien auf der Liste. Der Anwalt sollte an allen Ergebnissen zugunsten Simons vier Prozent verdienen.

Doch in den Folgetagen war Funkstille. Die Konzernlenker waren offensichtlich damit beschäftigt, ihre Wunden zu lecken. Simon war sich ganz sicher: Die Gier der Konzern-Matadore würde siegen. Und Simon hatte ein Konzept entwickelt, dieser Gier Nahrung zu verschaffen. Hierzu brauchte es nur einen einzigen Anruf.

Percy war erstaunt, doch noch einmal etwas von Simon zu hören. Doch Sekunden später litt er unter Schnappatmung, als der Anrufer ihm mitteilte, in einer Woche das Angebot eines anderen Konzerns zu akzeptieren.

Simon kannte die Spielregeln bei Konzernen. Mit Sicherheit war das Projekt bereits bis zu einigen großen Aktionären durchgedrungen. Unabhängig davon musste man bei den bevorstehenden Aktionärsversammlungen den Aktionären saftige Fleischhappen vor die Füße werfen, damit sie bei der Stange blieben.

Aktionäre waren ein scheues und gleichzeitig gieriges Wild. Tendierten die Aktienkurse nach unten, musste sich der Aufsichtsrat - und vor allem die Bosse des Vorstandes - etwas einfallen lassen. Und die nächste Aktionärsversammlung fand bereits in vier Wochen statt.

Danach ging alles sehr schnell.

Zwei Tage später hatte Simon den stellvertretenden Vorsitzenden des größten Lebensmittelkonzerns in den Vereinigten Staaten in der Leitung. Mister Jeremias Hunter lud ihn zu einem Grundsatzgespräch in die Firmenzentrale ein.

Simon machte darüber hinaus aus seinem Herzen keine Mördergrube. Er ließ unverblümt wissen, dass er nach den Erlebnissen des letzten Gespräches seine Nerven schonen wolle. Sein langjähriger Anwalt, der in alle Details involviert sei und über alle Kompetenzen verfügen würde, sollte die Verhandlungen führen. Bis zu diesem Zeitpunkt würde er das überarbeitete Angebot eines Wettbewerbers in der Schublade liegen lassen. Das Telefonat dauerte nur eine Minute.

Vincent Frazier leistete ganze Arbeit. Das erste Gespräch brach er bereits nach fünf Minuten ab. Einen Tag später rief der Aufsichtsratsvorsitzende persönlich an.

Vincent machte unmissverständlich klar, dass das zweite Gespräch auch das letzte Gespräch sein würde – und dass er nicht gedenke, diese Verhandlungen mit Subalternen zu führen. Sein Mandant stünde nicht im Entferntesten unter irgendeinem Druck. Sollte es zu keiner Einigung kommen, würde man dafür sorgen, dass der Konzern kurz vor der Aktionärsversammlung eine Gewinnwarnung herausgeben musste. Damit würde dem Aufsichtsrat nichts anderes übrigbleiben, als den Aktionären einige Köpfe auf silbernen Tabletts zu servieren.

Die sechs Verhandlungspartner des Konzerns waren tief beeindruckt, dass ihnen nur ein Mann gegenübersaß. Und dies war der clevere Anwalt Vincent Frazier. Und dieser ließ es sich nicht nehmen, in den späten Abendstunden Simon auf dessen Ranch zu besuchen, um ihn über die Verhandlungsergebnisse der siebenstündigen Marathonsitzung zu informieren.

Sie hatten sich auf 395 Millionen Dollar geeinigt; allerdings incl. aller Patentrechte, aller Produktionsunternehmen und der Logistikflotte. Ein Teil der Immobilien, die nicht auf der Liste standen, verschwieg er dem Gremium. Sie waren nicht Gegenstand der Vereinbarung. Bis zu diesem Zeitpunkt war selbst versierten Fachleuten verborgen geblieben, wie verschachtelt Simons Reich inzwischen war.

Sowohl Vincent als auch Gabe waren fassungslos, wie weit Simons Planungen und Strategien für das neue Projekt vorangeschritten waren.

Beginnen wollte er in den Städten New York, Chicago, Philadelphia, Indianapolis, Columbus, Charlotte, Detroit, Memphis, Baltimore, Boston, Washington und Cincinnati.

Für Cincinnati und Boston hatte er bereits unterschriftsreife Verträge für entsprechende Immobilien und Grundstücke vorliegen.

Das erste Projekt sollte in Cincinnati realisiert werden. Die Stadt hatte zwar nur 380.000 Einwohner. Zusammen mit Mittletown und Dayton war es allerdings ein Potenzial von über einer halben Million Einwohner. Entscheidend war jedoch die wirtschaftliche Stärke dieser Region. Hier waren Procter & Gamble, General Electric, Kroger, die Fifth Third Bank, Macy's und viele weitere große Unternehmen ansässig. Hier war, um es flapsig auszudrücken, viel Geld zuhause.

Innerhalb der nächsten drei Jahre sollten Erlebnistempel in den zwölf genannten Städten stehen. Pro Jahr würden 2-3 solcher Mammutprojekte realisiert werden. Zunächst wollte er sich auf den Osten der Vereinigten Staaten konzentrieren; bis hinunter nach Florida. Erst im zweiten oder dritten Schritt würde er sich der Westküste annehmen.

Entscheidend für ihn war nicht die Anzahl dieser Erlebnis-Oasen, sondern die Ausstrahlungskraft und die Ertragsstärke der Anlagen. Es mussten unverwechselbare Unikate werden; keine schnöden und uniformierten Reißbrett-Betonbunker. Selbst die großzügigen, hellen und sicheren Parkhäuser mussten zum Gesamt-Ambiente passen. Außenparkplätze durften die Optik dieser Tempelanlagen nicht verschandeln.

In den hohen und hellen Räumen sollte es die unterschiedlichsten Fitness-Bereiche geben. Selbstverständlich unter Anleitung von Sportmediziner, attraktiven und freundlichen Assistentinnen oder gutgebauten Personal-Trainern.

Das Ganze sollte nicht im Entferntesten an Body-Building-Folterstuben oder nach Schweiß riechenden Etablissements erinnern. Daneben würde es Schwimmbäder, Salzwasser-Pools, Außen-Pool-Landschaften, Whirl-Pools, Kneipp-Anlagen, Dampfbäder, Saunen, Solarien und Bräunungs-Ecken geben. Die unterschiedlichsten Massage-Techniken würden für weitere Entspannungen sorgen. Unter Anleitung würde es Joga, fernöstliche Entspannungs-Techniken, Gymnastik und Aerobic geben. Selbstverständlich stand eine Bowling-Anlage auf seiner Liste. In edlen Restaurants und Cafés würden sich die Gäste stärken und sich ohne Störungen unterhalten können. Friseur-, Nagel- und Face-Studios sollten weitere Anziehungspunkte werden. Vor allem die Damen konnten sich in Boutiquen beraten lassen, welcher Schmuck und welche neuen Kleidungskreationen ihre Schönheit noch mehr zur Geltung bringen würden. Auf den großen Flachdächern oder in geschützten Außenbereichen sollten FKK-Anhänger auf ihre Kosten kommen können.

In diesen Tempeln gab es selbstverständlich kein Bargeld. Scheck-Karten sollten obligatorisch sein. Die stattlichen Mitgliedsbeiträge würden automatisch abgebucht werden. „Schwarze" hatten keinen Zutritt. Bei „asiatischen Frauen" sah das schon anders aus. Neue Mitglieder würde man sich äußerst genau anschauen. Das war man den bereits bestehenden Mitgliedern schuldig.

»Das wird eine deiner wichtigen Aufgaben werden«, sagte Simon grinsend und blickte Gabe bewusst herausfordernd an.

»Was soll ich mit einer solchen Scheiße zu tun haben«, brummte der Hüne.

»Als Geschäftsführer für alle diese schönen Center wirst du auch für diese Dinge zuständig sein mein Freund.«

»Ich? Geschäftsführer? Niemals!«

»Na ja. Du wirst nicht in Arbeit ersaufen. Keine Bange. Du bist Chef der jeweiligen Center-Manager. Am Anfang suchen wir diese Burschen gemeinsam aus und wir werden sie auch gemeinsam schulen und auf Linie bringen. Selbstverständlich werde ich dich nicht ins kalte Wasser werfen. Schließlich geht es hier um sehr viel Geld. Wir fangen in Cincinnati an.«

»Niemals. Such' dir einen anderen ...«

Er sprang aus dem Bürostuhl und blickte Simon wütend an.

»Hock' dich wieder hin. Ich kann diese Aufgabe nur jemandem überlassen, dem ich voll vertraue. Ich wünsche keine Diskussionen.«

Gabe breitete seine großen und starken Arme aus.

»He. Schau mich an. Sieht so ein Geschäftsführer von solchen Protztempeln aus?«

»Ja. Selbstverständlich. Ohne Bart siehst du bereits passabel aus.« Simon zog seinen Bürostuhl näher an Gabe heran.

»Mach' einmal deine Augen zu. Stell' dir einmal dieses Szenario vor. Na los. Hey. Um dich herum sind viele rassige Weiber. Und deren Männer sind die ganze Woche unterwegs, um Money zu machen. Deshalb kommen diese armen Burschen am Wochenende ausgepumpt nach Hause –

zu ihren schönen und frustrierten Frauen. Spätestens wenn du nur mit einem Hawaiihemd durch die Hallen schlenderst oder ab und zu auch ohne dieses Hemd trainierst ... na ein bisschen Show muss sein ... spätestens dann starren sie auf deinen göttlichen Körper. Das Wasser läuft ihnen im Mund zusammen. Was sie sich dabei ausmalen brauche ich dir nicht zu erklären.«

Gabes Gesicht begann zu strahlen.

»Ahhh. Und jetzt kommen die Ruheräume ins Spiel. Verstehe. Sind die auch abschließbar?«

»Selbstverständlich mein Freund.« Simon hob einen Zeigefinger.

»Aaaaber. Ich habe ja noch nicht alles ausposaunt. Neben diesen Tempeln bauen wir super schicke Apartments. Die sind sowohl von außen als auch von innen mit einer Scheckkarte zu erreichen. Und ein Apartment ist für dich reserviert. Na, wie hört sich das an?«

»Fast wie der Himmel auf Erden mein Freund.«

Während Gabe die Augen schloss, mit offenem Mund den Kopf hob, und diesen leicht und genüsslich zu schaukeln begann, verdrehte Vincent Frazier, der diesem Gespräch beiwohnte, die Augen und atmete hörbar die Luft aus.

»Ich komme mir jetzt vor, als ob wir gerade dabei sind, für einen Trailer dieser grässlichen Vormittags-Soaps zu proben«, grunzte der Anwalt.

»Hallo Leute, jetzt kommt mal wieder runter von eurem fliegenden Teppich.«

»Sei doch kein Spielverderber Vincent«, sagte Simon grinsend.

»Wenn wir beide so puritanisch dahinvegetieren, müssen wir das nicht auch von Gabe erwarten. Und wenn er sich erholt hat, darf er offiziell noch einmal den Pilotenschein nachmachen, damit er rasch von einem Tempel zum anderen fliegen kann. Da draußen vor der Ranch werden wir eine kleine Landebahn zaubern. Hey Vincent, du hast doch jetzt einen schönen Betrag auf der Kante. Willst du dir nicht auch ein kleines Flugzeug leisten?«

Gabe schnappte freudestrahlend nach Luft.

»Ich bekomme wirklich ein Flugzeug?«

»Holla. Holla.« Simon hob seine Hände.

»Wir bekommen ein Flugzeug. Und du holst mich hier von der Ranch ab. So habe ich mir das in meinem jugendlichen Leichtsinn vorgestellt. Du nimmst mich doch mit … oder?«

»Na klar Chef. Sie dürfen sogar hinten sitzen und arbeiten«, prustete Gabe.

Das Pilot-Projekt in Cincinnati, es hieß Nirwana, schlug ein wie eine Bombe. Dem Boston-Projekt würde Simon den Namen Three-Hill-Heaven geben. Diese Stadt wurde ursprünglich auf drei Hügeln erbaut. In einem Monat sollte dieser unverkennbare Bau in Betrieb genommen werden. In einem halben Jahr musste der Baltimore-Tempel stehen. Für ihn hatte Simon den Namen Poseidon reserviert; nach dem Gott des Meeres. Schließlich war Baltimore einer der wichtigsten Hafenstädte in den Vereinigten Staaten.

Seinen Flugschein hatte Gabe inzwischen in der Tasche. Er brauchte ja nur wenige Flugstunden absolvieren, um seine Kenntnisse aufzufrischen. Und neuerdings konnte er fast vor der Haustür der Ranch aus dem Flugzeug steigen.

In den nächsten Jahren musste er sich die Stunden für seine amourösen Abenteuer allerdings förmlich stehlen. Doch der positive Stress war wichtig für ihn geworden. Langsam konnte er Simon verstehen. Aber um nichts auf der Welt wollte er mit seinem Freund tauschen.

So lange er Simon kannte, hatte er nie das Gefühl gehabt, dass dieser Mann einen Blick für Frauen verlor. Warum Simon rot anlief, als er ihn aus einem Ruheraum in Cincinnati kommen sah, konnte er in keinster Weise nachvollziehen. Eine Rothaarige biss ihn zum Abschied liebevoll in den Nacken. Wo hatte er diese Frau schon einmal gesehen? Gabe zermarterte sich sein Gehirn. Doch als Simon etwas Ähnliches wie »Das war nur was Geschäftliches« murmelte, wusste er es wieder. Diese Frau war Mitglied des Stadtrates.

Es war wie verhext. Seit der Eröffnung des Poseidons in Baltimore im Juni 1985 mussten alle übrigen Eröffnungen um einige Monate verschoben werden. Philadelphia konnte erst im Oktober in Betrieb gehen. Der Wellness-Tempel in Indianapolis war mit Ach und Krach im März 1986 an den Start gegangen. Und die riesige Anlage in Columbus durften sie knappe zwei Monate später, also im Mai 1986, taufen. Das war nur unter Einsatz aller Kraftreserven möglich gewesen.

»Lass' diesen Quatsch mit Detroit«, hatte Vincent mit Engelszungen gebetet. Doch Simon verwies darauf, ausnahmsweise ohne Rücksprache mit ihm einen günstigen Bauplatz ersteigert zu haben. Vor allem der Bürgermeister hatte ihn die Bude eingerannt. Das war hochgradig dumm.

»Wo hast du denn deinen Instinkt gelassen. Wenn ich es nicht besser wüsste, müsste ich vermuten, dass du dir dein Hirn in deinen Tempeln aus dem Kopf hast vögeln lassen«, fluchte Vincent noch vor einer Woche.

»Schau dir doch einfach einmal die Bevölkerungsentwicklung von Detroit in den der letzten Jahrzehnten an. 1950 hatte diese Stadt noch über 1,8 Millionen Einwohner. Ein Jahrzehnt später waren es nur noch 1,67 Millionen. Und jetzt sind es nur noch 1,2 Millionen. Das spricht doch Bände, mein Freund.«

»Und was soll ich mit meinem Bauplatz machen?«, schnauzte Simon.

»Pflanz' Bäume drauf und pinkle drüber. Detroit entwickelt sich zum gefährlichsten Pflaster in den ganzen Staaten. Über 80 Prozent der Einwohner sind Afroamerikaner. Ich bin kein Rassist. Aber kannst du dir Dunkelhäutige in deinen Protztempeln vorstellen?! Nur zehn Prozent von Detroit sind Weiße. Dort gibt es über 300 Morde pro Jahr; Tendenz steigend. Ich rate dir an, zwei oder drei Tage dort zu verbringen. Nimm aber Gabe mit. Und: Der Bursche soll sich zusätzlich eine Knarre einstecken.«

Der 25. Mai 1986 war trübe und regnerisch.

In Detroit angekommen erlebte Simon eine große Überraschung. Das riesige Grundstück war zwar inzwischen entbuscht worden. Eigentlich sollte es bereits eine separate Straße dorthin geben. Doch von einer Straße war weit und breit nichts zu sehen. Und auf dem Grundstück spielten knapp fünfzig junge Burschen Fußball. Alles Dunkelhäutige. Vincent würde ihn zu Recht Vorhaltungen machen.

Gabe kannte sich zwar in Detroit aus. Doch auch er erschrak, wie rasch die Stadt in den letzten Jahren versumpfte, wie Vincent es ausgedrückt hatte.

Die Außenbereiche, welche von den zehn Prozent Weißen bewohnt wurden, waren gepflegt – und stark bewacht. In anderen Stadtvierteln war es keine gute Idee selbst bei Tag zu fahren. Simon entschloss sich trotzdem, in Detroit zu übernachten.

Das Motor City Casino Hotel war ein moderner Kasten am Stadtrand.

Den großen Jeep parkten sie vorsichtshalber in der Tiefgarage.

Nachdem sie das Hotel betreten hatten, fühlten sie sich wie auf einem anderen Stern.

Am anderen Morgen wollten sie so früh wie möglich diese Stadt verlassen.

In der Tiefgarage angekommen wurden sie Zeuge eines hässlichen Vorfalles. Zwei schwarz gekleidete bullige Männer, natürlich Weiße, waren gerade dabei, einen am Boden liegenden Mann mit den Füßen zu traktierten.

Die schmächtige Gestalt am Boden regte sich nicht mehr.

»Hey. Schluss jetzt ihr Spinner«, schrie Gabe.

Die Schwarzgekleideten ließen von der leblosen Gestalt am Boden ab und kamen breitbeinig auf Simon und Gabe zu. Da sie kurzärmelige Hemden trugen, war nicht zu übersehen, dass sie über und über tätowiert waren.

Der Obergorilla baute sich vor Gabe auf.

»Hast du Spinner zu mir gesagt du Schwuchtel?«, grunzte er bösartig.

Mit diesen Worten stupste er Gabe kräftig vor die Brust. Eine Sekunde später vernahm der Gorilla nur noch einen großen Knall. Gabes große Handflächen landeten mit großer Wucht gegen die Ohren des Mannes. Jetzt konnte er weder hören, noch denken, noch atmen. Doch damit ließ es Gabe nicht bewenden. Sein rechtes Knie donnerte in die Magengrube des vor Schmerzen schreienden Mannes.

Als der zweite Gorilla wutschnaubend einen Schlagstock schwang, blickte er in die Mündung eines Revolvers. Blitzartig landete Gabes Fußspitze zwischen die Beine des Stockschwingers. Mit einem ekelhaft gurgelnden Geräusch ging der Angreifer in die Knie und begann sich vor Schmerzen zu krümmen.

Noch bevor die Polizei auftauchte, stürzte ein Mann im dunklen Anzug und Krawatte auf Gabe zu.

»Das wird sie teuer zu stehen kommen«, schrie er.

Simon stellte sich geistesgegenwärtig zwischen die beiden Männer.

»Sie sind sicher so etwas ähnlich wie der Hotelmanager?«, fauchte er den kleinen und schlanken Mann an.

»Richtig.«, stotterte er.

»Dann sind das ihre Leute?« Simon machte mit seinem Kinn eine verächtliche Bewegung in Richtung der beiden Gorillas, die sich am Boden krümmten.

»Ihre Aufgabe ist es, für Ordnung und Sicherheit zu sorgen.«

»Okay sie Würstchen«, sagte Simon grinsend.

»Dann bekommen sie gleich eine Anzeige wegen Anstiftung zum Totschlag. Wenn meine Anwälte mit Ihnen fertig sind, werden Sie hier in Detroit nur noch einen Job am Fließband bekommen. Und links und rechts von Ihnen schuften dann grimmige Nigger. Einem von ihren Kumpels haben Sie dann nämlich den Job weggenommen. Und das mögen die gar nicht.«

In diesem Moment stürmten zwei Polizisten mit gezogenen Waffen in die Tiefgarage; weiße Polizisten.

Simon spielte den völlig aufgelösten Gast. Er versuchte, sich an den ersten Polizisten zu krallen, und keuchte:

»Sergeant. Sergeant. Ich glaube die beiden Typen da haben den armen Burschen, der dort hinten am Boden liegt, umgebracht. Dieser arme Kerl.

Wir brauchen ein Rettungsfahrzeug! Wir brauchen einen Arzt! Schnell!«

»Meinen Sie die beiden Sicherheitsleute am Boden?«, wollte der zweite, ältere Polizist wissen.

»Die haben mich mit ihren Schlagstöcken angegriffen Sergeant.«

Gabe machte eine schuldbewusste Miene.

»Ich kann mich doch nicht auch zusammenschlagen lassen.«

Der Hotelmanager hatte es vorgezogen, sich dezent aus dem Staub zu machen.

»Das wird meinem Freund Reginald gar nicht gefallen, wenn ich nicht pünktlich bin. Schließlich ist der halbe Stadtrat versammelt«, schnaufte Simon.

»Reginald Hancock?«, brummte der ältere Polizist sichtlich eingeschüchtert.

»Ja, der Bürgermeister. Wir möchten zusammen neue Arbeitsplätze schaffen. Das ist ihm wichtig. Ihnen doch sicher auch Sergeant. Oder? Mein Name ist Simon Klinger. Ich wäre Ihnen dankbar, wenn sie Reginald anrufen, um ihm zu erklären, warum wir uns jetzt verspäten. Nur zur Information Sergeant: Mein Leibwächter hier hat den Schwarzen Gürtel. Aber das konnten die beiden Totschläger dort drüben nicht wissen. Ohne ihn läge ich jetzt vielleicht auch am Boden.«

»Wir … wir möchten Sie und ihren … ihren Begleiter … nicht aufhalten, Mr. Klinger. Wir regeln das hier auch ohne Sie.«

»Wohin bringen Sie eigentlich diesen bedauernswerten Burschen dort drüben … falls er noch lebt … Sergeant?«

»Ich denke ins Henry Ford Hospital Mr. Klinger. Ich meine, wenn er noch lebt.«

»Ja, er lebt noch Jack«, rief der jüngere Polizist, der neben dem jungen Mann kniete.

»Notarzt ist unterwegs.«

Wenige Minuten später schüttelte Gabe prustend den Kopf. »An dir ist ein Schauspieler verlorengegangen.«

Das zweite Mal schüttelte er den Kopf, als ihn Simon zwanzig Meilen hinter der Stadtgrenze von Detroit bat, wieder kehrt zu machen, um ihn ins Henry Ford Hospital zu bringen.

»Wie du meinst«, brummte Gabe.

Ein Instinkt sagte ihm, dass dies keine gute Idee war. Doch er hatte sich geschworen, künftig Befehle seines Freundes zu akzeptieren.

Simon konnte allerdings an Gabes Miene erkennen, dass dieser mit seiner Entscheidung nicht einigging.

»Irgendeine Stimme sagt mir, dass ich ihn zumindest sehen muss«, murmelte Simon leise.

»Wir werden später sehen, ob es eine gute oder eine saudumme Idee von mir war.

»Vielleicht war es ein Junkie, der sich in die Tiefgarage geschlichen hat«, sagte der Gabe.

»Wenn ich früher Stoff brauchte, bin ich auch viele Risiken eingegangen.«

»Hm. Und eines Tages bist du auf der Haube meines Jeeps gelandet. Schon vergessen?«

Gabe zuckte zusammen.

Er war nicht fähig, Simon in die Augen zu blicken. Beide Männer zogen es vor zu schweigen.

»Dr. Nathan Blair war weise genug, einen Einhundert-Dollar-Schein nicht zu verschmähen.

»Der Bursche ist noch im OP-Saal. Er heißt Luca Amoroso und hat gleich zwei Schutzengel gehabt. Die Schläger hatten ihm vier Rippen eingetreten. Der Splitter einer dieser Rippen hatte um einen Zentimeter die Lunge verfehlt. Die andere Rippe hat die Leber gequetscht.«

Der Arzt machte einen niedergeschlagenen Eindruck.

»Wenn man vom Teufel spricht«, sagte er und blickte den Gang hinunter.

Ein großer Dunkelhäutiger mit weißem Arztkittel fuhr ein Krankenbett heran. Dr. Blair gab dem jungen Arzt ein Zeichen anzuhalten.

»Schauen Sie sich einmal dieses Häuflein Elend an Mr. Klinger. Was meinen Sie wie alt dieser Bursche ist? Er besteht nur noch aus Haut und Knochen.«

Unwillkürlich musste Simon lächeln. Der Stationsarzt blickte ihn entgeistert und fragend an.

»Es war der gleiche Satz, den ich vor drei Jahren schon

einmal gehört habe. Die gleiche Frage hat mir eine Kollegin von Ihnen in Boston gestellt, als ich am Bett eines bedauernswerten Junkies stand«, sagte Simon und verzog dabei den Mund.

»Verstehe«, murmelte der Arzt. Trotzdem. Wie alt? Was meinen Sie?«

Simon beugte sich über das Bett und musterte eingehend den jungen Mann, der noch in Narkose lag. Seine Kopfhaare waren fast glatt geschoren. Einige Platzwunden mussten genäht werden. Die Nase war offensichtlich gebrochen. Auffällig war ein wallender Bart, der bereits an den Wangen begann und bis zur Brust reichte. Die Haut war wie bei Gabe … damals … ungepflegt und runzelig. Der Bursche wirkte wie ausgespuckt. Aus der Sicht von Simon hatte er kein Alter. Vielleicht lebte nur noch sein Körper. In seinem Kopf war er vielleicht schon tot.

»Sechsundzwanzig oder siebenundzwanzig.«

Es war Gabe, der sich ebenfalls kurz über das Bett gebeugt hatte und diese Schätzung abgab.

Dr. Blair machte einen leicht enttäuschten Eindruck.

»Fast auf den Punkt«, brummte er und hob dabei anerkennend seine rechte Augenbraue.

»Sie kennen sich da wohl etwas aus?«

»Kann man sagen«, krächzte Gabe.

»Ich war der, der damals in Boston auf dem Bett lag.«

»Oh. Verstehe«, flüsterte der Arzt überrascht.

Seine Augen wanderten viele Male zwischen Simon und dem Ex-Junkie hin und her. Hierbei arbeiteten offenbar fieberhaft seine grauen Zellen. Als Ergebnis dessen fragte er:

»Haben Sie eine Idee, was wir mit diesem armen Burschen machen sollen. Lange kann ich ihn auf meiner Station nicht behalten. Wie es aussieht, ist dieses menschliche Wrack mittellos.«

Simon übergab dem Arzt seine Visitenkarte.

»Legen sie ihn auf meine Kosten auf ein schönes Einzelzimmer.«

Und als er sah, dass Dr. Blair ihn unter seinen buschigen Augenbrauen prüfend fixierte, fügte er mit einem Grinsen hinzu:

»Rufen Sie meinen Freund Reginald Hancock an. Er wird Ihnen sagen, dass ich solvent bin.«

Zum zweiten Mal an diesem Tag kam die völlig überraschte Frage:

»Unser Bürgermeister?«

»Ja, er ist auch nur ein Mensch … wie Sie und ich«, war Simons lakonische Antwort.

Zwei Stunden später waren Simon und Gabe wieder auf dem Highway 75. Seit sie das Krankenhaus verlassen hatten, war eine große Stille zwischen den beiden Männern eingetreten. Ganz bewusst wollte Simon seinen Freund etwas schmoren lassen. Er fühlte förmlich, wie es im Kopf des Hünen arbeitete. Nein: Dort oben rumorte und brodelte es.

Gabe wollte seinem Freund die Zeit geben, diese neue Situation einzuordnen. Und: Für ihn war es wieder einmal eine Art Prüfung. Das Denkergebnis würde Rückschlüsse auf Gabes Moral-Vorstellungen zulassen – und damit auch auf seine Freundschaft mit ihm. Wenn er nicht bereit war, ihn, Simon, zu respektieren, dann hatte er auch kein Anrecht auf seine Freundschaft – und auch kein Anrecht auf sein Verständnis.

»Wenn du es wünschst, werde ich diesen Luca alle zwei Tage besuchen«, brummte Gabe plötzlich leise.

»Ich werde mit ihm sprechen.« Er machte eine kurze Pause, um lauter fortzufahren:

»Ich fühle, dass du daran interessiert bist, so viele Informationen wie möglich über diesen Burschen in Erfahrung zu bringen. Hm?«

»Freut mich, dass du es so siehst, mein Freund«, sagte Simon und schenkte dabei Gabe ein anerkennendes Lächeln.

»Es war Schicksal, dass du mir vor die Motorhaube gefallen bist. Vielleicht … wer weiß das schon … ist das auch wieder einmal ein Wink des Schicksals. Aber das Schicksal darf uns nicht böse sein, wenn wir ihm prüfend auf die Finger schauen. Einverstanden?«

»Einverstanden. Wenn der Kerl bei mir mauert, kannst du es vielleicht versuchen.«

Simon nickte. Nach langen Minuten der Stille sagte er:

»Zunächst werde ich versuchen, das Grundstück in Detroit abzustoßen. Generell sollten wir uns künftig nur zwei Projekte pro Jahr vornehmen. Qualität hat Vorrang! Dann eröffnen wir eben erst im Jahr 2008 unseren fünfzigsten Wellness-Tempel. Damit soll dann endgültig Schluss sein.«

Anfang Juni beschloss Simon, Luca für ein Wochenende auf die Ranch zu holen. Aus Gabes Worten entnahm er, dass zwischen den beiden Männern ein Hauch von Freundschaft entstanden war.

»Keine Ahnung, ob wir irgendwann Freunde werden können«, brummte Gabe, als Simon wissen wollte, welchen Eindruck er von Luca gewonnen hatte.

»Dieser Kerl ist intelligent. Ekelhaft intelligent, wenn du mich fragst.«

»Dann bist du eben eine Mischung aus Wolf und Bär und Luca eine Mischung aus Fuchs und Elster«, hatte Simon lachend geantwortet.

Diese Vergleiche gefielen Gabe auf Anhieb.

Fast hätte er den plötzlich weitaus jünger wirkenden Mann nicht wiedererkannt. Er hatte sich den langen Bart abgeschnitten und war glattrasiert.

Das Haut-und-Knochen-Männlein war bereit, Simon alles über sich zu erzählen. Alles.

Luca Amoroso war als dritter Sohn einer sizilianischen Einwandererfamilie in Pasadena, im Norden von Los Angeles, aufgewachsen. In dieser äußerst vernetzten Großfamilie wurde zumindest noch die Omertà gepflegt. Außerdem war das Wort eines Padrone noch immer Gesetz. Und Lucas Vater war der Padrone des Clans.

Sehr früh erkannten die Eltern und Verwandten, dass dieser Spross aus der Art zu schlagen begann. Luca war schon fast beängstigend intelligent. Also musste er auf die University.

Der Padrone war schon fast wieder versöhnt, als sein Sohn von der Harvard University geworfen wurde. Das war keine Schande für die Sippe. Ärgerlich war jedoch, dass Luca nur noch Interesse für diesen neuartigen Kram hatte.

Bis tief in die Nacht verkroch er sich im Keller, wo sein Vater eines Tages eine große IT-Anlage entdeckte. Aber da war es schon zu spät. Plötzlich standen dreißig FBI-Experten vor den Türen der Privathäuser der Amoroso-Sippe. Luca war es gelungen, in hochsensible Computer der Regierung einzudringen. Und die Spur des missratenen Spinners führte zu den Amorosos. In der Folge wurden auch alle Unternehmen des sizilianischen Clans unter die Lupe genommen. Das war eine Schmach für den Padrone.

Zunächst landete Luca für sechs Monate im Gefängnis. Als er entlassen wurde, war er zweiundzwanzig Jahre alt. Der Padrone hatte ihn inzwischen wissen lassen, dass er nicht mehr zum Clan der Amorosos gehöre. Ohne einen Cent in der Tasche ging Luca nach New York.

Ab diesem Zeitpunkt gelang es ihm nicht mehr, einen halbwegs guten Job zu ergattern. Selbst weniger gute Arbeitsplätze behielt er nur einige Tage, da er auf Schritt und Tritt beobachtet wurde.

Heimlich setzte er sich schließlich nach Detroit ab. Dort, inmitten der Slums, verlor sich seine Spur für das FBI. Da er überleben wollte, blieb ihm nichts anderes übrig, als seinen Lebensunterhalt mit Diebstählen zu bestreiten.

Luca Amoroso ließ sich vor Simon auf die Knie fallen. Mit zitternden Händen packte er die Hand seines Gönners. Viele Male küsste er diese Hand und stammelte:

»Bitte Mister Klinger. Lassen Sie mich für Sie arbeiten. Bitte lassen Sie mich immer in Ihrer Nähe sein. Ich habe Ihnen gesagt, welche dummen Sachen ich in meiner Jugend angestellt habe. Ich war jung und dumm. Das weiß ich heute. Ich weiß, dass ich sterben werde, wenn Sie mir nicht die Chance geben zu beweisen, dass ich für Sie eine große Hilfe sein kann. Ich werde Sie nie hintergehen. Ich werde Sie nie belügen. Ich bin bereit, für Sie zu sterben. Sie sind mein Padrone. Bitte Mister Klinger. Bitte.«

Auf diese Entwicklung war Simon nicht vorbereitet.

Zunächst stand er wie erstarrt. Danach versuchte er, seine Hand zu befreien. Erst als ihm das nicht gelang, reagierte er auf seine Weise.

Er ging ebenfalls auf die Knie.

»Nein. Nicht … Mister Klinger. Das … das geht nicht. Das dürfen Sie nicht.«

Erst als sich ihre Gesichter nur wenige Zentimeter trennten, wimmerte Luca leise:

»Eine Padrone darf nicht auf die Knie gehen. Niemals.«

Nun begann er zu schluchzen und zu jammern.

»Oh mein Gott. Das geht nicht.«

Instinktiv strich Simon mit seiner linken Hand über die kurze Igelfrisur des jungen Mannes.

»Jetzt pass' mal auf mein Freund. Ich will nicht dein Padrone sein. Nenne mich nie wieder Mr. Klinger. Sag' einfach Simon zu mir. Wie Gabe auch. Einverstanden?«

»Es wäre gut für mich gewesen, wenn ich mir das zuerst

verdient hätte Mister … äh … Simon«, jammerte der Bartlose im Flüsterton.

»Ich fühle mich aber wohler, Freunde um mich zu haben … und keine Leibeigenen«, sagte Simon mit einem milden Gesichtsausdruck.

»Ich gebe dir die Möglichkeit, es zu beweisen. Es wäre schön, wenn du für uns kämpfst; für mich, für Gabe … und letztlich auch für dich. Vergiss' das nie. Versprichst du mir das?«

»Ja. Jaja. Simon. Ich verspreche es dir. Ich schwöre«, stammelte Luca leicht theatralisch und hob dabei seinen Zeige- und Mittelfinger der rechten Hand.

Beide Männer konnten zu diesem Zeitpunkt nicht ahnen, wie wichtig dieses Versprechen und dieser Schwur, zweiundzwanzig Jahre später sein sollte.

Der Inhaber der Ranch demonstrierte zwei Tage später, dass er ein Mann der schnellen Entschlüsse war. Die vierzehn Zimmer incl. Küche und Hauswirtschaftsraum wären zwar ausreichend gewesen, damit alle weiterhin unter einem Dach hätten wohnen können.

Gemeinsam wurde beraten, ob er eine größere Ranch in Worcester kaufen sollte. Sie war weitaus moderner und mondän; natürlich mit einer atemberaubenden Gartenanlage. In fünfzehn Minuten wäre man von dort aus in Boston. Alternativ wäre es aus seiner Sicht notwendig, einige Veränderungen auf der gegenwärtigen Ranch vorzunehmen.

Das war natürlich leicht untertrieben. Prinzipiell war es aus seiner Sicht notwendig, dass sowohl Gabe als auch Luca ihre Büros auf der Ranch haben sollten. Er hasste diese modernen und seelenlosen Büros in den Städten. Vor allem Luca sollte auf der Ranch eine IT-Zentrale aufbauen, die alle Vorstellungen des Amoroso-Sprosses sprengten.

Alle Anwesenden sahen den Besitzer der Ranch mit

riesigen Augen an. Man sah es ihnen an, was sie dachten.

Wie um alles in der Welt war dieser Mann fähig, so rasch und so umfassend einen solchen Plan zu entwerfen? Ihnen blieben die Münder offenstehen, als Simon darauf bestand, dass die Umbaumaßnahmen innerhalb von sechs Wochen abgeschlossen sein mussten. Die Ranch würde dann auf fünfundzwanzig oder gar auf achtundzwanzig Räume erweitert werden.

Ende August 1986, also noch vor den ersten Herbststürmen, waren alle Umbaumaßnahmen, wie Simon vorausgesagt hatte, abgeschlossen. Einige Fertigbauteile ließ der entscheidungsfreudige Manager sogar mit dem Hubschrauber heranfliegen.

Zwei Wochen später beugten sich Simon und Gabe zusammen mit einem erweiterten Architekten-Stab über den Plan für das nächste Projekt in Charlotte. Das zehnte und besonders herausragende Projekt war in Washington geplant; im Mai 1988.

Luca war von da an bei allen Besprechungen anwesend. Simon und Gabe machten sich insgeheim Gedanken. Dieser IT-Mann hörte nur zu. Er machte sich keine Notizen. Er gab keinen einzigen Satz von sich.

Die Antworten kamen allerdings Anfang Oktober. Vor allem Gabe duckte sich vor dem Sturm, der da auf ihn zukam, als der IT-Experte sein fertiges Konzept vorstellte. Seine Freunde wunderten sich darüber, dass Luca auch die Teilnahme von Vincent empfahl.

Lucas Ausführungen überstiegen Gabes Vorstellungsvermögen.

»Der hat doch nicht alle Tassen im Schrank«, begann Gabe lautstark, als er Stunden später mit Simon allein sprechen konnte.

»Wenn unsere Kunden das spitzkriegen, dass sie überwacht werden, laufen sie uns in großen Scharen davon.

Dann können wir diese Nirwanas & Co. schließen.«

Simon lachte.

»Ich habe dich beobachtet und gesehen, dass du kurz davor warst zu explodieren.«

Er legte seinem Freund eine Hand auf die Schulter.

»Du musst mit der ganzen Sache mitwachsen.«

»Ich weiß sehr wohl, dass ich keine so große Leuchte bin wie dieser NSA-Ableger.«

»Stopp Gabe.«

Simons Gesicht verfinsterte sich.

»Streng' dich bitte an, nicht so mit mir und nicht so über Luca zu sprechen. Haben wir uns verstanden?!«

Gabe senkte den Kopf und grummelte:

»Entschuldige, ich …«

»Ich, du, Luca und Vincent – jeder von uns hat seine Stärken. Und nur, wenn jeder seine Stärken voll zur Geltung bringen kann, wird garantiert, dass wir heute, morgen und übermorgen die notwendigen Erfolge haben. Die Aufgabe des IT-Tüftlers wird es sein, Optimierungsvorschläge zu unterbreiten. Du musst ja nicht zu jedem Vorschlag Ja und Amen sagen. Allerdings kannst du von mir nicht große Streicheleinheiten erwarten, wenn du Misserfolge zauberst und damit letztlich einen Teil meines Geldes in den Sand zu setzen beginnst. Einige von Lucas Vorschlägen hätten genau genommen bereits von dir initiiert und in die Praxis umgesetzt werden müssen. Das kannst du doch nicht bestreiten? Ich persönlich habe keine Probleme damit, dass du mir kräftemäßig überlegen bist. Und ich habe weiß Gott auch keine Probleme damit, wenn dieser Halbitaliener in einigen Bereichen intelligenter ist, als wir beide zusammen.

Ich bin stolz darauf, solche Freunde um mich zu haben. Bei unserem Personal haben wir es letztlich mit Menschen zu tun. Du kannst niemandem hinter die Birne schauen. Menschen bleiben Menschen.

Sie werden zum Beispiel urplötzlich gierig. Sie wollen sich vielleicht genau so viel leisten wie diese bunte Schar unserer wohlhabenden Kunden. Ich empfehle dir, dass du in den nächsten Tagen das Personal, allem voran die Center-Manager, unter die Lupe nimmst. Und danach werden wir uns noch einmal zusammensetzen und Entscheidungen treffen. Einverstanden?«

»Einverstanden Simon.«

»Und in den nächsten Tagen reagierst du dich wieder einmal ab. Nehme dir diese Rothaarige vor. Du weißt schon, welche Dame ich meine. Die geht mir langsam auf die Nerven. Das nächste Mal will ich sehen, dass sich diese Lady sehr langsam hinsetzt, und dabei einen sehr zufriedenen Eindruck macht.«

»Ist das ein Befehl Chef«, grinste der Hüne.

»Jawohl mein Freund. Das ist ein Befehl.«

Gabe massierte sein Kinn.

»Hm. Solche Befehle mag ich.«

Vincent war wütend in sein Flugzeug gestiegen und fast senkrecht in die Wolken geschossen. Doch er war der Erste, der vorschlug, sich noch einmal zu einem konstruktiven und visionären Gespräch zusammenzusetzen, wie er es formulierte.

»Dass nahezu alle Vorschläge von Luca in die richtige Richtung gehen, brauche ich an dieser Stelle nicht noch einmal zu unterstreichen«, begann der versierte Rechtsanwalt.

Mit ungewöhnlich verschmitztem Gesichtsausdruck fuhr er fort: »Er hat mich auf Ideen für neue Service- und Dienstleistungen gebracht, die zu uns passen würden.«

Für viele seiner Kunden hätte das Thema Sicherheit eine zunehmende Priorität, führte Vincent aus. Und bereits nach einer kurzen Einleitung empfahl er, zwei neue Unternehmen zu gründen.

Viele mittelständische aber auch größere Unternehmen trieb die Sorge der Betriebsspionage um.

Sie würden sich glücklich schätzen, von einem kleinen und unabhängigen Unternehmen beraten zu werden. Bei größeren Unternehmen könnte man wahrlich nicht ausschließen, sich Trojanische Pferde anzulachen. Diese könnten vielleicht im Auftrag von Meistbietenden Programme einschleusen.

Viele Unternehmen suchten nach intelligenten Tüftlern, die in der Lage waren, einen undurchdringlichen IT-Zaun um ihre eigenen Anlagen zu ziehen. Mit diesen und weiteren Beratungsleistungen könne man zunehmend beträchtliche Gewinne erzielen, betonte der Anwalt aufgeregt.

Die Geschichte in der Tiefgarage des Hotels in Detroit brachte Vincent auf eine weitere Geschäftsidee. Diese bezeichnete er als Edel-Security. Diese Dienstleistungen wären weit entfernt von irgendwelchen Wach- und Schließgesellschaften oder dumpfen Schlägertrupps wie im Detroiter Hotel. Viele Konzerne oder mittelständische Unternehmen und vor allem auch viele renommierte Hotels waren zunehmend auf der Suche nach Männern – aber auch Frauen -, die Köpfchen, eine schnelle Auffassungsgabe, Instinkt und Loyalität hatten. Darüber hinaus sollten sie natürlich auch kleine Kampfmaschinen sein. Und notfalls lebendige, sehr gut bezahlte Schutzschilde.

Das Meeting ging bis tief in die Nacht. Es wurde entschieden, sich in diesen beiden Geschäftszweigen zu engagieren. Vincent sollte weiterhin als Anwalt im Boot bleiben. Simon würde Gabe im Security-Bereich und Luca für das neue IT-Unternehmen zur Seite stehen.

Vor allem Gabe würde alles daransetzen, im Bereich der Wellness-Oasen für zusätzliche Entlastung zu sorgen.

Für den Security-Bereich musste allerdings ein zuverlässiger Geschäftsführer gefunden werden.

Wieder einmal mischte sich das Schicksal in Simons Geschäfte. Paul Korbers Anwaltspraxis in Weinersheim florierte. Beim letzten Telefonat streiften sie das Thema IT und Security.

Bei dieser Gelegenheit erzählte Paul, dass einer seiner Mandanten, er hieß Markus Pflüger, als Geschäftsführer bei einem Security Unternehmen in Offenbach beschäftigt sei.

Zwei Monate später begann Markus seinen Job als Geschäftsführer bei Simons Boston Security.

Der Fünfunddreißigjährige sprach fließend Englisch. Sein größter Vorteil, so sahen es sowohl Luca als auch Vincent, bestand darin, dass er mit Sicherheit nicht mit der NSA oder einer anderen amerikanischen Organisation im Bunde steckte oder von anderen amerikanischen Unternehmen gekauft sein konnte.

Zehn Jahre waren ins Land gegangen.

Zum Jahresende 1997 war die Einweihung der 30. Wellness-Oase geplant; das erste Projekt an der Westküste. Das war überfällig. Es wäre sträflich gewesen, dies nicht in Los Angeles realisieren zu wollen.

Das IT-Unternehmen und auch die Boston Security hatten sich überproportional entwickelt. Für den IT-Bereich musste Luca sogar in Kanada eine Zweigniederlassung gründen.

Vincent fädelte einige äußerst lukrative Deals ein.

Simon wurde Besitzer von drei Hotels an der Ostküste, von weiteren Immobilien, die vor dem Konkurs standen sowie einigen kleineren Unternehmen im Energie-Bereich. Nach wenigen Jahren entwickelten sich gerade die Energie-

Investitionen zum größten Renditebringer. Das war letztlich der Unterstützung von Luca zu verdanken.

Gabe hatte sich seit zwei Jahren wieder einen Bart wachsen lassen; allerdings einen kurzen und gepflegten Bart, worin die ersten grauen Haare blitzten. Er war ruhiger und nachdenklicher geworden. Dass er nun eine Cessna Citation ISP fliegen durfte, machte ihn stolz. Simon hatte die Maschine, Baujahr 1979, für 589.000 Dollar erstanden. Er hatte Gabe versprochen, ihm ein neues Flugzeug zur Verfügung zu stellen, sobald sie des Öfteren zur Westküste fliegen mussten. Für Kurzflüge nahmen sie weiterhin die kleine Cessna 172P, die quasi vor der Haustür parkte.

Luca blühte zunehmend auf. Er entwickelte sich zu einem Arbeitstier. Bis tief in die Nacht brannte in seinen Räumen das Licht. Neuerdings hatte er Gefallen an Frauen gefunden. Offensichtlich taten sie ihm gut.

Ein Quell zusätzlicher Jugendlichkeit waren auch seine Erfolge auf einem völlig anderen Gebiet. Es machte keinen Sinn, alle Überschüsse oder nicht ganz legale Einnahmen irgendwo zu bunkern.

Mehr durch einen Zufall hatte Simon herausgefunden, dass der Halbitaliener einen geradezu teuflischen Instinkt für Aktienkurse hatte. Unter der Voraussetzung, dass sein IT-Freund nicht alles auf eine Karte setzen würde, genehmigte er ihm, mit diesen Geldern zu arbeiten. Es wäre allerdings unverantwortlich gewesen, diese Gelder zum Teil dem Fiskus in den Rachen zu stopfen.

Nicht Vincent, sondern Luca wusste Rat.

Ganz am Rande hatte Simon zwar schon von Treuhandgesellschaften, Trusts und Offshore-Transaktionen gehört.

Luca setzte jedoch auch hier nicht alles auf eine Karte. Er nutzte Briefkastenfirmen auf den Jungferninseln, Jersey und Guernsey.

An feste Partnerinnen dachten die drei Männer nicht im Entferntesten.

Simon war inzwischen neunundvierzig Jahre alt. Die Zeit, und vor allem das riesige Arbeitspensum, hatten Spuren hinterlassen. Die Haare wurden immer lichter. Seit ihm der Arzt dringend anriet, seinen Körper nicht weiter zu malträtieren, besuchte er das Nirwana in Cincinnati mindestens zwei Mal in der Woche. Neuerdings nutzte er auch eines der Apartments, die mittels eines Codes vom Nirwana aus zu erreichen waren. Und fast jedes Mal hatte er eine andere junge Frau im Schlepptau. Es wimmelte nur so von Frauen, deren Männer nichts anderes im Sinn hatten, als ihr Konto und ihre Macht zu mehren. Den Fitness-Einrichtungen sowie den kräftezehrenden Frauen war es zu verdanken, dass Simon zunehmend schlanker und drahtiger wurde – und natürlich auch etwas ausgeglichener. Doch nichts wünscht er sich mehr, als Marita nahe zu sein – nach so vielen, vielen Jahren.

Als Simon genau eine Woche nach der Einweihung des „Heaven of Belle Pechos" in San Francisco, Ende Mai 2008, im Flugzeug nach Deutschland saß, machte sich fast überfallartig ein Angstgefühl in ihm breit. Er verfluchte sich, die Einladung von Paul und Janette Korber angenommen zu haben. Und er wurde das Gefühl nicht los, dass der Teufel höchstpersönlich sich grinsend die Mühe machte, einige Leimruten auszulegen.

Vieles hatte er sich vorstellen können. Nicht jedoch, dass er einen Anflug des Glücks verspürte, als er den Main und die Burg von Weinersheim sah.

Das Ehepaar Korber gehörte inzwischen zu den Honoratioren der Stadt. Ihre Rechtsanwalts- und Notar-Praxen waren ausgelastet. Beide, sie waren immerhin bereits sechzig Jahre alt, turtelten wie Sechzehnjährige. Sie hatten ihren Gast in ein Hotel in der Nähe des Mainufers eingeladen. Nur der Wirkung des Frankenweines war es wohl zuzuschreiben, dass Simon mit dem Vorschlag von Paul einverstanden war, einen kleinen Abstecher nach Aalfurth zu machen.

Als sie auf der modern ausgebauten Straße fuhren, war es Simon, als würde eine unsichtbare Gestalt hinter ihm sitzen. Er hatte sogar das Gefühl, als würde er den Atem dieses Wesens riechen, das ihm eine Schlinge um den Hals legte - um diese genüsslich zuzuziehen; langsam, ganz langsam.

Dort unten floss der Main. Entlang seines Ufers hatte man einen idyllischen Radweg errichtet. Die Straße hatte keine Leitplanken. Ihm war, als sei es erst gestern gewesen, als er über vier Jahre hinweg jeden Tag acht Kilometer nach Weinersheim fuhr; mit dem alten Fahrrad Marke Vaterland – auch in den Wintermonaten; bei Wind und Wetter und sogar bei Eis und Schnee. Die Straße war damals noch schmal und von vielen alten Apfelbäumen gesäumt. Mit der Zeit kannte er jeden einzelnen dieser Bäume. Im Herbst wurden sie versteigert und man konnte sich preiswert mit Äpfeln für den Winter eindecken. Weiter vorn, rechts oben am Berg, konnte er nun die alte Kirche von Aalfurth ausmachen.

In diesem Moment fühlte Simon, wie sein Mund und seine Kehle immer trockener wurden. Es war vor fünfunddreißig Jahren, als er auf dieser Straße fuhr; allerdings in die entgegengesetzte Richtung. Damals kam es ihm wie eine Erlösung vor, diesen verfluchten Ort verlassen zu können - endlich, endgültig. Weg, weg, schnell weg, hatte es damals in ihm geschrien. Damals hatte er ein Flugticket in der Tasche. Es war ein Flug nach Cincinnati in Amerika. Das Herz schlug ihm bis zum Hals … damals. Und auch jetzt begann sein Herz wie wild zu arbeiten. Er spürte, wie das Blut schneller durch seine Adern schoss. Seine rechte Halsschlagader pochte. Sein Kopf begann zu dröhnen. Er hörte sich röchelnd sagen:

»Paul. Paul. Umdrehen.«

Doch Paul redete wie ein Buch. Er quasselte von seiner Praxis, bis … bis ihm Janette vom Rücksitz aus wie wild auf die Schulter hämmerte.

»Paul. Paul du Spinner. Hast du nicht gehört? Simon. Da stimmt was nicht.«

Erst als der Krankenwagen in Weinersheim über die Brücke fuhr, erwachte Simon aus seiner wohligen und erlösenden Ohnmacht. Und erst nachdem er eine Erklärung unterschrieben hatte, durfte er drei Stunden später das Krankenhaus wieder verlassen. Und danach hatte Simon Klinger, geboren in Weinersheim am Main … und aufgewachsen in Aalfurth … nur einen einzigen und großen Wunsch: Er wollte, nein er musste, Deutschland wieder so schnell wie möglich verlassen.

Paul und Janette brachten ihn zum Flughafen Frankfurt.

Um 21:00 Uhr hob das Flugzeug ab. Es war ein Direktflug nach New York. Ihm war, als höre er den Teufel hinter sich fluchen.

Im Grunde genommen ist der Teufel ein fauler Hund. Ungern sucht er sich starke Persönlichkeiten aus. Deshalb hatte er sich in den letzten Jahren angewidert von Simon abgewandt. Dieser Bursche war für ihn zu selbstbewusst und erfolgreich geworden. Und zum Schluss hatte sich dieses einstmals ärmliche Bürschlein auch noch sozial engagiert. Ekelhaft. Doch jetzt schnupperte er wieder an seiner

Beute. Die Wunden in der Seele seines Opfers waren zumindest ein kleines Stückchen aufgeplatzt. Und das hatte er gerochen – der Teufel. Jaaahh. Er rieb sich seine knochigen Finger. Der Körper dieses Menschleins war ihm nicht wichtig. Er wollte dessen Seele. Nur auf dieses unsichtbare und verletzliche Ding kam es ihm an.

Gabe sah es sofort, als er seinen Freund am Flughafen abholte. Er sah es bereits an Simons Haltung. Er wirkte um zwanzig Jahre älter.

Simon versuchte, ein Lächeln aufzusetzen. Doch daraus wurde nur eine Grimasse. Gabe wusste instinktiv, dass er seinem Freund vorerst nur eine Hilfe sein würde, wenn er ihm den kleinen Koffer aus der Hand nahm und auch während des Fluges bis zur Ranch schwieg.

Als sie auf der Ranch angekommen waren, bat Simon darum, vorläufig nicht gestört zu werden. Danach verzog er sich in sein Schlafzimmer. In dieser Nacht schlief er tief und fest. Der Teufel hatte viele tausend Jahre Erfahrung – und ließ sein Opfer schlafen. Diese Nacht würde er seine Beute in Ruhe lassen. Er hatte ja Zeit.

Es war bereits Spätvormittag, als Alisha an Simons Bett trat. Alisha, eine Halbindianerin, und Kirk, ein Kleiderschrank von einem Mann, waren seit zwei Jahren für das reibungslose Funktionieren der Ranch verantwortlich.

Simon wollte eine Kanne Pfefferminztee.

Als Gabe an der Küchentür vorbeiging, fesselte ihn folgendes Gespräch zwischen Alisha und Kirk:

»Er erinnert mich an meinen Großvater«, sagte die Halbindianerin besorgt.

»Aber der ist doch schon eine ganze Weile tot«, brummte der Kleiderschrank.

»Jaja. Eben. Ich war damals noch ein Kind. Wir lebten bereits in einem Reservat. Sie nannten ihn Großer Luchs.

Seine Feinde hörten ihn erst, wenn es schon zu spät für sie war. Das erzählte man an vielen Feuern.«

»Von ihm hast du mir noch nie etwas erzählt.«

»Ich habe ihn ja nur kurz kennengelernt. Damals war ich erst fünf Jahre alt. Auf alle Fälle habe ich ihm einen Tee bringen dürfen. Und da sah ich ihn liegen. An nichts kann ich mich deutlicher erinnern, als an seine Augen. Damals.« Sie machte eine Pause.

»Ja und? Sprich weiter«, brummt der ehemalige Holzfäller, der vor vielen Jahren unter eine umstürzende Eiche geraten war, unwirsch.

»Na ja. Simons Augen haben mich vorhin an seine Augen erinnert.«

»Blödsinn.«

»Vergessen wir im Moment die Augen. Auf alle Fälle hatte er wenige Minuten später darum gebeten, dass sich seine drei Söhne an seinem Lager einfinden sollten. Sie setzten sich zu ihm. Alle schwiegen zunächst. Es war unheimlich. Und dann sagte der alte Mann mit unglaublich fester Stimme, dass er sie jetzt verlassen werde. Aber er freue sich auf diese lange Reise. Ich weiß nicht mehr genau, was er noch so alles gesagt hat. Wahrscheinlich wollte ich es vergessen. Habe damals lange geweint.« Sie machte wieder eine Pause. Dieses Mal aber eine kürzere Pause.

»Und … Es war unglaublich … Bereits eine halbe Stunde später war der Große Luchs tot. Er ist jetzt gerade dabei, Manitu ins Antlitz zu blicken, sagten einige alte Männer wissend.« Alisha machte wieder eine Pause und seufzte:

»Ach Kirk, er wird doch nicht …«

»Sprich nicht weiter Squaw«, grummelte der Riese.

»Du weißt, dass ich dieses Wort hasse. Noch einmal, und du bekommst einen indianischen Namen, der sich gewaschen hat«, giftete die Halbindianerin.

»Und der wäre?«

»Kaputte Eiche«, sagte sie grinsend.

In diesem Moment betraten Luca und Vincent die Eingangshalle.

»Wie geht es ihm«, flüsterten beide fast gleichzeitig.

Gemeinsam gingen sie in das große Wohnzimmer.

»Was meint Ihr? Müssen wir einen Arzt holen?«, fragte Vincent.

»Vorläufig nicht. Vielleicht hat er sich nur einen blöden Virus in Germany eingefangen. Ohne sein Einverständnis wäre es nicht ratsam, einen Arzt zu holen«, brummte Gabe.

»Worauf ihr euch verlassen könnt.« Es war Simon, der nur mit einem Bademantel bekleidet im Türrahmen stand.

»Ja, aber was ist mit dir Simon. Du darfst uns doch nicht böse sein, wenn wir uns Sorgen um dich machen.«

Luca machte seine sorgenvollste Miene, die er für solche Fälle in der Schublade hatte.

»Meine beschissene Vergangenheit hat mich mal wieder eingeholt, als ich in Deutschland war.«

»Du kennst jeden Furz von uns«, lästerte Luca.

»Aber was wissen wir von dir? Nichts! Nada! Nothing! Du sprichst doch so oft von Freundschaft. Vielleicht wäre es für uns sinnvoll zu wissen, warum du einmal so und das nächste Mal völlig anders reagierst und entscheidest. Ist das ein Zeichen von offener Freundschaft, was du da mit uns machst? Diese Frage musst du dir schon einmal gefallen lassen.«

»Ihr habt ja mehr als Recht.« Simon blickte mit betretener Miene auf seine Füße. Er hatte in der Eile vergessen, in seine Hausschuhe zu schlüpfen.

»Wahrscheinlich liegt es daran, dass ich mich seit 1973 selbst noch nie so richtig mit meiner Vergangenheit auseinandergesetzt habe. Bislang bin ich vor dieser Wahrheit immer davongelaufen. Lasst mir bitte noch ein paar Tage Zeit. Einverstanden?«

Die drei Männer nickten wortlos.

»Du kannst vor der Wahrheit und vor deiner Vergangenheit nicht unendlich lange davonlaufen«, beschwörten, palaverten, säuselten, kicherten und schrien die Stimmen um die Wette – in der folgenden Nacht … und auch in den darauffolgenden Nächten.

Immer wieder wachte Simon schweißgebadet auf.

Er hatte versucht, alles zu verdrängen. Das war falsch und töricht gewesen.

Auch noch heute kreisten seine Gedanken nur um Marita.

In den ersten Jahren war er jede Nacht in Gedanken bei ihr. Danach hatte er versucht, auch Marita zu verdrängen; nicht mehr an sie zu denken. Aber auch das war töricht. Nein, es war sogar unverzeihlich. Er sah ihre Augen. Er hörte ihre Stimme. Und manchmal war ihm, als verspürte er ihre Nähe und atmete ihren Duft ein.

Ohne diese Erinnerungen, diese Wünsche und Sehnsüchte, wäre es mit Sicherheit einfacher gewesen, dieses unterfränkische Kaff zu vergessen; diesen ganzen Mist in seinem Kopf und in seiner Seele auszuradieren – für immer und ewig.

Vielleicht lag sie jetzt gerade mit diesem feisten Kerl im Bett und würde angewidert, dessen Berührungen über sich ergehen lassen müssen.

Wie oft quälten ihn in den letzten Jahren solche und viele andere Szenen.

Er hasste diesen Mann.

Er verabscheute ein Großteil der Menschen dieses Kaffs. Abgrundtief.

Er hatte gehofft, seine ganze beschissene Kindheit und Jugend vergessen zu können.

Nun wurde ihm bewusst, dass dies unmöglich war … solange er diese Themen noch nicht aufgearbeitet hatte.

Und plötzlich kamen diese Bilder und diese Erinnerungen wieder.

Mit voller Wucht.

»Sei nicht so blöd Simon. Hake diese Scheiße ab«, hatte im Traum eine schnarrende Stimme gesagt.

Sie hatte einen unverkennbar amerikanischen Slang.

»Hey, hier ist deine Heimat. Hier hast du 35 Jahre deines Lebens verbracht. Dieses Land hat dir zu Anerkennung und Reichtum verholfen. Und was wärst du heute dort? … in dieser dümmsten Ecke Deutschlands. Hätte man dir dort Chancen eingeräumt?«

»Lass' dich nicht belabern Simon«, hatte eine andere Stimme, eine deutsche Stimme, gesäuselt.

»Es waren andere Zeiten damals. Und die Menschen waren damals nicht alle schlecht und grausam … in dieser vermaledeiten Ecke Frankens. Aber sei doch einmal ehrlich Simon. Ein Großteil dieser Amis ist doch auch nicht besser, als diese Deppen … damals. Sie strotzen doch vor Egoismus. Viele von ihnen sind davon überzeugt, die Wahrheit und die demokratischen Werte erfunden zu haben. Pah. Werte? Das ist für die doch etwas Ähnliches wie eine neue Kaugummisorte. Und überhaupt: Heimat hat man im Herzen und in der Seele - und nicht im Hirn oder im Geldbeutel.«

»Blablabla«, lästerte die amerikanische Stimme.

»Allein Kalifornien ist weitaus größer als dieses kleine Deutschland. Und schau' dir diese gigantischen Schönheiten in den Vereinigten Staaten an. Wie kann man so etwas überhaupt miteinander vergleichen?«

»Was hast du denn bis jetzt von diesem beschissenen Land gesehen?«, polterte die hochdeutsche Stimme.

»Naja: New York, Los Angeles, Chicago, Houston, Philadelphia. Hey Simon. Denke zum Beispiel an Detroit. Große Städte, laute Städte, Wolkenkratzer und riesige

Ghettos, in denen seelenlose Menschen in ebenfalls seelenlosen Gebäuden dahinvegetieren.«

Eine andere, neue Stimme fügte säuselnd in einem fränkischen Dialekt hinzu:

»Kannst du dich an den Spessart erinnern Simon? An den Odenwald? Und später warst du in Nordhessen. Am Edersee zum Beispiel. Oder im Harz bei Braunlage. Du warst in Würzburg … auf der Marienburg oder in der Residenz. Heimat ist Weinersheim, Miltenberg, die Tauber und vor allem der Main – Simon!«

Und fast übergangslos flüsterte eine andere, weiche, weibliche, Stimme:

»Heimat … das sind die Augen und die Nähe von Marita.«

Spätestens bei diesem Satz schrie Simon auf, als würde ihm jemand mit einem langen Messer in seine Seele stechen.

»Was, um alles in der Welt, wollt ihr denn von mir?«, schrie er.

»Lasst mich in Ruhe. Was wollt ihr überhaupt?«

»Ich will, dass du dich entscheidest, wohin du gehörst«, brummte die amerikanische Stimme.

»Endlich. Es wird langsam Zeit!«

»Ich will, dass du dir selbst die Frage beantwortest, wohin in zunehmendem Alter deine Seele gehört«, hauchte die Stimme mit fränkischem Einschlag.

»Willst du eines Tages wirklich in diesem staubigen Land deine letzte Ruhestätte finden? Für immer und ewig?«

Alisha, die selbst die Blätter vor dem Haus rauschen hörte, registrierte Simons Schreie in der Nacht.

Frauen mit Indianerblut in den Adern kennen viele Kräuter, Moose, Farne, Rinden und viele weitere hilfreiche Früchte der Natur.

Nach vielen grauenhaften Nächten war Simon dankbar

für einen helfenden Trank, den ihm Alisha anbot. Er vertraute ihr.

Simon war sich dessen nicht bewusst, dass er fast drei Tage geschlafen hatte. Als er aufwachte, wusste er nur, dass er hungrig war. Am Frühstückstisch hatten sich seine Freunde um ihn versammelt. Vincent hatte es nicht über das Herz gebracht, nach Boston zurückzufliegen. Stattdessen zog er es vor, auf der Ranch zu übernachten.

Vor allem Gabe staunte nun darüber, was sein Freund da alles in sich hineinschlang.

»Was hast du mir denn alles in deinen Trank gemischt?«, wollte Simon schmunzelnd wissen.

Und dann begann Alisha aufzuzählen. Die Liste war lang – und alles selbstverständlich in der Sprache der Cree-Indianer.

Plötzlich, mitten im Kauen, sagte Simon:

»Wir werden uns heute in das Kaminzimmer zurückziehen. Ich habe versprochen, euch einiges über mein Leben zu erzählen. Luca hatte recht. Es ist langsam Zeit, dass …« Er stockte.

»Vielleicht ist es auch für mich gut.«

Danach stierte er gedankenverloren vor sich hin.

Nach einigen Minuten stand Vincent auf. Er gab vor, wichtige Termine in Boston wahrnehmen zu müssen.

Die Wahrheit war, dass sein Intellekt zu ihm gesagte, dass er zwar Simons wichtigster Berater war. Doch zu seinen engsten Freunden zählte Simon ausschließlich Gabe und Luca. Diese drei Männer verband mehr als Freundschaft. Im Laufe der Jahre hatte sich eine Art Seelenverwandtschaft entwickelt. Simon hatte auch nie Anstalten gemacht, mehr über ihn, Vincent, wissen zu wollen. Das galt es zu respektieren. Bei diesem Gespräch im Kaminzimmer wäre er sich deshalb wie ein Fremdkörper oder wie ein Voyeur vorgekommen.

Zehn Minuten später trotteten Gabe und Luca wortlos in das riesige, dunkle Kaminzimmer, um es sich in den wulstigen Sesseln gemütlich zu machen.

Simon hatte Alisha gebeten, viele Getränke und Berge leckerer Häppchen vorzubereiten. Im Kaminzimmer duldete er keine Telefone, keine Smartphones – keine Störungen. Sollten die Russen einen Überraschungsangriff geplant haben, so sollten sie diesen bitte auf den nächsten Tag verschieben, hatte der Hausherr gewitzelt.

Der Hüne und der Spross einer sizilianischen Familie machten angespannte Gesichter. Sie wussten und fühlten, dass die kommenden Minuten oder gar Stunden für ihren Freund nicht einfach sein würden. Gleichwohl waren sie daran interessiert, was er ihnen erzählen würde.

Am Anfang ihres Kennenlernens war dieser Mann eine Mischung aus Halbgott und unnachsichtiger Vater gewesen. Zumindest fühlten sie dies damals so. Die tiefe Freundschaft wuchs erst im Laufe der Jahre. Oh ja, er kannte sie besser als sie sich selbst. Er wusste immer ganz genau, was sie fühlten und dachten. Für ihn waren sie immer wie offene Bücher gewesen.

Sie respektierten ihn. Sie liebten ihn. Aber manchmal fürchteten sie sich vor diesem Mann.

Doch dieser Mann, ihr Freund, der unausgesprochen immer noch auf eine gerechte und strenge Vaterrolle bestand, hatte es all die vielen zurückliegenden Jahre trefflich verstanden, sein Ich hinter einem unsichtbaren Schleier zu verbergen. Sie wussten so gut wie nichts über ihn – außer, dass er vor vielen Jahren aus Germany kam.

Sie wussten, dass er inzwischen sechzig Jahre alt war.

Gabe erinnerte sich in dieser Sekunde daran, dass er einundzwanzig war, als ihn der damals Fünfunddreißigjährige … Verdammt, was hatte er diesem Mann alles zu verdanken.

Und ähnlich dachte und fühlte Luca in diesem Moment.

Trotzdem: Es war nicht fair von diesem Mann gewesen, der immer und immer wieder betont hatte, ihr Freund zu sein – sich hinter diesem Schleier oder dieser unsichtbaren Wand zu verstecken. Und als Simon es förmlich gerochen hatte, worüber die beiden ungleichen Männer in diesen wulstigen Sesseln sinnierten, begann er leise:

»Ihr hattet recht gehabt meine Freunde. In den letzten Tagen habe ich oft über eure Worte nachgedacht. Aber glaubt mir: Ich habe euch nicht bewusst im Unklaren darüber gelassen, was meine Person anbelangt. Die Wahrheit ist, dass ich immer vor mir selbst davongelaufen bin.«

Er hob einen Zeigefinger und blickte Gabe und Luca durchdringend an.

»Aber seid ehrlich. Habt ihr euch jemals Gedanken über euch selbst gemacht … bevor wir uns kennengelernt haben? Und wenn ihr an die ersten langen Gespräche mit mir zurückdenkt, war es doch für euch wie eine Befreiung gewesen, über diesen ganzen Mist gesprochen zu haben.«

Simon machte eine kurze Pause, um tief Luft zu holen.

»In den letzten Tagen habe ich das erste Mal angefangen, über meine Vergangenheit nachzudenken.«

Er zuckte mit den Schultern.

»Vielleicht ist es gut, wenn ich all das, wovor ich bislang weggelaufen bin, einmal ausspreche – euch erzähle. Wahrscheinlich ist es danach für mich leichter, sie Stück für Stück aufzuarbeiten.«

Er blickte Gabe seinen Freund an.

»Gabe, deine Kindheit und Jugend ist völlig anders verlaufen als die von Luca. Aber trotzdem ist es für dich leichter, sich in seinen Lebenslauf hineinzuversetzen. Weitaus schwieriger wird es für euch beide sein, meine Vergangenheit zu verstehen. Damit ihr allein meine Kindheit und Jugend verstehen könnt, ist es wahrscheinlich wichtig, sich die ganzen Zusammenhänge von damals, kurz vor den beiden Weltkriegen vor Augen zu halten.«

An dieser Stelle blickte er Luca fragend an.

»Kannst du etwas mit dem Begriff Tschechoslowakei anfangen?«

»Meine Eltern kommen aus Sizilien, wie du weißt«, sagte der intelligente IT-Mann schmunzelnd.

»Als Norditaliener Sizilien zu verstehen … das ist schon ein verdammt großes Problem. Noch schwieriger ist es, die ganzen Verschiebungen aller Länder innerhalb von Europa zu kapieren. Nach den zwei Weltkriegen und dem Kommunismus ist ja vieles nicht mehr wie zuvor. Soweit ich mich erinnere, sind aus der Tschechoslowakei die kleinen Länder Tschechien und die Slowakei entstanden. Wie die Tschechoslowakei entstanden ist … das habe ich nie kapiert. Die ganze Sache mit Österreich und Ungarn. Aber das ist ja jetzt schon eine Weile her.

»Wow«, entfuhr es Simon.

»Ich bin tief beeindruckt. Wahrscheinlich wissen das unendlich viele Menschen in Europa noch nicht einmal. Ich gehe jede Wette ein, dass weniger als ein Promille aller Europäer fünf von den fünfzig amerikanischen Bundesstaaten aufzählen können. Wir wissen alle viel zu wenig voneinander.«

Erst jetzt setzte sich Simon, um fortzufahren:

»Mein Vater, er hieß Hans Klinger, lebte in den letzten Jahren seines Lebens fast ausschließlich in der Vergangenheit. Die Vertreibung, darauf kommen wir später zu sprechen, hatte ihn seelisch krank werden lassen. Ob ich es wissen wollte oder nicht – mein Vater hatte mir über viele Jahre hinweg Geschichten aus seiner Heimat erzählt.«

Simon lachte bitter.

»Mich hatte es interessiert. Und ihm hat es geholfen. So war es damals. Erst heute weiß ich, dass mich seine

Geschichte und Geschichtchen geprägt haben. Vor allem hat er mir viel über das Sudetenland und über sein Heimatstädtchen Zwittau erzählt.«

Und danach lauschten Gabe und Luca der Geschichte ihres Freundes.

Die kleine mährische Industriestadt Zwittau hatte Anfang 1945 knapp 10.000 Einwohner. 98,7 Prozent bekannten sich zum damaligen Zeitpunkt zur sudetendeutschen Landsmannschaft. Wenn sein Vater immer vom Sudetenland sprach, so war das falsch. Es gab kein zusammenhängendes Sudetenland. Dieses imaginäre Sudetenland bestand in Wahrheit aus vielen Enklaven und Inseln. Und eine dieser Inseln innerhalb der Tschechoslowakischen Republik war Zwittau.

Im Stadtzentrum dominierte der Friedensplatz mit der großen Pestsäule in der Mitte. Dieses Monument erinnerte an die schlimmen Pest,- und Hungersjahre nach dem 30-jährigen Krieg. Auf beiden Seiten des knapp einen Kilometer langen Platzes erstreckten sich Bogengänge, die als Lauben in den Volksmund eingingen. In diesen Lauben herrschte ein reges Geschäftsleben. Über diesen Laubengängen und Geschäften hatte man zweigeschossige, schmale Häuser mit, in Richtung des riesigen Marktplatzes, in unterschiedlichen Formen und Farben errichtet.

Vor dem Zweiten Weltkrieg nannte man diese Stadt das Mährische Manchester. Es gab Leinenwarenfabriken mit mehr als 3.000 Arbeitern, Färbereien, Lederfabriken, Maschinenfabriken aber auch eine Tabakfabrik mit über 1.300 Arbeitern.

Das Stadtbild wurde von vielen Kirchen geprägt. Das Neue Rathaus war lange Zeit der Stolz der ganzen Stadt.

Stolz waren die politischen Entscheider der Stadt auch auf das vorbildliche Schulwesen. Aber es gab auch Armut. Davon zeugte das riesige Waisenhaus.

Als Kind verbrachte Hans Klinger einige Wochen in diesem Waisenhaus. Sein Vater hatte sich aus Scham und Verzweiflung erhängt.

Es war eine Strafaktion seitens der tschechischen Regierung, alle Sudetendeutschen aus staatseigenen Unternehmen zu entfernen. Leopold Klinger war für die tschechische Staatsbahn nicht mehr tragbar, hieß es – und wurde fristlos entlassen. In der Folge musste die Familie Klinger innerhalb von vier Wochen aus dem schönen kleinen Häuschen ausziehen.

Mutter Anna fand mit ihren vier Kindern eine neue Bleibe in der Barackensiedlung am Wiesenweg 1. In dieser Siedlung half man sich gegenseitig. Nicht nur Anna Klinger nahm die Unterstützung der Kommunistischen Partei in Anspruch. Um die vier hungrigen Münder satt zu bekommen, arbeitete sie bei zwei jüdischen Familien im Haushalt. Trotz der Armut verlebten alle Kinder in dieser eingeschossigen Siedlung mit den kleinen dunklen Zimmerchen eine relativ unbeschwerte Zeit. Soweit es die finanziellen Mittel zuließen, genossen sie die schöne Stadt. Dort kannten sie jeden Winkel und jeden unbewachten Garten, wo es leckere Früchte gab. Die herrliche Natur gab es kostenlos. Am Ende der Wiesenstraße erstreckte sich der idyllisch gelegene Stauteich. Und dahinter dehnten sich die riesigen Wälder des Schönhengstgaues aus.

Das änderte sich jäh, als Hitlers Truppen am 1.4.1939 in die Tschechoslowakei einmarschierten. Alle Sudetendeutschen waren ab diesem Tag automatisch Teil des Deutschen Reiches; ob sie wollten oder nicht.

Hans Klinger, er war inzwischen neunzehn Jahre alt, wollte sich weder von den Sozis noch von den Braunen vereinnahmen lassen. Es stellte sich jedoch rasch heraus, dass alle jungen Männer, die nicht bei der Hitler-Jugend gewesen waren und sich zudem weigerten, der NSDAP beizutreten, es zunehmend schwer haben würden in dieser neuen Zeit.

Es war als derber Spaß gedacht, als einige übermütige Leidensgenossen des sogenannten Arbeitsdienstes, Hans im hohen Bogen in den winterlichen Stauteich schleuderten. Er landete auf einen großen Stein im flachen Wasser. Mit einem Herzfehler und einer deformierten Schulter wurde er Wochen später aus dem Krankenhaus entlassen. Für den Einsatz an der Front war er nicht mehr tauglich.

Umso wichtiger war es, einen guten Arbeitsplatz zu finden. Bei der größten Lederfabrik in Zwittau suchte man händeringend Facharbeiter, da viele Männer fast über Nacht für den Blitzkrieg in Polen eingezogen wurden.

Milocz Janosch, der Betriebsleiter mit deutschen Wurzeln, besaß einen Instinkt für Talente. Lederprodukte waren wichtig für die Truppe. Ein Großteil aller glänzenden Ledermäntel für die SS- oder der SA kamen aus der Produktion in Zwittau. Für die Bearbeitung des Leders war größtes Fingerspitzengefühl notwendig. Innerhalb weniger Monate entwickelte sich Hans zum herausragenden Spezialisten. Er wurde Vorarbeiter, machte viele Schichten und verdiente für damalige Verhältnisse fürstlich.

Die erste große Abschiebe-Welle, die als Odsun in die Geschichte eingehen sollte, begann bereits im Herbst 1945. Niemand wusste, wann sie ihre Koffer packen mussten.

Es war wie ein Sterben auf Raten.

Unzähligen Menschen sollte die Vertreibung das Leben kosten.

Am 2.8.1945 beschlossen die Siegermächte im Potsdamer Protokoll, dass 3,5 Millionen Deutsche aus der Tschechoslowakei, 4,5 Millionen aus Schlesien, 1,8 Millionen aus

Ostpommern, 2,4 Millionen aus Ostpreußen und 1,2 Millionen aus Polen größtenteils in die Westzonen und ein Teil in die Ostzone abgeschoben werden sollten.

Viele Unternehmen in der Tschechei, wie man damals in Kurzform zu sagen pflegte, setzten alles daran, gute Fachkräfte zu bewegen, im Land zu bleiben. Hierfür gab es Sonderregelungen.

»Sei vernünftig Hans«, sagte der Betriebsleiter Janosch kurz vor Weihnachten 1945.

»Wenn es soweit ist, dann wäre es die richtige Entscheidung, dass du hierbleibst. Wir brauchen gute Leute. Und du bist einer unserer besten Lederspezialisten.«

»Und was ist mit meiner Familie?«

»Du bist ja nicht verheiratet. Deine Mutter und deine beiden Halbbrüder könnten hierbleiben. Nur dein Bruder Franz, er war ja in der Armee, … das wird schwierig.«

»Meine Mutter wird ihre Bekannten nicht im Stich lassen. Und mein Bruder Rudolf ist ja schon so gut wie verheiratet. Der bleibt im Extremfall auch nicht hier.«

Janosch legte seinem besten Mitarbeiter, den er ins Herz geschlossen hatte, eine Hand auf dessen Schulter.

»Du hast keine Vorstellung, wie es dort drüben aussieht, mein Freund. Alle Städte sind zerbombt. Und dort drüben seid ihr alles andere als willkommen. Hans … stell dir einmal vor … über drei Millionen Sudetendeutsche müssen zusammen mit weiteren neun Millionen aus Schlesien, Ostpreußen, und was weiß ich aus welchen Ländern noch, aufgenommen werden. Kannst du dir das vorstellen? Hier hast du eine gutbezahlte Arbeit. Hier kannst du dir die besten Wohnungen aussuchen. In ein paar Monaten werden viele schöne Häuser leer stehen.« Er lachte.

»Und es gibt hier doch auch schöne Weiber. Du kannst Tschechisch und, wie ich gehört habe, sogar recht gut Russisch. Allein in meiner Familie gibt es viele Frauen, die mit

Sicherheit interessiert wären.«

Diese Worte klangen Hans Klinger noch in den Ohren, als ihm am 21.3.1946 vom národní výbor ein Schreiben zugestellt wurde:

Aufruf zur „Aussiedelung"

„Sie haben sich am … 23.3.1946 … um 8.30 Uhr … mit allen Ihren Familienmitgliedern, welche für den Abtransport bestimmt sind, auf der Sammelstelle … am Bahnhof in Zwittau … einzufinden.

Sie und jedes Familienmitglied hat mitzunehmen:

2 Decken, 4 Wäschegarnituren, 2 gute Arbeitsanzüge, 2 Paar gute Arbeitsschuhe, einen guten Arbeitsmantel (Winterrock), Essschüssel, Esstopf- und Essbesteck, 2 Handtücher und Seife, Nähbedarf (Nadel und Zwirn), Lebensmittelkarten und die amtlichen Personalpapiere, etwas Lebensmittel, alles zusammen in einem Gesamtgewicht von 50 kg pro Person. Weiteres können Sie pro Kopf … 200 … RM mitnehmen.

Weiteres haben Sie dreifach ein genaues Verzeichnis Ihrer Wohnungseinrichtung, welche nach Ihrem Abgang in der Wohnung verbleibt, aufzustellen. Eine Durchschrift dieses Verzeichnisses übergeben Sie einem tschechischen Volkszugehörigen, der im Hause oder in der Nachbarschaft wohnt und der auch für alle im Verzeichnis angeführten Gegenstände verantwortlich sein wird. Im Verzeichnis ist gleichzeitig der genaue Name und der Wohnort dieses tschechischen Volkszugehörigen anzuführen, dem dieses Verzeichnis übergeben worden ist. Diese Gegenstände verbleiben in Ihrer Wohnung bis zur Entscheidung des MNV. Die übrigen zwei Durchschläge bringen Sie mit.

Alle Schmucksachen, Bargeld in fremder Währung und alle Sparkassenbücher liefern Sie mit einem besonderen

Verzeichnis persönlich ab. Ebenso die Haus- und Wohnungsschlüssel, welche mit einem Pappschildchen mit Name und Adresse versehen, legen Sie in einen Briefumschlag.

Nachdrücklich werden Sie aufmerksam gemacht, dass aus Ihrem Besitz nichts verkauft, verschenkt, verborgt oder aufgewendet werden darf.

Die Nichtbefolgung obiger Aufforderung wird streng bestraft!"

„Z prikazu Okresniho národního výboru."

Der Mitarbeiter des Nationalausschusses náradní výbor kannte die Familie Klinger sehr gut. Er sprach fließend Deutsch.

»Hans, wir haben dich als Obmann für den Waggon Nr. 35 eingesetzt«, sagte er.

»Deine Aufgabe ist es dreißig Leute für diesen Waggon zusammenzustellen. Vorrang haben zunächst Familienmitglieder. Es gilt die Anweisung, dass die Familienmitglieder zusammenbleiben müssen … auch wenn jemand krank werden sollte. Hast du das verstanden? Das ist wichtig! Vor allem auch zu eurem Schutz. Diese Aufstellung bringst du mir bis morgen Abend vorbei. Sie muss noch einmal geprüft und in mehrfacher Ausfertigung getippt werden. Dreißig Leute … Hans … mehr nicht!«

Der Abgesandte des náradní výbor blickte sich im Raum um. Neben Anna Klinger waren noch drei weitere Personen im Raum.

»Schick' sie raus Hans. Ich muss mit dir kurz unter vier Augen sprechen - in deinem Interesse.«

Erst als er mit Hans allein im halbdunklen Zimmer war, fuhr er fort: »Hast du einen sehr großen Koffer oder noch besser eine verschließbare Truhe?«

»Ja. Eine Truhe. Eine relativ leichte, verschließbare Truhe.«

»Gut Hans. Ich sorge dafür, dass die Truhe nicht durchsucht wird. Nimm keine großen Schmuckstücke mit. Die sind später sowieso schwer abzusetzen. Besorg dir rasch so viele Zündsteine wie möglich. Die sind später fast so kostbar wie Gold. Pack noch eine Stange Zigaretten mit ein. Die sind leicht und kostbar. Nimm aussagefähige Dokumente mit. Die wirst du später brauchen. Dafür nimm nur wenige Fotos mit. Auch wenn es verboten ist – verstecke noch etwas Geld in den Schuhen. Während ihr unterwegs seid, könnt ihr euch ja bereits Gedanken darüber machen, in welche Ecke von Deutschland ihr wollt ... falls man euch fragt. Am Anfang solltest du nicht in Städte einquartiert werden. Dort gibt es so gut wie nichts zum fressen. Und Wohnraum ist dort weitaus knapper als auf dem Land.«

Es hatte sich wie ein Lauffeuer herumgesprochen, dass Hans der Obmann des Waggons war.

Viele Jahre, oder gar Jahrzehnte später, machte er sich Vorwürfe, dass er sich von links und rechts hatte zu sehr beeinflussen lassen.

Sein Halbbruder wollte natürlich seine Frau und deren einjährigen Sohn mitnehmen. Dessen Frau Gerlinde, hatte allerdings eine halbe Armee im Schlepptau. Diese arbeitsscheue Meute der Orlovacs, die obendrein keinen guten Ruf in Zwittau hatten, kannte er nur von der Hochzeit seines Halbbruders. Und nur wegen diesem Gesocks konnte er Freunde aus seiner Siedlung nicht berücksichtigen.

Er, Hans, war einfach zu schwach gewesen für die Aufgabe eines vorausschauenden Obmannes.

Das sollte sich später bitte rächen.

Bereits der Vormittag des 23.3.1946 war ein Vorgeschmack auf das, was auf die Aussiedler in den kommenden

Tagen, Wochen und Jahren zukommen würde. In der Nacht hatte es geschneit, und ein eisiger Wind fegte weitere Schneewände heran.

Die 30 Personen, bestehend aus 5 Männern, 13 Frauen und 12 Kinder, suchten im Menschengewimmel ihren Waggon Nr. 35.

Das Schneetreiben machte es unmöglich, annähernd die Anzahl der Waggons zu überschauen. Viel später sollten sie erfahren, dass es 40 Waggons waren, in denen man an diesem Vormittag insgesamt 1.200 Aussiedler verfrachtete. Es waren ausnahmslos Viehwaggons… mit einer großen Schiebetüre … ohne Fenster. Zu sehen waren ausschließlich tschechische Soldaten mit Maschinenpistolen im Anschlag und tschechische Helfer in Zivil. Die Sudetendeutschen konnte man sofort an ihren großen weißen Armbinden mit einem fettgedruckten „N" (Nemec – Deutscher) erkennen. Das war nur recht und billig, sagten sich die Tschechen. Noch wenige Jahre zuvor mussten die Juden schon von Weitem an ihrem deutlich sichtbaren Davidstern erkennbar sein.

In den Waggons roch es noch nach Schweinemist. Knöchelhoch war frisches Stroh eingestreut worden. Es gab keine Sitzmöglichkeiten. Ein Eimer aus Metall mit einem Holzdeckel signalisierte, wo sich die Toilette befand. Viele Frauen hatten keine Tränen mehr. Zwei Frauen trugen ihre Babys auf den Armen. Andere Kinder, sie waren 1, 4, 6, 7 und 8 Jahre alt, klammerten sich an die Hände der Mütter oder Großmütter. Die älteste Frau in diesem Viehwaggon war 65 Jahre alt. Es war Anna Klinger.

Erst gegen 10:00 Uhr setzte sich der Zug in Bewegung. In den Waggons war es eisig kalt. Eine 25-Watt-Birne spendete diffuses Licht. In den ersten zwei Stunden hörte man nur das Rattern der Räder, das Husten der Alten und das Weinen der Kinder.

Ein Tscheche, Hans hatte viele Jahre mit ihm in der Lederfabrik gearbeitet, erzählte gestern, dass es einen 41. Waggon gäbe; den Proviant-Waggon. Doch in diesem Waggon saß nur das tschechische Begleitpersonal – und ließen es sich gut gehen.

Auf der Dreimächtekonferenz am 2. August 1945 wurde im Potsdamer Protokoll eine ordnungsgemäße Überführung deutscher Bevölkerungsteile protokolliert. Darin wurde lapidar verlangt, dass dies in humaner Weise zu erfolgen hatte. Doch niemand schien diese Regularien überprüfen zu wollen. Auf alle Fälle ging bereits im März 1950 aus einem Bericht an das U.S. Repräsentantenhaus hervor:

„Die Verhältnisse waren so, dass keine dieser Unternehmungen als human und geregelt bezeichnet werden kann."

Es war mehr als eine Schande, was Nazi-Deutschland den Juden und anderen Verfolgten angetan hatten; fraglos. Die Vertreibung von 14 Millionen Menschen, wobei schätzungsweise 2,8 Millionen zu Tode kamen, war nichts Anderes als der größte Völkermord des 20. Jahrhunderts, vergleichbar mit der Zwangskollektivierung Stalins, der Kommunisten in Indonesien, der Roten Khmer in Kambodscha oder der Armenier durch die Türken. Als solche bezeichnet und geahndet wurden sie jedoch nie. Unter den Toten waren mindestens eine Million Kinder. Und unter der Vertreibung mussten höchstwahrscheinlich 4-5 Millionen Kinder leiden; Kinder, die in Sippenhaft genommen wurden. Allein das Weinen dieser Kinder wird noch viele Millionen Jahre im Äther zu hören sein. Es war und es bleibt mehr als eine Schande.

Die Passagiere des Waggons Nr. 35 konnten von Glück sagen, dass das tschechische Begleitpersonal ihnen nicht zusätzlich ihre Notration abnahm und obendrein die Frauen vergewaltigten.

Darüber berichteten später viele Opfer des Odsun.

Die Menschen in den 40 Waggons hatten sogar noch weiteres Glück. In der Tschechoslowakei gab es 107 Läger, in denen Vertriebenentransporte zusammenstellt oder weiter verteilt wurden. Vor wenigen Tagen machte Bénes Druck, nachdem die neuesten Zahlen vorlagen. Von den 3,2 Millionen Sudetendeutschen waren nur knapp 200.000 zu bewegen gewesen, als wichtige Arbeitskräfte im Land zu bleiben.

Es war eine recht einfache Rechnung. Doch dies veranschaulichte überdeutlich, welche Aufgaben noch vor der Tschechoslowakei lagen: Für 3 Millionen Aussiedler im Rahmen des Odsun brauchte man 2.500 Zugladungen mit jeweils 1.200 Personen. Hinzu kam, dass wegen katastrophaler hygienischer Verhältnisse, mangelnder und schlechter Verpflegung in den Lägern bereits viele tausend Sudetendeutsche an Seuchen starben.

In der Westpresse wurde von Brutalitäten, Schikanen, Ausplünderungen und Misshandlungen berichtet. Die Russen wurden zunehmend vorstellig. Der aufblühende Kommunismus in der Tschechoslowakei durfte nicht in Misskredit gebracht werden. Die Aufrechterhaltung der vielen Läger wäre ein riesiger Kostenfaktor gewesen. Es wurde deshalb entschieden, ausschließlich die sechs Durchgangsläger direkt anzufahren.

Furth am Wald war das mit Abstand größte Durchgangslager. Am Nachmittag des 25.3.1946, es war ein Montag, erreichte der Zug dieses Lager.

Nach zwei Tagen ohne Nahrung mussten die Vertriebenen zunächst eine Entlausungsaktion mit DDT-Pulver über sich ergehen lassen. Danach wurden sie in Waschbaracken oder Kinderbadestuben gebracht, um anschließend registriert zu werden. Und erst dann gab es eine großzügige Verpflegung.

Viele Vertriebene saßen vor ihren großen Tellern … und weinten. In der ersten Stunde sprachen sie nicht miteinander. Sie waren angeblich in Sicherheit. Zumindest von den Tschechen brauchten sie sich nicht mehr zu fürchten. Sie mussten ihre Häuser räumen und ihre Heimat verlassen.

Es war nicht nur ihre Heimat, sondern die Heimat ihrer Eltern und unzähliger Generationen davor. Durften sie irgendwann wieder zurück? Wollten sie überhaupt irgendwann wieder zurück? Diese Fragen konnte und wollte zu diesem Zeitpunkt niemand beantworten.

Vor allem die Kinder schlangen sich ihre Bäuchlein voll; schweigend und konzentriert. Und erst danach fragte die sechsjährige Erika:

»Aber, wenn das Wetter wieder besser wird, gehen wir doch zum Stauteich. Oder?«

Der Stauteich lag 500 Meter vom Stadtrand Zwittaus entfernt. In den Sommermonaten hatten sie dort fast jeden Tag verbracht.

»Wir werden uns zusammen einen neuen Stauteich suchen, mein Mäuschen. Vielleicht ist der sogar noch größer«, antwortete die Mutter, und versuchte dabei eine gutgelaunte Miene aufzusetzen.

»Ich will aber keinen neuen Stauteich. Die Klara, die Rosalie und die Hermine werden ganz bestimmt auf mich warten. Wirst sehen.«

Doch zunächst war die Weiterfahrt nach Würzburg in Unterfranken angesagt. Die Schienenstränge dorthin waren inzwischen wieder passierbar, und der Bahnhof konnte notdürftig instandgesetzt werden.

Die angrenzende Altstadt war jedoch am 16.3.1945 von der britischen Royal Air Force zu neunzig Prozent zerstört worden. Die Ruinen ragten noch immer in den grauen März-Himmel.

»Haben Sie sich mit Ihren Leuten inzwischen besprochen, wo Sie später einmal wohnen wollen, Herr Klinger? Momentan könnten wir Sie in Württemberg oder hier irgendwo in Unterfranken unterbringen«, fragte noch am gleichen Nachmittag ein etwa sechzigjähriger Beamter, der Hans hatte zu sich rufen lassen. Er stellte sich als Herr Wiesner vor.

Hans zuckte mit den Schultern.

»Man hat mir dringend abgeraten, vorläufig in Städten wohnen zu wollen.«

»Das ist sicher nicht ganz falsch. Sie haben vorhin bestimmt die Ruinen von Würzburg gesehen. So oder ähnlich sieht es in allen größeren Städten aus. Die Verpflegung ist weitaus weniger problematisch als die Frage der Unterkünfte … inclusive Küchen, Waschgelegenheiten … um nur Beispiele zu nennen.«

»Ich habe etwas von Schwäbisch Gmünd oder Karlsruhe gehört.«

Herr Wiesner verzog seinen Mund.

»Also Karlsruhe ist keine gute Adresse. Der gesamte badische Raum ist von den Franzosen besetzt. Und die weigern sich Heimatvertriebene aufzunehmen. Schwäbisch Gmünd wäre normalerweise eine gute Adresse. Aber wie Sie vielleicht wissen, ist Stuttgart ebenso stark wie Würzburg zerbombt worden. Viele Stuttgarter und Böblinger haben Unterschlupf in Schwäbisch Gmünd oder anderen umliegenden Gemeinden gesucht.«

Er setzte ein spitzbübisches Lächeln auf.

»Aber wie wäre es mit Badisch Sibirien?«

»Ich dachte Baden …«

»Das ist alles ein wenig kompliziert. Der badische Teil nördlich des Odenwaldes ist unterfränkisch geprägt. Nur zur Information: Unterfranken gehört zu Bayern. Ich denke da an Weinersheim oder an Marktheidenfeld. Dort bin ich aufgewachsen.«

»Und ab wann kann man dort mit Arbeitsplätzen rechnen?« Der Beamte lachte lauthals und strich sich mit beiden Händen einige Male über seinen Kopf.

»Guter Mann. Mit ihrer Weltfremdheit passen sie wunderbar zu Badisch Sibirien. Wie die Faust aufs Auge. Ganz Deutschland ist in Schutt und Asche gelegt worden. Arbeitsplätze … Industrie … das ist Zukunftsmusik. Welchen Beruf haben sie zuletzt ausgeübt?«

»Gerber.«

»Oh je«, schnaufte der Beamte.

»Die kommenden Jahre werden Landwirte, Maurer, Schreiner, Dachdecker, Glaser und ähnliche Fachkräfte gesucht. Deutschland muss wiederaufgebaut werden. Sind Sie kriegsversehrt? Sind Sie überhaupt gesund?«

Hans rutscht verlegen auf seinem Stuhl hin und her.

»Nein. Ich war nie Soldat. Ich habe Herz- und Rückenprobleme.«

»Ach Herrje«, entfuhr es dem Mann aus Unterfranken.

»Wenn Sie mit dieser Hypothek gegenwärtig aufs Land wollen, haben Sie mehr als schlechte Karten.«

Er atmete tief durch um danach fortzufahren:

»Das hier ist ein „Regierungsdurchgangslager". Nach Lage der Dinge schlage ich vor, ihren Waggon in das Kreislager Gerlachsheim zu bringen. Dort haben Sie Gelegenheit, eingehend mit dem Flüchtlingskommissar für diese Region zu sprechen. Er wird aufzeigen, in welchen Gemeinden überhaupt Platz für Sie und Ihre Freunde geschaffen werden kann.«

Bereits am 6. November 1945 wurde die Taubstummenanstalt in Gerlachsheim in ein Auffanglager für sogenannte Ostflüchtlinge umgewandelt. Bereits am 1. April

1946 war dieses Lager hoffnungslos überfüllt. Nach einer weiteren Entlausungsprozedur mit anschließender ärztlichen Begutachtung verteilte man die Vertriebenen des Waggons Nr. 35 auf zwei Gemeinden im weiteren Umkreis.

Die meisten Sudetendeutschen des ehemaligen Waggons Nr. 35 verstanden Hans nach wie vor als Obmann.

Als sie den Bahnhof Zwittau verließen, hatten sie sich geschworen, sich nicht trennen zu lassen. Doch bereits während der ersten zwei Tage in diesem Waggon nahm sich der Obmann vor, bei der nächstbesten Gelegenheit die Verwandten seines Halbbruders Rudolf abzuschütteln. Nie zuvor war er sich dessen bewusst gewesen, wie stark sich der Zweiundzwanzigjährige vom gesamten Clan seiner Frau vereinnahmen ließ; wie ein charakterloses Hündchen. Es war eine Schande.

Auf eine andere Entwicklung konnte sich Hans viele Jahre später keinen Reim machen. Obwohl …. In den letzten Tagen hatte er zum ersten Mal in seinem Leben den Mut aufgebracht, intensiv über sich selbst nachzudenken. Es war eine bittere Wahrheit, die ihm sein Bruder Franz bei dessen letzten Heimaturlaub, entgegenschleuderte:

»In meinen Augen bist du ein feiger Hund, der bislang immer den Weg des geringsten Widerstandes gegangen ist. An der Front würdest du keine zwei Tage überleben, weil du dich nicht entscheiden könntest, auf den Feind zu schießen.«

Sie hatten sich deshalb in Unfrieden getrennt. Das war nicht nur traurig. Nein, das war deshalb falsch, weil Franz mit dieser Einschätzung nicht ganz falsch lag. Viele Fakten und Entwicklungen hatte Hans in den letzten Jahren einfach nicht zur Kenntnis nehmen wollen. Viele Wahrheiten hatte er bewusst oder unbewusst falsch interpretiert. Weil es einfacher war. Er hatte nicht gelernt, rasch und mutig die richtigen Entscheidungen zu treffen.

Einige Frauen hatten ihm Avancen gemacht. Auch ihnen war er davongelaufen. Er lächelte über das Verhalten der jüngsten Tochter von Frau Patzlik, der besten Freundin seiner Mutter. Sie wohnten quasi Wand an Wand. Die älteste Tochter von Frau Patzlik und deren Freundinnen hatten die kleine Maria immer verjagt. Sie hatten sich sogar lustig über sie gemacht, weil sie Hans auf eine schon fast amüsante Art hinterherlief. Sie war sieben Jahre jünger. Was hätte er mit ihr schon anfangen sollen … früher. Nein, früher hatte er keine Sekunde darüber nachgedacht.

Doch bereits unmittelbar nach dem Besteigen des Waggons Nr. 35 hatte sich Maria, sie war jetzt neunzehn Jahre alt, neben Hans gekauert … und sich zitternd an ihn gedrückt. Auch in den Folgetagen wich sie ihm nicht von der Seite. Die beiden Mütter hatten diese Szenen sehr wohl genau verfolgt. Nein, Maria war nicht berechnend. Aber sie war zäh und beharrlich. Dieser Mann musste sie ja nicht sofort in sein Herz lassen. Die Zeit würde für sie arbeiten. Dessen war sie sich sicher.

Die Nachkriegszeit belohnte Pragmatiker und strafte Idealisten.

Die Familie Klinger und die Familie Heger waren bereits in Zwittau befreundet. Zusammen waren dies zwölf Personen.

Herr Wachutka, ein Angestellter des Landratsamtes, war mit dieser Aufteilung einverstanden. Diese zwölf Heimatvertriebenen würden morgen nach Walldürn gebracht werden. In Abstimmung mit dem Gouverneur der Militärregierung sollten die anderen achtzehn Personen in ein kleines Dorf in der Nähe von Weinersheim gebracht werden; nach Aalfurth.

Major Barber, der Gouverneur für den Landkreis Tauberbischofsheim, mit Sitz in Weinersheim, tobte. Ursprünglich wollte er alle Heimatvertriebene des Lagers Gerlachsheim vorübergehend in das Lager Rainhof oberhalb von Weinersheim bringen lassen, um diese dann sukzessive auf die Gemeinden zu verteilen. Er hasste überstürzte Aktionen. Doch das Lager Rainhof war noch immer mit Displaced Persons belegt. 1946 lebten noch über zehn Millionen ehemalige Zwangsarbeiter, Zwangsverschleppte und überlebende KZ-Häftlinge in Deutschland. Die Repatriierung, damit war die organisierte Rückführung in die Ursprungsländer gemeint, hätte eigentlich schon abgeschlossen sein sollen, bevor die großen Ströme der Heimatvertriebenen eintreffen würden. Die meisten Displaced Persons des Lagers Reinhardshof wollten jedoch nicht in die Sowjetzone abgeschoben werden. Sie beharrten plötzlich darauf, im Westen Deutschlands bleiben zu wollen.

Major Simon Barber wusste, warum er tobte und fluchte. Die ersten Feuertaufen hatte er bereits hinter sich. Die „Ureinwohner", wie er sie abschätzig nannte, begriffen nicht, dass sie ihre Landsleute aus dem Osten eines Tages dringend brauchen würden, um dieses Land wieder aufzubauen. Im Generalstab belächelte man anfangs seine „soziale Ader". Doch zunehmend bestand man darauf, dass er seinen Job zeitnah und professionell zu erfüllen hatte. Schließlich war er Soldat; sogar ein Soldat im gehobenen Führungsstab.

Lothar Brettschneider war als einziger Deutscher in Major Barbers Stab beschäftigt gewesen. Der Major wurde auf den 42-jährigen aufmerksam, als sie die Insassen des Gefängnisses in Weinersheim genau unter die Lupe nahmen. Die Nazis hatten das frühere SPD-Mitglied Brettschneider aus dem Verkehr gezogen, indem man ihn einfach ins Gefängnis steckte. Der smarte Mann sprach fließend Englisch und war in den ersten Monaten als Dolmetscher außergewöhnlich hilfreich. Mit größtem Bedauern gab er dem Ersuchen statt, dieses Organisationstalent nach Aalfurth ziehen zu lassen, um dort als Ratschreiber zu versauern. Dort hatte er sich in die aparte und quirlige Daniela Maininger verliebt.

Der Ratschreiber Brettschneider hatte den Major darauf aufmerksam gemacht, dass man in diesem unterfränkischen Nest auf Aussiedler nicht gut zu sprechen war. Selbstverständlich würde er seinem Freund bei der Eingliederung der achtzehn Personen behilflich sein.

Am 5. April 1946 luden zwei Militär-Transporter diese achtzehn Sudetendeutschen vor dem Rathaus von Aalfurth ab. Das unterfränkische Kaff, ein typisches Haufendorf, war an den sehr steilen Berghang oberhalb des Mains gepappt; Wohnhäuser, Scheunen, Stallungen und Schuppen klebten förmlich aneinander. Am rechten oberen Ende erhob sich eine alte Wehrkirche. In der Mitte des Dorfes dominierte ein dreigeschossiger Sandsteinbau. Im unteren Teil befand sich ein Sitzungssaal und das Büro des Ratschreibers. Zum Eingang führte eine Sandsteintreppe, die von zwei Seiten begehbar war; mit einer kleinen Plattform – ideal, um eine Ansprache an die Einwohner zu halten. Im Mittelgeschoss gab es einen großen Saal; die Schule des Dorfes. Und die Räume des Obergeschosses waren als Wohnung für das Lehrpersonal vorgesehen.

Nun standen sie vor dem Rathaus von Aalfurth - die achtzehn Personen … aus Zwittau. Es regnete leicht. Und nichts passierte. Aus den kleinen Fenstern der Häuser wurden sie beäugt. Von Minute zu Minute schlurften Einheimische heran. Schweigend beäugten sie die ängstlich und erwartungsvoll dreinblickenden … Fremden. Waren das wirklich Menschen?!

Mittlerweile hatten sich gut dreißig bäuerlich gekleidete Unterfranken im dezenten Abstand zum Rathaus eingefunden. Mit vorgeschobenem Kinn und heruntergezogenen Augenbrauen taxierten sie die Ankömmlinge – wie Vieh. Und was sie sahen, bestätigte weitestgehend ihre Vorurteile. Vor ihnen standen ausgemergelte Gestalten: Anna Klinger, 165 cm groß, war fünfundsechzig Jahre alt. Helene Patzlik, noch kleiner und schmächtiger, fünfundfünfzig Jahre. Emilie Orlovac, vierundsechzig Jahre. Sie blickte die Bauern böse und abschätzend an. Hans Klinger, 167 cm, schmächtig, sechsundzwanzig Jahre. Vier Kinder; zwei Zweijährige, ein sechs- und ein achtjähriges Kind.

Den Einheimischen sah man förmlich an, was sie dachten:

„Was suchen diese Zigeuner bei uns? Keiner von denen ist auf den Feldern zu gebrauchen! Sie werden uns höchstens die Haare vom Kopf fressen!"

Der Ratschreiber stand in seinem Büro und betrachtete die Szene … hinter einer Gardine versteckt. Genauso hatte er sich die Begrüßung vorgestellt. Er hatte vier Personen informiert, dass heute achtzehn Sudetendeutsche eintreffen würden. Das genügte. Eine Stunde später wusste es das ganze Dorf. Heute Vormittag ging er persönlich zum Bürgermeister, um ihn offiziell zu informieren. Für den Gastwirt und Bauern Bernd Klüpfel stand fest, dass man hier im Dorf keine Zigeuner aufnehmen würde. Da gab es nichts zu besprechen!

»Doat ouwe is des Büro vum Rotschreiba. Do muss'de nuff«, nuschelte eine alte Frau mit Kopftuch und krummen Rücken. Offensichtlich hatte sie sofort erkannt, dass Hans der Sprecher dieser ungewöhnlichen Truppe war.

»Sooch eam … mia wölle ko Zicheuna unn Doochdieb«, schrie ein stämmiger Mann mit Schürze, schmuddeliger Mütze und roter Knollennase.

Hans hatte versucht, aus diesen ersten Botschaften etwas Brauchbares zu entnehmen. Eines hatte er sich zusammengereimt: Er musste die Treppe hoch. Dort war wahrscheinlich eine Art Büro.

Lothar Brettschneider kam ihm zuvor. Er öffnete die große dunkelrote Eichentür und stellte sich auf die Plattform der Treppe.

Er wohnte nun ein Jahr in Aalfurth. Selbstverständlich hätte er eine Ansprache im Dialekt halten können. Doch immer, wenn es amtlich wurde, sprach er ein einwandfreies Hochdeutsch. Damit forderte er Respekt ein. Am Anfang, als er das Büro bezog, und Daniela Maininger heiratete, versuchte man ihn zu schneiden.

Doch bereits eine Woche später, nachdem er zehn Einzelgespräche geführt hatte, standen sie stramm. Sie knurrten zwar ab und zu … aber heimlich. Hier in diesem Kaff wohnten Personen, die Mitglieder der „SS" und sogar der „SA" waren. Einer war sogar bei der „Gestapo". Durch Major Simon Barber gelangte er an Archive mit hochexplosivem Charakter. Über alle wichtigen Personen des Dorfes konnte Brettschneider ein Dossier anlegen. Fünf bärbeißige, früher hochrangige Idioten, waren noch nicht entnazifiziert. Vor allem sie ließ er wissen, dass er mehr als aussagefähige Unterlagen gebunkert hatte.

Als sie dies hörten, zuckten sie zusammen, als hätte er ihnen mit einer Pistole die Kniescheiben durchschossen. Das roch nach Ärger. Und das konnten sie jetzt, kurz nach dem Krieg, nicht gebrauchen.

»Ich will es kurz machen«, begann der Ratschreiber mit relativ leiser aber schneidender Stimme.

»Diese achtzehn Personen, es sind Deutsche, wie ihr, brauchen eine Wohnung. Und ich kann euch versprechen, dass jeder von diesen Heimatvertriebenen hier eine Wohnung finden wird. Haben wir uns verstanden?«

»Des glaabst awwa nua du!«, schrie ein alter Mann und fuchtelte dabei mit seinem Gehstock.

»Ich glaube das nicht. Ich weiß es. Weil ich es dem Major und Gouverneur versprochen habe. Und wenn der Herr Weimer auf seine alten Tage mit einer kahlen Zelle Vorlieb nehmen möchte, darf er es nur darauf ankommen lassen.«

»Guck doch die mol oo. Die folle scho ümm, wenn'se a Schaufl odda a Miestgowwl säh«, proletete eine bösartig dreinblickende Frau, die sich in der Tat auf eine Mistgabel stützte.

Danach entstand ein lautes und langanhaltendes Gebrummel. Sowohl Brettschneider als auch viele der Sudetendeutschen konnten heraushören, dass man hier keine Zigeuner, Tagediebe oder Polacken brauchen würde. Hier in diesem Dorf gäbe es keine einzige leerstehende Wohnung. Vielleicht könnte Bärbel, das war eine Neunzigjährige, noch etwas mit einem der Kerle anfangen. Die Meute lachte.

»Gut. Wie ihr meint«, unterbrach der Ratschreiber das immer lauter werdende Gezeter und Gelächter.« Er wandte sich an Hans.

»Wenn ich es richtig sehe, sind Sie Herr Hans Klinger?«

»Ja«, antwortete Hans knapp.

»Meine Frau wird sie jetzt nach Weinersheim fahren … zu Major Simon Barber. Er wird ein offenes Ohr für Sie haben. Sind Sie damit einverstanden?«

Und wieder antwortete Hans mit einem kurzen und knappen »Ja«.

120 Minuten konnten eine Ewigkeit sein.

Doch kein Dorfbewohner hatte inzwischen Anstalten gemacht, den Platz vor dem Rathaus zu verlassen. Sie waren in der Mehrzahl. In der Mehrzahl waren sie stark. Ihnen gehörte dieses Dorf. Seit vielen Generationen.

»Des wolle'ma doch mol säh!«, war ihr Kriegsruf.

Deshalb ließen sie nur eine kleine Gasse frei, damit die beiden Jeeps bis zum Rathaus fahren konnten.

Aus dem ersten Jeep stieg ein Uniformierter aus: Einhundertneunzig Zentimeter groß, breitschultrig - und seine Schulterklappe zierte ein goldenes Blatt. Er half Hans beim Aussteigen. Am Steuer saß ein riesiger Dunkelhäutiger.

Aus dem zweiten Jeep sprangen vier Soldaten mit Maschinenpistolen, die sie sofort im Anschlag hielten.

Der Mann mit dem goldenen Schulterblatt war Major Barber. Er schenkte den Wartenden keine Aufmerksamkeit, sondern steuerte die Plattform der Treppe an.

Lothar Brettschneider hatte die beiden Jeeps bereits gesehen.

Er gab dem Major lächelnd die Hand.

»Where ist the Mayor?«, war seine erste Frage. Ganz offensichtlich hatte er hier oben auf der Treppe auch den Bürgermeister erwartet.

Brettschneider lächelte. »At home.«

Der Major wandte sich an den dunkelhäutigen Riesen: »We need him. Urgent. Very urgent!«

Der Dunkelhäutige nickte mit einem breiten Grinsen. Es schien, als freue er sich, mit diesem Job beauftragt worden zu sein.

»Herr Haßfurter. Bitte zeigen Sie diesem gut gebauten Mann, wo unser Bürgermeister wohnt«, befahl Brettschneider einem schlanken Mann mit dunklen längeren Haaren, gepflegtem Vollbart und stechenden Augen.

»Du konnst mich mol«, murmelte dieser. Einige Umstehende lachten.

Der Major unterhielt sich leise mit Brettschneider.

»Das tut mir jetzt leid für Sie, Herr Haßfurter. Ein Soldat wird sie jetzt nach Hause begleiten, um ihr Entlastungszeugnis zu holen. Anschließend wird man Sie zur Befragung nach Weinersheim mitnehmen.«

Ewald Haßfurter, fünfunddreißig Jahre alt, Inhaber eines kleinen Baubedarfs-Unternehmens und Gemeinderatsmitglied, sackte in sich zusammen. Einige seiner Begleiter wurden ebenfalls blass. Sie wussten, das Ewald in den letzten Jahren vor Kriegsende zum SS-Scharführer ernannt wurde … und noch nicht entnazifiziert war; mit Sicherheit auch nicht entnazifiziert werden würde. Dazu hatte er zu viel auf dem Kerbholz.

»Lothar … Herr Brettschneider … bitte«, stotterte der Dunkelhaarige und streckte beide Hände hilfesuchend in Richtung der Plattform.

Der Ratschreiber zuckte mit den Schultern.

»Wie ich schon sagte … Mir sind da jetzt die Hände gebunden.«

Mit seiner rechten Hand zeigte er auf einen stämmigen Mann mit Halbglatze und einem Gesicht, das einer Dogge ähnelte.

»Gut. Dann übernehmen Sie das bitte … Herr Wiesner.«

Der größte Landwirt am Ort und ebenfalls Gemeinderatsmitglied wurde augenblicklich blass.

Innerhalb einer Sekunde war ihm bewusst, dass er nicht den gleichen Fehler machen durfte wie Ewald. Auch er war früher bei der SS. Auch er war noch nicht entnazifiziert. Deshalb reagierte er erstaunlich schnell, indem er dem schwarzen Riesen zunickte und sich rasch in Bewegung setzte. Man konnte fast hören, wie einige Anwesende aufatmeten.

Niemand konnte … und sollte … wissen, dass Brettschneider dieses Szenario zuvor mit dem Major abgesprochen hatte. Beide Männer zogen sich nun in das Büro des Ratschreibers zurück.

»Hans, was passiert jetzt. Ich verstehe das alles nicht«, sagte Maria Klinger halblaut.

Die Heimatvertriebenen waren inzwischen leicht durchnässt, müde und hungrig.

Einige Kinder hatten zu weinen begonnen. Die Dörfler standen nun grummelnd herum. Die meisten schwiegen. Einige unterhielten sich angeregt … nun aber leiser.

Hans hatte das Schauspiel verfolgt und es sogar ein wenig genossen. Der Major hatte ihm fest versprochen, dass dieses Problem noch heute gelöst wird. Es war lächerlich, dass dieses dumme Bauernvolk nicht verstehen wollte, welche Macht dieser Mann letztlich hatte. Ein russischer Offizier hätte zuerst zehn Dörfler erschießen lassen … und erst danach die erste Frage gestellt. Dann wäre alles ganz schnell gegangen.

»Wir müssen durchhalten Mutter. Wahrscheinlich zwei bis drei Stunden«, murmelte Hans.

»Wir dürfen jetzt keine Fehler machen.«

Wenige Minuten später schrien einige einheimische Frauen auf. Alle Dörfler blickten entsetzt in eine Richtung. Der schwarze Soldat trieb einen schlanken Mann mit Dreitagebart und Halbglatze vor sich her. Er war übel zugerichtet. Blut rann von seiner Halbglatze über das ganze Gesicht. Er stolperte unentwegt, da ihn der Dunkelhäutige mit weiteren Schlägen zur Eile antrieb.

Bernhard Klüpfel, zweiundvierzig Jahre, sah heute mindestens zehn Jahre älter aus. Vor fünf Jahren hatte man ihn zum Bürgermeister der Gemeinde Aalfurth gewählt.

Er war der zweitgrößte Landwirt am Ort und betrieb die größte Gastwirtschaft im Umkreis. Im Moment fluchte er in sich hinein … weil er der Bitte oder vielmehr der Aufforderung des Ratschreibers nicht nachkam, hier, vor dem Rathaus, zu erscheinen. Auch er konnte noch keine Entnazifizierungs-Urkunde vorweisen.

Von Jugend an hing Bernhard Klüpfel an den Lippen des Führers. Dafür wurde er belohnt. Er entwickelte sich zum gefürchteten SS-Rottenführer und später zum Einsatzleiter für Kriegsgefangene; für den gesamten unterfränkischen Raum. Er galt als wenig zimperlich.

Und dort oben am Hang, bei den Kirschbäumen und den aufgeschütteten Feldsteinen, lag das „Judenwäldle". Dort, unter dem Steinhaufen, hatten seine engsten Mitarbeiter mindestens zehn Personen verscharrt ... die er hatte erschießen lassen. Es waren andere Zeiten ... damals.

Über weitere „Ausfälle" hatte er nicht Buch geführt. Das hatten jedoch Andere getan.

Als einige Dörfler versuchten, ihrem Bürgermeister zur Hilfe zu kommen, feuerte einer der Soldaten eine Salve aus seiner MP in die Luft. Daraufhin öffnete sich rasch die große Eichentür. Major Barber und der Ratschreiber traten auf die Plattform der Treppe.

Mit seiner beeindruckenden Rechten packte der Schwarze den Bürgermeister im Nacken und zog ihn, einer Kriegsbeute gleich, demonstrativ nach oben.

Der Major dankte dem Dunkelhäutigen mit einem Grinsen und gab ihm mit einer fast unmerklichen Handbewegung zu verstehen, sich jetzt etwas zivilisierter zu verhalten.

Danach stellte sich der Amerikaner breitbeinig in Positur.

»My name is Major Simon Barker. I am Gouverneur of this area also«, begann er mit dunkler und kräftiger Stimme. Er gab Brettschneider ein kurzes Zeichen.

»Bewohner von Aalfurth«, sagte der Ratschreiber mit einer ungewöhnlich lauten Stimme.

»Das hier ist Major Simon Barber. Er macht darauf aufmerksam, dass er zusätzlich Gouverneur des Landkreises Tauberbischofsheim ist. Ich soll seine Worte übersetzen. Vorab sehe ich mich veranlasst, mit Nachdruck darauf hinzuweisen, dass Major Barber mittlerweile sauer ist ... sehr sauer sogar. Ich rate euch, jedes seiner Worte auf die Goldwaage legen.«

Anschließend übersetzte Lothar Brettschneider weiter:

»Ihr habt den Krieg verloren! Es ist schlimm genug, dass ich das Gefühl habe, euch an dieser Stelle daran erinnern zu müssen! Und wir, die Sieger des grauenhaften Krieges, haben für Ordnung zu sorgen. Ich möchte mich wie ein zivilisierter amerikanischer Soldat verhalten … und nicht wie einer von diesen Nazi-Schweinen, die Not und Elend über diese Erde gebracht haben. Aber … ich werde nicht zögern, notfalls hart durchzugreifen … wenn man mich dazu zwingt. Diese Vertriebenen sind Deutsche wie ihr. Es ist eine Schande, wie Ihr glaubt, Euch diesen Menschen gegenüber verhalten zu können. Wenn Ihr weiterhin so charakterlos seid, wird es mir eine Freude sein, Euch in den Arsch zu treten. Ich sage Euch, was ich damit meine. Wenn diese achtzehn Deutschen nicht innerhalb von zwei Stunden eine ordentliche Wohnung haben und etwas zum Essen bekommen, werden hier dreißig Trucks vorfahren. Ich, Major Simon Barber, werde Euch enteignen. Aber damit nicht genug. Ich, Gouverneur Barber, werde Euch auf zwanzig oder dreißig Gemeinden über ganz Deutschland verteilen. Dann werdet Ihr sehen, was es bedeutet, heimatlos zu sein. Wer sich weigert, sein Haus zu verlassen, wird ohne Vorwarnung erschossen. Habe ich mich jetzt deutlich genug ausgedrückt?! Lothar Brettschneider, den ich schätze, wird mir in neunzig Minuten Bericht erstatten.«

Fassungslosigkeit und Schrecken machte sich in den Gesichtern der unterfränkischen Männer und Frauen breit. Sie glotzten den Amerikaner blöde an.

Um diese Worte zu verdauen, brauchten sie einige Minuten Zeit.

Lediglich Agathe Klüpfel, die Mutter des Bürgermeisters, nahm sich keine Zeit nachzudenken.

Diese zweiundsechzig Jahre alte und nur 162 cm große Frau war eine Mischung aus purer Blödheit und extremer Bösartigkeit. Das ganze Dorf fürchtete sie. Seit ihr Mann vor einem Jahr gefallen war, riss sie innerhalb ihrer Familie die Macht an sich. Selbst ihr Sohn Bernd, der Bürgermeister, sah sich offensichtlich veranlasst zu kuschen.

»Des is und bleibt unna Doaf. Lebändich griecht uns kona do araus«, keifte sie und drohte dem Major mit ihren knochigen Fingern.

Der Ratschreiber beugte sich über das Geländer. Der sonst so ruhige, bedachte und eher leise Mann fauchte die kleine und dürre Frau mit dem Mittelscheitel an:

»Sie sollten Major Barber nicht drohen. Aus seiner Sicht ist der Krieg noch nicht zu Ende.«

Mit seinen langen und schon fast grazilen Fingern klopfte er auf das eiserne Treppengeländer.

»Ein Wink von ihm und Sie baumeln als abschreckendes Beispiel an diesem Geländer.« Er machte eine Kunstpause und fuhr fort:

»Aber selbst wenn dieses Dorf nicht geräumt wird, werden sie ohnehin ein riesiges Problem bekommen. So wie ich es sehe, werden Sie beweisen müssen, die Gastwirtschaft und die Landwirtschaft allein zu führen. Ihr Sohn wird für einige Monate ausfallen. Es können aber auch viele, sehr viele Jahre werden, bis er wieder hier erscheint.«

»Du neigschmeggda Zicheuna …«

Weiter kam Agathe Klüpfel nicht.

»Halt doch omool im Läwe dei saudummes Maul«, schrie ihr Sohn mit seiner hellen und sich fast überschlagenden Stimme. Blut rann weiterhin über sein Gesicht.

Der Major und sein kräftiger Fahrer waren ein eingespieltes Team.

Lediglich eine leichte Kopfbewegung genügte, damit der Schwarze den Bürgermeister am Kragen packte und zum Jeep bugsierte. Der Fond des Jeeps bestand aus zwei gegenüberliegenden Sitzen. Mit seinem Schlagstock drückte er das Oberhaupt der Gemeinde in einen dieser Sitze, um ihn dort fast theatralisch mit einem dünnen Seil festzubinden. Bernd Klüpfel schrie hierbei vor Schmerz auf. Nachdem der Major auf dem Beifahrersitz Platz genommen hatte, setzte der Schwarze den Jeep rasch in Bewegung. Da einige Dorfbewohner nicht rechtzeitig genug Platz machten, wurden sie zur Seite geschleudert.

»Agathe Klüpfel. Hallo … hier spielt die Musik.«

Mit diesen Worten zog der Ratschreiber die Blicke der Dorfbewohner auf sich.

»Wieviel Personen nehmen Sie freiwillig auf?«

»Koone. Du waast doch selbscht, wie's bei uns is«, schnauzte das bösartige Weib.

Das Gasthaus befand sich tatsächlich in einem höchst bedauerlichen Zustand. Nachdem die Russen in den Räumen gehaust hatten, sahen die GI's der Army keinen Grund, pfleglich mit dem Rest der Einrichtungen umzugehen.

»Wo der Teufel hingeschissen hat, entsteht rasch ein noch größerer Haufen Scheiße«, hatte ein Beamter des Landratsamtes lakonisch gesagt, als eine Abordnung vor zwei Monaten eine Bestandsaufnahme machte.

»Halten wir eines an dieser Stelle fest«, antwortete Brettschneider.

»Wenn Sie sich weigern, mich zu unterstützen, werde ich keinen Finger rühren, um ihrem Sohn zu helfen.«

Fast ruckartig wandte er sich an den größten Landwirt des Ortes:

»Herr Wiesner. Wie sieht es bei Ihnen aus?«

»Zwaa. Vielleicht drei.«

Er war sichtlich erleichtert, dass der Kelch an ihm vorübergegangen war.

Der Ratschreiber wandte sich an die Gruppe der Sudetendeutschen:

»Wer hat Ahnung von der Landwirtschaft?«

»Ich«, sagte Maria Patzlik.

»Aber wir sind vier.«

Sie zeigte mit ihrer Hand auf ihre fünfundfünfzigjährige Mutter und ihre einundzwanzigjährige Schwester, die ein zweijähriges Kind in den Armen hielt.

Robert Wiesner musterte Maria mit seinem Bulldoggengesicht. Was er sah, gefiel ihm offensichtlich. Eher verächtlich blickte er allerdings auf die anderen drei Personen.

»Donn äwwä via«, brummte er.

»Na, das ist doch schon einmal ein guter Anfang«, lächelte Brettschneider.

Der zweitgrößte Bauer, Kilian Maininger, nahm die drei Orlovac-Frauen Emilie, Hedwig und Karla auf. Er nahm ebenfalls den Halbbruder von Hans, Waldemar Klinger, auf. Ihn würde er an ein Gut des Fürsten weiterleiten, welches vier Kilometer entfernt lag.

Zum Schluss standen nur noch Hans und Anna Klinger allein auf dem Platz vor dem Rathaus, der sich zur Hälfte geleert hatte.

Nur die Ausdauernden wollten sich das Schauspiel mit den beiden Verbliebenen nicht entgehen lassen. Er, der Obmann dieser Polacken, war für diese ganze Scheiße verantwortlich. Schließlich war er es, der diesen Major Barker angeschleppt hatte. So sahen es die einfältigen Seelen des Dorfes.

Brettschneider richtete sich an eine verhärmt aussehende Frau mit einer ungepflegten Haarfülle und einigen auffälligen Warzen im Gesicht.

Neben ihr stand ein stark nach vorn gebeugter Mann mit Halbglatze. Er fiel vor allem dadurch auf, dass er fortwährend hustete. Sie hießen Magdalena und Georg Dosch.

Bis Kriegsbeginn hatten sie die viertgrößte Landwirtschaft am Ort … bis Schorsch, so nannten ihn alle am Ort, krank wurde. Er hatte Rheuma, sein Rücken wurde immer krummer und obendrein attestierten ihm die Ärzte starke Lungen- und Bronchienprobleme. Er war 65 Jahre alt. Sein Hausarzt, ein alter Kommisskopf, sagte ihm auf den Kopf zu, dass er sich darauf einstellen solle, nicht älter als siebzig zu werden. Von Monat zu Monat wurde er darüber unleidlicher. Man munkelte allerdings, dass seine Frau, was Bösartigkeit anbelangte, Agathe Klüpfel übertraf. Es wäre also ein Segen für Schorsch, diese Frau nur noch fünf Jahre ertragen zu müssen.

»Ihr müsstet doch eigentlich Platz bei euch haben, seitdem ihr die Landwirtschaft aufgegeben habt«, sagte der Ratschreiber.

»Es wird ja nicht für ewig sein. Wenn Weinersheim wiederaufgebaut ist, werden viele Aalfurth ohnehin wieder verlassen.« Er blickte dabei auf die Uhr.

»In zehn Minuten muss ich Major Barber Bericht erstatten. Kommt, macht es mir nicht so schwer.«

»Oh Gott, du wirst uns doch nicht damit bestrafen, bei diesen …«, dachte Hans. Doch da war es schon zu spät.

»Etzt, wu der Bernd …«, hustete der Mann.

»Oaschloch. Des is bloß nua noch a Frooch vun a poa Wuche«, unterbrach ihn die Warzendame.

Zum Ratschreiber gewandt schnaufte sie: »Mia probier'es. Damit a Ruh' is.«

Das Anwesen der Familie Dosch lag nur einige hundert Meter weiter in der Unteren Dorfstraße Nr. 14, eingezwängt zwischen einer stillgelegten Steinhauerwerkstatt und zwei nebeneinanderliegenden großen Scheunen. Da der Main in den zurückliegenden Jahrhunderten einige Male weit über seine Ufer trat, und sich dabei bis in die Untere Dorfstraße vorgewagt hatte, begannen ab hier die eigentlichen Wohnungen sicherheitshalber erst im ersten Stock; erreichbar über eine Sandsteintreppe mit Eisengeländer. Im sogenannten Unterdorf verzichtete man auf die großen Gewölbekeller, die im Oberdorf üblich waren. Die Vorratsräume für den Most, die Äpfel, die Kartoffeln und die Futterrüben waren im Erdgeschoss angelegt. Im Anschluss befanden sich die Schweineställe. Die Kuhställe gingen in den Scheunenbereich über. Der Stall- und Scheunen-Bereich wurde jedoch seit Jahren nicht mehr benutzt. Fast schon eine Idylle war das Areal dahinter. Hier war ein Bauerngarten angelegt und knapp hundert Meter weiter unten plätscherte ein Bach. Am Rand der Scheune war ein kleines schmales Holzhäuschen angebaut. Das war die Toilette für alle Bewohner des Hauses. Der Abort, wie man hier sagte, bestand aus einer Vertiefung von zwei Metern. Darüber befand sich eine sauber geschreinerte Holzplatte in vierzig Zentimeter Höhe mit einer runden Aussparung und einem schweren, hölzernen Abortdeckel. Aufgepiekst an einen Nagel prangten viereckig geschnittene Blätter aus alten Zeitungen.

Als Magdalena auf den Bereich neben der Scheune zusteuerte, sah Hans aus seinem Augenwinkel, wie deren Mann zusammenzuckte. Mit den Worten …

»Sou, do moche ma a onna Dür nei, donn gehd des scho«, … öffnete sie eine grobe Holztür, die aus einem Unterteil und einem kleineren Oberteil bestand.

Anna Klinger sah sofort, dass es sich um einen alten Kuhstall handelte.

Während die Hausbesitzerin vorausging, brummelte sie:

»Des ale Glump muss holt naus. Donäwe in die Scheuer.«

Der ehemalige Kuhstall war über sieben Meter breit und knapp 3,5 Meter tief. Er hatte bereits glatte Wände, was zu dieser Zeit für einen Kuhstall nicht überall anzutreffen war. Die Wände waren natürlich verdreckt. Der Boden bestand aus Kopfsteinpflaster. Zur Türe hin war eine tiefe Rille eingelassen, damit die Gülle abfließen konnte. In der Wand gegenüber der Tür befanden sich knapp unterhalb der Decke verrostete, schmale und kippbare Metallfenster mit dunklem und undurchsichtigen Glas. Für unterfränkische Verhältnisse hatte man in diesem Raum relativ wenig altes Gerümpel abgestellt.

Als sich Anna Klinger mit dem Daumen der rechten Hand an ihrer Stirn, ihrem Mund und vor ihrer Brust bekreuzigte, um danach die Hände zum Gebet zu falten, wobei ihr einige Tränen über die Wange rannen, schien selbst die grobschlächtige Dörflerin einen kurzen Anfall von Menschlichkeit zu bekommen.

»Im Roum näwwe dro ist fließend Wossa. Im Haus ouwedouwe …«

Hans konnte nicht alles verstehen, was die Frau alles von sich gab. Aus ihrem unterfränkischen Redeschwall konnte er nur heraushören, dass sich irgendwo im Haus zwei Betten, Matratzen und Decken befänden. Sie hätten zwar noch einen kleinen Ofen. Aber bei einer Verwandten, sie sagte:

»Döidle«, gäbe es einen Küchenofen, worauf man kochen könne.

»Unn die Wänd müsst'a holt gstraich«, murmelte sie.

Anna Klinger war währenddessen weiterhin im Gebet vertieft. „Schorsch" hatte es vorgezogen, sich heimlich zu verdrücken.

Minuten später standen Hans und Anna Klinger allein … im Kuhstall … der für unabsehbare Zeit ihr neues Zuhause werden sollte.

Die Frau aus dem kleinen Abtsdorf war von ihrem Schicksal bislang nicht verwöhnt worden. Körperliche Nähe hatte hierbei keine Priorität gehabt. Hans konnte sich nicht daran erinnern, jemals von seinem Vater oder seiner Mutter in den Arm genommen worden zu sein. Deshalb war er im ersten Moment verwirrt, dass sich seine Mutter an seine Brust warf, und zu schluchzen begann. Zwischen diesen Weinkrämpfen stammelte sie immer wieder:

»Oh Gott, womit haben wir das verdient?«

Obwohl Hans ebenfalls zum Weinen zumute war, drückte er seine Mutter auf einen Hackklotz und nahm auf einem danebenstehenden kleinen Leiterwagen Platz. Während sich die knochigen Hände der alten Frau in der linken Hand ihres Sohnes verkrampften, begann dieser mit künstlich aufgesetzter Miene zu schwärmen:

»Ich verspreche dir, dass uns einige Heimatvertriebene um unser neues Heim fast beneiden werden. Das hier ist eigentlich ein großer Raum. Wir bekommen eine neue Tür und werden die Wände streichen. Hier gibt es ganz bestimmt Bretter, woraus ich einen guten Fußboden machen kann. Wir bekommen Betten. Dort hinten unterteile ich den Raum etwas. Dort stellen wir dann dein Bett auf. Da vorn rechts kommt der Ofen hin. Das Rohr stecken wir durch das Fenster dort oben. Irgendwoher bekommen wir sicher einen Schrank, einen Tisch und ein paar Stühle. Und irgendwann setzen wir bessere und hellere Fenster ein. Die Toilette ist nicht weit und wir haben fließendes Wasser im Raum nebenan. Du wirst sehen, bald sieht es hier aus wie in unserer Wohnung in Zwittau. Und irgendwann werden wir umziehen. Wichtig ist, dass wir leben.«

»Ach ja Bub. Du hast ja recht. Es wird schon weitergehen. Irgendwie«, seufzte die Frau.

Anna Klinger war hart im Nehmen. Ihr Leben hatte bislang fast ausschließlich aus harter Arbeit bestanden. Nach

einer langen Nacht, in der sie ihren abgenutzten Rosen-
kranz unzählige Male durch ihre Finger gleiten ließ, sprühte
sie vor Tatendrang.

In der gleichen Nacht vollzog sich in der Seele ihres
Sohnes jedoch eine Wandlung. Urplötzlich war ihm bewusstgeworden, dass er seine Heimat ganz offensichtlich
nie wiedersehen würde. Hans Klinger wurde gemütskrank.

Der wichtigste Teil seines Ichs rutschte in eine tiefe
Grube. In dieses wohnliche Gefängnis würde er sich fortan,
bis zu seinem Lebensende, zurückziehen. Hier war der
Schönhengstgau und hier war Zwittau. In Gedanken ging
er dann durch alle Straßen und Gassen. Er wanderte hinaus
zum Stauteich, in die Moorener Ränder und in die anderen
herrlichen Gebiete, die er zusammen mit seinem Freund
durchstreifte. In den Träumen sprach er mit diesen Freunden; auch mit jenen, die bereits gefallen waren oder in alle
Winde verstreut wurden.

Das neue Leben sog unendlich viel Kraft aus seinen
Adern; oft mehr, als er eigentlich hatte. Während fast alle
anderen Heimatvertriebenen über das Heute und das Morgen sprechen wollten, versuchte Hans, so oft es ihm möglich war, vom Gestern zu schwärmen. Der einzige Mensch,
der ihn verstand, war seine Mutter.

Wie ein Schatten begleitete der Gemütskranke seine
Mutter auf den Feldern einiger Bauern, um die Kartof-
feläcker von Kartoffelkäfern zu befreien. Am Abend wurden sie mit fünf Eiern belohnt. Er begann diese Menschen
zu hassen. Sie hatten ihn und seine Mutter in einen Kuhstall
gesteckt; wie Vieh. Das waren keine Menschen.

Es wurde ein extrem trockener und heißer Sommer. Als
hätte sich die Natur gegen die Menschen verschworen, gab
es so viele Kartoffelkäfer und Maikäfer wie seit einhundert
Jahren nicht mehr. Die Rehe und Wildschweine vermehr-
ten sich in einem atemberaubenden Tempo. Niemand

durfte eine Waffe besitzen; auch Jäger nicht. Gottseidank wusste niemand zu dieser Zeit, dass ein schlimmer Winter auf sie wartete.

Hans hasste auch die Felder. Er erinnerte sich an die Schätze in seiner Truhe – und organisierte Lebensmittel und Hausratsgegenstände in Weinersheim. Letztere holte er mit einem kleinen Leiterwägelchen aus dieser noch immer zerbombten Stadt nach Hause; sieben Kilometer hin und sieben Kilometer zurück. Die Einheimischen sahen zwar, dass sich dieser Mann mit vielen Dingen beschäftigte. Faulenzer und Tagediebe verabscheuten sie wie die Pest. Sie spürten, dass Hans weder heute noch morgen Teil dieses Dorfes werden wollte.

Die Familie Patzlik meisterte ihren Alltag beim Bauer Wiesner auf höchst unterschiedliche Weise. Während Maria Klinger bereits um sieben Uhr auf den Feldern zu finden war und am Abend todmüde ins Bett fiel, war ihre Schwester zunächst damit beschäftigt, die zweijährige Tochter zu füttern. Anschließend schneiderte sie an neuen luftigen Kleidern und war stets gut frisiert anzutreffen. Am Nachmittag legte sie sich mit der Kleinen auf eine Wiese am Mainufer, um sich bräunen zu lassen. Selbstverständlich wurde die wenig bekleidete junge Frau mit Interesse beäugt. Und in der Nacht tauschte sie Naturalien gegen Fleisch, Butter oder manchmal auch ein paar Mark. Ihre Mutter passte inzwischen auf das Töchterchen auf. So gesehen ging es allen prächtig.

Waldemar, der Halbbruder von Hans, arbeitete inzwischen auf einem riesigen Hof. Dieser Hof gehörte dem Fürsten von Weinersheim. Vor dem Krieg hatte dieses blaublütige Geschlecht über dreihundert Höfe und riesige Wälder. Ein neues Gesetz des Deutschen Reiches zwang das blaue Blut allerdings, zwei Drittel ihrer Güter abzustoßen. Wer mehr als einhundert Höfe besaß, musste nach dem neuen Gesetz eine ganze Armee verpflegen; kostenlos versteht sich. Deshalb hatte das verarmte Adelsgeschlecht nach dem Krieg nur noch siebenundneunzig Höfe. Und auf einem dieser Höfe arbeitete Waldemar.

Die riesigen Felder, es waren gute Böden, warfen gute Gewinne ab. Völlig entgegengesetzt verhielt es sich bei den übrigen unterfränkischen Bauern. Anders als in Niederbayern oder gar Oberbayern, wo jeweils der Erstgeborene den ganzen Hof erbte, entstanden durch die Erbregelung in Unterfranken kleine „Handtücher", wie man hier zu sagen pflegte. Die Äcker wurden immer kleiner und wurden auf immer mehr Menschen aufgeteilt. Hinzu kam, dass es sich vorwiegend um hangige Äcker mit Böden aus Muschelkalk und Lehm mit vielen Steineinlagerungen handelte. In Mainnähe waren es sehr sandhaltige Böden. Bis 1789 befanden sich sogar die meisten dieser Böden im Besitz der Kirche oder der Fürstbischöfe. Erst seit der Säkularisation änderte sich dies. Besonders in den Genen der Franken schien es von Generation zu Generation vererbt worden zu sein, nach oben hin zu buckeln und unten am Boden sich gegenseitig nichts aber auch gar nichts zu schenken. So kratzten sie an den Hängen die Kartoffeln und Futterrüben aus den steinigen Böden und fuhren die Bodenfrüchte mit Ochsenkarren in die zum Teil bitterarmen Dörfer. Die meisten Kreaturen wurden nicht älter als sechzig Jahre. Zuvor stolperten sie mit krummen Rücken durch das Land. Und wenn sie starben, musste man vielen Buckligen im wahrsten Sinne des Wortes „das Kreuz brechen", damit sie in den Sarg passten. Sie heirateten untereinander. Nur dann wurden aus vielen kleinen Handtüchern ein etwas größeres Handtuch.

Viele Heimatvertriebene waren darüber entsetzt, dass ihnen fast aus jedem vierten Haus ein augenscheinlich inzuchtiöses Kind anglotzte.

Waldemar Klinger, der bereits als Kind fast taub war, hatte Glück. Ein Landarbeiter witzelte eines Tages über eine Heiratsanzeige. Eine Frau mit Kind in Altenbuch war auf der Suche nach einem Mann. Deutschland fehlten zu diesem Zeitpunkt 5,1 Millionen Männer, die auf dem Feld geblieben waren, wie man sich dezent ausdrückte; zusätzlich zu den elf Millionen, die in Gefangenschaft gerieten. Männer waren also Mangelware. Die Frau im Spessart hatte einen kleinen Bauernhof; genau das Richtige für Waldemar. Annemarie musste zwar schreien, damit er sie verstand. Doch ansonsten war sie mit Waldemar zufrieden. Also heirateten sie kurzentschlossen.

Der Völkerbund setzte damals fest, dass ein Mensch pro Tag mindestens dreitausend Kalorien benötigte. Der Winter 1946/47 scherte sich einen Dreck um diese Vorgabe. Vor dem Krieg hatte die deutsche Landwirtschaft zu achtzig Prozent die Ernährung sichern können. Im katastrophalen Jahr 1946 sank dieser Anteil auf fünfunddreißig Prozent, da etwa ein Viertel der landwirtschaftlichen Nutzflächen im Osten verloren gegangen war. Hinzu kamen die Sommerhitze und das Ungeziefer. Hinzu kam, dass zu wenig anpackende Männer vorhanden waren. Hinzu kam die fehlende Infrastruktur. Und es gab noch viele weitere Hinzu's. In der amerikanischen Zone standen nur noch 1564 und in der französischen Zone gar 1209 Kalorien pro Kopf zur Verfügung. Die ohnehin ausgemergelten Menschen starben wie die Fliegen. In Aalfurth forderte dieser Winter vier Opfer; alles Sudentendeutsche.

Es war Maria Patzlik, die Hans und Anna Klinger besuchte … und jedes Mal einige Lebensmittel zurückließ; dezent versteht sich. Maria wollte nach wie vor in der Nähe ihres Idols sein. Sie erkannte zwar, dass sich Hans zu verändern begann. Erst im Sommer 1947 gab es zarte Annäherungen bei den sonntäglichen Spaziergängen.

Im Herbst 1947 musste Marias Schwester Hanna zusammen mit der nun dreijährigen Tochter von einem Tag auf den anderen das Haus verlassen. Dass sie es verstand, ihren wohlgeformten Körper sinnvoll einzusetzen, war inzwischen ein offenes Geheimnis. Doch als die resolute Susanne Wiesner ihren Mann mit diesem Weib in der Scheune erwischte, setzte sie ihm die Pistole auf die Brust. Sie war eine geborene Maininger. Und mit ihrem Vater Kilian, dem zweitgrößten und einflussreichen Bauern am Ort war nicht zu spaßen. Hanna nahm selbstverständlich ihre 57-jährige Mutter mit. Diese würde bald eine gute Rente bekommen, und bereits in Zwittau hing sie finanziell an den Rockzipfeln der Mutter.

Arbeiten gehen war für Hanna noch nie eine ernstzunehmende Option gewesen. Unten am Main hatte sie einen Baggerfahrer aus Würzburg kennengelernt. Er lockte seit Wochen mit einer gemeinsamen Wohnung. Ja, das war eine ernstzunehmende Option.

Maria Patzlik durfte selbstverständlich bleiben. Sie war eine gute und zuverlässige Arbeitskraft. Außerdem war inzwischen bekannt geworden, dass sie mit Hans Klinger busierte.

Ende Oktober 1947 stieg der einundvierzigjährige Arthur Koschwitz an der Aalfurther Haltestelle neben dem Milchhäuschen aus einem Bus. Sein Kopf war fast kahlgeschoren. Er hatte wache Augen, ein Doppelkinn und eine auffällige Adlernase. Erst vor einem Monat entließ man ihn aus der russischen Gefangenschaft. Dort hatte man sich entschieden, sich von Krüppeln zu trennen. Sie kosteten nur Geld. Arthur musste sein linkes Bein in Stalingrad lassen. Russische Ärzte verpassten ihm provisorisch eine Prothese aus Eichenholz. Ohne Krücken konnte er sich deshalb nicht vorwärtsbewegen.

Nur das Schicksal wusste, welche Bedeutung dieser einbeinige Mann für das Leben von Simon Klinger haben sollte; indirekt natürlich.

Wie durch einen Zufall gelangte Koschwitz an Major Barber. Und dieser verwies ihn an Brettschneider. Der Ratschreiber wusste, dass Käthe Dinkel, sie war erst zweiunddreißig Jahre alt, allein auf ihrem Bauernhof wohnte. Erst vor drei Monaten erhielt sie die Nachricht, dass ihr Mann bereits 1941 irgendwo am Don von einer Stalin-Orgel durchlöchert wurde. Dies berichtete sein Kompanieführer, der vor vier Monaten aus der Gefangenschaft zurückkehrte. Und nun standen die beiden Männer, der Ratschreiber und der Einbeinige, an diesem Mittwochnachmittag vor Käthes Tür. Später erzählte sie, dass es die wachen und neugierigen Augen von Arthur waren, ihm Quartier zu gewähren. Natürlich sprach es sich rasch herum, dass „des Käthsche" sich einen Mann geangelt hatte. Als bekannt wurde, dass der Krüppel früher einen Bauernhof in der Nähe von Mährisch Trübau hatte, zerriss man sich die Mäuler über dieses tolle Gespann.

Die Dinkels hatten vor dem Krieg die drittgrößte Landwirtschaft am Ort. Der Halsabschneider Klüpfel wollte die Felder kaufen. Stattdessen verpachtete Käthe die relativ grossen Felder an dessen Feind Kilian Maininger. Und dieser Maininger, der mit den Sudetendeutschen bislang keine guten Erfahrungen gemacht hatte, machte sich besonders lustig über Käthchens neue Errungenschaft. Doch … ausnahmslos alle im Dorf würden sich noch wundern, was dieser Einbeinige in den kommenden Jahren auf die Beine stellen würde. Ihnen sollte die Spucke wegbleiben.

Im November 1947, es hatte früh zu schneien begonnen, gingen Marias Wünsche in Erfüllung. Zumindest für einige Monate wagte sich Hans weiter aus seiner selbstgeschaffenen Seelengrube. Aber genau genommen waren es die Hormone, die aus ihm zeitweise einen neuen Menschen machten. Anna Klinger sah diese Entwicklung mit gemischten Gefühlen. Seit Helene, ihre einzige Freundin, mit deren Tochter nach Würzburg gezogen war, fehlte sie ihr. Deshalb klammerte sie sich doppelt an ihren Sohn. Und dieser sollte ihr jetzt genommen werden? So oder ähnlich, sah es die einfach gestrickte Frau. Deshalb hasste sie Anna – unterschwellig natürlich.

Am 2. Oktober 1948 erblickte Simon Klinger, seine Mutter hieß damals noch Patzlik, das Licht der Welt. Im Krankenhaus Weinersheim war man froh, den Schreihals nach zwei Tagen endlich loszuwerden. Er wollte nicht aufhören zu schreien. Es schien, als schrie er gegen sein Schicksal an. Aber das Schicksal zuckte nur mit den Schultern.

Hans hatte sich wieder einmal in seine Grube zurückgezogen, und die Suche nach einer gemeinsamen Wohnung halbherzig betrieben. Und so wohnte Maria mit dem Kind weiterhin in ihrer kleinen Wohnung im Anwesen der Familie Wiesner.

Anna Klinger hatte sich ebenfalls ihre Grube gesucht. Und die hieß Egoismus. Was für sie gut war, war auch für Hans gut.

Eines Tages ließ der Ratschreiber Hans Klinger hochoffiziell in seine Amtsstube bringen – durch den Dorfbüttel. Das war am Ort alles andere als ein gewöhnlicher Vorgang.

»So geht das nicht weiter, Herr Klinger«, begann Brettschneider.

»Bei uns hier herrscht Zucht und Ordnung. Sie zeugen da einmal schnell ein Kind … und kümmern sich nicht weiter darum. Ist das Kind von Maria Patzlik ihr Kind?«

»Selbstverständlich«, antwortete Hans etwas konsterniert.

»Darüber liegt hier bei mir keine offizielle Urkunde vor. Mir ist nicht bekannt, wann die Taufe ist. Habt ihr vor zu heiraten? Die Mutter mit dem Kind dort unten bei den Wiesners. Und Sie mit ihrer Mutter bei den Doschs. Ich bin tief enttäuscht von Ihnen. Sie müssen sich doch Gedanken darübergemacht haben, wie das jetzt weitergehen soll.«

»Wo sollen wir wohnen? Sie wissen doch ganz genau, unter welchen Umständen ich mit meiner Mutter hause. Darüber haben Sie bislang kein Sterbenswörtchen verloren.«

Der Ratschreiber erhob sich rasch und beugte sich zu Hans hinüber.

»Blödsinn. Ihre Wohnung ist doch in Ordnung. Ich kenne die Räume«, schimpfte Brettschneider.

»Wenn ein Kuhstall in Ordnung ist, habe ich Major Barber falsch verstanden.«

»Kuhstall? Wieso Kuhstall?«

»Aber das müssen Sie doch wissen. Meine Mutter und ich wohnen seit nun fast zwanzig Monaten in einem Kuhstall, den wir uns provisorisch hergerichtet haben.«

»Aber Magdalena hat mir fest zugesagt, dass Ihre Mutter und Sie in den Räumen ihres Sohnes Bernd einquartiert werden. Ihr Sohn ist gefallen. Das ist Ihnen doch inzwischen bekannt.«

Jetzt erhob sich auch Hans. Die beiden Männer standen sich nun gegenüber. Nur wenige Zentimeter trennten ihre Gesichter.

»Wollen Sie mich allen Ernstes der Lüge bezichtigen Herr Brettschneider? Wenn das so ist, bleibt mir nichts anderes übrig, als um einen Termin bei Major Barber anzufragen. Wie ich ihn kennengelernt habe, ist er bereit, sich den Kuhstall anzuschauen. Das wird ihm nicht gefallen.«

Der Ratschreiber ließ sich auf seinen Bürostuhl sinken. Nein, das war keine schauspielerische Leistung.

Tiefe Betroffenheit machte sich auf seinem Gesicht breit.

»Komm' Hans. Setz dich«, schnaufte er.

»Warum um alles in der Welt warst du damals nicht sofort bei mir? Ich konnte doch nicht ahnen, dass dieses bösartige Aas mich derart dreist belogen hat. So eine Scheiße. Aber das wird ein Nachspiel haben.«

Er lehnte sich zurück und fuhr mit einer weitausholenden Geste fort:

»Und jetzt machen wir Nägel mit Köpfen! Du weißt doch wo diese Orlovac-Sippe wohnt?«

Hans nickte, verzog sein Gesicht und winkte schnaufend ab.

»Diese Leute bringen alle Heimatvertriebenen in Verruf«, fuhr Brettschneider erregt fort.

»Maininger ist am Ende seiner Geduld. Aber darüber sprechen wir ein anderes Mal. Also … Ein Stückchen weiter nach hinten, quasi in einer Art Sackgasse, steht ein kleines Häuschen. Es ist das Haus Nr. 61.

Das ist zwar keine Villa, aber man kann etwas daraus machen. Und dieses Häuschen steht seit Jahren leer. Es gehört Käthe Dinkel. Du kennst sie?«

»Ja. Bei ihr wohnt doch dieser Koschwitz aus Mährisch Trübau.«

»Stimmt. Aber wir werden diese hübsche Frau nicht um Erlaubnis fragen. Wir machen die abgekürzte Version. Du gehst gleich zu deiner künftigen Frau und deinem Kind.

Danach gehst du in deinen Kuhstall, und holst deine Mutter. Zusammen marschiert ihr zum Haus Nr. 61. Dort trittst du die Tür ein … und lässt dich unter keinen Umständen aus dem Haus vertreiben. Hast du mich verstanden?«

»Und wie wird Frau Dinkel reagieren?«

»Ich gehe gleich zu ihr, und werde ihr hochoffiziell erklären, dass sie nur zwei Möglichkeiten hat. Entweder das Haus wird durch Major Barber oder durch das Landratsamt enteignet … oder ihr beide werdet irgendwie handelseinig. Ist das ein Wort?«

»Klingt verdammt gut, Herr Brettschneider. Danke. Vielen Dank.«

»Und morgen unterzeichnest du ein Papier, das ich vorbereiten werde. Darin steht, dass du der Vater des Kindes bist. Dann legen wir einen Hochzeitstermin und einen Termin für die Taufe deines Sohnes fest. Dann hört dieses Getratsche hier am Ort auf. Das geht mir langsam auf die Nerven. Ich bin ein ruhebedürftiger Mensch. Haben wir uns verstanden Hans?«

»Jawohl. Selbstverständlich Herr Brettschneider. Meine Maria wird vor Freude weinen.«

Der Ratschreiber lachte und legte seine Hand auf die Schulter des sichtlich zufriedenen Sudetendeutschen.

»Und ich werde Magdalena und Georg Dosch vorladen. Gleich morgen. Und noch eines Hans: Morgen füllen wir gleich einen Bezugsschein für Möbel und Hausratsgegenstände aus. Das hier ist ja ein besonderer Anlass. Ich meine damit Hochzeit, Geburt usw. Da wird mir zusätzlich noch einiges einfallen. Fall' aber nicht gleich in Ohnmacht, wenn du das Haus betrittst. Wenn du Fragen hast, kommst du zu mir!«

Links und rechts des Hofeinganges dominierten mannshohe dicke Pfosten aus Sandstein. Dort waren früher große

Tore verankert. Unmittelbar hinter diesen Sandsteinquadern versteckte sich das unscheinbare Bauernhaus. Der Hof bestand aus einem erstaunlich großen quadratischen Areal; von außen nicht einsehbar. Auf der linken Seite hatte man einen kleinen Bauerngarten angelegt, der nun vor sich hinwilderte. Weiter hinten dämmerte eine uralte Scheune vor sich hin. Auf der rechten Seite klebten alte Schuppen und niedrige Ställe aneinander. Und dazwischen befand sich ein Innenhof aus grobkörnigem Kies. Erst später sah Hans, dass hinter der Scheune alte Obstbäume standen und sich ein äußerst hangiges Gelände aus Gestrüpp ausdehnte.

Die dunkelgrüne Eingangstüre aus Eichenholz, mit dem blauweißen quadratischen Schild „Nr. 61" darüber, war erstaunlicherweise nicht verschlossen. Hans brauchte sie also nicht einzutreten. Erst jetzt sah er, dass der kleine Flur nur durch ein knapp zwanzig Zentimeter hohes Fenster über der Eingangstür beleuchtet wurde. Unmittelbar neben der Eingangstür registrierte er zunächst eine grobe Holzplatte. Hierbei handelte es sich um eine Abdeckung für die schmale und steinerne Treppe zum riesigen Gewölbekeller darunter. Wenige Minuten später musste er feststellen, dass der äußerst steile Hang an dieser Stelle durch eine lange und vier Meter hohe Mauer abgefangen wurde. Das gesamte Haus, der Bauerngarten und der gesamte Innenhof standen letztlich auf dieser Mauer. Am Fuße der Mauer führte ein schmaler Weg entlang. Die Dinkels konnten also den Keller von dieser Straße aus mit Most, Kartoffeln, und früher Futterrüben, befüllen.

Der schmale Flur, gleich hinter dem Schild Nr. 61, war mit dunkelbraunen Platten gefliest. Von dort aus gelangte man über eine steile Holztreppe in das Obergeschoss. Doch das war vorerst tabu, wie sich wenige Minuten später herausstellen sollte. Geradeaus ging es in das Wohnzimmer und auf der linken Seite lag die Küche. Die Küche war vier

Meter breit und schätzungsweise drei Meter tief. Auf der rechten Seite hatte man eine Nische eingelassen, in der ein altes Küchenbuffet stand. Daneben dominierte ein großer Küchenofen. Links davon war Platz für einen groben Tisch mit drei Stühlen. Das relativ hohe Fenster war nur fünfzig Zentimeter breit. In der linken Ecke des kalten Raumes stand ein runder Sandstein. Darin eingelassen war eine ovale Vertiefung mit Ablauf. Das war die Spüle. Darüber prangte ein schmuckloser Wasserhahn. Der Fußboden bestand aus den gleichen hässlichen Platten wie im Flur.

Hans schätzte das Wohnzimmer auf 18-20 Quadratmeter. Sowohl die Wände und vor allem die Decke waren auffallend wellig. Die Aussparungen der Holzkonstruktion des Hauses waren mit Weidengeflecht, Lehm, Sand und Stroh ausgefüllt. Der Außen- und Innenputz bestand aus Ziegelmehl, Kalk und etwas Zement. Gerade Flächen strebte man in alten Bauernhäusern nicht an. Viel wichtiger war eine halbwegs gute Isolation der Räume. Der Fußboden bestand aus groben Holzbohlen. Licht drang durch ein größeres und ein sehr kleines Fenster in den Raum. Die Fenster hatten sicher schon zwei Generationen gesehen.

Genau in dem Moment, als sie die Treppe nach oben gehen wollen, betraten zwei Personen den kleinen Flur. Hans hatte sie schon einmal gesehen. Es waren Käthe Dinkel und ihr Begleiter Arthur Koschwitz. Nachdem sich der Kriegsversehrte eine neue Prothese hatte anfertigen lassen, konnte er sogar ohne Krücken gehen.

Das folgende Gespräch war kurz. Käthe Dinkel teilte mit, dass in Kürze Emilie Koslowski und deren Mann, welcher vor kurzem aus der Gefangenschaft heimkam, im Zimmer im ersten Stock wohnen würden. Das war zunächst ein Schock für Hans.

Er hasste diese Frau, die mit der Orlovac-Sippe eng verbandelt war. Für die unteren Räume wurde man sich rasch auf eine monatliche Miete von zwanzig Mark einig. Arthur Koschwitz betonte, dass darin die Benutzung des Hofes, des schönen Bauerngartens und der Stallungen enthalten seien. Diese Benutzung sei den Koslowskis explizit nicht gestattet. Natürlich musste man sich die Toilette teilen. Es handelte sich um eine jener damals üblichen Plumpsklos. Dieses schmale Häuschen befand sich am Ende der alten Schuppen; vielleicht zwanzig Meter vom Hauseingang entfernt.

»Und wie regeln wir das mit der Küche und dem Wasser«, wollte Hans leicht aufgeregt wissen.

»Darüber haben wir mit den Koslowskis nicht gesprochen. Insofern ist es nicht Teil unserer Vereinbarung. Wir wissen nur, dass Herr Maininger die beiden Personen nicht mehr in seinem Haus haben will.« Sie lächelte verschmitzt.

»Ohne Wasser werden sie sich hier im Haus auch nicht lange halten können. Sie müssen halt nur ein wenig konsequent sein. Versprechen Sie mir das?«

»Versprochen«, sagte Hans und nickte.

»Das wird bei diesem Weib aber nicht ganz leicht werden.«

Die Frau mit den kurzen Haaren und dem freundlichen Gesicht zuckte mit den Schultern.

»Mir sind da leider die Hände gebunden. Herr Brettschneider wird alles versuchen, für die beiden Herrschaften rasch eine Alternative zu finden. Und wenn wir sie losgeworden sind, können Sie auch das Zimmer dort oben belegen. Kostenlos.«

Für die darauffolgenden zwei Wochen musste Maria mit dem Kind doch noch einmal mit ihrem Zimmer bei den Wiesners vorliebnehmen. In dieser Zeit wurden die Holzbohlen des Fußbodens abgeschliffen und mit „Stragula" belegt. Das war ein Linoleum-Imitat aus imprägnierter

Pappe und mit verschieden eingedickten Ölfarben bedruckt. Dieser Fußbodenbelag war sehr strapazierfähig und leicht zu pflegen. Zuvor wurden die Wände dick getüncht und gestrichen, sodass man nur noch kleine Wellen sah. Die Decke wies weiterhin Unebenheiten auf.

Wenige Tage später brachte ein amerikanischer Truck eine herrliche neue Wohncouch. Diese konnte für die Nacht aufgeklappt und zu einem großen Bett umfunktioniert werden. Dieses Möbelstück war zudem so konstruiert, dass man tagsüber die Bettdecken darin verstauen konnte. Mit angeliefert wurde ein Couchtisch und zwei Couchsessel. Für den kleinen Simon hatte man ein Bettchen ergattert, welches unter dem kleinen Fenster stehen würde; von einem Vorhang, wie eine dezente Raumaufteilung, verdeckt. Der Raum wurde von einem schmalen Ofen beheizt, der auf einer flachen Steinplatte stand. Das Schmuckstück des Zimmers wurde ein riesiger Teppich; rot und mit fernöstlichen Mustern. Für die Küche organisierte der Ratschreiber ein neues Büffet. Stolz war Maria auf das neue Geschirr.

Die Unterbringung von Anna Klinger gestaltete sich allerdings zum Problem. Schlafen konnte sie letztlich nur auf einem sogenannten „Ami-Bett". Ursprünglich wurde diese Schlafmöglichkeit für die Army konzipiert. Zusammengeklappt war dieses Konstrukt, bestehend aus schweren und kurzen Holzstücken und dunkelgrünem strapazierfähigem Leinen mit entsprechenden Schlaufen, sechzig Zentimeter lang und fünfundzwanzig Zentimeter dick. Diese Schlafgelegenheit hatte jedoch einen äußerst großen Nachteil: Legte man sich auf dieses Bett, bog sich das Leinentuch durch und man hatte das Gefühl in einer festgespannten Hängematte zu schlafen. Da die Koslowskis es im Haus mehr als vier Jahre lang aushielten, musste es Anna Klinger in diesem kühlen und feuchten Raum – und mit diesem Ami-Bett

– ebenfalls vier Jahre aushalten. Sie bekam Asthma und deutliche Haltungsschäden. Beides sollte sie bis zu ihrem letzten Atemzug wie ein Fluch begleiten.

Es gab gleich mehrere Gründe zu feiern. Am 8.12.1948 wurde das Söhnchen auf den Namen Simon getauft; zu Ehren von Major Simon Barber. Eine Stunde später fand die Trauung in der alten Wehrkirche statt. Der katholische Pfarrer machte es kurz und schmerzlos. Dass nur wenige Sudetendeutsche Spalier standen, tat der Sache keinen Abbruch. Einen Tag zuvor fand die standesamtliche Trauung statt. Bei dieser Gelegenheit unterschrieb Hans ein vorbereitetes Schriftstück, worin er sich zum Vater des kleinen Simon bekannte. Und schließlich musste ja die neue Wohnung begossen werden. Über Simons kleines Bettchen hing ein alter Schinken, wie man sie in Jahrzehnten oder Jahrhunderten zuvor in Schlaf- oder Kinderzimmern antraf. Da lag ein süßes Kindchen auf einer blühenden Wiese. Und darüber schwebte ein Engel mit großen, weißen Flügeln. Und dieses göttliche Wesen streckte seine Hände schützend aus. Wurde dieser Engel über Simons Bettchen im Krieg versehentlich von einer Stalin-Orgel erwischt? Auf alle Fälle hielt in den kommenden Jahren kein Engel seine schützende Hand über Simon.

Zur damaligen Zeit führte der Ernährungsmangel bei den Müttern, insbesondere der Mangel an vielen wichtigen Vitaminen, zu vielen Kinderkrankheiten – oder gar zum Tod. Kurz vor seinem zweiten Geburtstag war Simons ganzer Oberkörper mit Rötungen übersät. Zwei Tage später gingen diese intensiv juckenden Rötungen in Bläschenbildungen über. Diese platzten schließlich auf und führten danach zu gelben oder braunen Krustenauflagerungen. Diese

Form der Neurodermitis war damals unter dem Begriff „Milchschorf" bekannt. Der kleine Bub jammerte, schrie und kratzte sich unentwegt. Die Hausärztin sah sich gezwungen, die Arme zu schienen, damit er sich nicht mehr kratzen konnte. Sie verschrieb Hanföl, Nachtkerzenöl, Johanniskrautextrakte, Zink und Chlorbleiche.

Doch es sollte noch schlimmer kommen. Der damalige Landrat Götz hatte zusammen mit dem Gesundheitsamt durchgesetzt, dass ein Spezialbus angeschafft wurde, der im Rahmen der Gesundheitsvorsorge durch alle Dörfer fuhr. Reihenuntersuchungen oder Reihenimpfungen wurden zur Pflicht erklärt. In erster Linie ging es ihm darum, eventuellen Epidemien vorzubeugen oder Kinderkrankheiten so früh wie möglich zu erkennen. Deutschland brauchte gesunden und starken Nachwuchs.

Bei einer dieser Untersuchungen diagnostizierte der Arzt bei Simon eine Lungen-Tuberkulose. Zwei Wochen später brachte Maria Klinger ihren kleinen Sohn in das Privatkinderheim Haus Eckart auf der Nordseeinsel Amrum. Eine Klimaveränderung war unabhängig von der Tuberkulose sinnvoll, damit der Milchschorf rasch abklingen sollte.

Die Schwestern des Kinderheimes bemühten sich rührend um den Zweijährigen. Doch als Simon nach drei Monaten von seiner Mutter wieder abgeholt werden durfte, hatten sie den Teufel im Gepäck. Doch dieser ließ den Buben und den Eltern zunächst einmal eine Verschnaufpause von vier Monaten.

Die Hausärztin, Frau Dr. Lennartz, wollte es nicht auf die leichte Schulter nehmen, als Simon nicht mehr gehen wollte. Als man ihn zum Gehen aufforderte, musste man rasch feststellen, dass das Kind nach wenigen Schritten in sich zusammensackte oder sich bewusst fallen ließ. Dem Oberarzt Dr. Eichelmann in der Orthopädischen Klinik des König-Ludwig-Hauses in Würzburg fiel es sichtlich schwer, als er sagte:

»Nachdem wir viele Untersuchungen abgeschlossen haben, sind wir immer zum gleichen Ergebnis gekommen, Herr Klinger. Wir hatten gehofft, dass Simon nur an einer Spondylitis leidet, die wir hätten wieder in den Griff bekommen können. Leider haben wir nun die Gewissheit, dass es sich um eine tuberkulöse Spondylitis handelt.«

»Oh Gott. Was bedeutet das, Herr Doktor«, stammelte Hans.

Der Arzt legte seine Hand auf die zitternden Hände des Vaters.

»Ich will nicht um den heißen Brei herumreden Herr Klinger. Der letzte Brust- und der erste Lendenwirbel ihres Sohnes ist von einer Tuberkulose befallen. Im Klartext: Diese beiden Wirbel verfaulen … ganz langsam. Diese Form der Tuberkulose ist leider nicht heilbar; zumindest nicht oder noch nicht in Deutschland.«

»Aber unser Simon wird doch nicht …«, schrie Maria auf.

»Nein. Nein Frau Klinger. Diese Krankheit ist nicht tödlich. Aber nach dem Stand der heutigen Wissenschaft wird Simon nicht wieder auf seinen beiden Beinen stehen können.«

»Und was schlagen Sie jetzt vor Herr Doktor«, fragte Hans mit Tränen in den Augen.

»Zunächst schlage ich Ihnen vor, dass Simon hier in unserer Klinik bleibt. Wir müssen zunächst alles unternehmen, damit keine weiteren Wirbel angegriffen werden. In den USA werden gegenwärtig Operationsmethoden entwickelt, kontaminierte Wirbel zu entfernen und die Wirbelsäule zu versteifen. Es wird mit Sicherheit einige Jahre dauern, bis diese Operationsmethode hier nach Deutschland kommt.«

Als Anna und Hans Klinger ein Jahr später ein später

ein Schreiben der AOK Tauberbischofsheim bekamen, worin stand, dass die Landesversicherungsanstalt Baden beabsichtigt, die Einleitung eines Heilverfahrens auf den Weg zu bringen, schöpften sie neue Hoffnung. Diese sollte sich kurze Zeit später wieder zerschlagen.

In der Zwischenzeit fuhren sie zwei Mal pro Woche, oftmals mit dem Fahrrad, die dreißig Kilometer lange Strecke nach Würzburg, um Simon zu besuchen.

Im Februar 1954 besuchte Hans seinen Sohn, der inzwischen fünfeinhalb Jahre alt war … und wollte ihn mit der Nachricht überraschen, dass er ein Brüderchen bekommen hat. Darunter konnte sich Simon absolut nichts vorstellen. Was für ein Brüderchen? Für ihn gab es ja nur dieses Zimmer auf dieser Erde. Nichts sonst. Das sollte weitere zwei Jahre so bleiben. Kinder durften diese Station nicht besuchen. Die Ansteckungsgefahr war zu groß.

Vielleicht war es eine salomonische Entscheidung. In einer Woche würde Simon sechs Jahre alt werden.

Ein Jahr zuvor hatte man sich im König-Ludwig-Haus entschieden, als erste Klinik in Deutschland eine Tbc-Wirbelsäulen-OP durchzuführen. Der erste Versuch war nicht zufriedenstellend … um es vorsichtig auszudrücken. Die zweite OP, an einem Mädchen, war erfolgversprechend.

Und nun saß der leitende Professor zusammen mit Maria und Hans Klinger an Simons Bett. Er, der kleine Simon, sollte entscheiden!

Eine Woche vor seinem ersten Geburtstag entschied Simon Klinger über Leben und Tod; über sein Leben … wie es auch immer nach der OP aussehen würde - oder vielleicht auch über seinen Tod.

Simon entschied sich für die Operation.

Was, so sagte er bereits als Kind, sollte er schon verlieren.

Bereits drei Wochen später fand die Operation statt. Sie dauerte fast neuen Stunden. In dieser Zeit wurde der Rücken auf einer Länge von dreißig Zentimetern aufgeschnitten, um die zwei befallenen Wirbel zu entfernen. Danach entfernte das Ärzteteam aus dem linken Schienbein ein Stück Knochen, um diesen in die Lücke, in die Wirbelsäule, einzusetzen. In der Fachsprache nannte man es die „Spanverpflanzung". Im Schienbein wurde ein Stück Fremdknochen eingesetzt. Man war davon überzeugt, dass der Knochen aus dem Schienbein leichter in die Wirbelsäule einwachsen würde als ein Fremdknochen.

Das Folgeproblem bei dieser OP-Methode bestand darin, dass das Einwachsen des Schienbeinknochens Zeit in Anspruch nehmen würde; nicht nur viel Zeit, sondern, für einen kleinen Jungen, eine Ewigkeit.

Ein erwachsener Mensch wäre während dieser Zeit vielleicht verrückt geworden. Simon stand es durch … sechs Monate auf dem Bauch zu liegen, wobei Kopf, Hände und Füße angeschnallt waren. Die kleinste Bewegung hätte zur Folge haben können, dass das Stück Knochen in der Wirbelsäule hätte leicht verrutschen können. Und das durfte unter keinen Umständen passieren.

Ein halbes Jahr … das sind mehr als einhundertachtzig Tage; einhundertachtzig Tage durch eine Öffnung im Gipsbett nach unten starren. Damit war erst ein Drittel des Martyriums überstanden. Nach einhundertachtzig Tagen wurde Simons Körper äußerst vorsichtig gedreht … Millimeter für Millimeter.

Danach starrte er an die Decke … und wurde wieder festgeschnallt; an den Beinen, an den Armen … und am Kopf.

Erst nach weiteren drei Monaten war ein Teil der Hölle vorüber. Simon durfte zumindest die Unterarme bewegen. Die Oberarme blieben angeschnallt – auch noch der Kopf.

Während dieser Zeit kam für eine Stunde eine Lehrerin an sein Bett. Experten in der Krankenhauswerkstatt hatten ein Gestell konstruiert. Mit wenigen Handgriffen konnte es am Bett befestigt werden; direkt über dem Gesicht des Patienten. Mit seinen beiden Unterarmen musste es Simon gelingen, Papiere mit einer entsprechenden Klammertechnik zu befestigen. Er konnte die ersten Buchstaben lesen ... und sogar schreiben lernen. Er konnte vor allem Bilder sehen; Bilder von Blumen, von Tieren, von Vögeln und von Schmetterlingen. Diese ersten Bilder in seinem Leben sollten sein künftiges Bewusstsein prägen; wie eingebrannt in seine Gehirnwindungen ... aber auch in seine Seele. Da draußen gab es dieses alles - da draußen.

Einen Monat später gingen die Ärzte das Risiko ein, die Arretierung des Kopfes zu lösen. Nach drei weiteren Monaten lockerten sie schließlich die Befestigungen an den Oberarmen und den Beinen. Simons Eltern weinten. Sie konnten nicht verstehen, warum Simon nicht ebenfalls vor Glück weinte. Doch Simon hatte die ganzen Jahre nicht geweint. Er wusste auch nicht mehr, was Glück ist.

Glück? Oh ja, es war zumindest ein Stückchen Glück, als die Ärzte beschlossen hatten, Simon endlich aus dem Krankenhaus entlassen zu können. Das Stahlkorsett, welches er in den folgenden Jahren tragen musste, würde ihn vorerst nicht wesentlich stören. Ihn würde auch nicht stören, dass er zumindest für ein weiteres Jahr zuhause in einem Gipsbett schlafen musste. Dieses Gipsbett trug sein Vater, als sie in den Bus nach Aalfurth stiegen.

Unterwegs, im Bus, strömte das Glück auf Simon ein. Der Blick aus dem Busfenster war wie eine Erfüllung; wie ein Traum. Er sah Kühe auf der Weide. Richtige Kühe –

keine unbeweglichen Bilder. Er sah Wälder, Felder und Wiesen. Er sah einige Schafe. Er sah sogar Schmetterlinge. Und all das musste er lautstark seinen Eltern mitteilen … und den Menschen im Bus. Als Anna Klinger mit einer Frau flüsterte, und sagte, dass der Bub das alles zum ersten Mal in seinem Leben sehen würde, rannen Tränen über die Wangen der älteren Frau.

Als Simon mit seinen Eltern, der Vater trug das Gipsbett, die Dorfstraße durch Aalfurth langsam Schritt für Schritt bergan ging, sah er nicht die mürrischen Gesichter der Menschen. Stattdessen verschlang er mit seinen Augen das Ochsengespann. Er hörte die Kirchenglocken. Und als sie kurz vor dem Haus Nr. 61 waren, gab es zwei Erlebnisse, die sich in sein Gedächtnis einbrennen sollten. Da war zunächst eine Glucke mit sieben kleinen Küken; kleine gelbe, flauschige und piepsende Lebewesen.

»Ein Huhn, Mama, schau mal, ein Huhn. Und viele kleine Hühner. Ach sind die süß«, sprudelte es aus Simon heraus; es quoll förmlich aus ihm heraus.

Und wenige Meter weiter … stand da … ein kleines, pummeliges Etwas – und starrte ihn an. Drei Meter hinter ihm sah er eine ältere Frau, die sich später als seine Oma herausstellen sollte. Und diese alte Dame stupste dem kleinen Pummelmännchen in den Rücken.

»Schau mal Herbert. Das ist dein Bruder Simon«, sagte sie.

»Geh' zu ihm. Gib' ihm ein Küsschen.«

Doch das kleine Kerlchen, das sein Bruder sein sollte … sein Bruder … dachte im Traum nicht daran, diesem fremden Wesen auch nur einen Zentimeter näher kommen zu wollen. Aus einer sicheren Entfernung blickte er, mit einer schrägen Kopfhaltung, grimmig dieses dürre Klappergestell an. Eine böse Vorahnung flitzte durch die Windungen des Köpfchens … des Pummeligen.

Die Stimmen ... in diesem dicken Köpfchen ... schienen förmlich zu schreien:

»Dieses dürre Gestell ... da vorn ... wird mir sicher alles wegfressen. Ganz bestimmt. Ich mag den Kerl nicht!«

Er drehte er sich deshalb hastig um ... und verbarg sein Gesicht weinend in der Schürze der Großmutter. Damit waren die Grenzen klar und deutlich gezogen. Und daran sollte sich in den folgenden Jahren nicht sehr viel ändern.

Der kleine Herbert liebte seine Oma. Er wurde von der Mama an den Busen gedrückt. Auch sie liebte er. Aber noch mehr liebte er: Pudding, Kuchen, Brot, Käse ... alles, was im großen Magen des kleinen Burschen Platz hatte. Nur das war seine Welt. Nur das zählte. Alles andere war nicht wichtig. Und daran sollte sich in den kommenden Jahren nichts ändern. Essen, Nahrung, Trinken ... das war damals, kurz nach Kriegsende, die Erfüllung schlechthin.

Im Haus Nr. 61 war vieles völlig anders, als es Simon die letzten Jahre gewohnt war. Im Krankenhaus war fast alles weiß, hell und geräumig. Hier ... und das sollte sein künftiges Zuhause sein ... war alles dunkel und eng; verdammt eng sogar. Und da sollte er künftig leben?

Zu diesem Zeitpunkt konnte er noch nicht wissen, dass die Natur bei vielen Menschen einen Schutzmechanismus eingerichtet hatte. Bei Simon funktionierte dieser Mechanismus sogar extrem gut. Nach einem halben Jahr konnte er sich nur noch schwach an die Bilder, Szenen, Gerüche und Erfahrungen im Krankenhaus erinnern. Einige Jahre später waren sie zwar nicht weg; aber irgendetwas ... oder irgendjemand ... hatte all das in ein klitzekleines Schächtelchen gesteckt, es verschlossen ... und den Schlüssel weggeworfen; weit, weit weg.

Simons Mutter, Maria Klinger, hatte sich verändert. Sie hatte stark an Gewicht zugelegt, war eine kräftige Frau geworden - mit einem stattlichen Busen. Und dieser Busen war zu einem großen Teil daran schuld, dass bereits an diesem ersten Tag, im Haus Nr. 61, zwischen Maria Klinger und Simon Klinger so etwas Ähnliches wie ein Band zerriss.

Simon konnte sich nicht daran erinnern, dass ihn jemals ein Mensch in den Arm genommen hatte. Er hatte auch nie darüber nachgedacht, ob ihm dies fehlte. So etwas gab es einfach nicht. Was man nicht kennt, vermisst man auch nicht. Die Schwestern waren immer sehr beschäftigt. Nähe und Empathie war im Programm eines so großen Krankenhauses nicht vorgesehen; in einem katholischen Krankenhaus erst recht nicht. Oder hatte er dies einfach vergessen? Befanden sich diese Erlebnisse auch in dem kleinen verschlossenen Schächtelchen, das sein Schicksal, wer oder was auch immer, weggeworfen hatte?

Doch an die folgende Szene würde sich Simon bis zu seinem letzten Atemzug erinnern können: Als die nun größer gewordene Familie im kleinen Wohnzimmer standen, fand es Maria Klinger offensichtlich für längst überfällig, ihren heimgekehrten Sohn an ihre Brust zu drücken.

Nein, diese Szene musste man schon etwas genauer beschreiben. Sie drückte Simons Gesicht mit großer Liebe und Inbrunst - und das zudem noch sehr lange - in ihren großen warmen Busen. Und Simon, um Himmels Willen, Simon bekam keine Luft mehr. Außerdem war er diese plötzliche, fast überfallartige Nähe nicht gewohnt. Sie machte ihm Angst; große Angst sogar. Also schob er seine Mutter mit all seiner Kraft von sich … mit beiden Händen … schnappte nach Luft, flüchtete in eine Ecke - um dort zu weinen. Zum ersten Mal, seit er denken konnte, weinte er.

Marias Gemüt war bereits in ihrer Jugend recht einfach gestrickt. Die Arbeit, die Hetze und die Entbehrungen der letzten Jahre hatten alles noch verschärft. Ihr Mann war depressiv geworden und ging nicht arbeiten. Sie erarbeite den kärglichen Lebensunterhalt. Dazwischen strampelten sie möglichst zwei Mal in der Woche nach Würzburg. Sie hatte ihren Sohn vermisst; unsäglich vermisst. Und nun war ihr Simon endlich zuhause. Nichts hatte sie sich sehnlicher gewünscht, als ihn an sich zu drücken, um ihm ihre Liebe zu zeigen.

Im Krankenhaus war das die ganzen vielen Jahre nicht möglich gewesen.

In den letzten Jahren hatte sie auf unsäglich viele Dinge verzichten müssen. Das personifizierte sie mit Simon. Dass er am meisten darunter gelitten hatte, blendete sie dabei völlig aus. Das Erlebnis der letzten Sekunden durchbohrte ihr Herz. Dieses Bild … diese schroffe Zurückweisung ihres Sohnes … würde sie fortan nicht mehr aus ihrem Kopf und aus ihrer einfach gestrickten Seele herausbekommen. Sie hatte ja noch einen zweiten Sohn. Gott sei Dank. Und dieser Sohn, der kleine mollige Herbert, drückte sich dankbarer an seine Mutter. Wenn er Hunger hatte, und Herbert hatte immer Hunger, klammerte er sich an Mamas großen Busen. Und sie stopfte ihm danach immer etwas in den Mund. Auch das war ihre Form der Zuneigung. Das war Liebe. Fortan bekam der kleine Herbert alle ihre Liebe. Hans, der sich immer mehr in sich zurückzog, brauchte nur noch ganz selten Liebe. Sie versuchte, gegen diese Entwicklung anzukämpfen - allerdings mit wenig Erfolg.

Hans Klinger hatte helle, graue und dunkle Tage. In den dunklen Tagen lebte er fast ausschließlich in der Vergangenheit. In den grauen Tagen kümmerte er sich, fast wie ein Automat, um seine beiden Kinder. Und in den hellen Tagen arbeitete er verbissen. Er holte Holz und Tannenzapfen aus dem Wald. Er machte das Haus wohnlicher und brachte die vielen Schuppen auf Vordermann. Dort, wo am Anfang Ratten ein Stelldichein feierten, blieb zum Schluss keine Ritze mehr übrig, wo sie sich hätten durchzwängen können.

Er brachte den schönen Bauerngarten am Haus in Ordnung und seit zwei Jahren schuftete er unten am Main in einem fünf Ar großen Garten. Dort baute er Kartoffeln, Kohlrabi, Blumenkohl, Karotten und weitere Sorten Gemüse an. Seine Mutter half ihm dabei. Und sie war es auch, welche das Holz, welches Hans mit einem Leiterwägelchen aus dem Wald holte, ausdauernd ofenfertig sägte.

Nach der Entlassung aus dem Krankenhaus hatte niemand genau verfolgt, dass Simon zunächst leicht und zunehmend stärker anfing zu hinken.

Eine Untersuchung im Krankenhaus ergab, dass der Fremdknochen im linken Bein sein Wachstum eingestellt hatte. Das würde sich in den Folgejahren noch deutlicher bemerkbar machen.

Hinkend, und in seinem Stahlkorsett eingeschnürt, begann Ende August Simons erster Schultag - eine Feuertaufe.

Der Schulraum war ein kleiner Saal mit dunklen Bohlen, hohen Fenstern, dreißig Schulbänken und Tischen, einem Lehrerpult und einer großen, grünen Tafel, die man zusätzlich nach links und rechts erweitern konnte. Gleich neben der Tür stand ein großer Ofen mit einem Holzstoß daneben. Das Holz wurde von Landwirten kostenlos gestiftet. Die Klassenältesten wechselten sich ab, diesen Ofen mit neuen Holzscheiten zu füttern. Zusammen mit Simon waren nun achtundzwanzig Schulbänke besetzt. Die erste Schulklasse saß vorn und die Vierzehn- bis Fünfzehnjährigen saßen ganz hinten.

Simon liebte die junge Lehrerin von der ersten Sekunde an. Sie hieß Sieglinde Wiegand, kam aus Heidelberg und wohnte im Stockwerk über dem Klassenraum. Am Wochenende fuhr sie mit ihrem kleinen, blauen VW nach Hause. Aus Simons Sicht war diese Lehrerin ein Engel. Sie trug ihr langes blondes Haar offen und hatte blaue Augen.

166

Ihr luftiges Sommerkleid wehte bei jedem Schritt. Sie gab sich locker und hatte das schönste Lächeln, das er je gesehen hatte. Aber was hieß das schon. Er kannte bislang ja nur die Schwestern in ihren dunklen Trachten.

Die Lehrerin stellte zunächst die sechs Schülerinnen und Schüler vor, die heute ihren ersten Schultag hatten. Da war zunächst Marita Koschwitz.

Der Bauer aus Mährisch Trübau hatte inzwischen Käthe Dinkel geheiratet und wurde Vater dieser ausgesprochen hübschen Tochter.

Dorothea Stepaneks Vater war Heimatvertriebener der ersten Stunde. Er schlug sich als Musiker und Kurzwarenhändler durchs Leben.

Irina Magadicz war die Tochter einer ungarndeutschen Familie, die erst vor wenigen Monaten im Zuge des Ungarnaufstandes nach Aalfurth kamen.

Astrid Maininger war die jüngste Tochter des zweitgrößten Bauern am Ort.

Ihr Bruder Raimund ging zusammen mit Simon in die zweite Klasse. Ähnlich verhielt es sich bei Sylvia Kuhnert. Sie glich einem wunderschönen Püppchen. Und sie verhielt sich auch so. Hinter ihr saß ihr ein Jahr älterer Bruder Ulrich. Beide unterschieden sich wie Tag und Nacht oder wie Himmel und Hölle. Ihre ausgesprochen schöne Mutter hatte der Gelegenheitsküfer und Gelegenheitsarbeiter aus dem Elsass mitgebracht, wo er in Gefangenschaft geraten war.

Und schließlich war da noch Peter Heß, ein quirliger Junge. Er entstammte einer bereits damals schon einflussreichen Familie, die viele Steinbrüche sowie Sand- und Kiesgruben in diesem Großraum besaß.

Zum Schluss stellt Sieglinde Wiegand Simon Klinger vor. Sie ging kurz auf seinen langen Krankenhausaufenthalt ein und bat die Schüler um Rücksicht.

Es war in vielfacher Hinsicht ein Fehler, dass man Simon in die zweite Klasse einstufte. Eine Stunde Unterricht pro Tag am Krankenbett war kein ausreichendes Fundament, um einen reibungslosen Anschluss in Aalfurth zu gewährleisten.

Simon blickte in die Gesichter seiner Kameraden der zweiten Schulklasse. Da saß zunächst Elmar Klüpfel, der Sohn des Bürgermeisters. Neben ihm hockte Horst Haßfurter, der leicht mollige Sohn eines Baubedarf-Unternehmers. Er grinste Kai Betzelt an. Dessen Vater hatte die einzige Tankstelle im Umkreis und eine kleine Autowerkstatt.

Der Vater von Markus Spielmann war Besitzer der Schreinerei am Ort. Bereits im Alter von sieben Jahren war sein Banknachbar Tobias fast einen Kopf größer als seine Altersgenossen. Dessen Vater, Robert Wiesner, war der größte Landwirt von Aalfurth. Diese fünf Burschen glotzten Simon nun böse grinsend und abschätzend an. Nein, Rücksicht konnte er von diesen Burschen nicht erwarten. Allerdings hatte zu diesem Zeitpunkt niemand voraussehen können: Vorwiegend diese fünf Personen sollten Simons Leben zur Hölle auf Erden werden lassen; zumindest bis zu seinem fünfundzwanzigsten Lebensjahr.

Simon war nicht für das Böse auf dieser Erde konditioniert. Er versuchte, das Schöne zu sehen. Das Schöne blühte gleich neben dem Haus Nr. 61; im Bauerngarten seines Vaters. Hans verbrachte auch unendlich viel Zeit in diesem Garten. Er entwickelte sich zum Rosenliebhaber. Besonders stolz war er auf seine Rosenstöcke mit drei unterschiedlichen Rosenarten, die er auf Wildlinge aufgepfropft hatte. Doch da waren noch viele andere Blumen und Küchenkräuter.

In den kommenden Wochen fand die hübsche Lehrerin aus Heidelberg jeden Tag eine oder sogar mehrere Blumen auf ihrem Pult vor. Sie wusste natürlich, wer ihr heimlicher Verehrer war. Ihm schenkte sie dann auch ein besonders liebes Lächeln. Dieses Lächeln blieb Elmar Klüpfel, dem Anführer einer Clique ebenso wenig verborgen wie Kai Betzelt und Tobias Wiesner. Das Lächeln der Lehrerin bohrte sich in deren Herzen, als seien es Dolche oder lange Stacheln. Und so kam es, dass Elmar am elterlichen Abendtisch darüber witzelte.

»Des glaabt' koana, wie die dem oohimmelt.«

»Mia tut die Maria leid. Des muas doch schlimm sei, mit sou'em Krüppel«, keiferte Agathe Klüpfel.

»Mit sou'm müsst'ma des gleiche g'mach wia mit unsara räudichn Kotz«, sagte Bernd Klüpfel schmatzend.

Nein, er hatte nichts dazu gelernt, seit Major Barber ihn mit nach Weinersheim nahm. Nach drei Jahren Strafanstalt wuchs sogar Bernds Hass auf alle Flüchtlinge, Zigeuner und dem ganzen Gesocks.

Elmar wusste sofort, was sein Vater damit meinte. Die Katze kauerte seit Tagen vor der alten Scheune. Ihre Ohren und Augen waren inzwischen total verkrustet. Heimlich beobachtete er, wie sein Vater einen dicken Eichenknüppel schnappte und mehrere Male kräftig auf die wehrlose Katze einschlug. Nachdem der Kadaver durch die Zinken der Mistgabel flutschte, spießte er sie einfach auf, um sie am Misthaufen abzustreifen. Das war das Ende von Mischa, die früher sogar in Elmars Bett schlüpfen durfte, um ihm etwas ins Ohr zu schnurren.

Elmar, Horst, Kai, Markus und Tobias brauchten keine Knüppel. Sie waren schließlich gutgenährte und kräftige Burschen – mit kräftigen Fäusten. Bereits am Tag darauf probierten sie diese Fäuste an Simon aus, als dieser gerade den Heimweg von der Schule antreten wollte.

Und dann passierte etwas, was sich tief in Simons Seele einbrennen sollte. Als er das Wohnzimmer betrat, nahm ihn sein Vater nicht in die Arme, um ihn zu trösten. Er sah lediglich wie einige Tränen, über dessen Wangen rannen. Ihm war, als würde er noch einmal geprügelt werden. Der Vater hörte dem schluchzenden Simon zu, um ihn anschließend zu verarzten.

Am Abend, als Maria nach Hause kam, sie arbeitete in Weinersheim, stürmte sie wutentbrannt davon. Anja Klüpfel, die Mutter Elmars, wollte Maria bitten, sich zunächst einmal zu setzen, als Agathe Klüpfel die Wohnküche betrat.

»Prüchl homm noch neamd gschod. Aich Ziecheuner hätt'ma scho sechsavärzich nausprüchl gsollt«, schnarrte sie und versuchte Simons Mutter aus der Wohnküche zu drücken.

Das war ein Fehler, wie sie rasch feststellen sollte. Als Maria endlich von ihr abließ, war das Gesicht der alten Frau völlig entstellt. Interessanterweise schritten Anja und selbst Bernd Klüpfel, der plötzlich im Türrahmen stand, nicht ein.

Simon war stolz auf seine Mutter. Hans verarztete die wunden Fäuste seiner Frau. Beide gingen davon aus, dass sie Besuch von der Polizei bekommen würden. Doch nichts passierte. Außer: Die Einheimischen grüßten Maria seit diesem Tag freundlich und anerkennend. Der Vorfall sprach sich sogar bis nach Weinersheim herum. Seitdem hatte Maria keine Probleme, im Bus einen Sitzplatz zu bekommen.

Nicht beeindruckt waren Elmar, Horst, Kai, Markus und Tobias.

Drei Tage später bekamen sie sogar Schützenhilfe von drei weiteren Burschen aus der nächsthöheren Klasse. Lediglich Raimund Maininger wollte nicht mit hineingezogen werden. Marita Koschwitz und Sylvia Kuhnert versuchten, Simon zu trösten. Die Burschen schlugen nun nicht mehr in Simons Gesicht, sondern traten in dessen Rücken und gegen dessen Beine.

Die Lehrerin erreichte zumindest, dass man Simon fortan nicht mehr abfällig Knackes nannte.

Simons linkes Bein war inzwischen zwei Zentimeter kürzer. Deshalb begann er deutlich zu hinken. Und aus diesem Einknicken war der Spitzname Knackes entstanden. Knurrend tauften die einheimischen Burschen das Klappergerüst in Burschi um. Dagegen konnte man nur schwer etwas einwenden.

Hans Klinger sah sich gezwungen, mit Sieglinde Wiegand zu sprechen; sie um Unterstützung zu bitten. Sie berichtete ihm weinend, alles versucht zu haben, die Burschen zur Rede zu stellen. Doch diese Bauerntölpel stritten alles ab. Die Lehrerin ging daraufhin zu den Eltern. Sie erntete allerdings ein breites Grinsen und hämische Bemerkungen. Das sollten die Burschen untereinander ausmachen, war ihr Tenor. Früher war das auch so. Nur so bekommen die Kerle ihre notwendige Stärke für die neue Zeit.

Eines Tages gab es dann doch eine Antwort. Und die bestand darin, dass die junge Lehrerin das Schulamt bat, sie zu versetzen. Sie ertrug dieses Kaff im badischen Sibirien einfach nicht mehr.

Zum Abschied gab sie Simon weinend einen zarten Kuss auf seinen Mund. Dieser Kuss schmeckte nach Vanille. Und seitdem liebte Simon Vanille. Doch zunächst verkroch er sich auf den Dachboden, wo sie die gesammelten Tannenzapfen trockneten – und weinte.

Er weinte bitterlich.

Am 6. Dezember, pünktlich zum Nikolaustag, stellte der Ratschreiber eine neue Lehrerin vor. Sie hieß Roswitha Hannagard, war fünfundvierzig Jahre alt und kam aus Ostpreußen. Sie trug Brille und hatte ihre schon fast grauen Haare zu einem hässlichen Knoten gestaltet.

Sie war hässlich. Ihre Art, mit Kindern umzugehen war ebenfalls hässlich. Ganz sicher hatte sie auch eine hässliche Seele. Sie war evangelisch; sogar sehr evangelisch. Katholiken galt es mit Vorsicht zu begegnen, hatte sie eines Tages von sich gegeben. Roswitha Hannagard bestand trotzdem darauf, dass gemeinsam gebetet wurde, bevor die Schule begann. Und sie liebte Musik. In diesem Zusammenhang wurde fast wöchentlich ihr Lieblingslied einstudiert: „Land der dunklen Wälder und kristallenen Seen, über weite Felder, lichte Wunder geh'n." Dabei musste sie oft ihre Brille abnehmen, um sich die Tränen aus den Augen wischen zu können.

Sie kam von einem großen Bauernhof … irgendwo zwischen diesen kristallenen Seen. Und auf diesem Hof gab es nur Herren und Knechte … wie im richtigen Leben. Dass es oben und unten gibt, war gottgegeben. Diese Weltordnung galt es nicht anzuzweifeln. So gesehen war Simon Klinger auf einem Platz, den ihm Gott zugewiesen hatte.

Die Eltern der Söhne, die ihren Spaß daran hatten zuzuschlagen, waren entweder als Herren geboren oder Gott hatte ihnen die Kraft gegeben, Herren zu werden.

Und noch jemand verließ 1956 Aalfurth. Der Ratschreiber Lothar Brettschneider zog mit seiner Frau Daniela, geborene Maininger, nach Weinersheim. Major Barber hatte ihm den Weg ins Rathaus geebnet, bevor er Weinersheim den Rücken kehrte. Anstelle von Lothar Brettschneider wurde Siegfried Hasskämper eingesetzt. Die vermeintlichen Honoratioren von Aalfurth, allem voran Bernd Klüpfel, tobten, weil sie sich übergangen fühlten. Zum Abschied sagte Brettschneider, dass es lediglich eine Frage der Zeit sei, dass im Rahmen einer anstehenden Gebietsreform die kleineren Gemeinden nach Weinersheim eingemeindet würden. Alle Anwesenden von Aalfurth fanden dies als den besten Witz des Jahres.

Im Rahmen der Aufbaujahre und der Wirtschaftsreform überschlugen sich die Ereignisse fast wöchentlich. Davon blieb Aalfurth nicht verschont.

Zunächst verließ der Halbbruder von Hans den Ort. Rudolf Klinger zog mit seiner Frau Gerlinde und ihren beiden Kindern nach Ober-Weinersheim; auf der anderen Seite des Mains.

Was Aalfurth in den letzten Jahren am meisten beschäftigte, war zunächst die Hochzeit des Kästchens mit dem einbeinigen Koschwitz.

Woher dieser Koschwitz das viele Geld hatte, war allen ein Rätsel. Mit dem Lastenausgleich und der Invalidenrente allein war es nicht zu erklären. Dass der größte Landwirt Wiesner vom Pferdegespann auf einen kleinen Traktor umstellte, sorgte bereits für Furore. Kilian Maininger antwortete mit einem noch stärkeren Traktor und einer automatischen Dreschmaschine. Er begann allerdings zu toben, als Käthe Dinkel die bisherigen Pachtverträge mit Maininger kurzfristig auflöste. Und als Georg Dosch starb, war Magdalena bereit, die letzten Äcker gegen gutes Geld an Koschwitz zu verkaufen.

Auch Adam Adelmann, der Besitzer der vielen Steinbrüche, hatte keine Verwendung mehr für einige Äcker. Nikolaus Binder, der Besitzer der Alten Mühle, überließ Koschwitz ebenfalls eine beträchtliche Anzahl Äcker. Dafür musste der einbeinige Bauer Binder die Futtermittel für seine große Schweinezucht fast schenken. Niemand hatte bislang an die brachliegenden Äcker der Familie Götzelmann gedacht. Als der „Russisch Karl" vor einem Jahr als Spätheimkehrer aus russischer Gefangenschaft nach Hause kehrte, war rasch klar, dass dieser nicht mehr imstande sein würde, seine Felder zu bestellen. Er brauchte das Geld für Alkohol; für viel Alkohol. Alle diese Transaktionen liefen im Verborgenen ab.

Alle im Dorf fragten sich, was dieser Einbeinige mit der Adlernase mit so viel Land machen würde?

Und warum baute dieser halbe Krüppel seit einem Jahr den Hof aus.

Mitte 1950 sahen es alle.

Ihnen blieb der Atem stehen, als zwei riesige Traktoren zum Hof der Koschwitzs gebracht wurden. Alle warteten darauf, dass der sudetendeutsche Bauer einen der größten Kuhställe in der Gegend bauen würde. Nein, das wollte er seiner immer jünger wirkenden Frau nicht antun. Er wollte sich auf Getreideanbau und den Anbau von Zuckerrüben konzentrieren. Koschwitz selbst sah man nur selten auf einem seiner Traktoren. Für diese großen Ungetüme holte er sich zwei junge Burschen, die bislang für den Fürsten geschuftet hatten. Er selbst konzentrierte sich auf die richtigen Einsätze der Mitarbeiter und auf den Verkauf der reichen Ernte. Darüber hinaus verbrachte er viel Zeit für neue Projekte.

Bernd Klüpfel konnte diese Schmach nicht ertragen. Als unbedeutender Landwirt wollte er nicht dahinvegetieren. Er verkaufte den Großteil seiner Äcker an Anbieter von außerhalb, die Obstplantagen errichten wollten.

Doch da hatte er sich geirrt. Auch diese Käufer entpuppten sich als Strohmänner von Koschwitz. Und dieser Stratege wollte tatsächlich Obstplantagen errichten.

Der Bürgermeister investierte das Geld in den Ausbau seiner Gastwirtschaft mit gut dreißig Übernachtungsmöglichkeiten. Parallel dazu richtete er eine eigene kleine Metzgerei ein.

Währenddessen explodierte die Wirtschaft in Weinersheim.

Die Gemeinde bekam eine eigene Trinkwasserversorgung und vor allem auch eine eigene Kläranlage. Der neue Bürgermeister wartete mit visionären Strategien auf.

Es hatte sich herumgesprochen, dass es hier große leer-stehende Baulichkeiten gab und vor allem viele Heimatver-triebene mit den unterschiedlichsten Fachkenntnissen. Zu-nächst siedelten sich fünf Glasbetriebe aus Thüringen an.

Innerhalb von nur drei Jahren vervierfachte sich die An-zahl der Unternehmen des glasverarbeitenden Gewerbes.

Bis 1960 gab es dann bereits fünfunddreißig neue Un-ternehmen. Zwei Kilometer weiter mainabwärts wurde ein riesiger neuer Stadtteil fast aus den Boden gestampft. In großen Siedlungshäusern wohnten Sudetendeutsche, Schle-sier, Ungarn und viele Menschen, die aus den sowjetisch besetzten Zonen emigrierten. In den 60er- und 70er-Jahren wuchs in „Badisch Sibirien" ein ungeahnter Mittelstand heran. Während Weinersheim 1945 nur 5.534 Einwohner verzeichnete, hatte sich diese Zahl bis 1951 bereits verdop-pelt. Und der Boom war noch nicht zu Ende. Fünfund-zwanzig Jahre später sollte sich die Bevölkerungsanzahl noch einmal verdoppeln. Weinersheim wäre ohne den Krieg und die Welle der Heimatvertriebenen ein kleines un-bedeutendes Städtchen geblieben; irgendwo am Main; ver-gleichbar vielleicht mit Hädfld (Marktheidenfeld) oder Protzele (Stadtprozelten).

Im Laufe der Monate hatte es sich herumgesprochen, welche Torturen der kleine Simon, viele nannten ihn mitt-lerweile wie selbstverständlich „Burschi", erleiden musste. Doch niemand schritt ein; kein Bürgermeister, kein Rat-schreiber, keiner der übrigen Heimatvertriebenen, kein ka-tholischer und auch kein evangelischer Pfarrer. Unabhängig davon: Die „Evangelischen" schnitten die „Katholen" wo und wie sie nur konnten. Zu keinem Zeitpunkt setzten sich die beiden Pfarrer zusammen. Und zu keinem Zeitpunkt predigte der evangelische Pfarrer von der Kanzel, dass die Heimatvertriebenen schließlich auch Menschen waren; christliche Menschen sogar.

Es war eine Schande.

Und diese Schande zog sich über ganz Deutschland hinweg.

Allenfalls in Bayern kamen die Politiker erstaunlich schnell auf die Idee, auf diesen Umstand hinzuweisen. Dies hatte jedoch naheliegende Gründe. Zum einen hatten in den Parteien relativ viele Heimatvertriebene wichtige Positionen eingenommen.

Der Anteil der Heimatvertriebenen, namentlich der Sudetendeutschen, war nicht mehr zu übersehen. Fast zwei Millionen Heimatvertriebene strömten nach Bayern. Zehn Jahre nach Kriegsende machten sie einundzwanzig Prozent der Bevölkerung in Bayern aus. In Unterfranken waren es immerhin noch 16,7 Prozent. Da nahezu alle Sudetendeutschen katholisch waren, gab es zunehmend keine nennenswerten Hürden bei der Durchmischung. Viele bayerische Frauen, deren Männer auf dem Feld geblieben waren, suchten … und fanden Männer; sudetendeutsche und schlesische Männer. Auch später wurde nur ungern darüber gesprochen, dass die wirtschaftliche Stärke Bayerns ohne die Integrations- und Assimilationsfreudigkeit der Heimatvertriebenen niemals möglich gewesen wäre. Vor dem Krieg waren die meisten bayerischen Männer in der Landwirtschaft beschäftigt gewesen. Das änderte sich in den zwei Jahrzehnten nach dem Krieg fast schlagartig.

Doch in Unterfranken blieb der Großteil der Bevölkerung evangelisch. Darauf legten die Franken großen Wert. Obwohl die Ehe zwischen dem katholischen Koschwitz und der evangelischen Käthe Dinkel eine Erfolgsgeschichte war, blieb eine weitere Erfolgsgeschichte zwischen Einheimischen und Heimatvertriebenen im Ort aus.

Zumindest die Väter von Elmar Klüpfel, Horst Haßfurter, Kai Betzelt, Markus Spielmann und Robert Wiesner waren stolz auf die Wehrhaftigkeit ihrer Sprösslinge. Niemals wären sie auf die Idee gekommen, ihre Burschen zurückzupfeifen, was den Sohn des Hans Klinger anbelangte. Diese Zigeuner hatten nach wie vor in diesem Ort nichts verloren. Das beste Beispiel, zu welchen Schandtaten diese Zigeuner fähig waren, lieferte doch dieser Koschwitz. Er nahm ihnen zunehmend die Butter vom Brot.

Roswitha Hannagard verbot jegliche Form von Pöbeleien oder gar Schlägereien in der Klasse oder auf dem Schulhof. Es war schon fast unheimlich. Elmar Klüpfel und seine Kumpane hielten sich an das Verbot … als käme es vom Teufel höchstpersönlich. Sie kuschten nicht vor ihren Vätern oder Müttern. Doch vor der Lehrerin mit dem hässlichen Knoten hatten sie höllischen Respekt. Also mussten sie Simon auflauern. Doch das war nicht so leicht. Hans Klinger hatte seinem Sohn verboten, sich vom Haus zu entfernen. Für Simon begann damit eine vielfältige Hölle. Das Haus wurde für ihn zum Gefängnis. Und sein Gefängniswärter war froh einen Zuhörer zu haben. Er erzählte von seiner herrlichen Heimat, führte ihn in Gedanken durch alle Gassen von Zwittau. Er erzählte zum tausendsten Mal die gleichen Jugendgeschichten, von der Vertreibung und, und, und … Er hörte nicht auf zu erzählen.

Simon wollte gehorchen; musste gehorchen. Sich heimlich aus dem Haus stehlen; das wollte und das durfte er nicht. Wenn sie ihn irgendwo da draußen finden würden … Da hatte sich viel Wut aufgestaut.

Nach vielen Wochen fassten sie ihn.

Sie würden selbst Schläge der Eltern in Kauf nehmen. Es war wie eine Sucht. Sie hatten riesige Freude daran gefunden, diesen Burschi zu drangsalieren, zu demütigen und zu verdreschen.

Aber irgendwann, es war Anfang 1958, legten sie eine Pause ein. Sie gingen lieber auf den Fußballplatz unten am Main. Simon brauchte jetzt kein Korsett mehr. Er fühlte sich frei … wie ein Vogel. Und so begann er zu fliegen und zu fliehen. Es waren herrliche Fluchten. Er ging hinaus in die Natur. Die Natur rund um Aalfurth war ein Traum. Da gab es die vielen alten Steinbrüche. Die Wildheit darin war atemberaubend. Darin brüteten Eulen und sogar Wanderfalken. Dort gab es Fasane, Rebhühner, Eidechsen und viele Schlangenarten.

Oberhalb der vielen Serpentinen erstreckten sich Nadelwälder mit verlassenen Kiesgruben. Dort fand er Versteinerungen und seltene Pflanzen. Und von dort aus hatte er einen herrlichen Blick über die Mainschleife bis in den Spessart hinein.

In Richtung Hahnenberg tat sich ein völlig neues Paradies auf. Dort entsprangen Quellen. Kristallklares Wasser machte in einem Sumpfgebiet Rast. In den Schilfgebieten tummelten sich viele Wasservogelarten bis hin zu Schnepfen und Rallen. Am Ende des Schilfgebietes flossen die Quellen weiter und ergossen sich in vielen Seitenarmen hinunter zum Kreibach. Im Frühjahr war dieses Gebiet ein einziger Blumenteppich aus Schlüsselblumen, Veilchen, Wiesenschaumkraut und Sumpfdotterblumen. Sein Vater atmete auf und kaufte ihm viele Bestimmungsbücher. Im Laufe der Zeit kannte Simon alle Busch- und Baumarten, alle Vogel- und Schmetterlingsarten, alle Schlangen und Eidechsen. Er zerfloss förmlich in diesen Paradiesen. Eines stand für ihn fest. Irgendwann wollte er Wissenschaftler werden – oder zumindest Förster. Würde er diese Ziele je erreichen? Gegenwärtig hatte er noch nicht einmal ein eigenes Schränkchen, um seine Bücher unterzubringen. Ein Glück, dass sein Brüderchen, Herbert war damals knapp drei Jahre alt, keinen Appetit auf Bücher hatte – er hatte nach wie vor Appetit auf Käse, Schinken und neuerdings auf Sahnetorten.

Dann kam dieser verfluchte Oktober 1959. Herbert begann neuerdings das Grundstück zu verlassen. Das hatte er bislang vermieden. Alles, was mehr als zehn Meter vom Futtertrog entfernt lag, war ihm suspekt. Unmittelbar neben dem Bauerngarten hatte der Vater einen Sandhaufen errichtet. Dort spielte Herbert stundenlang. Er buk Kuchen, Torten und Plätzchen. Mutter hatte Simon aufgetragen, ein Auge auf sein Brüderchen zu werfen. Das tat er dann auch. Viel lieber wäre er jedoch durch Fluren und Auen gewandert. Also saß er und studierte Bestimmungsbücher. Doch plötzlich war Herbert nicht mehr zu sehen. Simon rief ihn und suchte; im Haus, in den Schuppen ... überall. Neben der Scheune war ein steiler Abhang. Und am Ende dieses Abhanges befand sich die Straße, die direkt unterhalb des Hauses vorbeiführte. Weiter nach rechts begannen die Serpentinen. Und plötzlich hörte Simon ein lautes Geräusch. Er kannte dieses Geräusch. Es war ein Ochsenkarrengespann ... voll beladen mit Kartoffelsäcken. An den Wagen gab es eine Bremsvorrichtung. Diese bestand aus einer großen Kurbel, die mit zwei Bremsbacken an den großen Wagenrädern verbunden waren. Um die Ochsen zu entlasten, mussten diese Bremsbacken an steileren Straßen die Geschwindigkeit des Wagens abbremsen. Simon sah sofort, dass das Ochsengespann zu schnell war. Und Simon sah ... dass sein Brüderchen ... seelenruhig ... in der Mitte der Straße saß - und weltentrückt spielte. Wie sich später herausstellen sollte, hatte der Russisch-Karl wieder einmal tief in die Flasche geschaut. Die Ochsen sahen zwar das kleine Hindernis. Da der betrunkene Spätheimkehrer, den voll beladenen Wagen nicht ausreichend abbremste, ging alles sehr schnell. Herbert wurde vom voll beladenen Wagen regelrecht zermalmt. Er war auf der Stelle tot.

Als Maria Klinger eine halbe Stunde später mit einem Taxi im Haus Nr. 61 erschien, stürzte sie sich auf Simon. Ihm gab sie die Schuld am Tod ihres geliebten Söhnchens. Er hatte auf Herbert nicht aufgepasst. Er hatte versagt. Das würde sie ihm niemals verzeihen! Und das verzieh sie ihm auch nicht; niemals. Anna Klinger bekam einen Schrei- und Weinkrampf. Die Hausärztin gab ihre eine Beruhigungsspritze, worauf sie bis in die Morgenstunden tief und fest schlief.

Die Beerdigung von Herbert war schlicht. Die Rede des Pfarrers erschöpfte sich in seinem kurzen Bibeltext: „Der Herr hat's gegeben, der Herr hat's genommen, der Name des Herrn sei gelobt." Danach bekreuzigte er sich in Richtung der Eltern und des Bruders - und war kurz darauf mit seinen beiden Ministranten verschwunden. An der Beerdigung nahmen Hans, Maria, Anna und Simon Klinger, drei Sudetendeutsche sowie Käthe, Arthur und Marita Koschwitz teil. Die übrigen Dorfbewohner nahmen lediglich indirekt an der Beerdigung teil; hinter wackelnden Gardinen.

Zwei Wochen später fielen Hans Klinger büschelweise die Haare aus. Nach einer weiteren Woche hatte er eine Glatze. Seitdem trug er eine Schirmmütze. Maria würdigte Simon zwei Monate lang keines Blickes und vergrub sich in ihre Arbeit. Neuerdings schaffte sie Schicht in einer großen Glasfabrik an einem Tauchbad, wie sie erzählte. Irgendetwas stimmte nicht mit dieser Produktionsmethode. Dass eine Stunde freiwillig nur fünfzig Minuten dauerte und die Frauen in dieser Pause möglichst viel Milch trinken sollten, war für die damaligen Arbeitsbedingungen in Unterfranken mehr als ungewöhnlich. Das Rätsel sollte sich viel später zumindest teilweise auflösen. Maria Klinger wurde mit zweiundfünfzig Jahren vorzeitig in die Rente entlassen und starb an Leukämie und weiteren rätselhaften Krankheiten.

Der dritte Major der US-Army in Weinersheim, nach dem Krieg, hieß Richard Libby. Bei seinem Amtsantritt fand er ein desaströses Erbe vor. Die GI's bekamen zu viel Ausgang und hatten in den Augen der Bevölkerung von Weinersheim einen katastrophalen Ruf. Ein Großteil von ihnen war oft sturzbetrunken. Und der andere Teil machte ungeniert Jagd auf deutsche Frauen und Mädchen. Seine Entscheidung schlug ein wie eine Bombe: Die GI's durften nicht mehr in die Stadt. Dafür mussten sich die höheren Ränge unter das Volk mischen. Damit meinte er, dass das dekadente Lotterleben in den recht gut ausgestatteten einzelnstehenden Häusern ein Ende haben musste. Sie sollten Häuser in Weinersheim und in den umliegenden Gemeinden bewohnen – mit ihren Familien. Und nur den höheren Rängen war es gestattet, ihre Familien für die Dauer ihres Einsatzes in Germany hierher zu holen.

Der zweiundvierzigjährige Richard Libby selbst zog in die Alte Mühle nach Aalfurth; zusammen mit seiner dreißigjährigen Frau Madeline, dem neunjährigen Sohn Richy und dem siebenjährigen Töchterchen Colleen.

Die Alte Mühle wurde vor drei Jahren einer sehr aufwendigen Renovierung unterzogen.

Als Mühle wurde sie seit gut vierzig Jahren nicht mehr genutzt. Die Landwirtschaft hatte Nikolaus Binder kurz vor dem Krieg aufgegeben und sich dafür auf Schweinezucht konzentriert. Die Futterkartoffeln bekam er von Arthur Koschwitz. Im Rahmen der Umbaumaßnahmen hatte er nun auch die Schweinehaltung eingestellt. Das riesige Haus mit unzähligen Scheunen und Stallungen ließ er modernisieren. Er selbst würde fortan zusammen mit seiner Frau Waltraud in einem modernen Anbau wohnen.

Nikolaus kam schwer beschädigt aus dem Krieg nach Hause. Seine Frau arbeitete im genossenschaftlich geführten Lagerhaus, welches sich wenige hundert Meter entfernt befand. Auch diese Immobilie gehörte zum riesigen Mühlen-Areal. Im Haus wohnte noch sein Sohn Heribert mit Frau. Heribert war Lehrer an der Handelsschule in Weinersheim.

Zwei sehr große und sehr moderne Wohnungen wurden vermietet. Und in eine dieser Wohnung, mit Zugang zum riesigen Garten mit alten Obstbäumen und bis hin zum Kreibach, zogen nun die Libbys ein. Das Schicksal, auch Simons Schicksal, wollte es so.

Vom Wohnzimmerfenster aus blickte Simon hinunter zum Kreibach. Und zwanzig Meter hinter dem Kreibach befanden sich die modern eingerichteten Wohnungen der Mühle. Mit Interesse beobachtete er das Treiben dort drüben.

Die Kinder der Amerikaner pflegten Spiele, die er nicht kannte.

Auf einer freien Fläche hatte der Vater einen Eisenpflock in den Boden gerammt. Am oberen Ende befestigte er ein ungefähr zwei Meter langes dünnes Seil mit einem Ball. Die Aufgabe der beiden Spieler bestand darin, den Ball mit der rechten Hand so zu schlagen, dass dieser sich mit dem Seil um die Stange wickelte. Wem es gelang, den Ball mit der Schnur bis zum Anschlag um den Pflock zu wickeln, hatte gewonnen. Dieses Spiel zog den zwölfjährigen Simon magisch an. Also robbte er sich Meter für Meter an die beiden Kinder heran.

Irgendwann war das kleine Mädchen müde, und der Junge, er stellte sich als Richy vor, forderte Simon auf, ihn bei diesem Spiel zu schlagen. Am dritten Tag gesellte sich die Mutter hinzu. Sie hatte einige Brocken Deutsch gelernt und stellte sich als Madeline Libby vor. Nein, Libby wollte sie nicht genannt werden. Simon sollte sie Madeline nennen, während die Kinder Mam zu ihr sagten.

Einige Tage später lernte Simon deren Mann Richard kennen. Er hatte bereits mehrere deutsche Vokabeln auf Lager und bestand darauf, Richard genannt zu werden. Richy nannte seinen Vater immer Sir und Colleen himmelte ihn mit Daddy an.

Und so vergingen die Monate.

Richy und Colleen besuchten Simon ab und zu auf dem rustikalen Grundstück des Hauses Nr. 61. Dort gab es viel zu sehen. Colleen war vor allem in die Hauskatze vernarrt.

Im Laufe der Zeit durfte Simon in die Wohnung der Libbys. Er wurde dort fürstlich bewirtet. Eines Tages nahm ihn Richard mit seinem grünen Sportwagen zum Angeln.

Ein Jahr später begleitete Simon sein Idol auf den Reinhardshof. Dort, auf dem Skeet Range, wurden oft Wettbewerbe im Tontaubenschießen ausgetragen.

Richard nahm ihn eines Tages sogar mit in einen Officers-Club. Und er durfte Madeline, Richy und Colleen beim Einkaufen in einem atemberaubend großen Markt besuchen, wo nur Angehörige der Army einkaufen durften. Für Simon öffneten sich völlig neue Welten. Und fast spielerisch lernte er, sich mit den Kindern zu verständigen. Während die Libbys keine Anstalten machten, Deutsch zu lernen, sog Simon jede neue englische Vokabel in sich auf. Irgendwann durfte er sich in Weinersheim ein Wörterbuch Deutsch-Englisch kaufen.

Interessanterweise machte Hans Klinger absolut keine Anstalten, Kontakt mit den Libbys aufzunehmen. Aber er akzeptierte den Austausch der Welten seines Sohnes. Maria Klinger hatte mit ihrem Sohn, ihrem nun wieder einzigen

Sohn, weitestgehend Frieden geschlossen. Wenn die beiden amerikanischen Kinder zu Besuch kamen, wurden sie genudelt und gestopft. Das war Marias Art, ihre Zuneigung zu zeigen. Simon bekam ab und zu Kuchen für die Libbys in die Hand gedrückt; einen Marmorkuchen, eine Bisquit-Rolle und einen Apfelstrudel aus gezogenem Teig. Mr. Libby versuchte es, das Wort Apfelstrudel über seine Lippen zu bringen.

Seine Familie fand dies sehr lustig; "it was a great fun."

"But … there came a day …"

Eines Tages, es war Ende Oktober 1961, hieß es Abschied nehmen. Die Familie Libby musste zurück nach Cincinnati. Es war ein trauriger Tag. Der zehnjährige Richy machte auf dem Absatz kehrt, nachdem er Simon die Hand gegeben hatte. Er war der Sohn des Major Richard Libby. Und Söhne von Majors dürfen nicht weinen. Doch Colleen drückte sich an Simon … und weinte. Sie wollte Simon doch heiraten … irgendwann. Niemand hätte sich damals träumen lassen, dass sich ihre Wege wieder kreuzen würden – irgendwann.

In den vergangenen zwei Jahren ließen Elmar und seine Bande den immer selbstsichereren Burschi in Ruhe. Vor allem Elmars Vater hatte seinem Sohn eingeschärft, dass es keine gute Idee gewesen wäre, wenn der amerikanische Major diesen Burschi gefragt hätte, wo er sich die Blessuren zugezogen hatte. Diesen Scheiß-Amis musste man aus dem Weg gehen. Die waren noch blöder als diese Brut der Heimatvertriebenen. Bernd Klüpfel konnte ein Lied davon singen.

Doch jetzt, nachdem dieser Ami wieder weg war, wo die fünf Dreizehnjährigen nichts mehr zu befürchten hatten, wollten sie die Gelegenheit nutzen, ihr schönes Spiel mit diesem Burschi wieder aufleben zu lassen.

Sie waren inzwischen gewachsen. Bei ihnen stand von Kindesbeinen an fast täglich Fleisch und Wurst auf der Speisekarte. Elmar Klüpfel war noch kräftiger, noch jähzorniger und noch durchtriebener geworden. Horst Haßfurter neigte hingegen zur Molligkeit und hatte kein großes Durchstehvermögen. Allerdings war er der mit Abstand Intelligenteste der Fünfergruppe. Er wusste vor allem, wann es Zeit war, sich aus dem Staub zu machen. Kai Betzelt war immerhin einhundertachtundsiebzig Zentimeter groß, schlank, drahtig und sehr sportlich. Markus Spielmann war der Kleinste unter ihnen. Jedoch hatte er an Robustheit zugenommen und war muskulös. Und Tobias Wiesner war über einhundertachtzig Zentimeter groß und breitschultrig. Ohne Mühe schleppte er einen großen Sack Kartoffeln in den Keller.

Nachdem die fünf Dorfburschen wieder einmal ihren Übermut an Simon ausgelassen hatten, saß er mit schmerzverzerrtem Gesicht hinter der Scheune. Nein, den Gefallen würde er diesen Dorfdeppen nicht tun. Er würde fortan nicht mehr vor Schmerz weinen. Er schwor, sich künftig zu wehren; notfalls auszuteilen. Dass dies ein langer Weg sein würde, war ihm bewusst.

Bereits am nächsten Tag traf er Vorbereitungen. Hans Klinger beobachtete seinen Sohn mit Interesse; mit größtem Interesse sogar. An zwei Seilen hing ein mittlerer und ein größerer Jutesack; mit Sand befüllt. Den einen Sack bearbeitete Simon mit den Fäusten und den anderen Sack mit seinen Füßen. Er bearbeitete den kleineren Sack, bis das Blut von seinen Fäusten rann und bis der Sand herausrieselte. Einen neuen Sack hatte er bereits in Reserve. Neuerdings bekam sein Vater Wagenladungen mit Holzschwarten vom Sägewerk angeliefert.

Anna Klinger sägte diese Holzstöße mit einer alten Handsäge. Es war unglaublich, was sie Tag um Tag schaffte. Dazwischen legte sie Rast ein.

Ab und zu war sie verschwunden. Zum schlesischen Kolonialwarenhändler brauchte sie nur wenige Minuten. Unter ihrer Schürze trug sie ihre Kriegsbeute nach Hause: Tarragona und Malaga. Hin und wieder probierte sie aber auch etwas Neues aus. Während sie sich einen Schluck aus der Flasche genehmigte, um danach weiterzusägen, erinnerte sie sich an ihre jungen Jahre. Damals gingen sie barfuß aufs Feld. Und am Abend war die Flasche Korn leer, die man ihnen als Proviant mit auf den Weg gegeben hatte.

Oma Klinger schüttelte den Kopf über ihren Enkel, der die großen Schwartenstücke nicht mit dem Beil zerkleinerte, sondern mit seiner Handkante. Allerdings kam es vor, dass sich Simon dabei verschätzte. Dann hüpfte er vor Schmerz auf einem Bein. Tränen der Wut stiegen ihm in die Augen. Aber er probierte es immer wieder. Dazwischen machte er Liegestützen und Klimmzüge; zuerst zwanzig Klimmzüge … und später zweihundert; alle, ohne abzusetzen. Und eines Tages hatte er auf dem Müllplatz ein altes und gut erhaltenes Bajonett gefunden. Sein Vater schimpfte und drohte ihm sogar Schläge an, weil er das große Scheunentor auf drei und später aus fünf Metern Entfernung mit dem Bajonett bearbeitete; sich im Messerwerfen übte. Nach einem Jahr konnte man vom Inneren der Scheune viele Sonnenstrahlen durch das große Tor scheinen sehen. In den frühen Morgenstunden schlich sich Simon aus dem Dorf und rannte die riesigen Serpentinen bergan. Er rannte quer durch die Wälder; oftmals zehn oder fünfzehn Kilometer. Er steigerte sich voller Wut in sein selbst auferlegtes Training hinein. Schmerzen waren nebensächlich. Er hatte ja unendlich viele Schmerzen durchlebt.

Er schwamm über den Main. Eines Tages sogar während eines starken Gewitters; mit einem Bajonett an seinem Gürtel. Was hatte er schon zu verlieren. Sein bisheriges Leben war nicht viel wert gewesen.

Hans Klinger fand es an der Zeit, mit der Lehrerin über Simons weitere Zukunft zu sprechen.

»Was halten Sie davon, unseren Simon auf die Handelsschule zu schicken, Frau Hannagard?«

»Warum wollen Sie und Ihre Frau sich das antun«, antwortete sie kopfschüttelnd.

»Ihre finanzielle Lage ist doch weiß Gott nicht rosig.«

»Weil er körperlich keine schweren Arbeiten verrichten sollte. Das hält er ein ganzes Leben lang nicht durch«, antwortete Hans Klinger besorgt.

»Ach was«, wehrte die Lehrerin ab.

»Aus meiner Sicht schafft er das schon. Es muss schließlich auch Schreiner, Schlosser und Dachdecker geben. Gott oder das Schicksal hat ihm diesen Weg aufgezeichnet, Herr Klinger.«

Heribert Binder von der Alten Mühle, der Handelsschullehrer, musste über die Einschätzung der Volksschullehrerin lachen.

»Diese bigotte ostpreußische Natter«, brummte er.

»Wir leben hier nicht an der russischen Grenze und beim Alten Fritz. Deutschland ist im Aufbruch begriffen. Deutschland braucht junge, kreative und vorausschauende Menschen. Euer Simon wird die Aufnahmeprüfung bestehen. Dafür werde ich sorgen. Ich habe ihn kennengelernt. Der wird seinen Weg gehen. Glauben Sie mir das, Herr Klinger.«

Vier Wochen später begann für Simon ein neues Leben; zumindest ein neuer Lebensabschnitt.

Drei Jahre Höhere Handelsschule warteten auf ihn. Noch mehr sparen war angesagt. Doch Maria Klinger war plötzlich stolz auf ihren Sohn. Dafür lohnte es sich zu schuften.

Doch Fahrgeld für den Bus gab es nicht. Simon musste die acht Kilometer hin und acht Kilometer zurück mit dem Fahrrad, Marke Vaterland, zurücklegen. Das Rad hatte eine Dreigangschaltung. Es war robust und schwer.

Vierundzwanzig Schülerinnen und Schüler gab es in seiner Klasse – auf der Höheren Handelsschule in Weinersheim. Man musterte den Mitschüler aus Aalfurth. Und man musterte den körperlich noch kleineren Paul Korber aus Sonderriet. Beide männliche Wesen kamen am ersten Schultag in abgetragenen Kleidern.

Eine neue Zeitrechnung hatte begonnen. Man zeigte, was man hatte. Und die restlichen zweiundzwanzig Personen, nein, sie verstanden sich bereits als Persönlichkeiten, kamen aus dem aufstrebenden Mittelstand. Man hatte Simon neben einen korpulenten, fast krankhaft arroganten Großkotz gesetzt. Die Eltern von Sören Busch hatten eine Druckerei und den größten Schreibwarenladen in Weinersheim. Der Vater von Heinz Römhorst war Chemiker und dessen Frau arbeitete als Chefsekretärin im neuen Industriegebiet von Weinersheim. Melanie Bielinsky wohnte in der Alten Steige, einer guten Adresse in Weinersheim. Man flüsterte, dass ihr Vater ein hohes Tier in Tauberbischofsheim sei. Agnes Lömmers Bluse ließ tiefe Einblicke erkennen. Sie trug einen Minirock. Und diesen streifte sie ab und zu herzanwärts, um den schwulen Französisch-Lehrer zur Weißglut zu bringen. Noch schlimmer war diese Strategie bei dem knapp fünfzigjährigen Mathematik-Lehrer. In diesem Moment konnte er noch nicht einmal 1+1 zusammenzählen. Seine Glatze lief rot an. Seine Hände verknoteten sich hinter seinem Rücken, während er mit seinen Turnschuhen ruhelos auf und ab wippte. Ihre Banknachbarin hieß Sarah Herrenknecht. Ihre Eltern hatten ein großes Hotel. Und Sarah hatte ein großes Herz - für GI's und für Männer mit flotten Fahrzeugen. Sie war da nicht wählerisch. Und dann kamen die acht Burschen aus dem Melanchthonstift, wohin deren gut betuchte Eltern sie entnervt abgeschoben hatten. Es waren angehende Kriminelle. Vielleicht bekamen sie später auch die Chance, das von den Eltern mühevoll Aufgebaute rasch in Grund und Boden zu wirtschaften.

Conny Fiedelmanns Eltern hatten das größte Modehaus am Ort.

Simon wunderte sich anfänglich über dessen Verhalten, bis die Wahrheit an den Tag kam: Conny war schwul. Später, sehr viel später, las oder hörte Simon von den Sechzigern oder gar von den Achtundsechzigern. In Weinersheim glaubte man damals, nicht hintanstehen zu dürfen. Aber bis nach Aalfurth ... in das unterfränkische Kaff ... bis zu ihm ... hatte sich diese Phase, die 68er, über die man später mit verklärten Augen noch lange sprechen sollte, nicht herumgesprochen.

Simon strampelte, im Frühling und auch im Winter, mit seinem Vaterland-Rad in Richtung Weinersheim; vorbei an der großen Mainschleife, vorbei an der Schleuse und am Alten Bierkeller, vorbei an alten Obstbäumen, welche die Straße säumten ... bis hinauf zur Handelsschule ... kurz unterhalb der Alten Steige. Bis dahin war die Welt noch in Ordnung. Doch in der Handelsschule, in seiner Klasse, war die Welt nicht mehr in Ordnung. Es war eine völlig andere Welt. Er war ein Außenseiter. Und auch Paul Korber war ein armer und bedauernswerter Wurm. Die Lehrer waren zum Teil mehr als überfordert. Die meisten hatte man hierhin, nach Badisch Sibirien, strafversetzt. Da war der Mathe-

Lehrer, der vor vielen Jahren eine seiner Schülerinnen geschwängert hatte. Da war der schwule Französisch-Lehrer. Da war der depressive Englisch-Lehrer. Da war der Geschichtslehrer, der früher Mitläufer bei der SS war – und der offen und schonungslos über die damalige Zeit berichtete. Und da war schließlich der Klassenlehrer; er hieß Staller. Für diesen vierzigjährigen Germanisten gab es nur Goethe, Schiller und „die Füße im Feuer". Er gab sich Mühe über „Ideen-Sammlung, Einleitung, Hauptteil und Schluss" zu referieren. Doch dann wechselte seine Gesichtsfarbe von Rot über Grün bis Blau, wenn er Simon bei seinen Aufsätzen beobachtete. Der gehbehinderte Aalfurther blickte ganze fünfunddreißig Minuten aus dem Fenster. Und erst dann begann er zu schreiben. Anstatt zwei Seiten schrieb er bis zur fünfundfünfzigsten Minute zwölf oder gar vierzehn Seiten; inclusive Einleitung, Hauptteil und Schluss. Allerdings hatte er damit eine fünf- oder sechsmal größere Chance, Grammatikfehler einzubauen. Der studierte Germanist, der dumpfen Schülern gutsituierter Eltern gerne Nachhilfeunterricht gab, gegen gutes Geld selbstverständlich, war beeindruckt über den Ideenreichtum und auch über den gelungenen Aufbau des Aufsatzes. Doch letztlich war er keinen Deut besser als Roswitha Hannagard. Staller wäre nie auf die Idee gekommen, diesem einfallsreichen Schüler unter die Arme zu greifen. Kostenlos? Lachhaft! Die neue Zeit hatte neue Gesetze.

Simon fürchtete sich vor den Klassenfeiern und den Schulausflügen.

Während der normalen Schulstunden hatten die meisten Schülerinnen und Schüler verhältnismäßig geringe Chancen, um sich zu profilieren. Sie genossen es, durch ihre Kleidung aufzufallen und mit ihren Urlauben und kostspieligen Hobbys zu prahlen. Diese Szenen fraßen sich tief in seine Seele ein.

Hans Klinger fragte seinen Sohn nie, wie es ihm auf der Höheren Handelsschule erging, ob er Probleme hatte … und welche. Stattdessen befand er sich wieder einmal in seiner Grube.

Neuerdings erzählte er von Leitomischl, dieser schönen Stadt; dies in den blumigsten Farben. Simon wusste, dass sein Vater noch nie in diesem sudetendeutschen Kleinod war. Wie hätte er damals auch dorthin kommen sollen. Maria Klinger berichtete über ihre dummen Arbeitskolleginnen … und begann ihrem Mann Vorwürfe zu machen, warum man nicht schon längst in Weinersheim oder in der Siedlung wohnen würde; wie ihre anderen Kolleginnen auch. Was hält dich hier auf diesem Kaff, schrie sie ab und zu. Und Hans verschanzte sich hinter seiner Mutter, die dieses Haus, nachdem sie im ersten Stock ein eigenes Zimmer hatte, nicht mehr verlassen wollte. Hier hatte sie den Bauerngarten und ihre Holzstöße.

Doch … zwei Monate später, am 1. Juli, exakt an ihrem Geburtstag, starb Anna Klinger. Der Pfarrer hatte ihr zuvor sechs Mal die letzte Ölung gegeben. Beim siebten Mal wollte er erst gar nicht kommen.

Es war ein schlimmer Tod, der sich über mehrere Tage hinzog. Nein, das hatte Anna Klinger nicht verdient.

Als man sie zu Grabe trug, waren außer Hans und Maria Klinger keine Sudetendeutschen anwesend. Nein, auch das hatte Anna Klinger nicht verdient. Dass keine Einheimischen den winzigen Trauerzug säumten, war nicht weiter schlimm. Die Menschen hier am Ort kannten Anna Klinger kaum. Und die Zwittauerin, geboren in Abtsdorf, hatte es nie verwunden, dass man sie am ersten Tag in einen Kuhstall steckte. Deshalb hatte sie nie Anstalten gemacht, diese Unterfranken, deren Sprache sie ohnehin nicht verstand, näher kennenzulernen.

Und noch einmal zwei Monate später, es war im September 1966, begann Simon eine Lehre als Industriekaufmann. Er hatte sich diesen Lehrplatz ganz alleine erhandelt. Damals suchte man händeringend Lehrlinge. Zum ersten Mal in seinem Leben zeigte Simon, dass er bereit war, sich durchzusetzen. Man wollte ihn mit einhundertzwanzig Mark pro Monat "abspeisen". Nein, er hatte ja bereits etwas vorzuweisen; die Mittlere Reife. Zähneknirschend einigte sich sein Lehrherr auf zweihundertachtzig Mark. Aber … seiner Mutter gegenüber konnte er sich nicht durchsetzen. Sie ließ ihm dreißig Mark und forderte die restlichen zweihundertfünfzig Mark ein. Schließlich hatte sie schon sehr viel für Simon getan. Jetzt war Zahltag. Und diese Sätze hätte Simon noch sehr viele Jahre gehört; hätte …

Das Schicksal hatte für Maria Klinger nicht viele weitere Jahre vorgesehen.

Bereits ein Jahr nach Antritt seiner Lehre wurde Simon von der Nachricht überrascht, dass seine Mutter urplötzlich gestorben sei. Sie konnte ihre Frührente nur zwei Jahr genießen. Als Todesursache wurde Leukämie angegeben.

Die Familie, sie bestand jetzt nur noch aus zwei Personen, musste ihren Gürtel jetzt noch enger schnallen. Hans Klinger hatte für sich eine kleine Rente durchsetzen können. Von der ohnehin schmalen Rente seiner Frau bekam er nur einen kleinen Teil. Jetzt waren Simons zweihundertfünfzig Mark plötzlich ein warmer Regen.

Der einzige riesige Vorteil bei diesem Desaster bestand darin, dass Käthe Koschwitz die Miete nie angehoben hatte. Sie betrug immer noch zwanzig Mark … wie damals … 1946.

Als hätte das Schicksal nicht schon hart genug zugeschlagen. Wenige Wochen später ging es Hans Klinger gesundheitlich immer schlechter. Nachdem er von Arzt zu Arzt gereicht wurde, stellte man in der Uni-Klinik Erlangen fest, dass der zunehmend ausgezehrte Mann an einer seltenen Krankheit litt. Es war Simon, der den entscheidenden Hinweis gab, als er an die Begasungs-Aktionen während der Russen-Zeit erinnerte. In den Stoffen, welche damals Hans mit seiner Mannschaft „zur Erhaltung der Volksgesundheit" in den Räumen versprühten, aus denen sie die halbverwesten Leichen geholt hatten, befanden sich sogar hochgiftige Stoffe. Der Haarausfall vor einigen Jahren war eigentlich als das erste Alarmsignal gedacht.

Nun, Jahre später, war die Leber stark in Mitleidenschaft gezogen. Auch beide Lungenflügel sahen nicht gut aus. Die Ärzte wunderten sich nicht, dass Hans immer kurzatmiger geworden war. Er ging die ganzen Jahre davon aus, dass er, wie seine Mutter auch, an Asthma litt. Welche Maßnahmen die Ärzte ergreifen würden, wollte Hans wissen. Der Oberarzt Dr. Wallmann zuckte mit den Schultern. Schmerzlindernde Medikamente würde die Hausärztin verschreiben.

In den folgenden Monaten kam Simon erst gegen 0:30 Uhr nach Hause.

Von 17:00 bis 24:00 arbeitete er in der Produktion seines Lehrunternehmens. Er brauchte Geld, um den Führerschein zu machen. Im Mai 1968 hatte er genug Geld, um mit dem Führerscheinunterricht zu beginnen. Allerdings durfte er nicht durch die Prüfung fallen. Anfang 1969 nahm er einen Kredit auf, um sich einen alten VW zuzulegen. Im September des gleichen Jahres zeichnete sich ein Silberstreif am Horizont ab. Simon wurde von einem Unternehmen in Freudenberg eingestellt. Als Mahnklage- und Kreditsachbearbeiter erhielt er 1.310,- Mark im Monat. Das hätte er sich noch vor wenigen Monaten nie erträumen lassen.

Simon erkannte sie sofort. Marita Koschwitz stand an der Bushaltestelle und machte ein betretenes Gesicht. Der stolze Besitzer des schwarzen VW öffnete die Beifahrertür.

»Darf ich dich mitnehmen?«, fragte er.

Marita erkannte ihn und stieg mit einem dankbaren Lächeln ein.

»Danke Simon. Habe den Bus verpasst. Hätte jetzt nicht gewusst, wie ich nach Hause gekommen wäre.«

Sie reichte ihm die Hand. Sie hatte schmale und warme Hände.

»Ich habe dich seit einer Ewigkeit nicht mehr gesehen«, versuchte Simon eine Konversation in Gang zu bringen.

Blitzartig rechnete er. Sie war zwei Jahre jünger als er. Also musste sie neunzehn sein.

»Wo arbeitest du, wenn ich fragen darf? Deine Lehre müsstest du eigentlich bereits abgeschlossen haben. Oder?«

Und dann begann Marita zu plaudern. Sie hatte ihre kaufmännische Lehre abgeschlossen. Gegenwärtig würde sie eine Hauswirtschaftsschule besuchen. Und Anfang des kommenden Jahres wollte sie auf die Landwirtschaftlichen Lehranstalten in Weihenstephan gehen. Eigentlich würde ihr die Landwirtschaft nicht liegen. Aber ihr Vater … Bei diesem Punkt wurde sie einsilbig. Doch plötzlich blickte sie Simon keck an.

»Hast du am Wochenende schon etwas vor?«

Darauf war Simon in keinster Weise vorbereitet.

Er war zwar einundzwanzig Jahre alt. Aber junge Frauen hatten in seinem Leben bislang noch nie eine Rolle gespielt.

Irgendwann konnte er die Blicke der gleichaltrigen … Ja, was waren sie? Konnte sie man schon als junge Frauen bezeichnen? Wie auch immer: Er konnte diese Blicke nicht mehr ertragen … wie sie ihn anschauten … in der Handelsschule … und in der Lehre. Er redete sich immer ein, dass sie ihn auslachten, wenn er es gewagt hatte, zaghafte Annäherungsversuche zu unternehmen. Sie blickten ihn von oben bis unten an. Und lächelten hierbei milde oder abschätzig. Ihm war, als würden ihre Blicke sagen:

„Und was soll ich mit dir armen Tropf anfangen? Wie, bitte sehr, stellst du dir deine eigene Zukunft vor? Du kannst mich doch allenfalls auf eine Cola einladen."

Schließlich, eines Tages, hakte er das Thema Frauen ab; zumindest vorläufig.

Und jetzt … fragte ihn eine junge Frau, was er am Wochenende vorhätte.

Er blickte Marita aus den Augenwinkeln an. In den letzten Jahren hatte er sie noch nie genau angesehen. Warum auch? Sie war die Tochter des Arthur Koschwitz. Er war inzwischen der größte Landwirt am Ort. Und er, Simon, wohnte in der kleinen Krauche der Koschwitzs. Er und sein Vater zahlten immer noch zwanzig Mark Miete pro Monat. Das konnte sie doch nicht wirklich ernst gemeint haben?

»Hallo! Hast du am Wochenende schon etwas vor? Ist diese Frage so schwierig?«, säuselte die junge Frau; diese verdammt hübsche junge Frau.

»Für dich habe ich selbstverständlich Zeit«, stammelte er.

»Ist doch klar.« Ihm fielen noch viele weitere Antworten ein. Aber …

»Na prima. Dann fischst du mich am Sonntag, gegen 14:00 Uhr, unten am Milchhäuschen auf … rein zufällig natürlich. Und dann lädst du mich in Weinersheim auf einen Kaffee ein. Klar?«

»Klar. Gerne. Ich freue mich.«

»Sehr schön«, flötete Marita.

»Da vorn ist schon das Milchhäuschen. Da lässt du mich raus. Ist besser so. Habe nach diesem schönen Gespräch keine Lust, dumme Fragen von meinem Alten zu beantworten.«

Mit diesen Worten öffnete sie die Wagentüre, winkte kurz und flatterte davon. Sie hatte ein schönes Sommerkleid an. Ihre langen dunklen Haare wehten im Wind.

Simon lag in dieser Nacht lange wach. Auch in den darauffolgenden Tagen gelang es ihm nur schwer einzuschlafen. Am Sonntag hatte er diese schöne junge Frau auf einen Kaffee in Weinersheim eingeladen. Quatsch: sie hatte sich selbst eingeladen!

Er dachte schon wie sein Vater … damals, als er sich seine eigenen Wahrheiten zimmerte. Aber das wusste Simon natürlich nicht. Darüber hätte Hans Klinger nie mit seinem Sohn gesprochen.

Am Sonntag hatte Simon das Gefühl, als würden viele der Gäste im Café am Marktplatz ihn und die attraktive Marita beobachten. Das würde sich dann wie ein Lauffeuer herumsprechen.

Auf alle Fälle hatte er endlich die Gelegenheit Marita genauer anzusehen. Und er sog dieses Bild in sich auf; um es zu speichern … für die kommenden Tage und vor allem für die kommenden Nächte.

Sie hatte dunkelblaue Augen. Herrliche Augen. Lebenslustige Augen. Und lange schwarze Wimpern. Dass es künstliche Wimpern waren … auf diese Idee wäre er nie gekommen.

Sie hatte eine Stupsnase und atemberaubend geschwungene Lippen. Und diese Lippen hörten nicht auf zu plappern. Nein. Es waren keine dummen Sätze. Es waren lustige Sätze, aufbauende Sätze; Sätze voller Lebensfreude und

Zuversicht. Wie sie sonst noch aussah? Er wusste es nicht … weil er immer nur in ihre Augen blicken musste.

Als er in den Nächten wach lag, wurde ihm von Nacht zu Nacht, immer bewusster … dass er diese junge Frau liebte; unsäglich liebte. Er wäre sogar bereits gewesen, für sie zu sterben. Trotzdem nahm er sich vor, nichts zu überstürzen. Er durfte keine Fehler machen.

An den darauffolgenden Wochenenden trafen sie sich am Ortsrand. Simon wollte der jungen Frau ihre unmittelbare Heimat zeigen. Sie wanderten durch Wälder und Wiesen. Er führte sie über die Schleuse in das Himmelreich. Ja, dieses Gebiet auf der bayerischen Seite, hieß tatsächlich Himmelreich. Er zeigte ihr die Schönheiten der Natur. Aber sie war schöner als alle Vögel und alle Schmetterlinge; viel schöner. Sie nahm ihn bei der Hand. Und beide vergaßen die Welt.

Irgendwann wollte er ihr einen Kuss geben; ihre Lippen spüren; ihren Atem genießen; ihr Herz schlagen hören – ganz nah. Doch irgendwann wollte Marita nicht so lange warten … und gab ihm einen langen und zarten Kuss. Danach schmiegte sie sich an ihn. Die sonst drauflosplappernde schöne junge Frau schwieg. Sie schwieg lange; sehr lange. Und irgendwann sagte sie:

»Ich habe dich immer bewundert.«

»Mich? Bewundert? Mich?!«

Simon wusste nicht, ob er verwundert oder entsetzt sein sollte.

»Kein Mensch hat mich je bewundert. Warum auch?«

»Doch doch«, sagte sie leise. »Du hast dich nicht aufgegeben. Für mich warst du immer so stark.«

Simon war den Tränen nahe. Er war doch immer der Verlierer. Das wussten doch alle hier am Ort. Die meisten hatten sich über ihn lustig gemacht. Oder sie hatten angewidert oder desinteressiert weggeschaut. Stark? Blödsinn!

Irgendwann hatten sich sogar einige Mädchen an diesem herrlich bösen Spiel beteiligt. Gekichert und gegluckst
hatten sie … vor Freude.

Nein. Nein. Nein. Niemand sollte … niemand durfte
sein Weltbild zerstören, das er sich mühsam aufgebaut
hatte - wie ein Schutzschild; wie eine starke, wichtige Wand
… damit er nicht zusammenbrach … unter dieser Last, unter diesen Gemeinheiten, diesen … Nein. Um nichts auf
der Welt wollte er mit dieser schönen Frau über seinen See-
lenschrott sprechen. Er hasste diese Menschen. Er hasste
sie alle … abgrundtief. Und er hasste dieses Dorf.

»Bitte Marita. Bitte lass' uns nicht über meine Vergangenheit und über dieses Dorf sprechen. Bitte lass' uns diesen Augenblick genießen. Ich liebe dich. Mehr als mein Leben … das bislang keinen Pfifferling wert war. Bitte.«

Und dann … dann rannen ihm doch Tränen über seine
Wangen. Verdammt. Genau das durfte doch nicht passieren. Jetzt hasste er dieses Dorf noch mehr.

»Da siehst du, wie stark ich bin«, flüsterte er, während
er sich mit seinem Handrücken die Tränen von den Wangen wischte.

Marita küsste Simons Wangen. Hierbei fiel ihm plötzlich auf, dass auch sie zu weinen begann.

»Du hast dich da in etwas hineingesteigert, das in dieser
Extreme sicher nicht ganz richtig ist«, sagte sie viele Minuten später mit ernster Miene.

Doch dann hellte sich ihr schönes Gesicht plötzlich auf.

»Du hast sogar drei Verehrerinnen; mich natürlich eingeschlossen«, gluckste sie mit einem süffisanten Lächeln.

»Jetzt willst du mich aber vereimern.«

»Mit Sicherheit nicht. Deine glühendste Verehrerin ist
Sylvia.«

»Sylvia Kuhnert? Jetzt spinnst du aber«, prustete Simon.

»Aber die ist doch erst …«

»Nein. Sie ist bereits siebzehn Jahre alt. Hast du sie schon mal gesehen … in den letzten Jahren? Sie wird bestimmt noch attraktiver als ihre Mutter. Eine verdammt ernstzunehmende Konkurrentin also.«

»In meinen Augen hast du keine Konkurrenz. Deshalb brauchst du mir den Namen der angeblich dritten Verehrerin auch nicht zu nennen.«

Simon schüttelte den Kopf und lachte.

»Wahnsinn. Aber ich glaube immer noch, dass du mich auf den Arm nehmen willst.«

»Sie sind nicht alle so beknackt wie diese hirnlosen Typen. Meine Mutter zum Beispiel beobachtet dich seit vielen Jahren. Sie ist erstaunt, was du aus dir machst.«

»Und dein Vater? Der sieht das Thema sicher völlig anders. Was würde er sagen, wenn er von uns erfährt?«

»Er würde toben.«

»Na siehst du. Er wird alles …«

»Mein Vater ist für mich nicht der Nabel dieser Welt«, unterbrach ihn Marita.

»Ich fürchte, er hat seine Seele dem Teufel verpfändet … der Arme.«

Liebe allein ist kein Fundament für eine gemeinsame Zukunft, sagte sich Simon Klinger. Er wollte Marita etwas bieten. Er wollte fliehen aus diesem Kaff. Irgendwann. Marita wäre ganz bestimmt gerne bereit, alles hinter sich zu lassen. In Weinersheim gab es für ihn allenfalls einen Job bei einer Bank. Aber was würde er dort schon verdienen.

Da draußen, in der Welt, standen ihm viele Chancen offen. Er musste nur mutig sein – und zugreifen. Davon war er überzeugt, als er sich im Oktober 1970 bei Procter & Gamble bewarb.

Als er sich im kleinen Distrikt-Büro in der Heddernheimer Landstraße in Frankfurt vorstellte, war er sich nicht mehr so sicher. Das war ein Büro eines weltweiten Konzerns? Das Gespräch verlief ungewöhnlich offen.

Bereits nach einer Woche lag ein unterschriftsreifer Vertrag im kleinen Briefkasten, der am Haus Nr. 61 angebracht war.

Sie hatten ihn genommen. Der amerikanische Multi wollte ihm, Simon Klinger, tatsächlich eine Chance geben! Das war unfassbar! Inclusive eines dreizehnten Gehaltes würde er auf ein Jahresgehalt von 17.400,- DM kommen; zuzüglich Urlaubsgeld, 12,50 DM Tagesspesen – und ein Firmenfahrzeug. Unglaublich! Über den Alltag und die Welt da draußen hatte er sich bislang allerdings noch keine konkreten Gedanken gemacht.

Als man Simon am 2. Januar 1971 den Schlüssel eines riesigen Ford Taunus in die Hand drückte, und sagte, dass er sich am anderen Tag zur Einarbeitung in Friedberg einfinden solle, begann er zu ahnen, dass da etwas Großes auf ihn zukommen würde.

Simon hatte sich vorab in viele Landkarten vertieft. Sein Bezirk reichte von der Nordgrenze Frankfurts bis an die Grenze von Gießen, über den Vogelsberg hinweg bis nach Fulda, und von dort südlich bis zum Hochspessart bei Lohr, über Alzenau bis nach Hanau.

Vier Wochen später war er auf sich allein gestellt; mit dem großen Fahrzeug, der großen Reisetasche und seinem neuen Anzug mit gutsitzender Krawatte.

Diese Nächte; diese verdammten Nächte … alleine; fast immer in einem anderen Hotel, in einem guten oder drittklassigen Gasthof. Auslagen wurden auf alle Fälle erstattet. Davor und dazwischen stand er im Schneetreiben; auf irgendwelchen Landstraßen im Nirgendwo. Er entkam knapp weiteren Unfällen. Dann stand er mit zitternden Knien am Straßenrand … und weinte. Es war ja dunkel. Niemand konnte es sehen.

Noch nicht einmal jedes Wochenende gelang es ihm, nach Hause zu fahren; nach Aalfurth; zu seinem Vater - und zu Marita. Aber auch Marita musste neuerdings mit ihrer Zeit geizen. Sie hatte ihre Ausbildung in Triesdorf angetreten. Wenn sie sich sahen, hatten sie sich gegenseitig viel zu erzählen. Wenn Simon diese schöne und anschmiegsame Frau in den Armen hielt, und in ihre Augen schaute, konnte er es nicht verstehen, dass es Abende und Nächte gegeben hatte, in denen er nicht immer an seine Marita hatte denken können. Doch wenn er an Marita dachte, litt er noch schlimmer unter dieser Einsamkeit. Er dachte daran, ob es ein Fehler war, bislang nicht mehr als nur intensive Küsse mit ihr ausgetauscht zu haben. Neuerdings war ihm, als würde sie dabei leicht zu zittern beginnen. Aber er wollte nicht mehr von ihr verlangen, als sie bereit war zu geben. Und wenn sie sich dann verabschiedeten, weinte und lächelte sie gleichzeitig. Und so vergingen die Wochen und Monate.

Es war Himmel und Hölle gleichzeitig. Im Rahmen seiner Ausbildung zum Gebietsverkaufsleiter sollte Simon im District Kassel den notwendigen Schliff erhalten.

Wenn er in Kassel weilte, übernachtete er immer im Holiday-Inn. Simon Klinger, der Mann aus dem Haus Nr. 61 in Aalfurth, residierte im Holiday-Inn. Allein dafür konnte man schon manche Kröten schlucken. Für jeweils zwei Monate war er bei den Verkaufsleitern in den Gebieten Gießen, Kassel und Göttingen eingeplant; musste dort die Mitarbeiter im Sinne der Procter-Doktrin schleifen. Aber das Schleifen lag ihm nicht. Er war eher ein Ledernacke, ein Alleinkämpfer, ein Gewinner im Stillen. Alle drei Verkaufsleiter lobten ihn in den Himmel. Gleichzeitig bescheinigten sie in unendlich vielen Details, dass ihm Durchsetzungsvermögen, Härte und Selbstbewusstsein fehlten. Aber woher hätte er dies stehlen sollen - bei seiner Herkunft; bei seiner Vergangenheit.

Genau in dieser Phase wurde Simon mit einer noch größeren Hölle konfrontiert. Und diese Hölle sollte eine Wende in seinem Leben einläuten.

Marita war in den letzten zwei Wochen nicht erreichbar gewesen. Simon machte sich Sorgen. Schließlich rief er in Triesdorf an. Für alle Fälle hatte ihm seine Geliebte diese Nummer gegeben. Man berichtete ihm, dass Frau Koschwitz vor einer Woche die Schule abgebrochen habe. Simon versuchte deshalb, seine Marita zuhause zu erreichen.

Als ihn Arthur Koschwitz einige Male am Telefon abwimmelte, ging er in die Höhle des Löwen. Wie zu erwarten, kam ihm Arthur Koschwitz bereits entgegen.

»Du bist wohl schwer von Begriff. Du musst Scheiße in deinem Hirn haben«, bellte ihn Koschwitz an. Dabei versuchte er Simon vor die Brust zu stoßen. Das war ein Fehler.

»Hör gut zu Koschwitz. Ich will keinen Ärger mit dir«, zischte Simon.

»Doch wenn du nicht sofort einen Gang zurückschaltest, und mir die Möglichkeit gibst, mit Marita zu sprechen, komme ich noch einmal. Dann komme ich und stecke dir meine Knarre in dein arrogantes Maul … und dann drücke ich ab … und blase dir dein Spatzenhirn raus. Haben wir uns verstanden?«

Koschwitz wurde augenblicklich blass.

»Simon. Sei friedlich«, stotterte er mit aufgerissenen Augen.

»Zum Mitschreiben. Sie will dich nicht sprechen. Hast du das jetzt verstanden?«

»Nein«, schrie Simon.

»Ich habe dich gewarnt.« Er machte auf dem Absatz kehrt und stapfte wütend davon.

Minuten später klingelte die Hausglocke. Es war Käthe Koschwitz. Sie hatte Tränen in den Augen.

»Ich habe euer Gespräch vorhin mitbekommen«, sagte sie stockend.

»Wie sich Arthur benommen hat, war nicht in Ordnung. Ich will mich in seinem Namen bei dir entschuldigen. Aber … es ist so, wie mein Mann es gesagt hat. Marita ist im Moment nicht in der Lage mit dir zu sprechen.«

Simon hatte gelernt, auf jede Mimik, Gestik und auf jede Wortwahl zu achten.

»Nicht in der Lage? Demnach ist etwas vorgefallen? Ich kann damit nichts zu tun haben. Also, Frau Koschwitz, was ist passiert?«

Sie setzten sich auf eine Bank im Bauerngarten. Sein Vater sollte von diesem Gespräch nichts mitbekommen.

Als sie nebeneinander auf der alten Holzbank saßen, nahm Käthe Simons Hand. Ihre Hand war kalt und zitterte.

»Ja. Es ist etwas vorgefallen Simon. Und selbstverständlich hast du damit nichts zu tun. Aber … ich bin nicht befugt, mit dir darüber zu sprechen. Marita will das nicht. Sie schämt sich ja so.«

»Schämt sich? Wie soll ich das verstehen, Frau Koschwitz? Das kann keine Kleinigkeit sein, wenn Sie die Schule geschmissen hat.«

»Das weißt du bereits?«

»Ja«, antwortete Simon. Unruhe stieg in ihm auf. Käthe sah es. Und sie fühlte es an seiner Hand.

»Bitte Simon. Lass' wenigstens einige Wochen übers Land gehen. Ich werde mit Marita sprechen.«

»Nein. So werde ich nicht nach Kassel zurückfahren. Niemals. Ich will eine Antwort. Ich respektiere Sie. Ich mag Sie. Bitte zwingen Sie mich nicht dazu … durchzudrehen.

Was ich zu Ihrem Mann gesagt hatte, das meinte ich auch so. Auf den Punkt genau. Das nächste Mal wird es Folgen haben, wenn er mich vor die Brust stupst.«

Käthe sah in Simons Augen, dass er bereit war, dies in die Tat umzusetzen.

»Vor drei Wochen war sie auf einem Fest … am Samstagabend …«

»Und? Was war am Samstagabend?«

»Sie war auf dem Nachhauseweg, als das … «

Sie stockte … konnte nicht weitersprechen; brauchte Zeit, die richtigen Worte zu finden.

»Was ist da passiert? Wer?«

Simon sprang auf. Er hatte sich für einige Sekunden nicht mehr unter Kontrolle und schüttelte die Schultern der Frau, die verhärmt und verweint aussah.

»Oh … entschuldige bitte«, stammelte der Aufbrausende. »Das. Das wollte ich nicht.«

Ein Lächeln huschte über das Gesicht der einst so schönen Frau.

»Ich verstehe dich ja. Ich bin ja so stolz auf dich. Was hat sie mir alles erzählt. Sie war ja so glücklich … und voller Zuversicht.«

»Was … ist … an jenem Samstagabend … passiert?« Simon schrie diese Worte in den schönen Sommertag.

»Sie wurde … Man hat sie … Oh Gott!«

Käthe hielt die Hände vor ihr Gesicht … und begann zu schluchzen.

Ihr Oberkörper begann zu zucken und zu beben.

»Das ist das Schlimmste … für eine Mutter«, stammelte sie.

Simon drückte die Schluchzende an seine Brust. Obwohl es in ihm kochte und bebte, zwang er sich zur Ruhe. Er wollte, er durfte die Mutter seiner Geliebten nicht verletzen. Sie litt ja selbst.

»Wer?!«, fragte er schließlich leise.

»Elmar. Dieses besoffene Schwein. Dieses Tier«, zischte sie. Gleichzeitig blickte sie entsetzt auf.

»Oh Gott. Simon. Ich habe es ihr versprochen. Ich habe es doch versprochen …«, sagte sie zitternd.

Simon drückte die schluchzende Frau wieder an sich und sagte:

»Sagen Sie Marita, dass sie sich nicht zu schämen braucht. Sagen Sie ihr, dass ich selbstverständliche weiterhin zu ihr stehe. Richten Sie ihr das bitte aus.«

»Gern Simon. Ich danke dir. Ich würde nichts sehnlicher wünschen, als …«

Sie sprach den Satz nicht zu Ende, sondern gab ihm zum Abschied einen Kuss auf die Wange.

Simon saß eine Weile auf der Bank. Wilde Gedanken zuckten durch seinen Kopf. Sollte er das Bajonett nehmen? Sollte er sich eine Waffe besorgen? Nein, sagte er letztlich. Für diesen Kerl brauche ich keine Waffe.

Und danach ging er zu den Klüpfels. Er ging in die Gastwirtschaft. Dort stieß er zunächst den 69-jährigen Bernd Klüpfel wie ein Spielzeug zur Seite. Elmar wollte seinem Vater zur Hilfe kommen. Das Lokal war zur Hälfte gefüllt. Es waren nur Einheimische anwesend. Sie sahen dann mit offenen Mündern und staunenden Augen, wie Simon, der kleine Burschi aus dem kräftigen, gut gebauten und sonst so jähzornigen Elmar ein jämmerliches Bündel Mensch machte. Niemand trat dazwischen. Keiner der grobschlächtigen Dörfler brachte den Mut auf, sich zwischen diese beiden Männer zu stellen. Dieser Mann aus dem Haus Nr. 61 war ein Irrer. Bei einem Irren konnte man nie wissen. Da galt es, staunend zuzuschauen – und die Luft anzuhalten. Niemand stellte sich Simon in den Weg, als er nach seinem Wutausbruch, der eher einem Vulkanausbruch glich, in aller Seelenruhe wieder die Gastwirtschaft verließ.

Elmar wurde kurz von einem Notarzt behandelt; musste anschließend jedoch in die Klinik nach Weinersheim gebracht werden. Erst nach einer Woche durfte er wieder nach Hause.

Simon fuhr wieder nach Kassel. Ein Mitarbeiter, der in der Nähe von Braunlage wohnte, brachte ihm zwei Wochen später eine alte Armeepistole, Kaliber neun Millimeter; mit ausreichend Munition. Diese führte er immer bei sich, sobald er die Grenze nach Aalfurth überschritt.

Für ihn war es keine Frage, dass Elmar auf Rache sann und eines Tages die fünf Burschen vor ihm auftauchen würden. Er hatte die Pistole in einem alten Steinbruch ausprobiert. Sie funktionierte noch sehr gut. Dem ersten Angreifer würde er ohne Vorwarnung in die Beine schießen. Und wenn sie dann nicht zu stoppen waren, würde er …

Aber nichts passierte. Alle machten einen großen Bogen um Simon; einen sehr großen Bogen.

Drei Wochen später brachte Käthe einen Brief von Marita. Sie weinte bei der Übergabe. Die verhärmte Frau bat darum, dass Simon sie künftig duzen solle. Sie setzten sich wieder auf die Bank im Bauerngarten.

»Du weißt, was in dem Brief steht?«, fragte er.

Sie nickte mehrere Male und weinte.

»Darf ich warten, bis du ihn gelesen hast? Marita hat darum gebeten.«

Simon nickte und öffnete den Brief. Käthe Koschwitz stand inzwischen auf, um sich die Blumen anzuschauen. Sie liebte diesen Garten.

»Mein innig Geliebter«, begann der Brief.

Sie würde ihn lieben bis an ihr Lebensende, fuhr sie weiter fort. Sie bat um Verständnis, kein persönliches Gespräch mit ihm führen zu können. Sie sei nicht in der Lage, ihm noch einmal in die Augen zu schauen. Sie sehe vor allem deshalb keine gemeinsame Zukunft, da der Vorfall nicht folgenlos geblieben war. Sie sei schwanger. Ihr Vater und Elmars Vater hatten auf einer Trauung bestanden. Sie, Marita, wurde nicht gefragt. Sie könne auch keine Kraft mehr aufbringen, sich zu wehren. Ihr Leben war für sie ohnehin zu Ende. Er, Simon, hätte es verdient, eine Zukunft ohne diese Last anzutreten. In Gedanken sei sie immer bei ihm.

»Wie kannst du so etwas zulassen?«, schnaubte Simon, als sich Käthe wieder zum ihm auf die Bank gesetzt hatte.

»Du bist doch eine gestandene Frau.«

»Er hat sich verändert. Mein Leben hat sich verändert«, sagte sie mit einem traurigen Gesichtsausdruck.

»Arthur ist zum gefährlichen Kotzbrocken geworden. Und Bernd war es immer schon. Ich habe einige Dinge unterschrieben, die ich nicht hätte unterschreiben dürfen. Danach wäre ich eine arme Frau, wenn ich mich scheiden lassen würde. Aber so kann Marita wenigstens hin und wieder zu mir kommen, um sich auszuheulen. Dann heulen wir halt zusammen. Ich wüsste nicht, wie ich das verhindern könnte.«

»Sage Marita, dass ich mittlerweile sehr gut verdiene. Selbstverständlich wäre ich bereit, dass du zu uns ziehst. Du wärst eine gute Großmutter. Marita könnte, wenn sie das wollte, auch einige Jahre arbeiten gehen. Zusammen hätten wir dann ein schönes Leben.« Er versuchte zu grinsen.

»Und Elmar würden wir bluten lassen. Zur Strafe. Sind das keine guten Perspektiven?«

Käthe nahm Simon in den Arm.

»Wenn es nach mir ginge … sofort … mit wehenden Fahnen. Ich könnte mir keinen besseren Schwiegersohn vorstellen. Auch darüber habe ich mit Marita gesprochen. Um nichts auf der Welt kann ich sie verstehen. Du hast genug durchgemacht in deinem Leben sagt sie. Du hast etwas

Besseres verdient.« Sie zuckte mit den Schultern. Tränen rannen über ihre Wangen.

»Mache es gut Simon. Mehr kann ich dazu nicht sagen. Leider.«

Als Käthe Koschwitz gegangen war, setzte sich Hans Klinger zu seinem Sohn auf die Bank.

»Was tuschelt ihr denn da hinter meinem Rücken? Ist was mit Käthe Dinkel?«

»Papaa. Sie heißt schon lange nicht mehr Dinkel. Das weißt du doch. Seit vielen Jahren heißt sie Koschwitz. Sie hat doch den Bauern aus Mährisch Trübau geheiratet.«

»Ach ja. Stimmt«, brummelte Hans Klinger.

»Na ja, seit so vielen Jahren wollte sie die Miete anheben. Das habe ich ihr ausgeredet. Die Koschwitzs schwimmen doch inzwischen im Geld«, sagte Simon.

Hans lachte schelmisch.

»Es ist halt doch gut, wenn man einen Sohn hat, der auf die Handelsschule gegangen ist.«

Er machte eine kurze Pause.

»Und du verdienst gut bei deiner jetzigen Arbeit?«

»Ja Papa. Mehr als in Freudenberg.«

»Jesses. Dann gehörst du bald zu den Reichen«, sagte er.

„Jesses", sagte er nur, wenn er von einer Nachricht äußerst überrascht wurde.

»Aber schade ist es schon, dass du so wenig zuhause bist.«

Das waren die letzten Worte, die Simon von seinem Vater hörte.

Hans Klinger hielt es für „nausgmissenes" Geld, als Simon auf einen Telefonanschluss für das Haus Nr. 61 bestand.

Zwei Wochen nach dem Gespräch mit Käthe Koschwitz sagte die Dame an der Rezeption des Holiday Inn, dass jemand versucht hatte ihn zu erreichen, und drückte Simon einen Zettel mit einer Telefonnummer in die Hand.

»Ja, Marita Koschwitz«, meldete sich eine Stimme.

»Marita. Schön, deine Stimme zu hören«, antwortete er hocherfreut.

»Nein Simon. Es ist leider nicht schön, was ich dir sagen muss. Dein Vater ist gestorben. Wahrscheinlich bereits vor drei Tagen. Mein Beileid Simon. Wir sehen uns auf der Beerdigung.«

Dann war die Leitung tot. Marita hatte aufgelegt.

Die Beisetzung von Hans Klinger fand in aller Stille statt.

Anwesend war Käthe. Sie entschuldigte, dass Marita nicht kommen konnte. Elmar hatte es ihr strikt verboten. Erschienen waren Ulrich Kuhnert, der Gelegenheitsküfer, und seine Tochter Sylvia. Marita hatte nicht übertrieben. Sie war unglaublich attraktiv; selbst in der Trauerkleidung.

Lothar Brettschneider kam aus Weinersheim. In seiner Begleitung war seine Frau Daniela. Gekommen war der Lehrer Heribert Binder von der Alten Mühle. Rudolf Klinger, der Halbbruder von Hans, fühlte sich sichtlich unwohl. Seine Frau war nicht zu bewegen gewesen, an der Beerdigung teilzunehmen.

Der Pfarrer mit seinen beiden Ministranten murmelte etwas von „Erde zu Erde". Simon verachtete ihn.

Er hatte auch auf der Höheren Handelsschule unterrichtet. Dort wurde der Pfarrer jedoch wie eine Witzfigur behandelt. Er absolvierte die Schulstunde, wie er jetzt die Beerdigung von Hans Klinger absolvierte. Allerdings dauerte diese keine fünfundfünfzig Minuten, sondern nur zehn Minuten. Er sprach nur von Gott den Allmächtigen und seiner Weisheit.

Er spulte artähnliche Worthülsen ab wie bei den Beisetzungen zuvor.

»Erde zu Erde. Asche zu Asche. Staub zu Staube.«

Gott hatte wohl Buch über das Leben und Treiben des katholischen Pfarrers Benedikt Biastock geführt.

Er hatte, wie Simon sich später erzählen ließ, einen langen und grässlichen Tod. Wer weiß … vielleicht hatten auch die Teufel Buch geführt, um Benedikt in ihr Reich zu führen. Sicherlich brutzelten dort viele tausend Kollegen seit vielen Jahren, Jahrzehnten, ach was … Jahrtausenden vor sich hin.

Käthe Koschwitz besuchte noch einmal Simon im Haus Nr. 61.

»Wie soll es jetzt mit dem Haus weitergehen«, fragte sie.

»Willst du uns draußen haben?«, antwortete Simon. Er blickte dabei Käthe traurig in die Augen.

»Wieso uns?« Sie blickte ihn sichtlich irritiert an.

»Ja siehst du sie nicht? Für mich sind sie noch da. Schau mal dort. Das ist mein Vater Hans Klinger. Nach Zwittau war dies sein zweites Zuhause. Hier hat er viel länger gelebt, als in Zwittau selbst. Und da drüben. Da ist seine Mutter Anna. Sie wollte partout nicht ausziehen, als die da drüben … siehst du sie … das ist meine Mutter Maria, die unbedingt in die Bundessiedlung ziehen wollte. Und dort, der kleine Pummelige, immer hungrige Geselle … das ist mein kleiner Bruder Herbert. Ihr Geist wabert durch die kleinen Räume. Wenn ich in der Nacht wachliege, höre ich ihre Stimmen.«

Käthe drückte Simon an sich; ganz fest, ganz innig. Er spürte ihre Wärme.

»Ach ich bin so traurig, dass aus Marita und aus dir nichts geworden ist. Jetzt wirst du doch sicher wegziehen wollen. Was hält dich hier noch. Hier …«

Sie führte den Satz nicht zu Ende. Simon wusste, was sie damit ausdrücken wollte.

»Ich weiß es noch nicht«, flüsterte Simon.

»Vielleicht erschieße ich diese fünf Burschen. Vielleicht aber noch Weitere. Und danach mich. Damit würde ich dieser Welt sicher einen großen Gefallen tun. Eine Pistole habe ich mir bereits besorgt. Ich bin noch am Überlegen.« Käthe stieß Simon von sich.

»Das wirst du doch nicht wirklich machen?«, schrie sie entsetzt auf.

»Aber ja. Warum nicht? Soll ich Arthur dann auch mitnehmen?«

»Untersteh' dich.« Sie entschied sich, das Ganze ins Lächerliche zu ziehen.

»He, dann dürfte ja später niemand mehr sterben. Dann hätten wir ja keinen Platz mehr auf dem Friedhof.«

»Na gut«, sagte Simon lächelnd.

»Ich verspreche dir, dass ich das Ganze noch einmal genau überdenken werde. Aber es ist nicht klug von dir, mich aufzuhalten. Ich würde vielleicht warten, bis Marita geheiratet hat. Wenn ich danach Elmar eine Kugel durch den Kopf jage, ist sie automatisch eine vermögende Witwe. Und wenn ich Arthur mitnehme, bist auch du eine reiche Witwe.«

Drei Tage später bekam Simon Post.

Käthe hatte ihn die kleine Kate, das Haus Nr. 61, überschrieben.

Das Haus Nr. 61 tauchte in keiner Unterlage auf, die der clevere Koschwitz mit seinen Anwälten aufgesetzt hatte. Das bereitete der alt gewordenen Frau sichtliche Freude.

»Wenn ich das Marita zuflüstere, wird sie sich wahnsinnig darüber freuen«, sagte sie mit einem Lachen und mit Tränen in den Augen.

Im September 1973 saß Simon Klinger im Flugzeug nach Cincinnati in den Vereinigten Staaten - dem Land der unbegrenzten Möglichkeiten.

Gabe hatte den Instinkt eines Wolfes. Er roch und er fühlte alle Schwingungen, die von Simon ausgingen. Und heute fühlte er, dass dieser Tag Überraschungen bereithalten würde. Er hatte seine Antennen ausgefahren, und achtete auf jede Mimik und auf jede kleinste Bewegung seines Freundes.

Seit dem Tag, als Simon über sein Leben erzählte, hatte der Hüne unzählige Nächte über diesen Mann nachgedacht.

Seitdem war Simon für ihn mehr als ein Freund, dem er sein zweites Leben verdankte. Simon hatte in den letzten Jahren, auch mehr eingefordert als reine Freundschaft. Sie waren aus unterschiedlichem Eisen geschmiedet. In den letzten Jahren war daraus eine neue Legierung entstanden. Er war sich dessen sicher, dass Luca inzwischen ähnlich fühlte. Dieser intelligente Bursche war allerdings nicht aus Eisen. Er bestand vielmehr aus einer zähflüssigen Masse. Und die brodelte, zischte und blitzte. Simon war in den vielen zurückliegenden Jahren nicht müde geworden, seine beiden Begleiter anzuregen, stets sensibel in dieser eher kalten und gierigen Welt zu bleiben.

Gabe schämte sich nicht seiner Tränen in den Nächten, in denen er versucht hatte, Simons Kindheit und Jugend Revue passieren zu lassen. Mit Sicherheit ging es Luca artähnlich. Doch wenn es darum ging, mit diesem intelligenten Halb-Italiener über diesen langen Tag, der sich bis in die Nacht hineingezogen hatte, zu sprechen, wurde sein Freund äußerst einsilbig. Zwischen den Zeilen hatte er angedeutet, dass es Simon sicher nicht mögen würde, hinter seinem Rücken über dieses sensible Thema zu sprechen.

Auch Simon war nicht mehr zu bewegen gewesen, mehr als ein paar Sätze darüber auszutauschen.

»Du brauchst mir nur zu sagen, dass es da ein Problem oder gar ein großes Problem gibt«, hatte Gabe zwei Tage nach Simons Monolog versucht, an ihre gemeinsame „Vereinbarung" zu erinnern.

»Wie tief ist eigentlich der River Main?«, machte er eine Anspielung.

»Oder ich mäste die Schweine mit diesen fünf Burschen. Ich bringe deine Marita zu dir - hier auf die Ranch. Dann kann deine Seele wieder atmen.«

»Danke mein Freund«, hatte Simon geantwortet.

»Ich werde darüber nachdenken. Einverstanden?«

Inzwischen waren sechs Wochen vergangen.

Mit keiner Silbe wurde seitdem weiter über dieses Thema gesprochen.

Allerdings war nicht zu übersehen, dass sich Simon seitdem verändert hatte.

Er zog sich zunehmend in sich zurück. Selbst geschäftliche Besprechungen versuchte er zu verschieben. Gott sei Dank standen keine neuen Projekte an. Auch Vincent, der in den ersten Wochen nach diesem verfluchten Tag einige Male mit seiner Cessna angebraust kam, beließ es in den letzten drei Wochen bei Telefonaten.

Alle litten.

Auch Alisha und Kirk schlichen mit traurigen Mienen durch das riesige Anwesen.

Und dann kam dieser heiße Tag im August.

Nach einem ausgedehnten Frühstück sagte Simon plötzlich aufgekratzt:

»Hey Gabe, was hältst du davon, wenn wir heute einmal zusammen einen ausgedehnten Rundflug machen?«

»Viel. Wohin soll ich dich fliegen?«

»Kein bestimmtes Ziel. Einfach zur so. Genau genommen kenne ich dieses Land noch gar nicht … nach immerhin fünfunddreißig Jahren.«

»Du solltest mir aber schon sagen, in welche Richtung du fliegen möchtest.«

»Wälder. Flüsse. Seen. Keine Städte«, war die knappe Antwort.

»Okay, dann fliegen wir dieses Mal in südwestlicher Richtung. Da waren wir eigentlich noch nie: Lexington, Cumberland, Nashville, Memphis, dort viele Meilen über den Mississippi südwärts bis in die Gegend von Jackson und zurück über Birmingham und Chattanooga. Das wird dir mit Sicherheit gefallen. Natürlich umfliegen wir die genannten Städte.«

Manchmal sind seine Denkvorgänge nur äußerst schwer nachzuvollziehen, dachte Gabe, während er schweigend über die riesigen Seen- und Teichlandschaften flog, die der Cumberland geschaffen hatte oder die später von Menschen künstlich angelegt wurden.

Danach streifte er die Ausläufer von Nashville, um in westlicher Richtung das gigantische Wald- und Naturschutzgebiet anzufliegen, welches weithin als das „Land between the Lakes" bekannt war. Dieser sechshundertachtundachtzig Quadratkilometer große Naturpark wurde 1963 von John F. Kennedy eingeweiht und lag in den Bundesstaaten Kentucky und Tennessee. Gespeist wurde dieses riesige Wassergebiet mit der größten Binnenhalbinsel der Vereinigten Staaten durch viele kleine Zuflüsse, die dann letztlich im Ohio mündeten.

Jetzt, Mitte August, war dort unten der Teufel los. Unzählige Boote tümpelten im dunkelblauen Wasser. Motorboote zogen weiße Spuren hinter sich her. Eingebettet in Waldgebiete leuchteten Campingplätze. Der Himmel war strahlend blau mit kleinen Wolkenbäuschen.

Es war Simon anzusehen, dass er diesen Anblick genoss. Er bat Gabe einige Male, Teile des großen Gebietes erneut anzufliegen und dabei etwas tiefer zu gehen. Er genoss es schweigend. Nur einmal sagte er sichtlich erregt:

»Verdammt, ist das schön hier.« Danach verfiel er wieder in Schweigen.

»Jetzt zum Mississippi?«, fragte Gabe zehn Minuten später.

Er blickte kurz zu Simon hinüber. Dieser blickte nach wie vor gebannt nach unten.

»Ja, zieh noch einmal eine große Schleife und dann zum großen Fluss«, brummte er zufrieden.

Gabe zog eine Schleife in östlicher Richtung, um danach den Westen anzupeilen. Und mitten in dieser Schleife klopfte Simon dem Piloten aufgeregt auf die Schulter.

»Siehst du da unten den kleinen Fluss. Überfliege ihn so tief wie möglich. Bitte!«

Der Hüne konnte beileibe nichts Besonderes ausmachen. Für ihn war es ein kleiner Fluss; wie viele in den Staaten. Nein, ganz so stimmte das nun auch wieder nicht. Das vielleicht hundert Meter breite Flüsschen mäanderte an dieser Stelle. In vielen kleinen und großen Schleifen hatte er sich durch die steinige Landschaft gegraben; eingebettet von überwiegend Nadelwald.

»Verdammt«, hörte er plötzlich Simons Stimme.

Die Art, wie er dieses Wort durch seine Lippen presste, ließ Gabe aufhorchen.

Für Gabe war sofort klar, dass hier etwas Ungewöhnliches, etwas höchst Erstaunliches oder gar etwas Unfassbares vorlag.

Nein, negativ musste er Simons Ausbruch nicht bewerten. Positiv aber auch nicht.

»Da unten. Dieses sehr ausgeprägte „U". Siehst du das Gabe?«, fragte Simon aufgeregt.

»Klar!?«

»Versuche dort zu landen. Bitte.«

»Werde es versuchen«, war die knappe Antwort.

Gemeinsam hatten sie sich für diese Cessna entschieden. Mit ihr war es möglich auf sehr kurzen Distanzen zu starten und zu landen. Das war vor allem bei schlechtem Wetter sinnvoll, um problemlos die Ranch anzufliegen.

Nach einigen Versuchen gelang es Gabe, auf einem sandigen Weg außerhalb der Schleife zu landen. Er musste zuvor sicher sein, dass dort keine größeren Steine oder Äste lagen und dass es keine größeren Vertiefungen gab.

»Du kannst ruhig sitzen bleiben«, stammelte Simon, während er aus dem Flugzeug kletterte.

»Es wird nicht lange dauern.«

Als fünfzehn Minuten vergangen waren, wurde Gabe immer unruhiger. Eine undefinierbare Angst stieg in ihm hoch. Vorhin, über dem Naturschutzgebiet, hatte er kurz das Gefühl gehabt, dass sich Simon wieder gefangen hatte. Sollte er sich getäuscht haben?

Bereits nach einigen Metern konnte er Simon ausmachen. Er saß direkt am Ufer des kleinen Flusses auf einem großen Stein – und starrte ins Wasser. Langsam tastete er sich näher ran. Jetzt war er nur noch knapp fünfzehn Meter von ihm entfernt – und erschrak. Nein, es gab kein Zweifel.

Dieser Mann, den er bislang als eher harten, energischen, visionären und introvertierten Freund eingestuft hatte; dieser Mann - weinte. Nein, er schluchzte leise vor sich hin. Seine Schultern zuckten dabei leicht.

Gabe war wie erstarrt. Plötzlich fühlte er eine Leere; eine betäubende und gleichzeitig besorgniserregende Leere – eine hilflose Leere.

Bislang hatte er sich vorstellen können, dass jemand versuchen würde, seinen Freund anzugreifen, vielleicht sogar zu töten. Deshalb trug er sehr oft eine Waffe bei sich.

Er war reaktionsschnell und konnte sehr gut schießen. Solche Gedanken schossen ihm ab und zu durch den Kopf. Und er sah in seinen Träumen, dass er sich zwischen den Angreifer stellte. Ja, er würde keine Sekunde zögern, sein Leben für diesen Mann einzusetzen. Das hatte er sich geschworen. Das war er Simon schuldig.

Doch jetzt … dieses Bild … diese Situation? Nein, auf eine solche Szene war er nicht vorbereitet. Das hätte er sich niemals vorstellen können. Oh Gott, was sollte er jetzt unternehmen? Wie konnte, wie sollte er sich in dieser Situation verhalten?! Sein Verstand schrie:

„Geh' zu ihm. Nimm' ihn in den Arm. Er ist doch dein Freund; dein Alles!"

Doch ein Gefühl sagte ihm, dass dies Simon in dieser Minute nicht gewollt hätte. Sein Respekt siegte. Und die Liebe unterlag. Also setzte er sich auf eine große Wurzel. Er wartete … und litt – er litt wie ein Schäferhund, der witterte, dass dessen Herr litt; ganz offensichtlich furchtbar litt. Und auch er begann zu weinen. Es war ein surreales Bild. Inmitten einer herrlichen Landschaft mit zirpenden Grillen, Vogelgezwitscher, einer lauwarmen Brise und blauem Himmel … saßen zwei Männer … im Abstand von etwa fünfzehn Metern … und weinten.

Als Gabe sah, dass sich sein Freund erhob, stand er ebenfalls auf. Er blieb wie angewurzelt stehen … und wartete. Simon kam mit hängenden Schultern näher. Er blieb kurz vor Gabe stehen, tätschelte leicht auf dessen Wange und sagte leise:

»Danke mein Freund. Danke.«

Schweigend und mit hängenden Schultern schlurften sie durch das kniehohe und trockene Gras zum Flugzeug.

Gabe musste einige Minuten warten, bis sein Adrenalinspiegel seinen Körper und sein Gehirn mit dem notwendigen Blut versorgt hatte.

Er durfte bei der sehr kurzen Startdistanz keinen Fehler machen.

Während des Fluges schwiegen beide Männer. Simon liebte an diesem großen und starken Mann, dass dieser wusste, wann er schweigen sollte; vielleicht sogar sehr lange schweigen.

Erst als sie nicht mehr weit von Cincinnati entfernt waren, sagte Simon mit lauter Stimme, um das Motorgeräusch zu übertönen:

»Gebe bitte Luca Nachricht. Ich will euch beide um 20:00 Uhr im Wohnzimmer sehen. Ich möchte euch eine Entscheidung mitteilen, die ich vorhin am Flussufer gefällt habe.«

Gabe wusste aus Erfahrung, dass sein Freund erwartete, jetzt und hier keine Fragen gestellt zu bekommen. Das galt es zu respektieren.

In den zurückliegenden Nächten hatte Simon sich förmlich gezwungen, über die letzten Jahrzehnte nachzudenken. Unzweifelhaft hatte er sich immer auf der Flucht befunden; auf der Flucht vor seiner verfluchten Vergangenheit.

Seine Sucht, sich in neue, größere und zum Teil auch gewagtere Projekte zu ertränken, hatte ihn zum Arbeits-Junkie werden lassen. Er ließ sich von dieser Droge mitreißen; wie von einem schnellen und reißenden Gewässer. Doch - und das haben Bäche, kleine Flüsse und Ströme so an sich: sie fließen oder schießen immer bergab. Manche Flüsse mündeten in einem herrlichen See. Doch sein Lebensfluss rauschte immer nur weiter talwärts.

Wohin? Darüber hatte er in den letzten Jahren nie nachgedacht.

Verdammt, er war jetzt bereits sechzig Jahre alt. Er, Simon Klinger, der kleine Wassertropfen in diesem großen Strom, würde bald im riesigen Ozean zerfließen; sich in ein Nichts auflösen – als habe es ihn nie gegeben … auf dieser Erde.

Das konnte doch noch nicht alles gewesen sein in seinem Leben? Diese Frage fraß sich durch seinen Kopf, als er mit Gabe über das „Land between the Lakes" flog. Diese Frage bohrte sich wie ein bösartiges Wesen durch seinen Kopf, durch seinen Körper - um in seiner Seele wie ein Feuer zu lodern. Irgendetwas in dieser Seele schrie, dass er erst dann wieder zur Ruhe kommen würde, wenn er sich seiner Vergangenheit gestellt hatte - und mit ihr ins Reine gekommen war.

Auch Luca ließ seine Seele in seine Projekte mit einfließen. Auch seine neue Droge hieß Arbeit. Gabe gönnte sich wenigstens jede Woche eine neue attraktive Frau. Das brauchte er. Es gab ihm Selbstvertrauen, wenn er die Frau eines Vorstandsvorsitzenden oder die Besitzerin eines Industrieunternehmens glücklich gemacht hatte. Zumindest redete er sich das ein. Ohne den indirekten Druck durch Simon würde er nie auf die Idee gekommen sein, mehr als fünf Stunden pro Tag zu arbeiten. So aber wurden es oft fünfzehn Stunden. Und das oftmals auch an den Wochenenden.

Simon hatte bislang nur zwei Ziele: Das wichtigste Ziel lautete: Blick' nicht zurück!

Und sein zweites Ziel war es Geld zu machen. Deshalb war er in die Staaten geflüchtet. In den Staaten drehte sich alles um dieses Goldene Kalb: Make Money! Diese Droge war gefährlicher und zersetzender als alle übrigen Drogen auf dieser Welt.

War es eine neuartige Droge, oder war es wieder einmal der Teufel? Wie auch immer: Diese Kraft oder diese Macht raubte Simon seit Wochen den Schlaf; hatte ihn im Würgegriff. Es gab Stunden, in denen er Angst davor hatte, verrückt zu werden. Stimmen in ihm sagten in jeder Nacht, dass er nur dann weiterleben könne, wenn er die Zelte in den Staaten abbrechen würde. In den letzten Wochen hatte er sich mit all seiner Kraft gegen diese Einflüsterer gestemmt. Er war nicht bereit gewesen, all das, was er geschaffen hatte, hinter sich zu lassen.

Als er auf diesem Stein am Rande des mäandernden Flusses gesessen hatte, der ihn an die große Mainschleife, an seine Heimat, erinnerte, säuselten und flüsterten viele Stimmen in ihm. Diese Stimmen waren raffiniert.

Er hörte, er sah und er roch sogar diese Bilder. Er liebte den Main, das Taubertal, den Spessart, den Odenwald – mit all ihrer schönen Fauna und Flora.

Erst nach diesen Bildern tauchten Maritas schöne Augen mit den langen Wimpern darüber auf. Er hörte ihre Stimme und ihr Lachen. Er fühlte ihre Küsse und ihren Atem.

Und erst dann, Minuten später, tauchte der Wunsch auf, seinen ehemaligen Peinigern die Rechnung zu präsentieren. Vor allem ihm, der ihm Marita genommen hatte – seine Liebe, sein Leben, sein Alles. Vor allem ihn musste er für diese Sünde bestrafen!

Nein, hier in den Staaten durfte er nicht mehr bleiben. Der wichtigste Mensch in seinem Leben war diese schöne Frau. Ja, er liebte sie immer noch - wie in der ersten Stunde ihres Kennenlernens.

Nichts, so lange er noch atmen konnte, würde daran etwas ändern. Und nichts auf dieser Welt dufte ihn davon abhalten, zumindest den Versuch zu unternehmen, sie wieder zu sehen – und Rache zu nahmen. Nach vielen Nächten hasste er sich dafür, dass seine Hassgefühle fast den gleichen Stellenwert einnahmen wie die Liebe zu Marita. Selbst wenn er Marita nicht zurückgewinnen würde, so konnte danach wenigstens seine Seele wieder freier atmen.

»In den zurückliegenden Jahren habe ich viel von euch verlangt«, begann Simon, als er am Abend mit seinen beiden Freunden im Kaminzimmer saß. Er sah in ihre Gesichter. Zweifellos ahnten sie bereits, dass dies ein Grundsatzgespräch werden sollte. Danach würde nichts mehr so sein wie in den vielen Jahren zuvor.

»Gemeinsam haben wir viel erreicht und Großes geschaffen«, fuhr Simon fort.

»Mal ehrlich: Hättet ihr euch das jemals nur annähernd erträumen lassen?«

»Nie im Leben«, sagte Luca erregt.

Gabe schüttelte den Kopf.

»Ich kann es bis heute noch nicht fassen. Wahnsinn.«

»Damals, vor langer Zeit, habt ihr es vielleicht als eine bedeutungslose Floskel von mir eingestuft … als ich versprach, euch finanziell an unserem gemeinsamen Erfolg zu beteiligen. Vielleicht habt ihr sogar darüber gelächelt. Es war falsch von mir, in der Zwischenzeit nicht mehr mit euch darüber gesprochen zu haben.«

»Wenn ich es nicht besser wüsste, würde ich mir jetzt Sorgen machen«, brummte Gabe.

»Das klingt schon fast wie eine Abschiedsrede.«

»Nein, meine Freunde. Aber das hier ist etwas Ähnliches. Das ist eine Abschnittsrede.«

Simon blickte seinen Freunden bewusst tief in die Augen. Er hatte lange darüber nachgedacht, welche Worte und Begriffe er ihnen zumuten konnte; zumuten musste. Er ließ sich Zeit fortzufahren:

»Ihr habt Freundschaft geschworen.«

Das Wort Schwur war ein Begriff, bei dem ein Mann mit Charakter aufhorchen musste. Deshalb macht er an dieser Stelle eine kleine Kunstpause.

»Euren Schwur widerspruchslos zu akzeptieren war, so sehe ich das zumindest im Moment, egoistisch von mir. Ich bin wahnsinnig stolz darauf, euch als meine Freunde gewonnen zu haben. Ihr habt es nicht immer leicht mit mir gehabt.«

»Du warst immer fair zu uns. Wo wäre ich ohne dich«, unterbrach Luca.

»Danke mein Freund. Danke meine Freunde.« Er machte eine kleine Pause.

»Letztlich habt ihr alle meine Entscheidungen mitgetragen. Gemeinsam waren wir ein starkes und äußerst erfolgreiches Team. In mein neuestes, und vielleicht letztes Projekt kann und werde ich euch jedoch nicht mit hineinziehen.«

»Wir sind deine …«, wollte Gabe sichtlich erregt unterbrechen.

Doch Simon hob beide Hände und versuchte dabei milde zu lächeln.

»Danke Gabe. Ich habe befürchtest, dass du so reagieren wirst. Aber lass mich fortfahren, bevor wir anfangen zu diskutieren.«

Leiser fuhr er fort:

»Ich habe euch von meinem Leben als Kind bis zum jungen Mann erzählt. Als meine Freunde habt ihr in den letzten Wochen gespürt, dass mich plötzlich einige Dinge sehr beschäftigt haben. Ich will euch nicht auf die Folter spannen und euch mitteilen, dass ich einen weitreichenden Entschluss gefasst habe. Als meine Freunde solltet ihr diesen Entschluss, der mir nicht leichtgefallen ist, respektieren. Ich habe beschlossen, nach Deutschland zurückzukehren. Das wird ganz bestimmt nicht einfach für mich werden.

Aber … es ist mein persönlicher Kampf. Deshalb wäre es falsch, und das habe ich vorhin bereits angedeutet, euch mit hineinzuziehen.«

»Du willst mich wohl beleidigen«, schrie Gabe, während er aus seinem Stuhl sprang und auf Simon zustürzte.

»Willst du mich zwingen, einen Schwur zu brechen?«

Er schnappte nach Luft, während er auf Simon hinuntersah. Nur wenige Zentimeter trennten ihre Gesichter. Auch Luca erhob sich und baute sich neben Gabe auf.

»Ich bin zwar nur ein Halbsizilianer. Aber was du gerade gesagt hast, wäre die schlimmste Beleidigung für einen Sizilianer. Du hast uns mit diesen Worten fast die Freundschaft aufgekündigt. Wie sollen wir künftig in den Spiegel schauen? Das nimmst du zurück Simon! Sofort!«

»So … so habe ich es natürlich nicht gemeint«, stotterte der Deutsch-Amerikaner.

»Ihr seid meine Freunde. Ich … ich würde nie auf die Idee kommen, euch beleidigen zu wollen. Ich … ich …«

Erst jetzt setzte er eine leicht sorgenvolle Miene auf.

»Habt ihr einmal in den letzten Tagen eure Gesichter im Spiegel gesehen? Die haben doch Bände gesprochen! Seid doch mal ehrlich. Ihr habt doch fast erwartet oder vielmehr befürchtet, dass ich euch heute so etwas Ähnliches mitteile. Oder?«

Gabe machte eine abwehrende Handbewegung, ging zu seinem Stuhl zurück, um sich darin ächzend fallen zu lassen.

»So ein Quatsch. Fällt es dir nicht auch ein bisschen schwer, diese schöne Ranch hier zu verlassen?«

»Wie ihr mich inzwischen kennt, sitzen wir heute hier zusammen, um über ein durchdachtes und weitreichendes Konzept zu sprechen. Zu diesem Konzept passt es allerdings nicht, dass ihr mich nach Deutschland begleitet; zumindest nicht für immer.«

»Zumindest dein letzter Halbsatz lässt mich hoffen, dass du nicht nach Germany fliegst, um uns nur ab und zu eine Ansichtskarte zu schicken«, polterte Luca.

»Du kennst mich gut Luca«, sagte Simon lächelnd.

»Ich möchte an dieser Stelle betonen, dass ich zu keinem Zeitpunkt daran gedacht habe unsere, aber vor allem eure Zelte, in den Staaten für immer abzubrechen. Zunächst der Reihe nach: Diese Ranch soll für jeden von uns immer eine Zuflucht, ein Stück Heimat, bleiben. Ich werde diese Ranch nicht verkaufen. Sie wird bis zu unserem Lebensende ein Hort sein, wo wir wohnen, Urlaub machen können oder wo zumindest ihr euren Lebensabend verbringen könnt. Ist das bis dahin verstanden?«

Luca grinst und Gabe setzte, zufrieden nickend, eine versöhnlichere Miene auf.

»Ein Verkauf der ganzen Wellness-Oasen wird sich ohnehin einige Jahre hinziehen. Am IT-Unternehmen wird Luca zu fünfundzwanzig beteiligt werden und weiterhin zum Board gehören. Ähnlich verhält es sich mit dem Boston-Security-Unternehmen. Das bliebe auch Gabes Heimat. Vielleicht werden wir einige kleinere Firmen oder Immobilien nicht abstoßen. Wir wollen schließlich keine unnötigen Verluste machen. Den ganz großen Brocken müssen wir aber verkaufen. Das seht ihr doch auch so?«

Gabe und Luca nickten einige Male wortlos.

»Am Verkaufswert werde ich euch mit zehn Prozent beteiligen. Nach meiner groben Schätzung werden das für jeden von euch vierzig Millionen Dollar sein.«

»Spinnst du?«, entfuhr es Gabe.

Simon lehnte sich zurück, blickte Gabe herausfordernd an und fuhr mit seinen Fingern durch sein lichter gewordenes Haar.

»Auf dreißig Jahre hochgerechnet müsstet du dich mächtig anstrengen, viertausend Dollar am Tag auszugeben

Du könntest dir ein eigenes Flugzeug leisten, ein Haus und viele anstrengende Frauen. Na ja. Dazwischen wäre es schon gut, wenn du dich bei Boston-Security blicken lässt.«

»Oder alles ohne deine strengen Blicke in den Sand setzen«, brummte der Hüne.

»Das ist nur schwer vorstellbar«, sagte Simon lachend.

»Auf alle Fälle könntest du dann immer noch kostenlos auf der Ranch wohnen. Und von Boston-Security bekommst du monatlich dein Gehalt und eine jährliche Ausschüttung. Du wärst also nicht dazu verdammt Kartoffeln anzubauen, damit du was zum Beißen hast.«

Alle lachten und griffen nach ihren Gläsern.

Simon lehnte sich in seinem Sessel zurück.

»Wie ich es im Moment sehe, brauchen wir mindestens eineinhalb Jahre, bis wir alle in Frage kommenden Firmen verkauft haben. Erst in drei Jahren werde ich aus heutiger Sicht ganz nach Deutschland wechseln. In der Zwischenzeit werden wir gemeinsam einige Male Kurzurlaub in Deutschland machen.« Er lachte.

»Vielleicht stellt ihr dabei fest, dass es dort auch attraktive Weiber gibt. Ihr solltet mir, zumindest zeitweise, in Deutschland den Rücken stärken.«

»Ich werde mich in der Zwischenzeit schon einmal im Internet schlau machen«, brummelte Gabe.

»Okay, und ich werde dir zeigen, wo der ON-Schalter ist«, hänselte Luca.

Rechtsanwalt Paul Korber war sichtlich nervös. Simon hatte ihm gemailt, dass er sich zwei Tage freihalten solle. Er wollte sich zunächst mit ihm allein unterhalten.

Zur Begrüßung legte Simon seinem Freund eine Hand auf die Schulter.

»Bleib ruhig Paul. Ich bin schließlich kein Pate der Mafia, der irgendwann eine Gegenleistung für geleistete Freundschaftsdienste einfordert. Ich brauche deine Hilfe und Unterstützung. Das Einkommen deiner Kanzlei wird sich dadurch auf einen Schlag vervielfachen.«

Es war der letzte Satz, der beim Rechtsanwalt erst recht Unruhe auslöste. Schweißtropfen standen auf seiner Stirn. Vor lauter Aufregung vergaß er, Simon einen Platz anzubieten.

»Sind wir Freunde Paul? Kann ich mich voll auf dich verlassen?«, wollte der Gast aus den Staaten in einem Tonfall wissen, der aufhorchen lassen musste.

»Ich bin Rechtsanwalt, und gehe davon aus, dass du nicht verlangst, dass ich krumme Dinger zu drehe. Außerdem: Janette spricht von dir, dass ich manchmal richtig eifersüchtig werde. Du siehst also, dass ich nicht mehr Herr meiner eigenen Entscheidung sein kann.«

Simon konnte es sich nicht erklären, warum er plötzlich das Gefühl hatte, dass es ein Fehler war, dieses Gespräch mit Paul allein zu führen.

»Weiß Janette eigentlich, dass wir uns zu einem Gespräch verabredet haben?«, versuchte er deshalb, sich selbst zu beruhigen.

»Selbstverständlich. Wir haben nur sehr wenige Geheimnisse voreinander«, antwortete Paul leicht entrüstet.

»Ich werde mich bei ihr entschuldigen. Es war eine äußerst dumme Idee von mir. Richtest du ihr das aus?«

Paul nickte und versuchte ein Lächeln aufzusetzen.

»Genau das ist es«, dachte Simon intuitiv.

Dieser Kerl hat das unverbindliche Lächeln eines Rechtsanwaltes. Ich brauche aber einen Freund und einen Anwalt, der bereit ist, mit mir Schlachten zu schlagen; einen Anwalt, der von sich aus auch intelligente Winkelzüge vorschlägt, und den ich nicht aufs Pferd setzen muss. Und vor allem einen Anwalt, der nicht gleich vom Sessel rutscht, wenn ich ihn an Grenzen führe.

»Gib mir einige Stichworte Simon. Dann können wir beide ja immer noch entscheiden, das Gespräch abzubrechen, um es mit Janette fortzusetzen. Einverstanden?«

»Gut Paul. Dann komme ich gleich auf den Punkt. In zwei bis drei Jahren werde ich meinen Hauptwohnsitz wieder nach Deutschland verlegen. Hierher, um es genau zu sagen. Zwischenzeitlich werde ich natürlich des Öfteren einige Wochen hier in Deutschland verbringen.«

Paul schob seinen fahrbaren Bürostuhl ein Stück zurück.

»Hauptwohnsitz? Hierher? Für immer?«, prustete er aufgeregt.

»Ja. Du hast mich richtig verstanden. Und mein Ziel ist es, offene Rechnungen zu begleichen. Viele Rechnungen, um genau zu sein.«

»Bist du verrückt geworden? Und deine Firmen?«

»Meine Firmen haben mich sehr reich gemacht. Um Kriege zu gewinnen, braucht man Geld; möglichst viel Geld.«

Simon lachte.

Doch dieses Lachen ließ Paul das Blut in den Adern gefrieren.

»Oh mein Gott«, stammelte er mit einem fast dümmlichen Gesichtsausdruck. In diesem Moment wünschte sich Simon, dass sein Freund Vincent ihm auch hier hilfreich zur Seite stehen könnte.

»Es ist gut, dass du deinen Gott anrufst Paul. Mein Gott kann es nämlich nicht sein. Wo war er damals, als ich diese verdammte Krankheit bekam? Wo war er all die vielen Jahre, als ich in dieses verdammte Aalfurth zurückkehrte … zu diesen Tieren in Menschengestalt? He, wo war er, als sie mir Marita genommen haben?«, sagte Simon mit lauter und anklagender Stimme. Hierbei blickte er nach oben, als erwarte er von dort eine Antwort. Vielleicht. Endlich. Doch niemand antwortete. Stattdessen entstand Stille im Raum.

Paul starrte seinen Freund an. Es waren anklagende Blicke; aber auch Blicke des Mitleids und Blicke des bodenlosen Erstaunens.

»War es Gott oder waren es der Teufel, der dich so reich hat werden lassen?«, sagte der Rechtsanwalt in die Stille hinein.

»Wenn es der Teufel war, soll mir das Recht sein«, brummte Simon.

»Dann soll er mich auch bei meinem nächsten großen Kampf unterstützen. Und danach … danach werde ich versuchen, das erste Mal in meinem Leben an Gott zu glauben. Vielleicht wird mir Marita dabei helfen. Wir werden sehen.«

Er machte eine Kunstpause, um mit einem geschäftsmäßigen Tonfall fortzufahren:

»Noch einmal Paul: Du und ich … wir werden gemeinsam keine ungesetzlichen Dinge unternehmen. Meine beiden Freunde aus den Staaten werden mich begleiten. Du hast sie kennengelernt. Es sind Experten auf ihren jeweiligen Gebieten. Im Moment macht es jedoch keinen Sinn, dich unnötig nervös zu machen. Die Aktionen werden ohnehin erst in drei Jahren anlaufen. Im Vorfeld, und das habe ich in den Staaten gelernt, werden wir alles bis in jedes kleinste Detail vorbereiten. Und hierfür brauche ich dich als Mittler, wenn ich das einmal so ausdrücken darf.«

Paul lehnte sich in den Stuhl zurück und legte seine Stirn in Falten.

»Es war eine gute Idee von dir, Janette bei diesem Gespräch nicht dabei haben zu wollen.«

Simon blickte in das Gesicht eines Anwaltes, der in seinem Innersten vor Angst schlotterte. Er verspürte große Lust, seinem Freund entgegenzuschleudern, dass da ein alternder selbstzufriedener Mann vor ihm sitzt und als Anwalt eine Witzfigur darstellt.

Stattdessen sagte er leise:

»Nein Paul. Das war eher unklug von mir. Ich werde Janette sagen, dass ich mir, so fühle ich das im Moment … leider … einen anderen Anwalt suchen muss - und obendrein einen anderen Freund.«

Nicht im Entferntesten hatte Simon bislang damit gerechnet, seinem Freund diese Sätze sagen zu müssen. Er war inzwischen zum ausgebufften Geschäftsmann geworden. Und als solcher wusste er, dass dieser Mann, der riesige Unterstützungen von ihm erfahren hatte, einen Dämpfer brauchte, den er nie mehr vergessen würde. Janette würde ihm die Hölle heiß machen.

Und richtig eingeschätzt.

Der Anwalt erhob sich blitzschnell und schnaufend. Er packte Simon bei den Schultern.

»Um Gotteswillen. Das würde mir Janette niemals verzeihen. Was ist plötzlich in dich gefahren?«

»Gut Paul. Dann soll mir Janette einen stichhaltigen Grund nennen, warum ich dich als Anwalt behalten soll.«

Plötzlich saß wieder der kleine Paul Korber vor Simon; das kleine und oftmals hilflose Jüngelchen von der Handelsschule – damals, vor langer Zeit. Nur sein Maßanzug erinnerte daran, dass er inzwischen ein erfolgreicher Anwalt geworden war. Aber was hieß das schon. Sie beide hier im Raum wussten, dass dies ohne seine, Simons finanzielle Hilfe, niemals möglich gewesen wäre.

»Simon. Bitte«, stotterte er jetzt leise.

»Unter den gegebenen Umständen wäre es vielleicht wirklich sinnvoller, das Gespräch im Beisein von Janette fortzusetzen. Ich bin sogar damit einverstanden, dass sie deine Hauptansprechpartnerin sein wird. Höchstwahrscheinlich hat sie den Kampfgeist und das Feuer, welches du im Moment – und später - erwartest … vielleicht zu Recht erwartest.« Er wischte sich den Schweiß von der Stirn.

»Bitte lass uns noch einmal ganz von vorn anfangen. Einverstanden?«

Nachdem Paul angeblich kurz einmal schnell auf der Toilette war, schien er wie ausgewechselt. In Simons Beisein rief er seine Frau an und traf Entscheidungen im Sekundentakt.

Es hatte zu schneien begonnen. Die beiden Männer beschlossen, einen Bummel durch das weihnachtlich geschmückte mittelalterliche Städtchen zu machen. Der vom Verkehr abgeschottete Marktplatz war mit seinen kleinen Buden ein Traum geworden. Sie tranken einen Glühwein. Sie schwiegen und versuchten, die Worte und Szenen der zurückliegenden Stunde abzustreifen.

Eine Stunde später standen sie vor dem Haus der Korbers. Janette hatte den Eingang weihnachtlich dekoriert.

Seit Simon sie das letzte Mal gesehen hatte, war sie noch aparter geworden. Oder lag es an ihrem ausgesucht schönen Kleid im Landhausstil? Sie fiel Simon um den Hals.

»Ach, was freue ich mich, dass du uns auch einmal in unserem Haus besuchst. Ich habe ein schönes Zimmer für dich hergerichtet. Das ist dir doch recht?«

Es war Simon recht. Und deshalb machte er auch den Vorschlag, dass sie sich während des Essens, welches die Hausherrin hatte kommen lassen, sich noch nicht über geschäftliche Dinge unterhalten sollten. Erst nach dem Abendessen gingen sie in das große und geschmackvoll eingerichtete Wohnzimmer. Dort hatte Janette Getränke bereitgestellt, damit sie sich gemeinsam und ohne Störungen auf das Gespräch konzentrieren konnten.

»Paul hat dich über den grünen Klee gelobt«, begann Simon.

»Er ist der Meinung, dass du die Gabe hast, komplexe Zusammenhänge viel rascher zu analysieren und Strategien zu entwickeln. Deshalb habe ich vorgeschlagen, dass du die Koordination übernimmst.«

»Ist das so?« säuselte sie.

»Paul, siehst du das auch so?«

Paul antworte mit einem gebrummten »Ja.«

»In Kurzform«, begann Simon.

»Ich werde zusammen mit meinen beiden amerikanischen Freunden, beide sind Experten auf ihren Gebieten, mein Headquarter hier in Weinersheim aufschlagen. Ich werde voraussichtlich für immer bleiben. Meine Freunde werden nach getaner Arbeit in die Staaten zurückkehren. Ich werde mir meine Marita holen. Und ich werde ganz Aalfurth eine Rechnung für die Geschehnisse im Zusammenhang mit meinen Eltern und mit meiner Kindheit und Jugend präsentieren. Da ich einen Großteil meiner Unternehmen in den kommenden zwei bis drei Jahren verkaufen werde, habe ich genügend Kleingeld für diese verrückte Idee. In den Staaten habe ich gelernt, mich bis ins kleinste Detail auf Kämpfe vorzubereiten. Die Amerikaner, das haben wir im Zweiten Weltkrieg gesehen, lieben Materialschlachten. Wir haben drei Jahre Vorbereitungszeit. Ihr sollt mir dabei helfen - und äußerst gut dabei verdienen. Paul ist Feuer und Flamme.«

»Ist er das?«, fragte Janette wieder süffisant.

»In letzter Zeit hatte ich manchmal den Eindruck, dass man ihn zum Jagen tragen muss.« Dabei strich sie Paul sanft über den Kopf, und lächelte dabei Simon an.

»Ich werde meinen Teil dazu beitragen, dass du mit uns voll zufrieden bist. Das sind wir dir schuldig.«

Sie stand auf und tanzte schon fast aufreizend durch den

Raum.

»Siehst du?! Ohne dich würde ich noch herumhumpeln. Das werde ich dir nie vergessen Simon. Nie!«

Danach gingen sie zum geschäftlichen Teil des Abends über. Vorausschauend hatte Simon seine Listen, die es nun abzuarbeiten galt, in dreifacher Ausfertigung dabei.

In den nächsten Tagen würde er Paul dreißig Millionen Euro auf ein Sonderkonto überweisen. Geldprobleme würde es zu keinem Zeitpunkt geben; nicht im Entferntesten.

Das wichtigste Ziel war, jede noch so kleine Kleinigkeit über Aalfurth zu wissen. Alles! Aus der Check-Liste gingen unzählige Beispiele hervor. Simon schlug in diesem Zusammenhang vor, dass zwei oder drei ausgesuchte Personen sich in Aalfurth niederlassen sollten; zum Beispiel als Versicherungs- oder Immobilienmakler. Zusätzlich mussten zuverlässige Privatdetektive eingeschaltet werden. Auftraggeber dürfte natürlich nicht Janette und Paul Korber sein. Es mussten unterschiedliche kleine Firmchen gegründet werden. Niemand durfte Verdacht schöpfen.

Ideal wäre es, zumindest einen guten, kreativen und vertrauenswürdigen Architekten einzustellen – und gleichzeitig ein Architekturbüro zu gründen. Es galt jedes einzelne Objekt in Aalfurth zu analysieren und zu bewerten. Nichts durfte dem Zufall überlassen werden.

Bis tief in die Nacht hinein schwor Simon Janette und Paul auf den Krieg ein; einen langen und harten Krieg.

Von nun an würde Simon alle drei Monate nach Deutschland kommen. Luca hatte davor gewarnt, einen Austausch via E-Mail oder Telefon vorzunehmen.

Nein, die Amerikaner waren nie Freunde und Partner Deutschlands gewesen. Für sie hatte immer „Amerika first" gegolten. Das CIA und die NSA waren zur heimlichen Besatzungsmacht mutiert.

Welche Rolle Google und die anderen IT-Konzerne hierbei spielten, würde man viele Jahre später vielleicht mit Schrecken erfahren.

Nein, es galt persönliche Gespräche in professionell abgeschotteten Räumen den Vorzug zu geben. Simon war es immer noch ein Rätsel, wie es damals das FBI geschafft hatte, sich Zugang zu seiner abgeschiedenen Ranch zu verschaffen.

Es erwies sich als äußerst kluge Entscheidung, die Verkaufsabsichten vorsichtig in den amerikanischen Markt einfließen zu lassen.

Vincent war fest davon überzeugt gewesen, dass er die großen Firmen bis Ende 2010 zu günstigen Konditionen verkauft haben würde. Doch lediglich die zehn Hotels an der Ostküste konnte er kurzfristig für 190 Millionen Dollar an den Mann bringen.

Im Dezember 2009 besuchten Gabe und Luca zum ersten Mal Simons Heimat. Sie waren von dem einsamen Haus im Spessart, dass sie an eine kleine Ranch erinnerte, begeistert. Paul hatte das Haus aus einer Konkursmasse erstanden. Während Simon wichtige Gespräche führte, machten sich Gabe und Luca mit Aalfurth und der Umgebung vertraut; als leicht ausgeflippte Touristen.

Janette und Paul hatten inzwischen eine Immobiliengesellschaft gegründet. Es gelang ihnen, einen jungen, vorbestraften Architekten zu engagieren, der diese Aufgabe als eine große Chance verstand. Sie führten Simon in eine kleinere Industriehalle. Der Architekt verstand sein Handwerk. Maßstabgerecht hatte er Aalfurth nachgebildet; jedes Haus, jede Straße, den Kreibach und selbst Erhebungen sowie Baumgruppen.

An den Wänden waren riesige Schautafeln befestigt. Daraus gingen alle Daten der einzelnen Immobilien hervor; Baujahr, Um- oder Anbauten, Substanz, Probleme, Besitzer und Belastungen.

Ein eingeschleuster Immobilienmakler wohnte inzwischen im Neubaugebiet von Aalfurth. Ihm verzieh man großzügig, dass er die eine oder andere komische Frage stellte. Er war ein guter Schauspieler und stellte sich gekonnt trottelig an. Dilettantisch versuchte er sich als Weiberheld – und erntete Lachsalven. Kurz: Er war eine Witzfigur, über die man sich im Gasthaus lustig machte. Allerdings wurde gern akzeptiert, dass dieser lustige Vogel hin und wieder eine großzügige Runde spendierte. Und wenn die Alten und Trinkfreudigen kurz davor waren, unter die Tische zu rutschen, hatten sie besonders lockere Zungen.

Janette nahm ihre Aufgabe als Koordinatorin besonders ernst.

Insgesamt zehn Kundschafter, darunter kleinere Detekteien, erhielten ihre Aufträge und Zahlungen von Strohfirmen. Wichtig war, dass sie völlig voneinander losgelöst zu arbeiten hatten. Aus den Aufgabenverteilungen durfte kein Konzept erkennbar werden. Diesen Männern, es waren nur Männer, gab man in der ersten Stunde der Zusammenarbeit zu verstehen, dass Rückfragen nicht erwünscht seien. Stellten sie trotzdem erkennbar neugierige Fragen, war die Zusammenarbeit innerhalb weniger Minuten als beendet anzusehen. Die wichtigsten Informationen nahm Simon mit in die Staaten, um sich darin zu vertiefen. Nicht das kleinste Dokument durfte per Post oder Mail zum Versand gelangen.

Dominic Papen, der Vorstandsvorsitzende der größten Bank in Weinersheim, war achtundfünfzig Jahre alt, hatte bereits graue Haare und trug eine randlose Brille.

Simon gab bei seinem ersten Gespräch vor, aus der Tourismusbranche zu kommen.

Hier in Franken oder in Bayern wollte sein Unternehmen einige Hotels erwerben oder bauen. Seine Unternehmensgruppe wollte amerikanische Touristen wieder für Rothenburg und das Frankenland interessieren. Schließlich hatten viele Amerikaner deutsche Wurzeln.

Es wirkte glaubhaft, dass er sich ursprünglich in Rothenburg oder in Dinkelsbühl niederlassen wollte. Durch einen Zufall, genauer gesagt durch die Frankenweine, war er auf Weinersheim, Homburg am Main und Würzburg gestoßen. Der amerikanische Investor, der förmlich nach Geld roch, machte allerdings keinen Hehl daraus, dass seine Vorfahren aus Franken kamen, und dass er schon mehrere Male Urlaub in Franken und Bayern gemacht hatte. Und als entscheidungsfreudiger Geschäftsmann eröffnete Simon ein Konto, welches er mit einhundert Millionen Euro ausstattete. Aber das sei erst der Anfang, hatte er dabei vielsagend gegrinst. Als Antwort bot ihm der Vorstandsvorsitzende das Du an.

»Na, wie ist euer erster Eindruck von Germany«, wollte Simon von seinen Freunden auf dem Rückflug wissen.

»Das habe ich mir ganz anders vorgestellt«, sagte Gabe mit leuchtenden Augen.

»Vor allem Weinersheim ist ein schönes Städtchen. Wir waren auch in Aalfurth. Dort sind wir bis ganz nach oben gefahren. Von dort aus hat man einen fantastischen Blick auf den River Main und den großen Forest dahinter.«

Doch plötzlich stutzte er und blickte Simon mit großen Augen an. Aber nur kurz.

»Dieses Dorf willst du wirklich …?«

Der Hüne, der bislang nie durch Nachdenklichkeit und besonders große Empathie aufgefallen war, sah sich nicht in der Lage, den Satz zu Ende zu führen. Er vermied es

Simon in die Augen zu schauen. Und danach begann er zu schweigen; lange, sehr lange zu schweigen. Auch Luca schwieg.

Simon entschied sich deshalb, drei Monate später, es war inzwischen Frühling geworden, allein nach Deutschland zu reisen.

Sein erster Weg führte ihn wieder zu Janette und Paul, die avisiert hatte, ihm eine interessante Person vorstellen zu wollen. Janette hatte hierbei höchst sonderbar gelacht. Dieses fast süffisante Lachen ging Simon nicht mehr aus dem Sinn.

Sie hatte langes, blondes Haar, einen schmalen Hals und dunkelblaue, höchst lebensbejahende Augen. Mit diesen Augen blickte sie Simon keck unter den langen Wimpern an. Ihr Mund war dezent geschminkt. Es waren herrliche Lippen. Kurzum: Es war eine schöne und aparte Frau, die neben Paul saß. Allein dafür hat sich diese Reise gelohnt, grinste Simon in sich hinein.

Paul schien sich diebisch zu freuen, als er sagte:

»Darf ich dir Frau Betzelt vorstellen?«

Simon wurde schlagartig blass. Bevor er etwas fragen konnte, kam ihm die attraktive Frau zuvor:

»Lass dich nicht auf den Arm nehmen Simon. Ich bin es … Sylvia Kuhnert, das kleine Mädchen, das du niemals zur Kenntnis nehmen wolltest.«

Mit diesen Worten flatterte sie auf ihren Jugendschwarm zu, um ihn zu umarmen. Und sie konnte es sich offensichtlich nicht verkneifen, ihm einen zarten Kuss auf die Lippen zu hauchen.

»Das habe ich mir schon vor …« mit ihrer grazilen Hand machte sie eine wegwerfende Bewegung.

»Ach, was sind schon Jahre. Das habe ich mir seit ein paar Tagen vorgenommen.«

Sie lachte. Es war ein warmes und ansteckendes Lachen.

»Hm. Ja. Marita hat mir damals erzählt, dass … «

Weiter kam er nicht.

»Du hättest mich nehmen sollen«, flötete sie und blickte Simon aufreizend an.

»Das hätte mir Kai erspart.« Sie setzte lächelnd einen Schmollmund auf.

»Das verzeih' ich dir nie.«

Das Gespräch in der Anwaltskanzlei, aufmerksam beäugt von Janette, dauerte nur wenige Minuten.

Die attraktive Blondine verzieh ihrem Jugendschwarm dann doch. Okay, dieser Mann war nicht mehr so jung und hatte schon ziemlich große Geheimratsecken. Auf alle Fälle war er nicht dick. Und, na ja, sie war ja auch nicht mehr die Jüngste. Rasch stellte sie fest, dass Simon nicht mehr hinkte. Das musste er ihr später erklären.

Zunächst fand sie Simon vor allem deshalb ausnehmend attraktiv, da Janette ihr, natürlich unter dem Siegel der Verschwiegenheit, erzählt hatte, dass dieser Mann mittlerweile äußerst wohlhabend geworden war. Hierbei hatte die clevere Notarin das Wort „äußerst" mehrmals betont.

Als Janette diese jung gebliebene Blondine zum ersten Mal gesehen hatte, brauchte sie nur Sekunden für ein höchst weibliches Konzept. Sie verband dieses Konzept vor allem mit der großen Hoffnung, dass es dieser attraktiven, quirligen und ideenreichen Frau gelingen könnte, nein – gelingen musste - das Herz dieses verrückten Freundes zu erobern. Wenn es dieser Frau gelingen sollte, Simons ursprüngliches Ziel gravierend zu korrigieren, könnten auch sie und Paul wieder durchatmen.

Sylvia brauchte sich nicht zu verstellen. Das Haus im Spessart, das Simon ihr vorstellen wollte, war zwar nicht mehr taufrisch, aber es war riesig und es hatte eine wahnsinnige Lage. Es war kein Vergleich zu ihrem teuer gewordenen Drei-Zimmer-Apartment in einem Hochhaus in Weinersheim. Nach nur wenigen Minuten wurden sie handelseinig. Sie durfte kostenlos das Haus bewohnen und würde es auf Vordermann bringen. Geld durfte hierbei zwar keine große Rolle spielen. Sie brauchte sich nur an Janette oder Paul wenden. Doch eines ließ Simon bereits an dieser Stelle durchklingen. In absehbarer Zeit würde er sich ein neues großes Haus bauen. Lediglich die wichtigsten Räume inclusive Bäder sollten in aller Kürze bewohnbar gemacht werden. Für sie selbst würde Simon in den nächsten Tagen ein gut ausgestattetes Konto einrichten.

Dieser Mann wurde für Sylvia von Minute zu Minute attraktiver.

Bei einem langen Spaziergang, einem langen Abendessen und einem ausgedehnten Frühstück entdeckte Simon, dass diese gutaussehende Frau, die im ersten Moment einen quirligen und leicht oberflächlichen Eindruck auf ihn gemacht hatte, in Wirklichkeit außergewöhnlich intelligent sein konnte. Wohltuend war im Moment, dass sie nicht über ihren Leidensweg mit Kai Betzelt und über seine Peiniger während seiner Kindheit erzählte. Stattdessen schien sie in erster Linie in Erfahrung bringen zu wollen, mit welchen Zielen und Vorstellungen Simon nach Deutschland gekommen war – und ob er vor allem daran dachte, wieder nach Weinersheim zurückzukehren.

Wobei: Diesem Mann würde sie auch zum Nordpol folgen. Na ja, die Seychellen wären zugegebenermaßen noch attraktiver.

Doch als Simon sukzessive durchsickern ließ, mit welchen Konzepten und Projekten er sich gegenwärtig beschäftigte, begann sie zu ahnen, mit welchen Hoffnungen und mit welcher Wut dieser Mann seine Seele malträtierte.

Selbstverständlich war Sylvia bereit, Simon bei seinen Zielen zu unterstützen. Doch dass sie ihm auch dabei helfen sollte, Marita aus den Klauen dieses ekelhaften Elmar zu befreien – das durfte er nicht von ihr erwarten! Sah er denn nicht … fühlte er nicht, was sie für ihn empfand?

Nein. Er fühlte es nicht. Er wollte es auch nicht fühlen. Er fühlte nur etwas für diese … für Marita.

Aus ihrer Sicht war Marita bereits seit vielen Jahren keine Konkurrenz mehr. Doch das konnte Simon nicht wissen. Und sie würde ihm das mit Sicherheit nicht … Nein, das sollten andere machen. Erst vor zwei Wochen hatte sie Marita kurz gesehen. Mit ihrer blassen Haut, ihren tiefliegenden Augen, ihrem Kopftuch und in ihrer schwarzen Kluft wirkte sie wie ein wandelndes Gespenst. Oh Gott, was hatte dieses wabbelige und dumme Ekelpaket Elmar aus ihr gemacht! Wenn Simon das eines Tages sehen sollte, würde seine Wut ins Uferlose steigen.

„Aber hast du eine Alternative?", schoss es der blonden, quirligen und nicht mehr ganz Taufrischen durch den Kopf. Wenn er sich gänzlich von mir abwendet, vegetiere ich wieder weiter in meinem Hochhaus-Apartment. Und vielleicht, wer weiß das schon so genau, klappt die Geschichte mit Marita nicht - aus welchen Gründen auch immer. Dann hättest du mit Zitronen gehandelt. Dann macht dieser harte, intelligente und vor allem reiche Bursche sein Ding ohne mich. So gesehen blieb ihr also nichts übrig, als mit den Wölfen zu heulen, zu hoffen und, na ja, so viel Nähe wie irgend möglich zu suchen. Er war doch schließlich ein Mann!

Am nächsten Tag besuchte Simon mit Sylvia die Miniatur-Dorfansicht in der kleinen Industriehalle, die der Architekt immer auf den neuesten Stand brachte.

Zum ersten Mal schwieg die sonst so quirlige Blondine. Sie war intelligent genug, um zu erahnen, dass es sich hier nicht um das versponnene Hobby eines Pennälers handelte. Ihr Instinkt sagte ihr zudem, dass Simon diesen Besuch mit einem Hintergedanken verband. Darüber würde er mit Sicherheit in Kürze mit ihr sprechen. Simon verfolgte die attraktive Frau aus den Augenwinkeln. Er konnte sich auf seine Menschenkenntnisse verlassen. Diesen Test hatte sie mit Bravour bestanden.

Bis tief in die Nacht saß er am Tag zuvor mit der geschiedenen Frau Betzelt zusammen. Dabei hatte sie ihr Herz ausgeschüttet. Es war ein Herz voller Hass auf Kai Betzelt, der sie auf eine unglaubliche Art hintergangen und ausgetrickst hatte. Um nichts auf der Welt konnte sie im Nachhinein verstehen, diesem Mann auf den Leim gegangen zu sein. Bereits wenige Monate nach der Hochzeit hatte der Kleinkrieg im Hause Betzelt begonnen. Sie, die Akademikerin, war diesem eher einfach gestrickten Mann viel zu intelligent. Deshalb suchte Kai recht schnell eine dümmere Frau. Doch der Verschlagenheit dieser dümmeren Frau war sie letztlich nicht gewachsen. Deshalb verabscheute sie diesen Kerl … bis aufs Blut. Simon war davon überzeugt, dass er dieser intelligenten Frau vertrauen konnte. Für seine Ziele war sie ein Geschenk des Himmels.

Simon verzieh es Sylvia, dass sie einige Male versucht hatte, ihn auch von ihren anderen „Qualitäten" zu überzeugen. Hierbei hatte sie verdammt viele Register einer einfallsreichen Frau gezogen. Nein, er war ihr nicht böse. Und als Zeichen seiner Wertschätzung nahm er sie mit nach Amerika.

Sylvia war begeistert von der Ranch. Gabe und Luca fanden diese deutsche Lady interessant; höchst interessant sogar. Nachdem Simon in den zurückliegenden Wochen unmissverständlich hatte durchblicken lassen, dass er selbst keine amourösen Abenteuer wünschte, kam es zu einem Deal zwischen Gabe und Luca.

Sylvia jubelte vor Glück. Deutschland war für Gabe und Luca plötzlich kein Horror-Szenario mehr. Doch nach wenigen Tagen sah sich Simon veranlasst, einzuschreiten. Als er mit Sylvia und seinen Freunden allein im Frühstücksraum saß, unterbrach er deren Gespräch, welches sie in Englisch führten:

»Ich werde für Sylvia heute Nachmittag einen Rückflug nach Deutschland buchen.«

Drei große Augenpaare starrten ihn entsetzt an. Sylvia hatte sich als Erste gefangen. Sie stand auf, nahm auf Simons Oberschenkel Platz und hauchte ihm ein Küsschen auf die Wange.

»Aber ich sollte ursprünglich noch einige Wochen hierbleiben. Was ist denn so plötzlich in dich gefahren?«, flötete sie leise in einem fließenden Englisch.

»Weil ihr euch nicht an die vereinbarten Spielregeln haltet«, fauchte Simon gespielt.

Gabes Gesichtsausdruck verriet Wut und Enttäuschung gleichermaßen.

»Aber du hast doch zu verstehen gegeben, dass du kein Interesse …«

Weiter kam er nicht.

»Blödsinn. Ich hab' weiß Gott keine Probleme mit eurem Geturtel.«

»Was ist es dann?!«, wollte Sylvia wissen.

»Ihr seid schließlich erwachsen. Und ihr sollt Freude an eurem Leben haben. Das habt ihr verdient. Aber turtelt von jetzt ab in deutscher Sprache.«

Er schubste Sylvia unsanft von seinen Oberschenkeln, und blickte ihr lächelnd in die Augen.

»Haben wir das so abgemacht … oder nicht?«

»Shit«, murmelte Gabe grinsend.

»Wrong. Falsch. Falsch mein Freund. Das heißt auf Deutsch Scheiße. Very easy. Ganz einfach … Scheiße«, sagte Simon lachend.

Vincent hatte nur zum Teil recht behalten.

Simons Vorgabe, die IT-Unternehmen sowie das „Boston-Security" nur dann zu verkaufen, wenn Luca bzw. Gabe weiterhin mit fünfundzwanzig Prozent beteiligt blieben, erwies sich als gravierende Bremse.

Nachdem er Vincent anwies, alle Verhandlungen mit dem Hinweis, die äußerst rentablen Unternehmen nicht mehr verkaufen zu wollen – weder heute noch morgen - gab es fast über Nacht eine rasche Einigung. Der Erlös betrug immerhin einhundertfünfundsiebzig Millionen Dollar.

Der Verkauf der fünfzig Wellness-Oasen, das war inzwischen abzusehen, würde sich noch gut zwei Jahre hinziehen.

Ein Konsortium unterbreitete ein Angebot über siebenhundert Millionen Dollar. Das lehnte Simon kategorisch ab. Diese Tempel warfen pro Jahr siebzig Millionen Dollar Rendite ab; Tendenz steigend. Deshalb ließ er das Konsortium wissen, dass er nicht unter Zeitdruck stehe und im Übrigen darüber nachdächte, die Objekte einzeln zu veräußern. Das würde zwar mehr Zeit und Nerven in Anspruch nehmen; unter dem Strich gesehen jedoch weitaus lukrativer sein.

Erst zwei Jahre später wurde man sich dann doch handelseinig. Ein anderes undurchsichtiges Konglomerat bot einen Betrag, zu dem Simon nicht mehr Nein sagen konnte. Beide Seiten waren gern bereit, fünfzig Prozent der riesigen Summe über irgendwelche Inseln, die Luca natürlich sehr gut kannte, abzuwickeln bzw. dort zu lagern. Die andere Hälfte musste natürlich versteuert werden.

Zum gegenwärtigen Zeitpunkt machte es jedoch keinen Sinn, die restlichen Immobilien zu verkaufen. Auch das Abstoßen der Energie-Unternehmen wäre kaufmännisch unverantwortlich gewesen. Darüber hinaus lagerte Luca auf den Inseln immer noch die nicht unbeträchtlichen Aktien-gewinne.

Bevor Simon seine Zelte in den Staaten gänzlich abbrechen würde, war es angebracht, seinen letzten Willen zu beurkunden. Darüber musste er sich noch Gedanken machen.

Inzwischen glaubte Paul, ein Haus gefunden zu haben, welches Simons Anforderungen entsprach. Es lag fünf Kilometer mainabwärts von Weinersheim auf einem bewaldeten Bergrücken mit Blick auf den Main. Die Lage war ideal. Doch das Haus war zu klein. Der Architekt kam ins Schwitzen, als Simon darauf bestand, dass die Aus- und Umbaumaßnahmen bis Ende Juli 2011 abgeschlossen sein mussten. Er durfte auf Fertighaus-Elemente zurückgreifen und Teile sogar mit dem Hubschrauber anfliegen lassen. Auch die Gartenanlagen mussten bis zu diesem Zeitpunkt stehen. Dafür versprach er dem Architekten einen interessanten finanziellen Anreiz.

Die Kontakte zum Vorstandsvorsitzenden Dominic Papen wurden immer enger. Simon griff ihm bei seinem Neubau in Tauberbischofsheim unter die Arme. Bei einem Sommerfest, das selbstverständlich Simon finanzierte, lernte er den Landrat Waldemar Achhammer kennen.

Anfang August 2011 brach Simon seine Zelte in den Vereinigten Staaten ab. Selbstverständlich würde er ab und zu Urlaub auf seiner Ranch machen. Alisha und Kirk England weinten. Sie trösteten sich damit, dass Gabe und Luca offiziell wohnen blieben und in den kommenden Jahren zwischen Deutschland und den Staaten pendeln würden.

Alisha und Kirk bekamen verbrieft, dass sie bis an ihr Lebensende auf der Ranch wohnen durften. Selbstverständlich akzeptierte Simon den Wunsch der nicht mehr ganz so jungen Familie, ein indianisches Mädchen zu adoptieren.

Ein Pony?

»Natürlich könnt ihr euch einige Pferde halten, ich schenke sie euch«, hatte Simon zum Abschied gesagt.

Dem Landrat war es zu verdanken, dass Simon Klinger unverzüglich die deutsche Staatsbürgerschaft bekam; zusätzlich zur amerikanischen Staatsbürgerschaft. Vorläufig. Man konnte ja nie wissen. Gabe und Luca erhielten ein Visum für die kommenden zwei Jahre. Einer Verlängerung würde allerdings nichts im Wege stehen, sofern die beiden Männer nachweisen konnten, ihren Lebensunterhalt hier in Deutschland selbst bestreiten zu können.

Das neue Haus wenige hundert Meter oberhalb von Grünwald bezogen Simon, Gabe, Luca und Sylvia mit Begeisterung. Für jede Person standen drei ausgesucht schöne Zimmer zur Verfügung. In einem Seitentrakt gab es einen großen Fitness-Raum, eine Sauna und ein großes Schwimmbad. Jeder hatte seine eigene Terrasse. Und in einem weiteren Seitentrakt, von großen Bäumen eingebettet, waren die Garagen sowie landwirtschaftliche Fahrzeuge und Geräte untergebracht.

Sylvia stand ein sportliches Fahrzeug zur Verfügung. Gabe und Luca konnten auf Geländewagen mit acht Zylindern zurückgreifen. Insgesamt fassten die Garagen sieben Fahrzeuge. Simon bat mit Nachdruck darum, dass das schöne Haus nicht von herumstehenden Fahrzeugen entwertet wurde. Vor allem Sylvia fiel es schwer, diese Vorgabe zu befolgen.

In den ersten Wochen zeigte die quirlige Blondine ihren beiden neugierigen Männern die Schönheiten Mainfrankens.

Sie besuchten Miltenberg, fuhren durch den herbstlichen Spessart, zeigte ihnen Bad Mergentheim, Rothenburg und machte einen Abstecher nach Dinkelsbühl und Würzburg. Sylvia konnte die Welt nicht mehr verstehen, als Gabe unbedingt nach Sulzfeld fahren wollte - um eine Meterbratwurst zu essen. Wie um alles in der Welt kam er auf diese verrückte Idee?

Nach einigen Wochen der Eingewöhnung bat Simon darum, sukzessive mit den Vorbereitungen für seine Aktionen zu beginnen.

Sylvia sollte mit ihrem klapprigen Zweitwagen so oft wie möglich Kontakte zu ihren Freundinnen in Aalfurth pflegen. Für „Freundschaftsdienste" standen ihr ein unbegrenztes Budget zur Verfügung. Allerdings durfte sie damit keine zu große Aufmerksamkeit erregen. Offiziell hatte sie einen spendablen Industriellen an der Angel. Diese Rolle nahm ihr jeder im Dorf ab. Ihre dabei gewonnenen Informationen sollten später extrem wichtig werden.

Luca baute mit Pauls Unterstützung ein IT-Unternehmen in Weinersheim auf. Gabes Aufgabe war es, eine Wach- und Schließgesellschaft sowie ein Unternehmen für Sicherheitstransporte aufzubauen. Beide Männer mussten sich glaubhaft in die fränkische Gemeinschaft einfügen. Sie waren innerhalb weniger Monate akzeptierter Teil der Gesellschaft in Weinersheim. Schließlich sprachen sie schon recht gut deutsch.

Simon selbst durfte in der Öffentlichkeit namentlich nicht in Erscheinung treten. Deshalb wurde das Ansinnen seines Freundes Dominic Papen vertagt, Mitglied des Vorstandes der Bank zu werden.

Die langen Gespräche mit Janette und Paul fanden größtenteils in Simons großem Büro statt. Knapp fünfzig Meter vom Haupthaus entfernt hatte er einen fernöstlichen Tempel auf einem Hügel erstellen lassen.

Wenn er sich dort befand, wollte er nicht gestört werden.

Simon begann die Fäden, die bislang Janette und Paul in den Händen hielten, enger an sich zu ziehen. Mittlerweile lag ein Meer an Informationen über Aalfurth, den umliegenden Gemeinden, über Entscheider in Weinersheim, Tauberbischofsheim bis nach Stuttgart vor.

Nur Simon selbst kannte den zeitlich und sachlich genau ausgearbeiteten Plan. Jeder einzelne Schachzug war fast auf den Tag genau geplant. Nur er würde Regie führen.

Zielsicher griff er in das mittlerweile riesige Archivmaterial. Natürlich ganz zufällig begann er ein Gespräch mit Jürgen Baumann, als er in der Gaststätte, dessen Tochter in Dertenwald von diesem herrlichen Wein schwärmte. Dass die Trauben von den Hängen des Herrn Baumann kamen, wusste er. Viel wichtiger war jedoch, dass Jürgen Baumann hauptberuflich Leiter der Abwasserwirtschaft in der Stadtverwaltung von Weinersheim war. In zwei Jahren würde er in Pension gehen. Bis dahin sollte das Gasthaus seiner Tochter zu einem attraktiven Hotel umgebaut werden. Da es in Dertenwald keine Industrie oder dergleichen gab, war der Tourismus eine wichtige Einnahmequelle. Doch durch den Umbau würde sich seine Tochter über Jahrzehnte hinaus verschulden; auch dann, wenn er sie finanziell unterstützte.

Simon räumte Herrn Baumann ein zinsloses Darlehen ein. Fünfzigtausend Euro war ein warmer Regen. Gegen einen „kleine Freundschaftsdienst" brauchte Jürgen, sie duzten sich inzwischen, das Geld nicht mehr zurückzahlen. Simon gab vor, viel Geld geerbt zu haben.

Jürgen Baumann, der Leiter Wasser- und Abwasserwirtschaft in Weinersheim, brachte Simon auf eine Idee, wie man ohne Aufsehen zu erregen an alle Objekte in Aalfurth herankommen konnte. Jetzt mussten nur noch einige

Stadtratsmitglieder motiviert werden. Die kleinen Geschenke waren finanziell übersichtlich, denn letztlich wirkte sich die Neuregelung der Abwassersatzung positiv auf den Haushalt der Stadt aus.

Die Strategie sah wie folgt aus: Im Vorfeld zur neuen Abwassersatzung war es notwendig, die gespeicherten Angaben pro Objekt in den Ortsteilen Lindenwald, Aalfurth, Hahnenberg und Kreibach vor Ort zu überprüfen. Allerdings hatte man nicht mit Tobias Wiesner, dem größten Landwirt in Aalfurth, gerechnet. Er war langjähriges Mitglied der größten Partei im Landkreis. Und er kannte den Landrat. Aber auch darauf war Simon vorbereitet.

Auch Landräte sind Menschen. Und Landrat Achhammers größte Sorge bestand darin, dass ihm sein größter Wettbewerber bei der Wiederwahl im kommenden Frühjahr immer dichter auf die Pelle rückte. Trotz Simons finanzieller Unterstützung klaffte bei den Achhammers durch den riesigen Neubau immer noch ein großes Loch. Doch dieses Loch wollte der deutsch-amerikanische Taktiker nicht weiter stopfen. Allerdings würde er dafür Sorge tragen, dass einer Wiederwahl des Landrates nichts im Wege stehen würde.

»Was halten Sie davon, wenn ich das Problem Klaus Utz für Sie löse?«, fragte Simon eher beiläufig.«

Waldemar Achhammer setzte eine äußerst erstaunte Miene auf.

»Ich kann mir nicht vorstellen, auf welche Weise gerade Sie mir helfen könnten. Sie wohnen doch erst einige Wochen hier. Und wie ich hörte, waren Sie zuvor viele Jahre in den Staaten.«

»Ich bin Geschäftsmann. Als Geschäftsmann kann man nicht genügend Freunde haben. Und deshalb möchte ich mir Ihre Freundschaft verdienen. Ich werde Ihr Problem sogar in zwei Wochen lösen. Ist das ein Wort?«

»Wenn Sie das schaffen, haben Sie etwas gut bei mir.«

Eine Woche später konnte Landrat Waldemar Achhammer in allen Zeitungen der Region lesen:

»Klaus Utz in Untersuchungshaft. Ihm wird Steuerhinterziehung und Verführung einer Minderjährigen vorgeworfen. Zumindest der Vorwurf der Steuerhinterziehung wurde inzwischen vom Amtsgericht bestätigt.«

Am Nachmittag dieser Presseveröffentlichungen saß Simon mit seinem Freund Dominic Papen in einem Restaurant außerhalb von Weinersheim.

»Ich soll dir einen lieben Gruß von Waldemar ausrichten«, begann der Vorstandsvorsitzende.

»So beeindruckt habe ich unseren Landrat noch nie gesehen. Wir kennen uns schon sehr lange. Schließlich sind wir zusammen aufgewachsen.«

Mit der Bestandsaufnahme in den einzelnen Ortsteilen wurde der Architekt Harald Kupsch beauftragt. Sein Assistent hieß Luca Amoroso.

Während Harald Kupsch einige Hausbesitzer zur Weißglut brachte, stieg Luca auf Dachböden oder auf Leitern … und befestigte in aller Seelenruhe kleine, unscheinbare Kästchen. Er führte diese in vielen Farben mit sich. Wichtig war: Diese Kästchen durften keine Fremdkörper sein. Also hatte er sogar immer etwas Lehm oder andere Utensilien dabei. Nur die Linsen mussten sauber bleiben. Luca grinste zufrieden in sich hinein. Von seinem Laptop aus konnte er alle Straßen und Gebäude des Ortes beobachten. Als der Architekt den Besitzer der Gastwirtschaft noch einmal nach draußen bat, brachte Luca einige noch kleinere Sender in der Gaststube an.

Mitte Juli 2012 war Simon mit sich und seinen Mitstreitern zufrieden; voll zufrieden. Der Kampf konnte beginnen.

Er hatte sich, seit zehn Tagen nicht mehr rasiert. Eine Mütze war nicht notwendig. Seine Haare hatte die Zeit weitestgehend hinweggerafft. Dort, wo sich früher der Mittelscheitel befand, war nur noch Flaum sichtbar. Als er sich vor dem Verlassen des Hauses im Spiegel betrachtet hatte, war er zufrieden. Niemand würde ihn wiedererkennen. Sein strenger und schon fast düsterer Blick, der von den dunklen Augenbrauen darüber noch verstärkt wurde, war für sein Vorhaben an diesem Tag allerdings unangebracht. Nein, so durfte er diesen Burschen nicht unter die Augen treten. Deshalb übte er viele Minuten. Er brauchte einen traurigen, niedergeschlagenen und unterwürfigen Blick … zumindest in den ersten Minuten.

Sylvia war es gelungen, ihm eine alte Hose, ein grauenhaftes Hemd und ein Jackett zu besorgen, welches bereits 1950 aus der Mode gekommen war.

Auf seine Schuhe war Simon besonders stolz. Der Schuster hatte ihn vor zwei Monaten völlig entgeistert angestarrt. Mehrere Hundert-Euro-Scheine wirkten Wunder.

Äußerst wichtig war ein besonders klobiger Spezialschuh für seinen linken Fuß, wie ihn früher arme Gehbehinderte trugen.

Bereits in den ersten Jahren in den Staaten hatte sich Simon einer Operation unterzogen. Sein linkes Bein war inzwischen fast vier Zentimeter kürzer. Der eingesetzte Knochen war einfach nicht in dem Maße mitgewachsen als sein rechtes Bein. Seitdem hinkte er nicht mehr.

Doch in den nächsten Wochen musste er hinken; sogar deutlich hinken. Dass das linke Bein mit dem klobigen Schuh drei Zentimeter länger war, würde niemand bemerken. Wichtig war, dass er wieder deutlich hinkte.

Bevor sie ihn Burschi nennen durften, war für alle, fast wie selbstverständlich, der Knackes – weil er bei jedem Schritt einknickte; also hinkte.

Also wollte er ihnen auch noch heute etwas vorhinken.

Jede einzelne Szene ließ Simon in den letzten Monaten mehrfach in Gedanken an sich vorbeiziehen. Dabei erschrak er zunächst über seine Bösartigkeit. Aber war es wirklich ein Charakterfehler von ihm, wenn er diesen Gespenstern von damals den Spiegel vorhalten wollte?

In wenigen Stunden würde er ihnen die Spiegel vorhalten. Er würde in ihre Gesichter sehen … wenn sie hämisch seinen Gang verfolgten. Seine Detektive hatten ihn mit Aufnahmen seiner fünf Opfer versorgt. Sie waren mittlerweile ebenfalls dreiundsechzig Jahre alt. Und sie sahen alt aus; verdammt alt sogar.

Er hatte sich vorgenommen, ihnen eine Chance zu geben.

Der Verlauf dieses ersten Tages sollte darüber entscheiden, ob er seinen „Plan A" oder seinen „Plan B" verfolgen würde. Allerdings gab es nur diese beiden Versionen.

Entweder würde er sie verschonen. Das war Plan B. Doch dies bedeutete nicht, dass er ihnen verzeihen konnte. Niemals. Sie sollten in der Hölle schmoren. Vielleicht würde er dann zusammen mit Marita wieder in die Staaten fliegen. Aber ohne Marita? Unmöglich!

Oder: Er würde seinen Plan A, bis ins kleinste Detail geplant, gewissenlos zu Ende bringen. Alle Unterlagen, die ihm bislang vorgelegt wurden, deuteten darauf hin, dass er diesen Plan umsetzen würde; umsetzen durfte; umsetzen musste.

Diese fünf Männer hatten es in der Hand.

Auch die Bewohner des Dorfes hatten es in der Hand, wie dieses Aalfurth in wenigen Monaten oder Jahren aussehen würde.

In ein paar Stunden würde er mehr wissen.

Paul hatte seine Kontakte spielen lassen, um einen alten VW, Baujahr 1960 zu besorgen. Das Klappergestell brauchte ja nur maximal fünfzehn Kilometer schnaufend überleben.

In eine Polizeistreife zu geraten, war an diesem herrlichen Donnerstagmorgen nicht zu erwarten. Bereits um 10:00 Uhr zeigte das Barometer sechsundzwanzig Grad Celsius. Die Sonne verwandelte die Landschaften in ein herrliches Licht. Lediglich einige Wölkchen zierten den blauen Himmel. Es wehte ein leichtes Lüftchen. Das Wetter war also ideal für dieses ausgefallene Theaterstück.

Während der Fahrt durch Aalfurth schnürte es Simon noch immer die Kehle zu und sein Puls begann zu rasen, als er am alten Milchhäuschen vorbeifuhr, welches man als Relikt der Vergangenheit hatte stehen lassen.

Die Fahrt ging vorbei an der Tankstelle und Werkstatt von Kai Betzelt. Wenige hundert Meter bog er nach rechts in Richtung Hahnenberg. Links lag das alte Lagerhaus, welches inzwischen stillgelegt wurde. Rechts ersteckte sich das Areal der Alten Mühle. Und endlich fuhr er am alten Sägewerk vorbei.

Endlich. Hier war die Gemarkungsgrenze von Aalfurth. Hier konnte er wieder freier atmen.

Luca hatte Simon in den vergangenen Wochen einige Male gefragt, ob er ihm einige Szenen aus Aalfurth vorspielen sollte. Sylvia hatte viele Gespräche verfolgt, die Luca in der Gaststätte von Elmar Klüpfel mitgeschnitten hatte. Sie sah sogar Marita. Mit Tränen in den Augen hatte sie versucht, mit Simon darüber zu sprechen. Doch dieser winkte wütend ab. Er wollte sich nicht beeinflussen lassen. Noch schlimmer: Er wollte sich nicht verführen lassen. Für ihn war die Gefahr zu groß, innerhalb von Sekunden durchzudrehen … Marita zu holen … und damit seinen ganzen sorgsam ausgearbeiteten Plan in den Mülleimer zu werfen. Nein! Jetzt kam es auf ein paar Tage nicht mehr an.

Die drei Kilometer entfernte Ortschaft Hahnenberg hatte sich gravierend verändert. In seiner Kindheit und Jugend tippelte Simon entweder zur alten Kirche in Aalfurth oder nach Lindenwald, Dertenwald oder Hahnenberg.

Er war viele Jahre lang Ministrant; musste die Glocken läuten und in seiner Ministrantentracht mit seinen kleinen Glöckchen die Gläubigen auffordern, sich zu erheben, sich zu bekreuzigen, zu singen oder zu beten. Er hatte diese Kirche in Hahnenberg gehasst. Das Glockenseil war nicht durch die Decke in den Altarraum geführt worden. Deshalb musste er die Treppen hoch, um von dort aus zu läuten; direkt unter der Glocke. Und danach hörte er das Hüsteln des Pfarrers nicht mehr, der ihn damit aufforderte, mit den kleinen Glöckchen zu läuten. Deshalb rutschte dem Pfarrer später in der Sakristei nicht nur einmal die Hand aus. Daran musste er sich nun erinnern, als er durch Hahnenberg fuhr.

Sie hatten viele Häuser abgerissen.

Eine schöne breite Straße führte nun durch den Ort.

Es gab sogar Gehsteige. Unglaublich, wie sich dieses Kaff verändert hatte.

Weiter vorn sah er eine Parkbucht … in unmittelbarer Nähe eines dekorativen Brunnens aus Sandstein. Sandstein dominierte immer noch in diesem Ort, der von vielen Steinbrüchen umgeben war.

Das war ein guter Platz; ein idealer Platz sogar.

Mit wenigen Handgriffen hatte er das Teil in der Nähe des Motors gefunden, es entfernt und ins Gebüsch geworfen.

»Autowerkstatt Betzelt«, meldete sich eine Minute später eine Stimme. Simon hatte die Nummer gespeichert.

»Ich stehe hier in Hahnenberg. Mein Auto macht keinen Mucks mehr«, schnaufte Simon mit hilfesuchender Stimme.

»Wo steh'n sie genau«, wollte der Mann wissen.

Simon erkannte die Stimme nicht. Sollte das Kai sein?

»Gleich neben der Straße ist ein Brunnen aus …« Weiter kam er nicht.

»Kenn' ich. Bin gleich da.«

Der Mann aus der Werkstatt hatte aufgelegt. Es konnte nur Kai Betzelt gewesen sein.

Nachdem der aufbrausende und bärbeißige Besitzer einer Autowerkstatt seinen fünften Mechaniker innerhalb von zwei Jahren an die Luft gesetzt hatte, war weit und breit kein Ersatz mehr zu finden. Das hatte ihm gestern Sylvia erzählt. Und sie musste es wissen. Lediglich für seine Tankstelle konnte er zwei Rentner überreden, stundenweise auszuhelfen.

Die Scheidung von seiner zweiten Frau war teuer geworden. Deshalb hatte er Schulden.

Bereits zehn Minuten später kletterte ein großer und schlanker Mann mit Igelfrisur, graumeliertem Vollbart und randloser Brille aus dem Führerhaus eines Abschleppfahrzeuges.

Nur für den Bruchteil einer Sekunde streifte dessen Blick den Leidgeplagten. Stattdessen taxierte er sofort den schwarzen VW.

»Damit hast du es bis hierher geschafft«, grunzte er lachend, um sich zum Nummernschild zu bücken.

»Unfassbar. He, wie hast du das geschafft, dieses Museumstück durch den TÜV zu schmuggeln.«

Ohne Simon eines Blickes zu würdigen, griff er mit seiner rechten Hand in dessen Richtung.

»Schlüssel«, sagte er dabei im Kommandoton.

Nachdem er versucht hatte, das Fahrzeug zu starten, und dabei noch nicht einmal ein tock vernehmen konnte, blickte er Simon zum ersten Mal mit seinen zusammengekniffenen Augen an.

»Dafür ein Ersatzteil zu organisieren, ist ein Kunststück, guter Mann. Das wird nicht ganz billig.«

Mit diesen Worten begann er Simon zu taxieren. Ähnlich hatte er vorhin das Fahrzeug in Augenschein genommen.

»Kannst du dir das überhaupt leisten?«

»Klar«, sagte Simon mit gespielter Entrüstung. Zur Not leih ich mir was. Mein Herz hängt an dem alten Karren. Schrottplatz ist nicht. Soviel steht fest.«

»Wahnsinn«, brummte Kai wieder.

»Hier kannst du ihn auf alle Fälle nicht stehen lassen. Wir transportieren ihn zuerst einmal in meine Werkstatt. Dann seh'n wir weiter. Einverstanden?«

Als sie später im Führerhaus saßen und in Richtung Aalfurth fuhren, fragte der Bärtige mit der Igelfrisur:

»Wu wohnst 'n eigentlich?«

»Bei einer Familie in der Bundessiedlung«, antwortete Simon lapidar.

»Werde aber in Aalfurth übernachten.«

»Kennst du da jemand?«

»Nee. Habe noch ein Schlüssel für das Haus Nr. 61«, war die knappe Antwort. Simon grinste in sich hinein. Das war ein Stich in die Gedärme des bärtigen Igels.

Doch was nun folgte … damit hatte Simon nicht gerechnet. Er sah zwar, wie Kai kurz seinen Fuß vom Gaspedal nahm. Doch danach legte er ein Pokerface auf … und schwieg. Allerdings bildeten sich langsam Schweißtropfen auf Kai's Stirn.

Er hatte nur knapp sieben Minuten Zeit gehabt … zu schweigen, nachzudenken und die neue Situation zu werten. Als sie vor der Werkstatt ausstiegen, machte Kai eine hastige Handbewegung, die nur bedeuten konnte, ihm ins Büro zu folgen.

Doch dieses Mal nahm er sich Zeit, seinen Fahrgast genauer zu beäugen; sehr genau sogar. Und er konzentrierte sich hierbei auf Simons Bewegungen. Spätestens als es nicht mehr zu übersehen war, dass sein Fahrgast deutlich hinkte, brummte er mit aufgerissenen Augen:

»Burschi? Bist du es wirklich? Haus Nr. 61?«

Doch dann hielt er jäh inne.

»Quatsch. Entschuldigung. Aber … mir fällt im Moment nicht der Name …«

»Schon gut Kai. Bleiben wir beim »Burschi«. Auf diese Weise fühle ich mich vielleicht eher wie zuhause«, lachte Simon.

»So eine Scheiße. Ich werd alt. Das … das geht nicht. Komm schon. Den richtigen Namen!«

»Na gut«, sag einfach Simon.«

»He. Natürlich. Simon.« Er streckte seine Hand zum Gruß aus.

»Ist halt auch schon verdammt lange her.«

Simon gab Kai die Hand. Es war nicht zu überhören, dass der bärtige Werkstattbesitzer dabei tief und erleichtert durchatmete.

»Werde natürlich alles unternehmen, um dein Nobelgefährt wieder fahrtüchtig zu machen. Versprochen.«

»Bring den Karren auf den nächsten Schrottplatz. Auf meine Kosten natürlich. Wollte mir sowieso ein neues Fahrzeug kaufen.«

Kai klopfte Simon gespielt freundschaftlich auf die Schulter, und taxierte hierbei kurz dessen Kleidung.

»Ich besorg dir gern nen tollen Gebrauchten. Was machst du eigentlich beruflich? Wo hast du die ganzen Jahre gesteckt? Du willst doch nicht dort oben wohnen? Oder?«

Doch bevor er Simon eine Gelegenheit zu einer Antwort ließ, sagte er erregt:

»He. Das interessiert nicht nur mich. Das wird Horst, Markus und Tobias sicher auch interessieren. Das wär doch eine verdammt gute Idee, wenn wir uns in ein paar Stunden bei …«

Er stockte.

Bereits vorhin hatte er Elmar bei der Aufzählung vergessen. Doch spätestens jetzt wurde ihm offensichtlich voll bewusst, wie schwierig es für Simon sein musste, sich ausgerechnet bei Elmar, Elmar Klüpfel, zu treffen.

Aber es gab nur noch diese Gastwirtschaft in Aalfurth. Kuhnert, Sylvias Onkel, hatte die kleine Wirtschaft bereits vor vielen Jahren dichtgemacht.

»Ist ja jetzt schon lange her«, murmelte Simon.

»Gibt es die Gastwirtschaft Klüpfel überhaupt noch?« Ganz bewusst vermied er Elmars Namen.

»Au weia. Gottseidank hat Elmar diesen Satz nicht gehört«, lachte Kai.

»Obwohl. Er wird von Jahr zu Jahr ruhiger. Zum Schluss wird er auch noch weise, der Kerl.«

Der Igelkopf schien sich fürstlich über seinen eigenen Witz zu amüsieren.

»Treffen wir uns dort? So gegen 17:00 Uhr? Abgemacht?«

»Abgemacht. Ich lass mich überraschen. Vielleicht fällt er auch tot um, wenn er meinen Namen hört oder mich sieht«, sagte Simon und grinste dabei über das ganze Gesicht.

»Einen Versuch ist es allemal wert.«

Zum ersten Mal seit neununddreißig Jahren hinkte Simon die Dorfstraße bergwärts.

Während im sogenannten Unterdorf, also dort, wo es noch nicht hangig war, einige Häuser modernisiert worden waren, hatte sich weiter bergan so gut wie nichts verändert.

Die Straße zum Haus Nr. 61 hieß seit einigen Jahren „Neuer Weg“.

Man hatte sie mittlerweile sogar geteert. Er hatte Sylvia und Gabe gebeten, ihm Kleidung und Proviant in das Haus zu stellen. Der große Schlüssel hing in einer der alten Stallungen am vereinbarten Platz.

Fast andächtig bewegte sich Simon durch die kleinen Räume. Er arbeitete sich sogar durch die vielen Spinnweben hinauf bis zum Dachboden. Da stand noch ein Sack voller Tannenzapfen. Von den Säckchen getrockneter Pilze war nur noch Staub übriggeblieben.

Atemlos horchte er in die kleinen Räume hinein. Wer weiß, vielleicht wabern hier noch Ihre Seelen herum. Erstaunlich, wie schnell sich selbst Seelen eine andere Bleibe suchen, brummte er deprimiert in sich hinein. Wahrscheinlich war es ihnen zu eng geworden … in diesen fast unvorstellbar kleinen Räumen. Darin hatte er seine Kindheit und seine Jugend verbracht.

Er öffnete das Fenster des Wohnzimmers. Dort unten hörte er den Kreibach plätschern. Dahinter lag die Alte Mühle. Die alte Couch war inzwischen stark verstaubt. Also ging er in den Flur.

Unter der Treppe, in dem kleinen Dreieck, war ein kleines Kämmerchen eingearbeitet. Früher kam es ihm viel größer vor. Dort war ein Teppichklopfer. Er musste schmunzeln, als er den Teppichklopfer aus Weidengeflecht in der Hand hielt. Seine Mutter hatte ihn ab und zu mit diesem Pragger, wie er im sudetendeutschen Dialekt genannt wurde, verfolgt.

»Ach Mamma. Du hast es auch nicht leicht gehabt in deinem Leben«, seufzte er.

Danach grinste er wieder in sich hinein, als er versuchte, die Couch vom Staub zu befreien. Ihm war, als höre er Mamma … wie sie hinter ihm her keuchte.

Nachdem sie fast atemlos war, erbarmte er sich … und blieb stehen. Sie hatte ja ohnehin keine große Kraft mehr. Irgendwann hielt sie mit ihrem Pragerkonzert inne … und lachte. Sie lachte, weil er wie am Spieß schrie … obwohl sie nicht mehr zuschlug. Verdammt. Woran man sich erinnerte … nach so vielen Jahren … in diesem Haus … mit diesen kleinen Zimmerchen; die damals der Mittelpunkt des Daseins waren.

Als Simon aufwachte, und auf die Uhr schaute … war es fünf Minuten nach 17:00 Uhr.

Simon hatte diese Gastwirtschaft schon immer gehasst. Sie lag am Ortsrand, kurz hinter dem Kreibach, in Richtung Bettweiler. Elmar hatte noch einmal angebaut. Zwischenzeitlich gab es zwanzig Übernachtungszimmer. Links neben dem Eingang zur Gastwirtschaft befand sich die mittlerweile stattliche Metzgerei. Sie hatte regen Zuspruch auch aus den Nachbargemeinden. In einem kleinen Nebenraum konnten sich die Kunden mit den wichtigsten Lebensmitteln eindecken.

Es hatte sich offensichtlich wie ein Lauffeuer herumgesprochen. Die Gastwirtschaft war gut besucht. Es waren ausschließlich ältere Semester, die den Mann in der schäbigen Kleidung neugierig begaffen wollten. Viele konnten sich noch an Burschi erinnern.

Und das sollte der kleine Burschi sein?! Das hier war doch ein gestandener Mann … allerdings mit wenig Haaren. Gut, eines erinnerte an diesen Burschen von damals: Der Mann da hinkte. Er hinkte sogar deutlich.

In diesem Halbrund dort, seitlich der Theke und des Zapfhahnes, befand sich der Stammtisch - ein großer runder Holztisch. Und an diesem Tisch saßen sie: Kai Betzelt, Horst Haßfurter, Markus Spielmann und Tobias Wiesner. Hinter dem Zapfhahn stand sein Lieblingsfeind: Elmar Klüpfel. Er war feist, fett und hässlich geworden; mit dicken Backen, einem riesigen Doppelkinn, klobiger roter Säufernase und Schweinsaugen mit buschigen Augenbrauen darüber. Seine strähnigen und fetten Haare hatte er seitlich gekämmt. Und er trug eine große auffällige Brille.

Dieses fette Schwein lag seit Jahrzehnten im gleichen Bett … mit Marita, seiner Marita? Unfassbar!

Horst Haßfurter war bereits als Kind mollig gewesen. Sylvia hatte berichtet, dass er nach dem Tod seiner Frau zu trinken begonnen hatte; noch mehr in sich hineinstopfte und zunehmend aufbrausend und bösartig wurde.

Er hatte ein aufgeschwemmtes Gesicht mit Doppelkinn. Kleine zusammengekniffene Augen mit riesigen Tränensäcken blickten Simon feindselig an.

Neben ihm saß Markus Spielmann; mit schlohweißen Haaren und roten Pausbacken. Er war immer der Kleinste in der Truppe gewesen und eher ein Mitläufer - damals. Seine Mutter starb, als er vierzehn Jahre alt war. Danach war er seinem Vater, einem Säufer, schutzlos ausgeliefert. Diesen Frust ließ er damals an Simon aus. Heute lächelte er ihn interessiert an. Hatte er vielleicht schon den Großteil seines Hirnes weggesoffen? Oder wurde er bereits schon senil? Er machte immer noch einen robusten Eindruck.

Tobias Wiesner war der größte, breiteste und robusteste Kämpfer des Clans. Sicher konnte er auch noch als Dreiundsechzigjähriger einen Zentner Kartoffeln in den Keller schleppen … wie damals, als er zehn Jahre alt war. Seine Schläge waren besonders schmerzhaft gewesen. Allerdings hatte ihn das Schicksal schwer gebeutelt. Seine Frau verließ ihn vor fünfzehn Jahren; zusammen mit seinen beiden Söhnen. Er musste also den großen Hof zusammen mit einigen Helfern allein bewirtschaften. Und niemand würde sein Erbe antreten. Das ließ ihn ebenfalls schlohweiß werden. Er hatte sich einen weißen Schnauzbart wachsen lassen.

»Hallo Simon. Komm. Setz dich zu uns«, rief Kai und winkte ihn mit hastigen Bewegungen heran.

»Hatte schon gedacht, dass du uns vergessen hast.«

Mit einem »Wie um alles in der Welt könnte ich euch vergessen«, trat Simon an den Stammtisch.

Kai und Markus standen auf, um den Gast mit Handschlag zu begrüßen. Horst und Tobias zogen es vor sitzen zu bleiben.

Elmar beäugte den Stammtisch aus sicherer Entfernung.

»Ich kann hier nicht weg. Meine Alte hat wieder mal Migräne«, grunzte er.

Während Simon sich setzte, blickte er Horst Haßfurter an, und sagte lachend:

»Migräne? Deine Frau weiß wahrscheinlich noch nicht einmal was das ist Horst. Stimmt's?«

Natürlich wusste er, dass die Frau des Baubedarfs-Unternehmers bereits vor langer Zeit gestorben war. Aber woher hätte er dies theoretisch wissen können. Simon war sich dessen bewusst, dass er mit dieser Bemerkung in eine sehr tiefe Schublade griff. Aber schließlich war er nicht hierhergekommen, um Streicheleinheiten zu verteilen.

Kai versuchte mit weit aufgerissenen Augen Simon daran zu hindern, mit weiteren, artähnlichen Sätzen in große Fettnäpfe zu treten.

»Wir, wir sind neugierig Simon. Wo hast du dich all die vielen Jahre herumgedrückt?«

»Amerika«, antwortete er, während er nach dem Bierglas griff, das Elmar mit lautem Krachen vor ihm abgestellt hatte.

»Und kommst du als steinreicher Ami zurück«, schnarrte Tobias, während er Simons Kleidung musterte.

Simon lächelte und wiegte dabei seinen Kopf hin und her.

»In den Staaten ist alles anders. Da wird man relativ rasch Millionär. Dann verzockt man sich, und muss als Tellerwäscher wieder von vorn anfangen.«

Er zuckte mit den Schultern.

»Zumindest ging es mir so. Und da hab ich gedacht, dass

ich als Tellerwäscher auch in Deutschland arbeiten kann.«

Er hob sein Glas in Richtung des Gastwirtes am Zapfhahn.

»He. Vielleicht bei dir Elmar.«

»Arschloch«, fauchte der Gastwirt.

»Früher hätt ich dich vielleicht zum Stallausmisten gebraucht.«

Die Männer am Stammtisch lachten herzhaft. Elmar hatte so laut gesprochen, dass einige Gäste im Lokal dessen Antwort ebenfalls lachend zur Kenntnis nahmen. Dieser Vorabend versprach interessant zu werden.

»Auch gut«, brummte Simon gut hörbar.

»Hab ja noch eine Wohnung hier. Dann eröffne ich hier eine zweite Gastwirtschaft. Hinterm Zapfhahn zu stehen, schaff selbst ich noch. Immer noch besser als Stallausmisten.«

Einige Gäste nickten sich grinsend zu. Ein Gemurmel setzte ein.

»Gibt es hier auch was zum Essen. Ich hab Kohldampf.«

Simon wandte sich mit einem leicht proletenhaften Gesichtsausdruck an Kai, dem mittlerweile das Lächeln vergangen war.

»Oder kann der Fleischkloß da vorn nur Bier und Limonade zapfen?«

»Er macht tolle Schnitzel. So groß wie Abortdeckel«, brummte Markus.

»Nein danke. Abortdeckel hab ich immer noch im Haus Nr. 61«, lachte Simon.

»Aber bei einer Käseplatte kann man nicht viel falsch machen.«

Aus einem Augenwinkel sah er, dass ein bösartiges Grinsen in Elmars Gesicht die Oberhand gewann.

»He Alte, dein Fuzzi von früher will eine Käseplatte«,

schrie er in den Gang zum rückwärtigen Trakt hinein.

»Beweg deinen fetten Arsch.«

Alle Blicke am Stammtisch und im Gastraum richteten sich auf Simon. Einige lachten. Andere grinsten verlegen. Und einige weitere Gäste hielten mit betretenen Gesichtern den Atem an. Die Stimmung begann zu kippen. Es roch nach Ärger. Lange konnte es nicht mehr dauern …

Simon wusste bereits an dieser Stelle, wie diese Geschichte hier enden würde. Er beschloss, zunächst einmal die Pinkelstube aufzusuchen, wie er sich ausdrückte. Hierbei nutzte er die Gelegenheit, kurz mit Gabe zu telefonieren. Seine Freunde und Sylvia verfolgten den Hergang mit klopfenden Herzen am Bildschirm.

»Gleich werde ich ein bisschen einstecken müssen«, sagte er in sein Mikrofon am Revers.

»Nicht eingreifen. Habt ihr gehört: Nicht eingreifen. Allenfalls, wenn ich in der Gastwirtschaft oder draußen auf der Straße einige Sekunden bewegungslos liegenbleibe.«

Kurz nachdem er wieder am Stammtisch Platz genommen hatte, stand Marita mit einem Teller in der Hand hinter Elmar. Sie blickte ihn fragend und unterwürfig an. Der Kotzbrocken deutete mit einer Bewegung seines Doppelkinns an, dass sie selbst den Teller servieren solle. Mit gesenktem Kopf kam sie näher.

Marita war ganz in schwarz gekleidet. Ihr blasses Gesicht kontrastierte zu ihrem schwarzen Haar. Nun stand sie vor Simon … und blickte ihn mit ihren dunkelblauen Augen kurz an. Es waren tieftraurige Augen. Mein Gott, dachte Simon, was hatte meine Marita früher für schöne und lebenslustige Augen. Ihre Blicke begegneten sich … nur eine Sekunde lang.

Simon versuchte, leicht zu lächeln. Sie antwortete ebenfalls mit einem leichten und raschen Lächeln, um kurz darauf den Teller auf den Tisch zu stellen.

Hierbei strich Simon sanft über ihre Hand. Er war sich dessen bewusst, dass dies Folgen haben würde; auch für Marita. Aber er würde es tausendfach wiedergutmachen. Dieses Theater musste sein. Es war eine Prüfung … für alle hier im Raum … und auch für Aalfurth.

Bereits in dieser Sekunde wusste er, wie die nächsten Minuten verlaufen würden … wie die nächsten Tage verlaufen würden … und wie vor allem auch die kommenden Monate verlaufen mussten.

Elmar wartete, bis Marita im Begriff war, sich an ihm vorbei in die Küche zu drücken. Blitzschnell riss er seine Frau herum, um ihr vor aller Augen eine schallende Ohrfeige zu geben. Einige Gäste im Gastraum zuckten zusammen. Andere grinsten entweder böse oder nur blöde.

Die Gäste am Stammtisch musterten Simon erwartungsvoll. Er musste reagieren. Er würde reagieren.

»In den Augen deines Vaters und deiner Großmutter warst du bereits ein Schwächling. Alle hier im Raum sind der gleichen Meinung«, sagte Simon mit betont lauter Stimme.

Auch die Dorfbewohner im Gastraum sollten jedes Wort verstehen können.

»Na ja, eigentlich war dein Vater, der SS-Rottenführer und der Kriegsgefangenenbeauftragte auch alles andere als ein Held. Er hat Handlanger gebraucht, die für ihn reihenweise arme und wehrlose Russen, Russinnen und Polen vergewaltigt und umgelegt haben. Damit war er in guter Gesellschaft mit einigen anderen Vätern.«

Simon blickte jeden einzelnen der am Tisch sitzenden Gestalten an:

»Einige von deren Söhne sitzen heute hier am Tisch.«

Danach blickte er wieder zum Schanktisch hinüber.

» He, Elmar, kannst du dich an deine Kindheit erinnern? Ihr ward früher auch nur stark in der Meute. Wie ein Rudel räudiger Kojoten seid ihr über mich hergefallen. Hat wahnsinnig Spaß gemacht … damals. Wahrscheinlich warst du damals auch nicht allein, als du über die wehrlose Marita hergefallen bist. Was bist du für eine schwammige und jämmerliche Gestalt. Was war das für eine Heldentat vorhin … als du demonstrieren wolltest … wie stark du sein willst.«

Simon blickte zunächst seine Tischnachbarn an, um sich anschließend an die Neugierigen in der Schankstube zu richten.

»Und ihr alle hier seid auch nicht besser. Keiner ist in der Vergangenheit aufgestanden, und hat dieser Scheiße Einhalt geboten. Genau genommen seid ihr es noch nicht einmal wert, dass man euch verachtet.«

Simon hob einen Zeigefinger und blickte nach oben.

»Aber eines Tages werdet ihr euch vor dem da oben verantworten müssen.«

Er hob sein Bierglas. Im ersten Moment sah es so aus, als wolle er auf Elmar oder auf irgendjemand hier im Raum anstoßen.

Alle Anwesenden schienen auf seine nächsten oder abschließenden Worte zu warten.

Doch stattdessen neigte er langsam das Glas … und ließ den Inhalt auf den Holzboden platschen.

Ausnahmslos alle Anwesenden im Raum waren von Simon, von diesem Irren in der schäbigen Kleidung, öffentlich beleidigt worden. Doch deren Blicke konzentrierten sich nun ausschließlich auf den Inhaber der Gastwirtschaft. Diese Schmach durfte er nicht unbeantwortet lassen. Darin waren sich alle einig. Auch Elmar wusste das.

Er hätte Burschi als besoffenes Subjekt bezeichnen und aus der Gastwirtschaft werfen können.

Simon hatte sich jeden Satz zuvor genau überlegt. Dieses fette Schwein, er war früher immerhin Bürgermeister dieses Kaffs gewesen, konnte und durfte diese Größe nicht zeigen. Er musste ein Exempel statuieren. Und die Anwesenden würden ihn nicht daran hindern.

Simon kannte seine Pappenheimer. Nein. Sie hatten sich nicht verändert. Es war wie vor fünfzig Jahren.

Elmar blickte Horst und Tobias an. Er benötigte nur eine Bewegung mit seinem Kinn.

Fast ruckartig standen die beiden kräftigen Männer auf. Simon hätte natürlich schneller als Horst und Tobias sein können.

Er hatte die Möglichkeit zu fliehen. Er hätte sich wehren können. Nein. Er, Simon Klinger, war es, der heute und hier ein Exempel statuieren wollte.

Elmar legte seine Brille auf den Schanktisch. Demonstrativ rollte er seine Hemdsärmel hoch, während er langsam auf sein Opfer zuging.

Simon blickte kurz zu den Gästen. Sie glotzten blöde und erwartungsvoll. Mit Sicherheit würden sie nicht eingreifen. Es war wie früher. Nichts hatte sich geändert. Nichts. Dieses Schauspiel wollten sie sich nicht entgehen lassen.

Alle hier in der Gastwirtschaft wollten keine Schläge in die Magengrube. Das wusste Elmar.

Der erste Schlag traf Simons Kinn. Es war nur die Wucht des Schlages, die er spürte. Die Faust des Gastwirts war alles andere als knochig. Sie war fett und schwammig. Simon hatte mit Gabe trainiert.

»Lass deinen Kopf locker. Weiche innerlich aus. Das Ergebnis des Schlages sieht für die Zuschauer riesig aus. Wichtig ist, dass nichts gebrochen wird«, hatte sein Trainer gesagt.

Natürlich hatte Gabe protestiert. Allein bei dem Gedanken, dass einer dieser blöden Eingeborenen, wie er sie nannte, Simon schlagen könnte, waren wütende Tränen in ihm aufgestiegen. Im Moment schaute er sich diese Szenen am Laptop an. Er saß im bulligen Fahrzeug; in unmittelbarer Nähe der Gastwirtschaft.

Niemand hatte annähernd damit gerechnet, was nun folgte.

»He Elmar. Vielleicht wird aus dir doch noch ein Held«, lachte Simon laut.

»He Horst. Hallo Tobias. Kai. Markus. Wollt ihr nicht auch mal ran. Wie früher?«, schrie, keuchte, lachte und stöhnte Simon nach jedem Schlag von Elmar.

Nach dem zweiten Schlag hatte er sich sacken lassen. Das war Teil dieses Schauspiels. Für Horst und Tobias bereitete es sichtlich Mühe, ihn immer wieder hochzuhalten - Elmar entgegen. Blut rann mittlerweile aus Mund und Nase. Für seinen ersten Schlag bekam Elmar Beifall. Doch die mehr als ungewöhnliche Reaktion des Opfers begann fast alle Anwesenden zu irritieren. Sie waren zwischen Wut und Fassungslosigkeit hin und hergerissen.

„Dieser Idiot! Warum kann er nicht wenigstens sein dummes Maul halten", dachten sie höchstwahrscheinlich.

Nach Elmars siebtem oder achtem Schlag war es Simon nicht mehr möglich, eine Äußerung von sich zu geben. Sein Lachen oder zumindest sein Grinsen behielt er jedoch bei, bis … bis Peter Heß, er war mit Horst Haßfurter eng verwandt, an den Stammtisch herantrat.

»Jetzt ist es aber genug Elmar. Schluss. Sofort!«, schrie er.

»Halt dich raus du Arschloch«, keuchte der mittlerweile ausgepumpte Gastwirt.

Doch als dieser wieder zu einem Schlag ausholte, traf ihn ein Bierkrug an der rechten Schulter - mit voller Wucht.

Elmar schrie auf und sackte in die Knie. Horst Haßfurter, der nicht mehr ganz nüchtern war, und das inzwischen blutige Spektakel genossen hatte, ging breitbeinig auf Heß zu. Der ehemalige Sand- und Kiesgrubenbesitzer war gleichaltrig. Er hatte grau melierte Haare, war schätzungsweise einhundertneunzig Zentimeter groß und war immer noch im Besitz des Bierkruges.

»Willst du dich wirklich mit mir anlegen?«, fragte er mit einer sehr dunklen und sonoren Stimme.

»Willst du mich wirklich zum Feind, du dekadentes Schwein?«

Blitzartig ließ Tobias Wiesner Simon fallen. Er lag für kurze Zeit regungslos in der Bierpfütze.

„Du musst dich bewegen", sagte Simon zu sich. „Gabe und Luca schauen zu. Du musst dich bewegen. Sonst kommen sie. Und Gabe zerlegt diesen Laden."

Doch Elmar kam ihn zuvor.

»Schmeißt den Kerl auf die Straße«, ächzte er mit schmerzverzerrtem Gesicht seine Freunde an.

Kai und Tobias fassten unter die Schultern des fast leblosen Körpers ... und schleiften ihn zur Tür hinaus. Nach einer Minute kamen sie in die Gaststube zurück. Dort war es inzwischen turbulent geworden.

Die Sonne war inzwischen hinter dem Bergrücken in Richtung Weinersheim verschwunden. Simon lag vor einem großen Weinfass, welches man zur Dekoration vor der Gastwirtschaft angebracht hatte. Mühsam blickte er auf die Uhr. Es war kurz nach 20:00 Uhr.

In der einsetzenden Dämmerung kroch er bergwärts ... durch das abendliche Dorf.

Niemand war auf der Straße zu sehen. Fraglos standen sie hinter ihren alten Gardinen. Hier, im alten Teil von Aalfurth, wussten alle, was da in Elmars Gastwirtschaft vor sich ging. Zumindest ahnten sie es. Und sie kannten den Mann, der sich auf Knien vorwärtsbewegte.

Der einsetzende kühle Wind pumpte Luft in Simons Lungen. Ein Mädchen, es war vielleicht neun Jahre alt, ging langsam und zögerlich auf ihn zu. Es hatte einen dünnen Holzpfosten in der Hand. Das Mädchen legte den Pfosten vorsichtig vor Simon nieder, um mit wehenden Haaren wieder im Haus zu verschwinden.

Endlich, Simon benutzte den Holzpfosten als eine Art Krücke. Die ehemalige Schule lag vor ihm. Von dort aus war es nicht mehr weit.

Doch als er die grüne Eichentür seines kleinen Hauses öffnete, war es inzwischen dunkel geworden. Zunächst tastete er sich in die Küche. Die 60-Watt-Birne tauchte den Raum in ein schummriges Licht. Trotzdem hatte er das Gefühl, fast blind zu sein.

In der linken Ecke hatten die Eltern in den siebziger Jahren eine einfache Spüle angebracht. Darüber befand sich immer noch der alte, mittlerweile verblasste Spiegel. In diesem alten Spiegel sah er nun eine schwer mitgenommene Gestalt. Das rechte Auge war vollkommen zugeschwollen. Deshalb war es so schummrig im Raum. Die Mundpartie hatte sich zu einer dicken wulstigen Masse verwandelt. Doch der Kerl im Spiegel grinste. Er lachte sogar.

Es hätte nicht besser laufen können.

Simon war mit sich zufrieden. Dominics Hinweis, dass sich Peter Heß in einer finanziell sehr prekären Notlage befand, erwies sich als hilfreich. Der ehemalige Sand- und Kiesgrubenbesitzer hatte seine Sache gut gemacht. Einverstanden - er hätte früher eingreifen können. Aber vielleicht ließ auch er sich von diesem Schauspiel so stark in den Bann ziehen, dass er die Abmachung für eine Zeit lang vergessen hatte.

In den beiden Taschen, die Sylvia hier im Haus abgestellt hatte, befand sich eine Packung sehr starker Schmerztabletten. Bereits nach wenigen Minuten spürte Simon, dass die Schmerzen nachließen. Zeitgleich brach jedoch eine große Müdigkeit über ihn herein. Mit größter Mühe schleppte er sich ins Wohnzimmer. Eine Wolldecke genügte, um es sich auf der Couch gemütlich zu machen.

„Jesses Bub. Wie schaust du denn aus? Suwos na."

Es war die sorgenvolle Stimme seiner Großmutter in ihrem sudetendeutschen Dialekt.

Die Seelen waberten also immer noch im Haus herum.

„Ich hab dir doch immer gesagt, dass du dich von diesen Dorfdeppen fernhalten sollst", schimpfte die Stimme des Vaters.

„Kalte Umschläge Hans. Du musst das Wasser länger laufen lassen, damit es richtig kalt wird", kommandierte die Mutter.

Und Herbert, das kleine pummelige Brüderchen schien ausnahmsweise keine Angst zu haben, dass Simon ihm alles wegfressen würde. Er pustete aus Leibeskräften. Tränen rannen über seine dicken Wangen.

»Ist ja schon gut«, brummte Simon lächelnd.

»Jetzt lasst mich aber etwas schlafen. Morgen wird ein anstrengender Tag.«

»Simon. Simon. Kannst du aufstehen? Feuer!«, hörte er Gabes aufgeregte Stimme. Simon sah nur schemenhaft das Licht von zwei Taschenlampen. Er versuchte, seine Augen aufzureißen. Doch auch das linke Auge war mittlerweile zur Hälfte zugeschwollen. Und trotzdem sah er es flackern. Er hörte es prasseln … und knacken … und er roch es. Doch so sehr er sich anstrengte - an Aufstehen war nicht zu denken.

»Luca pack mit an«, schrie Gabe. Hilf mir.

Wenige Sekunden später baumelte Simon über einer Schulter des Hünen; wie ein nasser Sack. Das Prasseln und Knacken wurde lauter. Jetzt sah er loderndes Feuer; Rot und Blau. Blau? Warum Blau? Es wurde warm, und plötzlich heiß; sehr heiß. Jetzt, endlich, waren sie draußen. Das registrierte Simon. Und dann … sah er, wie das Haus lichterloh brannte … wie riesige Flammenzungen sich in die dunkle Nacht fraßen … umgeben von vielen kleinen Flammen, die zu tanzen schienen und sich schließlich im Dunkel der Nacht verloren.

»Leg ihn dort auf den Sandhaufen«, vernahm er Sylvias schluchzende Stimme.

»Der Krankenwagen ist schon unterwegs. Aber wo ist diese Scheiß Feuerwehr?«, schrie sie, um sich danach neben Simon zu kauern. Sie übersäte sein Gesicht mit einer Flut aus kleinen Küsschen.

»Ist dir was passiert? Wie geht es dir Simon? Sag doch was«, schluchzte sie hysterisch … bis Gabe sich gezwungen sah einzugreifen.

Langsam, aber mit großer Kraft, zog er die völlig aufgelöste Frau von Simon weg und drückte sie an seine Brust.

»Hast du ihm Schlaftabletten oder Schmerztabletten gebracht?«, fragte Gabe leise.

»Ja. Beides«, stotterte Sylvia.

»Na bitte. Aber wie ich ihn kenne, hat er lediglich einige Schmerztabletten genommen. Schlaftabletten würde er in einer solchen Situation nicht nehmen«, brummte Gabe.

»Aber du sagst es sofort den Sanitätern. Sie müssen es wissen. Hast du mich verstanden?«

»Folgen von Schlägen gegen den Kopf?«, fragte Luca.

»Glaub ich nicht«, antwortete Gabe.

»Hab die Aufnahmen ausgewertet. Nein. Simon ist hart im Nehmen. Trotzdem müssen wir die Sanitäter auch auf diese Spur setzen. Man kann nie wissen. Hast du gehört Sylvia?«

Sie nickte, während sie sich in Tränen aufzulösen schien.

Erst jetzt übertönte Sirenengeheul das Knistern und Krachen des Feuers. Eine Minute später fuhr ein Feuerwehrfahrzeug mit großem Tempo heran. Luca blickte Gabe an und schüttelte den Kopf.

»Jede Wette, dass da irgendetwas verdammt faul ist«, murmelte er.

Das Feuer hatte inzwischen auf die alte Scheune und auf den Dachstuhl der Schuppen übergegriffen.

Gabe hatte den Mann im ersten Moment nicht erkannt, der

»Wo ist der C-Schlauch?« schrie er.

Es war Elmar Klüpfel.

Allem Anschein nach hatte er das Kommando.

»Haus Nr. 60. Wasser marsch.«

»Und 61?«, schrie Kai.

»Vielleicht ist da jemand drin!«

»Quatsch«, fauchte der Kommandant.

»Da ist sowieso nichts mehr zu machen. Wer sollte da schon drin sein?! Das Feuer darf nicht übergreifen. Das ist jetzt wichtig.«

»Na er war drin du Arsch«, kreischte Sylvia, und zeigte mit ihrer Hand auf Gabe, Luca … und Simon.

»Ach du Scheiße«, entfuhr es Elmar. Sein Gesicht verriet höchstes Entsetzen.

In diesem Moment tauchte ein Krankenwagen und ein Polizeiauto mit Martinshorn und Blaulicht auf.

»Hier. Hier«, schrie Sylvia und winkte aufgeregt.

Offensichtlich kannte sie sowohl die Sanitäter als auch den Polizisten. Sie hatte sich erstaunlich rasch erholt.

»Er ist im Gasthaus übelst zusammengeschlagen worden. Viele Schläge auf den Kopf. Keine Ahnung, wie er hierhergekommen ist. Der große Mann dort hat ihn aus dem brennenden Haus geschleppt. Wahrscheinlich hat er mehrere Schmerztabletten genommen. Vielleicht auch eine

Schlaftablette. Glaub ich aber nicht. Er ist nicht mehr ansprechbar«, sagte sie laut.

»Du kennst den Mann?«, fragte der Polizist.

»Ja. Er heißt Simon Klinger. Das Haus gehört ihm.«

»Bist du ganz sicher?«, fragte der Polizist … plötzlich äußerst aufgeregt.

»Hundertprozentig Ewald. Und etwas, das vielleicht wichtig sein könnte: Seine beiden Freunde haben vorhin von vielen blauen Flammen gesprochen. Das fanden sie seltsam.«

»Danke Sylvia«, sagte Ewald Kußmann.

Er nahm den älteren Sanitäter zur Seite. Es waren nur zwei oder drei Sätze, die er ihm ins Ohr flüsterte.

»Karl. Nicht länger untersuchen. Einladen. Tempo. Marsch.«, kommandierte plötzlich der alte Sanitäter. Dreißig Sekunden später fuhr der Krankenwagen davon.

Dass Ewald Kußmann zur gleichen Zeit mit Simon Klinger die Handelsschule in Weinersheim besuchte, war im Moment nicht so wichtig. Als Polizist war er vor einigen Wochen für das Sicherheitskonzept einer großen Gartenparty zuständig gewesen. Hierbei hatte er Simon Klinger, der dieses Fest finanzierte, zusammen mit dem Landrat und dem Vorstandsvorsitzenden der Bank sowie weiteren Honoratioren gesehen. Sie duzten sich. Verdammt. Jetzt durfte er sich keinen Fehler leisten. In zwei Jahren würde er in Pension gehen. Nichts durfte bis dahin falsch laufen. Nichts. Deshalb fauchte er in sein Handy:

»Das ist eine dienstliche Anweisung Herr Straub. Ich dulde keine Diskussion. In zehn Minuten sind sie hier. Von mir aus im Schlafanzug. Das ganz große Aufgebot. Gnade ihnen Gott, wenn es zwölf Minuten werden. Ende.«

»Du hast wohl nicht alle Tassen im Schrank«, schnauzte Elmar.

»Was soll denn Straub hier?!«

»Treten Sie zwei Meter zurück Herr Klüpfel. Wir sind hier nicht in ihrer Dorfkneipe. Ich verbitte mir, dass Sie mich duzen. Achtung! Lassen Sie das Haus kontrolliert niederbrennen. Sylvia Betzelt hat vorhin geschworen, dass sich außer Herrn Klinger niemand im Haus befunden haben kann. Absolut niemand darf bis auf Weiteres in die Nähe des Hauses Nr. 61. Auch Sie nicht. Haben wir uns verstanden?«

»Ich bin hier der Feuerwehrkommandant! Und ich bestimme, was bei einem Brand zu unternehmen ist. Sie Pflaume.«

Elmars Stimme überschlug sich förmlich.

»Mal schaun, was in wenigen Minuten der Oberbrandinspektor aus Weinersheim dazu sagt«, entgegnete der Polizist.

»Das war keine Bitte, sondern ein Befehl. Habe ich mich deutlich genug ausgedrückt!«

Erst am darauffolgenden späten Nachmittag, es war ein Freitag, hielt Professor Haniel dem Druck nicht mehr stand … und hob das vorläufige Besuchsverbot seines Privatpatienten Simon Klinger auf. Und zum ersten Mal ließ Gabe keinen Zweifel daran, dass es eine bislang unausgesprochene Rangfolge gab. Er bestand darauf, kurz mit Simon zu sprechen – allein!

Simon hatte das Rückenteil des Bettes hochstellen lassen. Von Aufbauspritzen gestärkt würde er für eine Stunde durchhalten. Als uneingeschränkter Leitwolf musste er einen starken Eindruck hinterlassen.

Der gestrige Vorfall war notwendig gewesen. Ihn hatte er herbeigesehnt - und sich gleichzeitig davor gefürchtet. Ihm war schon lange zuvor bewusst gewesen, dass nach diesem Vorfall, nach dieser Prüfung, ein neuer Lebensabschnitt für ihn beginnen würde.

Auf dem Weg, der vor ihm lag, würde er Freunde brauchen. Doch selbst diesen Freunden würde es schwerfallen, jeden seiner Schritte zu verstehen und gefühlsmäßig nachzuvollziehen. Sie mussten es verstehen! Der Vergleich mit dem Wolfsrudel war alles andere als absurd. Nur wer den Leitwolf akzeptiert, durfte Teil des erfolgreichen Rudels bleiben. Das wussten seine engsten Freunde. Und Gabe war die Nummer zwei im Rudel. Darüber musste man nicht sprechen. Das war so.

»Du hast schon einmal besser ausgesehen«, sagte Gabe grinsend, während der seinem Freund die Hand drückte.

Simons rechtes Auge war immer noch geschwollen, während er mit seinem anderen Auge wieder einwandfrei sehen konnte. Seine Lippen wiesen an einigen Stellen Platzwunden auf.

Es würden sicher zwei Wochen verstreichen, bis alles wieder verheilt war.

»Zunächst danke Gabe. Ohne dich wäre ich jetzt ein Häuflein Asche.« Simon versuchte trotz seiner Beeinträchtigung, deutlich zu sprechen.

»Dafür sind Freunde da«, brummte er.

»Das ist auch der Grund, warum ich zunächst einige Minuten allein mit dir sprechen wollte.«

Der Leitwolf nickte wortlos. Er wusste, warum ihn sein Freund allein sprechen wollte.

»Sag mir, dass wir ein Problem haben. Du würdest mich aber noch glücklicher machen, wenn ich von dir höre, dass wir sogar ein großes Problem haben.«

Gabe beugte sich zu Simon. Sein Ohr war nur noch wenige Zentimeter von den geschundenen Lippen seines Freundes entfernt.

»Sag mir ihre Namen. Es sollten möglichst viele Namen sein. Das würde mich sehr glücklich machen.«

»Setz dich zu mir. Hör mir zu. Bitte«, flüsterte Simon.

Mit einer müden Geste nahm Gabe am Bett seines Freundes Platz. Enttäuscht senkte er seinen Blick.

Simon griff nach der rechten Hand Mannes, der durch die Nase tief einatmete, die Luft eine Zeit lang anhielt, um sie hörbar wieder frei zu lassen. Es klang wie ein Seufzer.

»Vertrau mir mein Freund. Es gibt Strafen - die sind schlimmer als der Tod. Wenn du einem Mächtigen sein Leben nimmst, wird er bei seinem letzten Atemzug denken, dass er damit rechnen musste, irgendwann weggepustet zu werden. Es ist ungleich schlimmer, wenn du diesen Menschen Ihr Geld, ihre Macht und ihr Ansehen nimmst. Glaub mir. Bevor sie reif für die Hölle sind, müssen sie erst durch ein Fegefeuer laufen – hier auf Erden.«

Beim anschließenden Gespräch im Beisein von Luca und Sylvia gab es nur ein Thema.

Schon übermorgen, am Sonntag, um 12:00 Uhr sollte Marita aus den Fängen von Elmar befreit werden.

Gabes Augen begannen zu glänzen. Luca verschlug es die Sprache. Er blickte auf das immer noch gezeichnete Gesicht seines Freundes … und auf seinen Mund, aus dem die Anweisungen teilweise mühsam hervorquollen.

»Was hat dieser Mann für eine Energie«, dachte er fast ehrfurchtsvoll.

Sylvia hüpfte und jauchzte wie ein Teenager. Sie schwelgte bereits in den Szenen, bei deren Entstehung sie mitwirken durfte.

Vielleicht hatten die Götter am Freitag gelauscht … und Gefallen am bevorstehenden Spektakel gefunden. Auf alle Fälle verschoben sie den vorausgesagten Regen. Der Himmel war strahlend blau und wolkenlos. Es war warm und windstill.

Als die Glocke der alten Wehrkirche 12:00 Uhr schlug, starrten einige Hungrige, die im Begriff waren, die Gaststätte von Elmar Klüpfel zu betreten, mit offenen Mündern auf die ungewöhnliche Fahrzeugkolonne.

Aus den drei bulligen Geländewagen stiegen zwölf sehr große Männer. Einer von ihnen war Gabe Graves. Sie waren ganz in weiß gekleidet. Mit Berechnung trugen sie weiße T-Shirts. Jeder sollte ihre Muskelpakete sehen, die zum Teil tätowiert waren. Fast wie auf einem Kasernenhof stellten sie sich in Reih und Glied auf. Sie warteten offensichtlich auf einen Befehl.

Bei dem vierten Gefährt handelte es sich um eine strahlendweiße H2 Hummer Stretch-Limousine; 320 PS und fast neun Meter lang. Ein Chauffeur in Uniform setzte seine Mütze auf, um anschließend beflissentlich die Türen des riesigen Fahrzeuges zu öffnen. Mit ernsten Mienen entstiegen Simon, Sylvia und zum Schluss Luca dem noblen Fahrzeug.

Nachdem Simon fast unmerklich genickt hatte, setzten sich die zwölf Männer in Bewegung. Sie folgten Gabe in die Gaststätte.

In den Gasträumen war bereits Unruhe entstanden. Eine Bedienung, es war Elmars hässliche Schwiegertochter, stellte sich den Männern mit einem beladenen Tablett in den Weg. Wie ein Spielzeug wurde sie samt Tablett zur Seite gefegt. Einige Gäste schrien entsetzt auf.

Die Männer verteilten sich im vorderen Gastraum. Vier besonders grimmige Burschen bewegten sich mit federnden Schritten in das Halbrund des Stammtisch-Bereiches. Dort saßen Horst Haßfurter, Kai Betzelt, Markus Spielmann und Tobias Wiesner.Elmar hatte sie eingeladen, um ihren Sieg zu feiern.

Die weiß gekleideten Riesen warteten auf weitere Anweisungen.

Gabe hatte sich, fast unauffällig, seitlich des Schanktisches postiert.

Auf ihn hatten sie gewartet: Simon tauchte plötzlich im Türrahmen auf. Er trug einen teuren Anzug. Sein Gesichtsausdruck vermittelte sofort, dass er nicht kam, um zu bitten oder zu diskutieren. Er baute sich vor Elmar auf, der wie immer am Zapfhahn stand.

»Ich bin gekommen, um Marita zu holen«, sagte er mit lauter und kräftiger Stimme.

»Hol sie. Sofort. Zwei Männer werden dich begleiten.«

»Einen Scheißdreck werd ich, du Zigeuner«, schrie der fette Gastwirt.

Gleichzeitig beging er einen Fehler.

Wie so oft in seinem bisherigen Leben überschätzte er sich. Er war nicht nur dumm. Er war einfach blöde ... und tastete mit seiner rechten Hand unter den Schanktisch. Für den Bruchteil einer Sekunde sah man den Revolver in seiner Hand. Da sich alle im Gastraum auf Elmar und Simon konzentrierten, sah niemand die rasche Bewegung, mit der Gabe den Inhalt eines vollen Bierglases in das Gesicht des Bewaffneten schüttete.

In der darauffolgenden Sekunde hatte sich der Hüne mit einem großen Satz über den Schanktisch geschwungen. Ein gewaltiger Faustschlag zertrümmerte Elmars Kinn. Ohne einen Laut von sich zu geben, war der Gastwirt plötzlich hinter dem Tresen verschwunden. Niemand konnte sehen, dass Gabe beim Verlassen des Schankraumes kurz auf das fette Gesicht des Gastwirts trat - mit Schuhgröße 46. Der Hüne stellte mit einem bösartigen Grinsen sein ganzes Gewicht auf seinen rechten Fuß. Es knackte einige Male. In den kommenden Wochen musste das Ekelpaket - da unten - sich ausschließlich von breiiger Kost ernähren. Zielsicher ging Simon am Tresen vorbei in die Küche. Eine Freundin von Sylvia hatte Marita eine Stunde zuvor angerufen. Sie sollte sich nichts anmerken lassen … und nur ihren Personalausweis mit sich führen. Mehr nicht!

Die schwarz gekleidete zarte Frau kauerte auf einem Küchenstuhl … und weinte. Als sie sah, dass Simon die Küche allein betrat, stürzte sie auf ihn zu und warf sich um seinen Hals.

»Simon. Ach Simon«, schluchzte sie leise.

»Was für ein Aufstand für eine alte und hässliche Frau.«

»In ein paar Tagen wird dich eine sehr attraktive und begehrenswerte Frau im Spiegel anschauen. Das verspreche ich dir«, flüsterte Simon.

Er löste sich aus der Umarmung, blickte Marita in die Augen, um mit fester Stimme fortzufahren:

»Aber jetzt bitte ich dich, eine starke Frau zu sein. Da draußen wartet das Aalfurther Gesindel auf unseren Auftritt. Du wirst ihnen den Gefallen nicht tun, als weinende und eingeschüchterte Marita Koschwitz, geborene Dosch, vor ihre blöden Augen zu treten. Du bist eine immer noch schöne Frau. Du bist in Wirklichkeit eine starke Frau. Du bist eine stolze Frau. Du bist vor allem meine Marita.«

»Und Elmar?«, fragte sie sorgenvoll.

»Eigentlich schade«, sagte Simon grinsend.

»Aber nach Lage der Dinge, wird er noch nicht einmal mitbekommen, dass du gehst - für immer.«

Er machte eine kurze Pause.

»Mach dich bitte rasch etwas frisch. Soviel Zeit muss sein.«

Simon hatte seine Marita an die Hand genommen. Gerne hätte er sie auf den Arm genommen, um sie hinauszutragen. Davon hatte er immer geträumt. Für die meisten Zuschauer wäre es herrlich kitschig gewesen. Doch nein. Für ihn war es nicht kitschig. Der ganze Auftritt sollte Symbol-Charakter haben. Es war ein Vorspiel auf das, was in den kommenden Wochen und Monaten folgen würde.

Doch mit seinen drei angebrochenen Rippen war es ihm nicht möglich, seine Marita auf Händen zu tragen. Das würde er später nachholen; tausendfach.

Sie spürten förmlich die gaffenden und blöden Blicke. Niemand hinderte sie daran, den Raum zu verlassen. Für den Bruchteil einer Sekunde erkannte Marita ihren Sohn mit dem Vollmondgesicht. Er verdrückte sich hinter einer Säule. Nein. Nein. Nein. Das war nicht ihr Sohn. Das war Elmars 43-jähriges Produkt. Elmar, Volker und seine hässliche Frau Bettina hatten sie in den letzten Jahrzehnten wie eine Putzfrau behandelt. Simon hatte Recht, als er vor Betreten des Gastraumes sagte, dass sie es nicht wert sind, sie anzuschauen oder sich gar Gedanken über sie zu machen. Jetzt war sie frei - endlich frei. Jetzt durfte sie wieder atmen … und hoffentlich wieder lachen … irgendwann.

Für Marita war alles wie ein Traum. In unmittelbarer Nähe der Tür zur Gaststätte stand dieses riesige weiße Fahrzeug, das Luca ausgeliehen hatte. Der uniformierte Fahrer, er war im Mietpreis inbegriffen, öffnete mit einer tiefen Verbeugung die Tür. Er machte seinen Job heute besonders gut. Simons fürstliches Trinkgeld hatte seine Wirkung nicht verfehlt.

Das Spektakel hatte sich wie ein Lauffeuer herumgesprochen. Gaffer aus der Gaststätte, aus Aalfurth und sogar aus einigen Nachbargemeinden, wollten sich dieses Ereignis nicht entgehen lassen.

Sylvia hatte sich bei Simon die Erlaubnis eingeholt, die Presse zu sensibilisieren; garniert mit Informationen aus der Vorgeschichte von Simon und seiner Marita.

In Erinnerung sollte der Brand in der Nacht vom vergangenen Donnerstag gerufen werden. Die Regionalzeitungen sollten dies im Hinterkopf haben, wenn sie in Kürze über das Spektakel der ganz besonderen Art berichten würden.

Simon und Marita waren in diesem überdimensionalen Gefährt allein.

Vorbei ging es an der Tankstelle von Kai, am Milchhäuschen und am stillgelegten Gasthaus der Kuhnerts. Rechts unten floss der Main.

Die schwarz gekleidete Frau kuschelte sich an Simons Schulter. Es war ein Genuss, durch Weinersheim zu fahren.

Irgendwann verließen sie die Hauptstraße.

Der Fahrer nahm fünfzehn Minuten später die wenigen Serpentinen mit Routine. Luca hatte versprochen, dass ihm kein Fahrzeug entgegenkommen würde.

Rasch hatten sie das Plateau erreicht.

Eingebettet in ein Waldgebiet lag das riesige eingeschossige Haus mit grünem Walmdach. Simons Vorgabe war, dass dieses Bauwerk mit der Landschaft möglichst verschmelzen sollte. Deshalb wurde die Außenseite mit einem ockerfarbenen Verputz versehen.

Das Fahrzeug hielt vor der mit Säulen eingerahmten Eingangshalle.

Das Empfangskomitee bestand aus Sylvia, Gabe, Luca und drei Dienstmädchen.

Gabe hatte sein weißes Outfit inzwischen gegen eine legere Kleidung getauscht.

»Ist das wirklich dein Haus?« Marita schüttelte den Kopf. Das war für sie offensichtlich nicht vorstellbar.

»Nein. Ab heute ist es auch dein Haus. Du wirst sehen, dass es weitaus größer ist, als es im ersten Moment den Anschein hat. Es ist auch Sylvias, Gabes und Lucas Zuhause.«

»Sylvia wohnt auch hier?«

»Wie gesagt … zusammmen mit Gabe und Luca.«

Simon grinste in sich hinein. Selbstverständlich wusste er, in welche Richtung Marita im Moment dachte.

»Es ist für mich völlig unvorstellbar, dass sie es nicht versucht hat, dich …«

»Stimmt. Nachdem ich ihr zu verstehen gegeben habe, dass es für mich nur eine einzige Frau auf dieser Erde gibt, hat sie sich bitter gerächt … mit Gabe und Luca.«

Simon hauchte der kopfschüttelnden Frau lachend ein Küsschen auf die Wange.

»Mit beiden? Aber das sind doch deine Freunde.«

»Na und? Seitdem ist Sylvia glücklich und zufrieden.«

»Mit diesem groben, bärtigen Klotz? Sag, dass das nicht wahr ist.«

Simon lachte schallend.

»Offensichtlich braucht sie das.«

Jetzt bewegte er sein Kinn in Richtung des Empfangskomitees.

»Schau sie dir an. Macht sie nicht einen rundum glücklichen Eindruck?«

»Was für ein Wahnsinn«, kicherte Marita.

»Aber ich glaube, wir sollten langsam aussteigen.«

Sylvia gab ihrer dunkelhaarigen Freundin ein Küsschen auf die linke und rechte Wange. Anschließend begrüßte Marita Simons Freunde und gab auch den drei Dienstmädchen die Hand.

»Ich danke euch«, sagte Simon an das Empfangskomitee gerichtet. Wie sehen uns etwas später im Speisezimmer. Jetzt muss ich Marita zuerst das Haus zeigen.«

Er zuckte mit den Schultern.

»Frauen sind nun mal neugierig.«

In diesem Moment sah er, dass Sylvia ihren Schmollmund aufsetzte.

In wenigen Schritten war Simon bei dem blonden Wesen, um sich bei ihr unterzuhaken.

»Ist ja schon gut. Du darfst uns natürlich durch Maritas neues Reich führen.«

Bei diesen Worten hakte er sich auch bei Marita unter.

»Du wirst gleich sehen warum«, lachte Simon.

Sylvia führte Marita durch das große Wohnzimmer; natürlich mit Blick auf den Main. Danach zeigte sie ihr das Schlafzimmer. Es war mit einem Doppelbett ausgestattet. Und danach schwärmte sie davon, mit welcher Energie Simon dieses riesige Bad mit Marmorfliesen entworfen hatte. Zum Schluss öffnete sie das große und geräumige Ankleidezimmer. Sie öffnete alle Türen.

»Ich hoffe, dass ich ein wenig deinen Geschmack getroffen habe.«

Sylvia führte ihren Mund an Maritas Ohr.

»Reizwäsche habe ich natürlich nicht gekauft. Ich berate dich aber morgen oder in den nächsten Tagen gerne.«

Tränen standen Marita in den Augen, als sie Sylvia umarmte. Doch danach ging sie zu Simon.

»Du hast die ganze Zeit gesagt, dass dies meine Räume sind. Wieso meine? Ich versteh' das nicht.«

»Hm. Ja. Ich zeige dir gleich meine oder vielmehr unsere Zimmer. Ich möchte dir Zeit und Gelegenheit geben, dich langsam hier einzugewöhnen. Du wirst bestimmen, wann und ob du zu mir kommst. Das hier wird immer dein Reich sein … auch später … wenn du dich vielleicht einmal zurückziehen willst. Schließlich war es eine lange Zeit …«

Er führte diesen Satz nicht zu Ende. Doch sowohl Marita als auch Sylvia wussten, was er damit ausdrücken wollte.

Die schwarzhaarige und zarte Frau schlang ihre Arme um Simons Hals.

»Danke Simon. Danke. Das ist alles sehr viel für mich. Das alles an einem Tag. Ich weiß nicht, was ich sagen soll.«

Aus ihren Augen rannen große Tränen. Doch sie lachte dabei.

»Du musst nichts sagen. Schau dir erst einmal alles an.«

Nachdem Sylvia auch ihr Reich mit großem Stolze gezeigt hatte, machte Simon seine Marita mit dem gemeinsamen Wohn- und Schlafzimmer vertraut. Und danach zeigte er ihr das Schwimmbad und den Fitness-Bereich, einige Gästezimmer und den Garagen-Trakt.

»Und dort drüben, in diesem Seitenflügel, wohnen Gabe und Luca«, wollte er die Führung abschließen.

»Und dieser japanische Tempel dort oben?«

Simon lachte.

»Wahrscheinlich hältst du mich jetzt für ein bisschen durchgeknallt. Aber das ist mein Büro. Das macht Eindruck auf meine ausgesuchten geschäftlichen Gesprächspartner. Das vergessen die nie wieder.«

Marita schüttelte lächelnd den Kopf.

»Wenn mir das jemand vor … ach was, vor langer Zeit, gesagt hätte …«

Sie war offensichtlich nicht fähig, diesen Satz zu Ende zu führen.

Der Tag war lang geworden. Nach dem Mittagessen machte Simon mit Marita einen Spaziergang. Hierbei hatte er das Gefühl, als sei die Zeit stehen geblieben. Es war wie damals, als er seiner jungen und lebenslustigen Marita die Schönheiten der Natur zeigte.

Später, es war bereits dunkel geworden, lag Simon in seinem großen Bett. Er dachte über diesen Tag nach. Es war einer der schönsten Tage in seinem Leben. Selbstverständlich hatte er Verständnis dafür, dass auch Marita nachdenken wollte … und sich in ihr Schlafzimmer zurückzog.

Doch … irgendwann in der Nacht öffnete sich die Schlafzimmertür leise. Simon lag immer noch wach.

Marita stand auf der anderen Seite des Doppelbettes.

»Ich kann nicht schlafen«, flüsterte sie.

»Darf ich zu dir kommen?«

Vorsichtig kuschelte sie sich an Simon; zitternd und mit kalten Füßen. Sie roch gut und sie hatte noch immer schmale und grazile Hände. Simon liebte sie - wie am ersten Tag.

„Was für ein Wahnsinn", dachte er. „Jetzt bin ich uralt geworden. Und noch nie in meinem Leben lag in der Nacht eine Frau in meinem Bett."

Noch nie war Marita ihm so nahe.

Endlich. Nach so vielen Jahren - unendlich vielen Jahren. Nein, er war noch nicht alt. Jetzt würde sein Leben neu beginnen.

Erst um 10:00 Uhr erschien Marita am Frühstückstisch. Sie sah erholt aus und sprühte voller Tatendrang.

Sylvia und Simon hatten inzwischen eine Art Lagebesprechung abgehalten.

Die quirlige und kreative Blondine sollte in den nächsten Tagen ausschließlich Marita Gesellschaft leisten.

Um autark zu sein, brauchte Marita ein schönes neues Auto. Das sollte sie sich selbst aussuchen. Gemeinsam sollten sie zum Friseur, in den Schönheitssalon und ausgiebig shoppen gehen. Das würde Marita mehr ablenken und schneller ins freie Leben zurückführen, als wenn Simon mit ihr tiefschürfende Gespräche führen würde.

»Da wir jetzt hier zu dritt beieinandersitzen, ist es sinnvoll ganz kurz folgendes festzuhalten«, begann Simon.

»Sylvia hat bislang in diesem und im Haus im Spessart alles bestens gemanagt. Klar ist selbstverständlich, dass ab heute Marita die Chefin dieses Anwesens ist. Ich möchte euch bitten, die Aufgaben unter Freundinnen aufzuteilen. Ihr entscheidet, ob, wann und wieviel Dienstpersonal inclusive Gärtner notwendig sind. Sylvia hat ein Budget, über das sie nicht Rede und Antwort stehen muss. Für dich, Marita, habe ich bereits ein Konto eingerichtet, über das du völlig frei verfügen kannst.«

Mit ernster Miene fügte er hinzu:

»Marita. Es würde mir nicht gefallen, dich arbeiten zu sehen. Es sei denn, dass du wirklich Freude daran hast. Wenn du etwas im Haus und im Garten umgestalten möchtest, sollten wir darüber sprechen. In deinen Räumen kannst du ohne Rücksprache machen was du willst.«

Er gab Marita einen Kuss auf die Lippen.

»Du bist mir nicht böse, wenn ich heute und in den nächsten Tagen einige Termine wahrzunehmen habe. Ich möchte einige Aalfurther mit Denksportaufgaben konfrontieren.«

Er klopfte auf einen kleinen Stapel Zeitungen, die auf der anderen Seite des Tisches lagen.

»Diese Morgenlektüre wird dir sicher gefallen.«

„Wie eine Rosamunde Pilcher-Story", lautete die Überschrift der auflagenstärksten Tageszeitung. Das Titelfoto zeigte, wie der Fahrer in Uniform die Tür der weißen Stretch Limousine öffnete. Deutlich zu sehen waren Marita und Simon.

Der nachfolgende Text passte allerdings nicht zum Titelfoto. Ohne zu stark in die Tiefe zu gehen, wurde das Leben des Simon Klinger geschildert.

„Im Alter von 62 Jahren kam Simon Klinger als sehr wohlhabender Mann aus Amerika zurück, um seine Jugendliebe aus den Fängen seines Widersachers zu befreien. Dieser Mann hatte die damals junge Frau gegen ihren Willen genommen. Zwei Tage vor dieser Aufnahme wurde Simon Klinger von seinem Freund in allerletzter Sekunde aus den Flammen seines kleinen Elternhauses gerettet. Fest steht mittlerweile, dass es sich um Brandstiftung gehandelt hat."

Aus einem weiteren Artikel ging hervor, dass in Aalfurth ein Lebensmittelgeschäft in Fertigbauweise aus dem Boden gestampft werden soll. Ein namentlich nichtgenannter Investor, war darauf erpicht, die Einweihung in bereits vier

Wochen vorzunehmen. Neben Lebensmitteln des täglichen Bedarfs solle es dort auch Back- und Fleischwaren geben. Die Preise würden auf dem Niveau eines großen Supermarktes liegen. Außerdem sollte sich dort auch eine Post-Anlaufstelle befinden.

Am gleichen Tag fand in der Weinersheimer Bank ein denkwürdiges Gespräch statt. Gesprächsführer war der Vorstandsvorsitzende Dominic Papen persönlich. Ihm gegenüber saß Helge Mattern, der Leiter der Filiale in Aalfurth. Aus den auf dem Tisch liegenden Unterlagen ging hervor, dass der Filialleiter, mit Unterstützung einiger honoriger Aalfurther, Transaktionen zum Schaden der Bank vorgenommen hatte. Innerhalb einer halben Stunde kam man überein, die Zusammenarbeit mit sofortiger Wirkung zu beenden. Helge Mattern hatte bei der gleichen Bank einen Kredit aufgenommen, um ein älteres Haus in unmittelbarer Nähe zu modernisieren. Nur einem großzügigen Käufer sei es zu verdanken, sagte Dominic, dass der Filialleiter schuldenfrei aus dieser Sache entlassen werden könne. Bedingung sei jedoch, dass er mit seiner Familie das Haus innerhalb von vierzehn Tagen räumen würde.

Am Tag darauf konnten die Aalfurther in der Tageszeitung lesen, dass die Filiale mit Wirkung zum 01.09.2012 geschlossen wird.

Am gleichen Tag erhielten Elmar Klüpfel und Horst Haßfurter ein Schreiben von Dominic Papen. Er warf ihnen darin vor, zusammen mit Helge Mattern die Bank geschädigt zu haben. Vorläufig würde man von einer Anzeige absehen. Vorläufig!

Wenn Elmar Klüpfel sich keine großen Gedanken über dieses Schreiben gemacht hatte, so war das ein sehr großer Fehler. Bereits eine Woche später zogen sehr dunkle Gewitterwolken über ihn herein. Seine Brauerei teilte ihm mit, dass man die Belieferung zum 1. September einstellen müsse, da er auf einige Mahnungen nicht reagiert habe. Bereits vor fünf Jahren musste er seinem Sohn unter die Arme greifen, als dieser mit seinen Darlehenszahlungen für seinen etwas zu groß geratenen Neubau deutlich in Verzug geraten war. Vor wenigen Wochen vertraute der Sohn seinem Vater an, dass sein neuer Metzgerladen im Nachbarort gravierende Defizite aufweisen würde.

Wie sollte Elmar jetzt so schnell einen neuen Bierlieferanten begeistern, ihn zu beliefern? Doch damit sollte die Welle der Hiobsbotschaften noch nicht zu Ende sein. Am Tag darauf erhielt der Besitzer von zwanzig Übernachtungszimmern einen Brief des Landratsamtes. Hierin wurde aufgeführt, welche Mindestanforderungen vorliegen mussten, bis er wieder Übernachtungsgäste aufnehmen durfte. Tage später tauchten zwei Mitarbeiter des Aufsichtsamtes in der Küche auf. Sie stellten gravierende Mängel fest. Diese mussten innerhalb der kommenden drei Wochen abgestellt werden. Als Elmar seinen Kreditrahmen aufstocken wollte, erhielt er den Hinweis, dass sein Unternehmen seitens einiger Kreditversicherungsunternehmen mit einem Warnhinweis versehen wurde. Ohne Sicherheiten sei die Ausweitung des Kreditrahmens leider nicht möglich.

Marita wurde von Tag zu Tag schöner. Ab und zu lachte sie sogar. Simon liebte dieses Lachen. Es war noch nicht das Lachen, in das er sich als junger Mann verliebt hatte. Ihre Lippen wurden wieder etwas voller. Ab und zu wurden sie durch ein Schmunzeln verschönert. Ihre Blässe war einer gesunden Gesichtsfarbe gewichen. Neuerdings kokettierte sie mir ihren auffälligen Ohrgehängen. Sie schimmerten in der Sonne wie glänzende Eiszapfen. Sylvia hatte ihre

Freundin beraten, die Augenbrauen noch deutlicher hervorzuheben und Lidschatten aufzutragen. Marita hatte noch immer wunderschöne dunkelblaue Augen. Doch … diese Augen lagen tiefer in den Augenhöhlen … und verstärkten auf diese Weise die tiefe Traurigkeit, die sich in diese Augen im Laufe der Jahrzehnte eingeschlichen hatte. Deshalb hinterließ sie auf die meisten Menschen einen distinguierten, ja fast unnahbaren Eindruck. Simon hoffte inständig, dass dieses lebensbejahende und oftmals schelmische Blitzen in ihren Augen wieder zurückkehren würde. Aber warum lugten ihre Haare so tief in ihr schönes Gesicht? Sylvia kannte den Grund. Sowohl am Ende der rechten Augenbraue als auch an der rechten Seite ihres Halses waren im Laufe der Jahre Muttermale entstanden, die immer größer und brauner wurden. Wenn Elmar betrunken war, und er war sehr oft betrunken, bezeichnete er sie deshalb als hässliche Frau. Das hatte sich bei der im Grunde genommen schönen Frau festgesetzt; bis tief in ihre Seele. Für Simon waren es Muttermale, die einfach zu seiner Marita gehörten. Aber darüber mit Marita zu sprechen? Niemals.

Er löste dieses Thema auf seine Art. Zunächst vereinbarte er einen Termin bei Professor Haniel.

»Diese Kleinigkeit beseitigen wir stationär«, hatte er mit einem Schulterzucken gesagt.

Es war Sylvias Aufgabe, Marita zu bewegen, sich in die Hände des Professors zu begeben. Als Marita aus dem Krankenhaus kam, war sie wie verändert. Sie hatte plötzlich wieder dieses schelmische Lächeln in den Augen. Sie weinte, sie lachte und sie tanzte vor Glück.

»Du bist weitaus mächtiger und … hm … auch gefährlicher, als mir dies zuvor bewusst war«, sagte Sylvia, als sie mit Simon allein auf der Terrasse stand, und auf die untergehende Sonne über den Main blickten.

»Elmar hast du aber ganz schön eingeheizt, wie mir eine Bekannte aus Aalfurth erzählt hat.«

»Keine Ahnung, worüber du gerade sprichst«, brummte Simon schmunzelnd.

»Ist ja schon gut«, schmollte die blonde Frau.

Die untergehende Sonne verwandelte ihre Haare in ein fast dunkles Rot.

»Und wann kommt Kai dran?«

»Ich habe immer gedacht, dass Frauen ein größeres Gespür für gelungene Rache haben«, lachte Simon.

»Wenn du willst, ändere ich meinen Strategieplan … und ziehe das Thema Kai vor.«

Simon hob seinen Zeigefinger.

»Aber eines solltest du dabei bedenken: Wenn Kai sieht, dass um ihn herum kleine und immer größere Einschläge niedergehen, zittert er doch täglich bei dem Gedanken, wann auch die ersten Bomben durch sein Dach schlagen. Also: Wie hätte es meine hübsche Sylvia denn gerne?«

Die Frau mit den nun purpurroten Haaren begann zu schmunzeln und gab Simon einen langen Kuss auf die Wange.

»Ich lass mich einfach überraschen. Es ist fast besorgniserregend, wie du dein Handwerk beherrschst; mehr als alle Menschen, denen ich jemals begegnet bin.«

Sie hasste sich dafür, dass sie sich bei diesen Worten wünschte, diesen Mann für sich allein zu haben. Aber - sie hasste sich nur ein kleines bisschen.

„Ich will und ich kann nicht verleugnen, dass ich eine Frau bin", dachte sie. „Die Natur hat sich sicher etwas dabei gedacht, dass Frauen so, und nicht anders ticken."

Nein. Kai musste warten. Er war zu keinem Zeitpunkt der Schlimmste dieser Fünferbande gewesen.

Zunächst legte Simon wieder Leimruten aus … und Schlingen … für dumme und gierige Zeitgenossen. Zu ihnen zählte er Horst Haßfurter, Tobias Wiesner und Markus Spielmann. Elmar hatte im Moment ganz bestimmt andere Probleme.

Die Leimruten waren bunt … und glänzten. Es waren Hochglanzbroschüren, die er hatte drucken lassen. Und aus den Broschüren des Maynowa-Konsortiums ging hervor, dass zwischen Aalfurth und Bettweiler, entlang des Südhanges, mit Blick auf den Main und des Himmelreich-Gebietes dahinter, eine riesige Hotelanlage entstehen sollte. Seitdem das Franken-Village, das größte Outlet-Center in Deutschland, gebaut und vor kurzem noch einmal gravierend erweitert wurde, entwickelte sich dieses Gebiet zum deutschlandweiten Magneten zwischen Frankfurt und Würzburg.

Diese Hotelanlage versprach eine Goldgrube zu werden.

Von der Hotelanlage aus würde man einen herrlichen Blick auf den Main und das 18-Loch-Golf-Gelände entlang des Mains haben. Das war zugegebenermaßen eine verblödete Idee. Niemand, mit wachem Verstand, würde an einer Stelle einen Golfplatz anlegen, wo der Main alle paar Jahre über die Ufer trat. Aber die Hochglanzbroschüren waren so gut und glaubhaft gemacht, dass selbst weitaus intelligentere Menschen in diese Falle tappen würden.

Der Plan wurde vorläufig als TOP-SECRET eingestuft. Nur zehn Personen waren bislang an diese Papiere gelangt. Zumindest ließ man es in dieser Form Elmar, Host, Kai, Markus und Tobias wissen. Sie gehörten angeblich zu den wenigen Auserwählten, die von diesem genialen Projekt hören durften. Als Grund gab man an, dass die Grundstückpreise ins Uferlose schießen würden, sobald man über dieses Projekt offiziell sprechen würde. Für Horst Haßfurter war das stichhaltig.

Da aus den Unterlagen nicht genau hervorging, an welcher Stelle genau die Hotelanlage gebaut werden sollte, blieb den gierigen Auserwählten nur eines übrig: sie mussten die Grundstücke auf einer Länge von 2,5 km kaufen. Diese Flächen waren pro Quadratmeter nicht sehr teuer, da es sich um Obstplantagen handelte, die ohnehin nicht mehr ertragreich waren. Um eventuell späteren Interessenten zuvorzukommen, mussten sie für den Kauf allerdings 2,8 Millionen Euro aufbringen.

Kai sah sich nicht in der Lage, weitere Kredite aufzunehmen. Horst war besonders gierig. Sein Anteil betrug 1,4 Millionen Euro. Markus und Tobias wollten sich mit je 560.000 Euro und Elmar immerhin mit 280.000 Euro beteiligen. Er wollte es zumindest versuchen, zumindest für dieses Projekt einen Kredit zu bekommen.

Dominic Papen hielt sich dieses Mal diskret zurück. Er erteilte den kopfschüttelnden Mitarbeitern der Bank die Freigabe, entsprechende Darlehen zu gewähren. Simon hatte mit Dominic eine Vereinbarung geschlossen. Er würde für eventuelle Ausfälle der Bank aufkommen.

Kai war wieder der Einzige, der sich die Frage stellte, warum die Bank Elmar plötzlich einen Kredit über 280.000 Euro einräumte, obwohl man ihm vor wenigen Tagen zu verstehen gegeben hatte, den Kreditrahmen nicht erhöhen zu können; auch dann nicht, wenn dadurch seine Existenz bedroht war. Er hielt es jedoch nicht für angebracht, seine sich im Freudentaumel befindenden Freunde auf diesen Umstand hinzuweisen.

Und trotz dieses riesigen Etappensieges weinte Simon in dieser Nacht.

»Habe ich etwas falsch gemacht«, flüsterte Marita aufgeregt.

»Nein. Mein Liebling. Nein«, antwortete Simon mit belegter Stimme.

»Warum weinst du dann?«

Mit zitternden Lippen gab er Marita einen Kuss.

»Was für eine Frage. Weil ich glücklich bin. Darf man nicht auch einmal vor Glück weinen.«

»Das hättest du aber schon vor 44 Jahren haben können«, lachte Marita.

»Du dummer Kerl.«

Als sie am anderen Morgen zum Frühstück auf der Terrasse saßen, und auf die sommerliche Main-Landschaft blickten, sagte Marita:

»Ich werde einen Termin bei deinem Freund Paul machen, um die Scheidung einzureichen.«

»Das solltest du noch etwas hinausschieben«, sagte Simon.

Marita war nicht über Simons Satz entrüstet. Sie war darüber wütend, wie teilnahmslos er dies aus ihrer Sicht sagte … und dabei kräftig in sein Brötchen biss – ohne sie dabei anzusehen. Deshalb stand sie ruckartig auf und rannte ins Haus.

Simon fand sie weinend auf ihrem Bett. Sie schluchzte und war völlig aufgelöst.

»Ich bin ein Trottel. Bitte entschuldige mein nicht gerade sensibles Verhalten«, sagte Simon leise, während er ihren Rücken streichelte.

»Statt Simon darfst du mich von jetzt an Trottel nennen. Na gut, Trottelchen wäre mir aber schon lieber. Und natürlich nur, wenn wir unter uns sind. Sonst wittert zum Schluss Sylvia Morgenluft und baggert mich wieder an.«

Marita drehte sich zu Simon um.

»Die bist wirklich ein Trottelchen«, sagte sie, während sie gleichzeitig weinte und lachte.

»Das eben war so etwas Ähnliches wie die Vorstufe zu einem Heiratsantrag. Wahnsinn. In meinem Alter. Ich muss verrückt sein.«

Er setzte sich auf das Bett, um nach ihren schmalen Händen zu greifen. Er liebte ihre grazilen Hände, ihren schönen Hals – er liebte alles an ihr.

»Diese Frage ist wichtig Marita. Hast du einen Ehevertrag unterschrieben?«

»Ja. Leider. Das war ja der Hauptgrund, dass ich ihn bislang nicht verlassen habe. Laut Ehevertrag wäre ich mit Null auf der Straße gestanden. Meine Mutter ist ja leider gestorben. Sie war genauso dumm wie ich. Mein Vater hatte sich zum absoluten Kotzbrocken entwickelt. Er ließ mich wissen, dass ich keinen Schritt in sein Haus setzen dürfe, wenn ich mich von Elmar scheiden lasse.«

»Danke mein Schatz. Es war ungemein wichtig, dass du mit diesem Thema angefangen hast. Heute Nachmittag werden wir gemeinsam einen Termin bei Paul haben. Wir werden alles daransetzen, dass die Scheidung ganz schnell über die Bühne geht. Wenn ihm etwas zustoßen sollte, so sind selbst fünfundzwanzig Prozent von einer hohen Schuldenlast viel Geld.«

»Wovon redest du denn da?«, sagte Marita entrüstet. Der Depp ist vermögend, wenn man das Haus und die Ländereien mitberücksichtigt.«

»Du irrst dich mein Schatz. In einigen Wochen ist dieser Kerl arm wie eine Kirchenmaus. Er weiß es selbst noch nicht.«

Als Elmar zwei Tage später die Scheidungspapiere unterschrieb, grinste er über sein ganzes Gesicht. Marita verzichtete darin explizit auf jegliche Forderungen.

Der August 2012 ging mit einem Schreiben an Kai Betzelt zu Ende. In diesem Schreiben machte das Landratsamt ihn darauf aufmerksam, dass er bislang den neuesten Umweltauflagen nicht nachgekommen sei. Das Umweltamt forderte ihn auf, die großen unterirdischen Tanks gegen neue auszutauschen. Diese mussten sich wegen der zunehmenden Hochwassergefahr in einer Art Wanne befinden. Der Höhenunterschied zum Wasserspiegel des Mains betrug gegenwärtig lediglich 1,5 Meter. Bei einem Jahrhunderthochwasser könnte der Main jedoch 2,5 Meter über die Ufer treten. Deshalb diese Umweltauflagen. Sollte er binnen vier Wochen nicht vorlegen, dass diese Auflagen bis Dezember dieses Jahres erfüllt werden, müsse die Tankstelle ab Anfang Januar stillgelegt werden.

Dieses Geld konnte und wollte Kai nicht aufbringen. Das würde sich erst in zwanzig Jahren rechnen. Deshalb war er mit der Schließung der Tankstelle einverstanden. Sie war ohnehin nicht mehr profitabel. Seit der Autobahnauffahrt nördlich von Ober-Weinersheim eingeweiht wurde, gab es weitaus weniger Verkehr durch Aalfurth. Er hatte ja schließlich noch seine Werkstatt.

Dass dies ein Trugschluss war, sollte Kai bereits einige Tage später aus der Zeitung erfahren.

Conrad Weiss, der Inhaber einer bislang unscheinbaren Autowerkstatt in Bettweiler ließ wissen, dass er zusammen mit einem Teilhaber diese Werkstatt gravierend erweitern und modernisieren wolle. Drei Top-Mechaniker hatte Weiss dem Vernehmen nach bereits unter Vertrag. Sein Ziel sei es, die Preise in Weinersheim deutlich zu unterbieten. Darüber hinaus wolle er einen einzigartigen Service leisten. Kunden würden kostenlos nach Hause gebracht und wieder abgeholt werden. Alternativ würde man ihnen während der Reparaturzeiten kostenlos ein Ersatzfahrzeug stellen. Und dann folgten noch viele weitere Serviceleistungen. Spätestens jetzt wusste Kai, dass damit sein finanzielles Ende eingeläutet wurde. Das war seine ganz persönliche

Totenglocke. Darauf war er nicht vorbereitet. Bislang drückten ihn seine Schulden in Höhe von 150.000 Euro nicht besonders. Seine letzte Scheidung hatte viel Geld verschlungen. Dieses hässliche Weib war weitaus verschlagener gewesen als Sylvia. Und was jetzt?! Er hatte doch keine Rücklagen geschaffen!

Am 15. September hatten viele Aalfurther Einwohner das Gefühl, als würde eine halbe Armee anrücken. Die riesigen Abriss-Fahrzeuge kamen vor der Alten Schule, dem dreigeschossigen Sandsteinbau, zum Stehen. Zunächst baute ein Team aus fünfzehn starken Männern in einer atemberaubenden Geschwindigkeit die Fenster und Türen der Schule aus, und warfen diese in einen Container. Bereits dreißig Minuten später wurde dieser Container abgeholt und das Gebäude glich einem Skelett.

Mehr als fünfzig Aalfurther konnten es nicht fassen. Sie gafften. Sie fluchten. Sie schimpften. Einige weinten sogar. Hier waren ihre Kinder, ihre Eltern und ihre Großeltern zur Schule gegangen. In diesem Gebäude fanden Wahlen, standesamtliche Hochzeiten, Lichtbildervorträge und andere Festlichkeiten statt. Hier war früher das Büro des Bürgermeisters und des Ratschreibers. Und jetzt? Es sah so aus, als wollte man dieses Gebäude dem Erdboden gleichmachen. Niemand hatte bislang gelesen, dass man so etwas plante.

Selbst Elmar Klüpfel, der Dorfsprecher, hatte keine Information über dieses Vorhaben vorliegen. Allerdings konnte er sich nur schwer artikulieren. Sein Kopf war durch ein Korsett gestützt. Er hatte eine zweite Kiefernoperation über sich ergehen lassen müssen. Horst Haßfurter rief erbost das Rathaus in Weinersheim an. Man teilte ihm lapidar

mit, dass an dieser Stelle in Kürze ein modernes Wohnge-
bäude entstehen solle.

Mittlerweile waren zwei Polizeifahrzeuge vor Ort. Das
Abriss-Unternehmen sah sich gezwungen, Unterstützung
anzufordern. Bei diesen riesigen Geräten konnte schnell etwas passieren. Nur mit größter Mühe konnten die Gaffer
und Flucher auf Abstand gebracht werden. Am späten
Nachmittag war das Spektakel vorbei. Zurück blieb ein erstaunlich großer Platz inmitten des ehemaligen Haufendorfes. Der Bauschutt wurde einfach zwischen dem Alt-Dorf
und dem Neubaugebiet in Richtung Hahnenberg abge-
kippt; nicht weit von Häusern entfernt, die erst vor zwei
Jahren gebaut wurden. Auch das habe seine Richtigkeit, erfuhren Horst Haßfurter und Tobias Wiesner. Diese Grundstücke gehörten doch …? Eine Nachfrage ergab, dass eine
Immobiliengesellschaft diese Grundstücke vor einigen Wochen gekauft hatte – zusammen mit vielen weiteren Grundstücken.

In der größten Tageszeitung wurde am Tag darauf berichtet, dass die Immobiliengesellschaft „Simonis" die Alte
Schule in Aalfurth gekauft hatte, um auf diesem Grundstück ein viergeschossiges Wohnhaus mit Penthouse-Woh-
nung zu errichten.

Niemand konnte oder wollte sich an den 5. April 1946
erinnern. Niemand?

Simons Vater hätte seinem Sohn auf die Schulter ge-
klopft, wenn er den gestrigen Tag hätte miterleben können.
Damals wurden vor dieser Alten Schule achtzehn sudetendeutsche Heimatvertriebene abgeladen. Fünfzig oder sechzig Aalfurther ließen mit grimmigen Mienen wissen, dass es
hier keinen Platz für Zigeuner und Tagediebe gäbe.

Und neun Jahre später fanden fünf grobschlächtige
Kinder ihren Gefallen daran, diese räudige Katze, diesen
Burschi, zu schlagen und zu treten; ihm das Leben zur

Hölle zu machen. Dort oben, im Mittelgeschoss der Alten Schule, saßen sie alle zusammen in einem großen Raum. Und am Pult stand Roswitha Hannagard, die Lehrerin aus Ostpreußen. Sie wollte von Simons Hölle nichts wissen. Aus ihrer Sicht war es Gottes Wille. Jeder musste sein Leben dort genießen, ertragen oder erdulden, wo Gott diese Menschen hingestellt oder abgeladen hatte. Zu diesem Gott mussten sie jeden Tag vor Beginn des Schulunterrichtes beten. Und jetzt … heute …? Roswitha Hannagard konnte diesen Tag … leider … nicht miterleben. Sie war vor zwei Jahren gestorben. Und heute … gähnte an dieser Stelle, wo sich dieses ehrenwerte Gebäude befunden hatte, ein leerer Platz. Das war gut so, dachte Simon, während er es sich auf der großen Terrasse gemütlich machte. Das war der Anfang. Sie sollen noch viele Überraschungen erleben … die Aalfurther.

»Hast du das mit der Schule gelesen Simon?«

Marita und Sylvia tauchten auf der Terrasse auf. Sylvia hatte eine Flasche Sekt und drei Gläser in der Hand. Sie ließen sich neben Simon nieder.

»Habt ihr deshalb den Sekt mitgebracht?«, grinste Simon.

»So ein Quatsch«, schimpfte Marita.

»Das wäre wirklich kein Grund, um darauf anzustoßen. Also manchmal muss ich mich über deine derben Scherze schon wundern.«

»Ist ja schon gut«, brummte Simon.

»Stoßen wir wenigstens darauf an, dass eines Tages auch die Häuser von Elmar, Kai und noch einigen anderen plattgemacht werden.«

»Ach komm. Es bringt doch nichts, wenn man sich sein Leben unnötig schwermacht«, sagte Marita nachdenklich.

»Ich hab gehört, dass Elmar mit einem Stützkorsett herumläuft. Hast du eine Ahnung, was da passiert ist?«

»Kiefern-Operation«, sagte Sylvia, nippte an ihrem Sektglas und blickte Marita fast vorwurfsvoll an.

»Seit eurer raschen Scheidung scheinst du ja wirklich einen sehr dicken Strich unter die Rechnung gemacht zu haben.«

Danach wandte sie sich kokett an Simon:

»Ich hätte nichts dagegen, wenn die Schuppen von Kai unter die Räder einiger Raupen geraten würden.«

»Nichts ist unmöglich auf dieser Welt.« Simon hob sein Glas.

»Lasst uns auf die nächsten Erfolge anstoßen.«

Marita machte ein nachdenkliches, fast betrübtes Gesicht.

»Warum habe ich bei dir so oft das Gefühl, als wolltest du uns mit deinen Andeutungen etwas sagen, was wir vorläufig lieber nicht wissen sollten.«

Sylvia erhob sich, um mit Simon anzustoßen. Danach drückte sie ihm einen Kuss auf die Wange.

»Egal. Ich wünsche ihm Erfolg. Ein Mann muss das tun, was er tun muss. Nur dann ist er ein Mann.«

Grinsend sagte sie zu Marita:

»Solltest du ihn eines Tages nicht mehr mögen … oder gar Angst vor ihm haben … dann gib ihn mir. Du hast den besten Mann auf dieser Welt.« Sie lachte.

»Ich beneide dich. Ach, du würdest es mir viel leichter machen, wenn wir keine Freundinnen wären.«

»Du warst schon immer eine verrückte Nudel«, sagte Marita und streckte ihrer Nebenbuhlerin ihr Glas entgegen.

»Das würde dir so gefallen. Nix da. Zwei Männer sollten dir doch genügen.«

Horst Haßfurter war weit davon entfernt, im Moment an Frauen zu denken. Da Elmar und Kai von ihren Problemen berichtet hatten, glaubte er an keinen Zufall, als er die drei Schreiben des Landratsamtes zum zehnten Mal durchgelesen hatte.

Allein das erste Schreiben warf alle Kalkulationen und alle gesteckten Ziel über den Haufen. Es war zwar richtig, dass er in den letzten Jahren die Schreiben bezüglich einer Aufforderung zu anstehenden Renaturierungsmaßnahmen für vier Steinbrüche in den Papierkorb geworfen hatte. Damit war er in guter Gesellschaft mit den meisten Steinbruchbesitzern.

Doch jetzt hatten ihm die zuständigen Behörden eine Frist gesetzt. Binnen zwei Wochen sollte eine Bestätigung vorliegen, welche Steinbrüche er renaturieren ließ. Dem Schreiben des Landratsamtes war eine Anlage beigefügt. Aus den Schreiben ging hervor, wie und bis spätestens wann man sich die Maßnahmen im Detail vorstellte. Sollten diese Maßnahmen nicht innerhalb des ersten Halbjahres 2013 abgeschlossen sein, würden die Abbau-Erlaubnisse für die beiden gegenwärtigen Steinbrüche ab 1.7.2013 auslaufen.

Im zweiten Schreiben wurde darauf hingewiesen, dass die beiden Sandgruben ab Jahresanfang unter strikten Naturschutz gestellt würden. Die Abbau-Erlaubnis würde bis maximal Ende dieses Jahres gültig sein.

Aus dem dritten Schreiben musste Horst entnehmen, dass im Bauausschuss entschieden wurde, sein Unternehmen bei einigen kommunalen Bauvorhaben leider nicht mehr berücksichtigen zu können. Nach den vorliegenden Informationen sei zu befürchten, dass das Bauunternehmen auf absehbare Zeit in eine finanzielle Schieflage geraten könnte.

Zumindest fünf Bauvorhaben hatte er fest eingeplant; wie in den Jahren zuvor. Damit stand fest, dass sein verhältnismäßig kleines Bauunternehmen in Kürze insolvent war.

Der 21. September 2012 war ein rabenschwarzer Freitag für Horst Haßfurter. Die beiden besten Mitarbeiter seines Baumarktes hatten heute Vormittag gekündigt. Sie waren seit zwölf Jahren im Unternehmen tätig.

Vor fünf Jahren hatte Horst das Sortiment des Baumarktes gravierend erweitert.

Jonas Adelmann und Adolf Junghans drucksten lange herum. Sie würden in vier Wochen bei Bau-World beginnen. Vor zwei Monaten war dort ein Teilhaber mit sehr viel Geld eingestiegen. Dessen Ziel sollte es angeblich sein, der größte Anbieter in Unterfranken zu werden. Jonas und Adolf hatten Unterlagen gesehen, woraus Sortiment, Preise und Service hervorgingen. Ihr künftiges Einkommen war so verlockend, dass sie nicht Nein sagen konnten. Sie hatten schließlich Familie.

Im Vollrausch konnte Horst am besten denken. Als er am anderen Morgen mit einem schweren Kopf aufwachte, wusste er, dass es hochriskant gewesen war, sich mit fünfzig Prozent beim Grundstück-Deal für das Hotelprojekt zu beteiligen. Um Gottes willen. Da durfte nichts schiefgehen. Das wäre sein Ende.

Seit Arthur Koschwitz vor drei Jahren einen Schlaganfall gehabt hatte, war dieser nur noch ein Schatten seiner selbst.

Tobias Wiesner fackelte nicht lange und machte Nägel mit Köpfen. Mit Unterstützung des Bauernverbandes räumte ihm die Bank einen großzügigen Kredit ein.

Innerhalb eines Jahres war er wieder der unangefochtene größte Landwirt am Ort. Er baute seine Milchwirtschaft aus. Zusätzlich investierte er drei Millionen Euro in eine Biogasanlage und war mit seinen modernen Gerätschaften ein wichtiger Dienstleister für andere Biogasanlagen. Sowohl die landwirtschaftlichen Berater am Landratsamt, als auch der Bauerverband, wurden nicht müde, darauf hinzuweisen, dass Milchviehbetriebe mit nur achtzig Kühen nach 2015 nicht mehr wettbewerbsfähig sein würden. In diesem Jahr sollte die Milchquote wegfallen. Wenn er überleben wollte, musste er die Flucht nach vorn antreten. Zweihundert Stück Milchvieh war das Minimum.

Bei der Flucht in die Menge hatte Tobias nur eine Wahl: Er musste seinen Kredit aufstocken. Für seine Unterlagen verlangte der Bankberater ein Unternehmenskonzept. Teil dieses Konzeptes war es, ausreichende Flächen unter Vertrag zu haben. Das war für den größten Landwirt am Ort kein Problem - dachte er. Doch als er sich mit den entsprechenden Besitzern der Flächen in Verbindung setzte, erlebte er eine mehr als herbe Überraschung. Er musste erfahren, dass eine Gesellschaft atemberaubende Preise gezahlt hatte.

Die Gesellschaft Simonis begnügte sich jedoch nicht damit, alle erreichbaren Grundstücke zu pachten. Die allermeisten Besitzer stimmten einem Verkauf zu. Was sollte man schließlich mit diesen Grundstücken, die auf absehbare Zeit keine Chance hatten, Bauerwartungsland zu werden.

Nach drei Wochen stand für Tobias Wiesner fest, dass er für das kommende Jahr nur noch fünfzig Prozent der bisherigen Flächen unter Vertrag hatte. Dabei hätte er seine bisherige Fläche verdoppeln müssen. Unter diesen Umständen sah sich die Bank außerstande, den Kreditrahmen zu erhöhen. Vielmehr würde man sich gezwungen sehen, auf zusätzliche Sicherheiten zu bestehen, um die bisherige Kreditzusage weiterhin aufrecht erhalten zu können.

So besorgniserregend die neuen Rahmenbedingungen waren … Aber warum, um alles in der Welt, sprach ihn niemand auf den Kredit von 560.000 Euro für das Hotel-Grundstück-Projekt an?

Giesela Diehm wuchs in Aalfurth auf. Sie war achtundzwanzig Jahre alt. Alle liebten sie, die attraktive und sportliche Kindergärtnerin.

Aber warum wollte sie urplötzlich Aalfurth verlassen, um einen gut bezahlten Job in Weinersheim anzunehmen? Der Grund ihres Stellenwechsels sorgte für Aufsehen in Aalfurth; vor allem im Neubaugebiet, wo die meisten Kleinkinder wohnten.

Der Kindergarten war ein ebenso altes und ehrwürdiges Gebäude wie die Alte Schule, die vor Kurzem abgerissen wurde. Vom ersten Stock aus hatte man einen fast atemberaubenden Blick über Aalfurth und die Mainschleife.

Wer, zum Teufel, steckte hinter dieser Immobiliengesellschaft Simonis?

Dieses Unternehmen hatte nun auch den Kindergarten von der Stadt Weinersheim erworben. Für die Stadt war es preiswerter einen neuen Kindergarten zu bauen, als dieses alte Gebäude zu sanieren. Doch wann dieser neue Kindergarten gebaut werden sollte, war nicht in Erfahrung zu bringen. In der Zwischenzeit sollten die Kinder täglich abgeholt und nach Lindenwald gebracht werden. Interessanterweise gab die Immobiliengesellschaft einen Zuschuss, damit die Familien nicht mit Mehrkosten belastet werden mussten. Es war also nicht opportun, zu sehr auf Simonis zu schimpfen.

Dass diese Immobilien-Gesellschaft Appetit auf weitere Aalfurther Immobilien entwickelt hatte, erfuhren einige Dorfbewohner häppchenweise. Ja, das Gebäude des „Russisch-Karl" und der Familie Götzelmann, mit der riesigen Scheune oberhalb des Kraibaches, waren wirklich alte und langsam baufällige Kästen.

Der Spätheimkehrer hatte sich bereits vor vielen Jahren buchstäblich totgesoffen. Seine Frau fand man irgendwann in der Scheune. Die alte Frau hatte die Gewohnheit, ihre Hühner in der alten Scheune frei herumlaufen zu lassen. Bei der Suche nach ihren Eiern war sie unglücklich gestürzt.

Die Überreste von Anita, sie lag zwei Monate in der Scheune, wurden mit großer Anteilnahme zu Grabe getragen. Ihr Sohn Franz, der schon vor Jahrzehnten nach Darmstadt gezogen war, hatte keine Verwendung mehr für diese alten Gemäuer. Mit dem Verkauf wollte er sich die Abrisskosten ersparen.

Das Götzelmann-Anwesen pappte förmlich an einem kleinen Gebäude, das in den Nachkriegsjahren als Kolonialwarenladen bekannt war. Simon erinnerte sich noch genau an die beiden Heimatvertriebenen aus Schlesien. Herr Jelinek war im ganzen Dorf für sein Tütterittü bekannt. Mit gut gelaunter Miene sagte er nicht „Guten Tag" oder eine andere Form der Begrüßung. Er kannte nur Tütterittü.

Irgendwann waren Herr und Frau Jelinek weg; einfach weg. Niemand hatte mehr etwas von ihnen gehört. Dabei hatten sie die alten Gemäuer für ein paar Mark gekauft – damals. Seitdem stand das Gemäuer leer. Die Stadt war froh, auch dieses baufällige Gebäude, wofür man, trotz eines großen Aufwandes, keinen Besitzer mehr ausfindig machen konnte, zu verkaufen.

Seitlich der ehemals Alten Schule stand ein verschachtelter Komplex aus vielen kleinen aneinandergebauten Häuschen und Schuppen. Das war bis in die sechziger Jahre hinein das größte Lebensmittelgeschäft am Ort. Dort holte die Oma Klinger ihren Tarragona oder Malaga. Simons Mutter musste auf wundersame Weise nie zahlen; wie die anderen. Sie sagte einfach Napsani, worauf Frau Nimmerrichter einfach nur nickte. Erst viel später klärte sich für Simon das Geheimnis. Hinter diesem Wort verbarg sich das Wort Anschreiben. Das verstanden Sudetendeutsche wie Schlesier gleichermaßen. Seitdem unterließ es Simon, mit Napsani einzukaufen.

In den Gemäuern hatte später eine ältere Familie gewohnt. Die alte Emilie und der immer hustende Edgar starben vor ein paar Jahren. Seitdem schlummerten die schon fast idyllischen Häuschen vor sich hin; wurden zu Heimstätten für Mäuse, Ratten, Katzen, Marder und Schleiereulen.

Im Unterdorf gab es noch einen größeren Komplex. Dort befand sich das Refugium der Diehms. Mit den Diehms war das so eine Sache. In Aalfurth gab es zehn Familien mit dem Namen Diehm. Und irgendwie waren sie, über viele Generationen hinweg, miteinander verwandt. So war das früher - aber nicht nur in Aalfurth, sondern in ganz Franken und vor allem in vielen Spessartdörfern.

Es war jedoch kein Problem, diese ganzen Diehms und Fleglers auseinanderzuhalten. Jede Familie im Dorf, eigentlich jeder Bewohner des Dorfes, hatte ohnehin einen Zweitnamen; in etwa so, wie man Simon Burschi nannte. Das hatte natürlich einen großen Nachteil. Irgendwann musste man schon sehr lange nachdenken, um bei offiziellen Anlässen eine Person mit dem „richtigen" Namen anzusprechen.

Der Fäascht-Diehm war als Förster und Jäger in den Diensten der Weinersheimer Fürstenfamilie tätig gewesen. Und dessen Frau hieß schlicht und einfach die Gschäftles-Edith.

Edith Diehm führte das kleine Kolonialwarengeschäft im Unnadoaf; also im Unterdorf von Aalfurth. So gesehen war hier alles ganz einfach.

Werner Diehm, der Sohn der Kolonialwaren-Diehms war inzwischen siebenundsechzig Jahre alt und pflegebedürftig. Er war damit einverstanden, dass sein Sohn Werner das Anwesen verkaufte, zu dem in den Nachkriegsjahren eine kleine Autowerkstatt gehörte. Und vor den Betzelts befand sich dort die erste Tankstelle am Ort. Direkt dahinter klebte die neue Bankfiliale, die nun mittlerweile geschlossen wurde.

Am Nikolaus-Tag rückten wieder die Abriss-Fahrzeuge an. Auf ihrer Liste standen der Kindergarten, das Götzelmann-Anwesen sowie die drei verschachtelten Kolonialwarenkomplexe. Zurück blieben hässliche Wunden. Nichts ist in einem Haufendorf schlimmer, als wenn einzelne Gebäude dazwischen abgerissen werden. Die übrig gebliebenen Gemäuer verliehen dem Dorf einen maroden und morbiden Charme … wie es ein Reporter formulierte.

Die Aufregung war wieder groß, als zur Abriss-Halde der Alten Schule eine weitaus größere Menge neuer Schutt hinzukam; in unmittelbarer Nähe des Neubaugebietes.

»Das hat System«, schrie Markus Spielmann am Stammtisch.

Seine langen schlohweißen Haare fielen ihm dabei in das puderrote Gesicht. Er schnappte nach Luft.

»Er will uns fertigmachen.«

Der Weißhaarige sackte völlig in sich zusammen.

»Brunzverregg. Sou wie ich des säh, schofft dea Hundling des aach no.«

Nach einer kurzen Pause ballte er seine Fäuste und fluchte, dieses Mal wieder in Hochdeutsch:

»Wir waren blöd damals. Wir hätten ihn wirklich totschlagen sollen.«

»Was quatscht du da für eine Scheiße«, ächzte Elmar.

Man hatte ihn vor wenigen Tagen zwar vom Stützkorsett befreit. Doch sein Kinn schmerzte immer noch höllisch.

»Ein Arschloch allein schafft das doch niemals. Da hat sich eine ganze Meute zusammengerottet. Manchmal sind wir aber auch selbst schuld«, prustete er.

Elmar spielte damit auf seinen Sohn Volker an, der vor wenigen Tagen mit seiner dämlichen Frau und seinen zwei Kindern in die stillgelegten Übernachtungszimmer des Gastwirtes eingezogen waren.

»Alles war für die Katz«, schrie er seinen dicken Sohn an.

»In den letzten fünfzehn Jahren hab ich weit über dreihunderttausend in dieses große Loch geschmissen.«

Volkers Frau Bettina schob die beiden Kinder wie ein Schutzschild vor sich her.

»Nur noch dieses eine Mal. Ich schwör's dir Elmar«, schluchzte sie.

Ihre Krokodilstränen rannen über ihr großes Doppelkinn. Sie war potthässlich.

Schon, um sie nicht jeden Tag sehen zu müssen, hätte Elmar dieser Brut, wie er seinen Anhang neuerdings nannte, geholfen. Aber 250.000 Euro. Wo um alles in der Welt hätte er so viel Geld hernehmen sollen? Seine Lage würde sich ja noch beschissener entwickeln.

Dass er sich noch dämlicher angestellt hatte, als sein dummer Sohn, der wieder einmal ein riskantes Finanzmanöver eingegangen war, verschwieg der korpulente Gastwirt vorsichtshalber.

Zwei Tage nach diesem Stammtischgespräch grinste Kai Betzelt in sich hinein. Zumindest bei dieser Sache hatte ihn sein Instinkt nicht im Stich gelassen.

Seine vier Freunde blickten am 18. Dezember 2012 jedoch in einen nicht enden wollenden Krater. Nein, das war vielmehr ein Schlund, der zusammen mit den Schicksalsschlägen der letzten Monate alles in sich hineinsog.

Das Schreiben der Maynowa Holding war sehr kurz gehalten:

»Liebe Freunde des Maynowa-Projektes. Der Aufsichtsrat unserer Holding hat am 16.12.2012 einstimmig beschlossen, das äußerst erfolgversprechende Hotel-Projekt zwischen Aalfurth und Bettweiler nicht weiter zu verfolgen. Grund hierfür war ein Schreiben des zuständigen Landratsamtes. Darin hatte man uns mitgeteilt, dass wenige Wochen zuvor entschieden wurde, das in Frage kommende Gebiet nicht nur unter Landschaftsschutz, sondern auch unter Naturschutz zu stellen. Eine Baugenehmigung könne aus diesem Grunde nicht erteilt werden. Wir bedanken uns an dieser Stelle für ihr Interesse und ihr Engagement und verbleiben …«

Diese Mitteilung allein war für Elmar, Horst, Markus und Tobias tragisch genug.

Entscheidend war das Schreiben der Bank, welches am gleichen Tag in der Post lag. Darin teilte man den vier Aalfurther Honoratioren mit, dass nach Vorlage des Schreibens der Maynowa Holding der eingeräumte Kredit aufgekündigt werden muss. Bereits ausgezahlte Beträge müssen bis zum 15.01.2013 zurückgezahlt werden.

Lediglich Horst Haßfurter hatte sich hinreißen lassen, vom Maynowa-Projekt zu sprechen. Schließlich brauchte er einen Kredit über 1,4 Millionen Euro. Allerdings erwähnte er in diesem Zusammenhang, dass seine drei Freunde sich ebenfalls an diesem Projekt beteiligen würden. Explizit tauchte in der Kreditzusage bei keinem der vier Personen der Begriff Maynowa Holding auf. Das wäre für die Bank auch kontraproduktiv gewesen, da es diese Holding offiziell nicht gab. Die Anschrift dieser Holding war eine Briefkastenfirma. Die Bank ist nicht verpflichtet, in einer Kreditzusage einen Bezug zu einem geplanten Projekt explizit zu erwähnen, sagte ein Mitglied des Aufsichtsrates. Dominic Papen war nicht erreichbar. Mit allergrößtem Interesse verfolgte er jedoch die weiteren Entwicklungen und Schachzüge seines Freundes Simon.

Peter Heß, der ehemalige Besitzer von vielen Sand- und Kiesgruben, war ein leidenschaftlicher Schachspieler. Sein spielerischer Instinkt sagte ihm seit Wochen, dass hier eine Person oder eine Gruppe einen sehr großen Plan verfolgte. Sie wollten dieses Spiel gewinnen; um jeden Preis.

Der Zufall wollte es, dass er vor wenigen Tagen am Stammtisch bei Elmar Klüpfel saß. Mit Horst Haßfurter hatte er inzwischen einen Burgfrieden geschlossen.

Markus Spielmann hielt sich an seinem Bierglas fest und steigerte sich in einen Wutanfall hinein.

»Da taucht plötzlich, wie aus dem Nichts, ein Teilhaber auf, der nicht genannt werden will«, fauchte er.

»Potoschka und ich haben uns in der Vergangenheit immer respektiert. Nur weil wir uns gegenseitig nicht in die Suppe gespuckt haben, ging es uns gut. Es passt einfach nicht zu diesem dummen Polen, Schlesier, Sudetendeppen … oder wo dieses Gesocks hergekommen ist. Woher soll dieses Arschloch plötzlich so viel Geld haben, um anzubauen, sich irrsinnig teure Maschinen zu kaufen und eine Ausstellungshalle dranzuhängen. Über zweitausend Quadratmeter groß soll allein dieses Ding werden!«

Seine Hände begannen zu zittern.

»Das … das ist mein Ende.«

Der ergraute Schreiner wirkte wie ein Achtzigjähriger.

Auch seine vier Freunde am Stammtisch waren innerhalb kürzester Zeit um viele Jahre gealtert.

Doch Peter Heß war nicht nur ein guter Schachspieler. Er war seit Jahrzehnten Kaufmann. Und er hatte sehr gute Beziehungen nach Weinersheim.

Innerhalb einer kleinen Gruppe Unternehmer, die in diesem Raum die Fäden zogen, hatte man sich seit vielen Wochen kurzgeschlossen; um zu beraten, wie man mit der neuen Situation umgehen sollte. Dieser Gruppe blieb nicht verborgen, dass der Vorstand der größten Bank um eine Person erweitert worden war. Und diese Person hieß Simon Klinger.

In der Presse konnte man vor Kurzem lesen, dass er als äußerst wohlhabender Unternehmer aus den Staaten in seine alte Heimat Unterfranken zurückgekehrt war. Sie hatten diesen Klinger bei einem Gartenfest in alarmierender Vertrautheit mit Dominic Papen und dem Landrat Waldemar Achhammer gesehen. Selbstverständlich war es ihnen gelungen, mehr über diesen mysteriösen Klinger in Erfahrung zu bringen. Dieser Mann war kein Leichtgewicht. Er war viele hundert Millionen Euro schwer. Allein sein Haus in unmittelbarer Nähe zu Weinersheim sollte mehrere Millionen gekostet haben. Also wollte er sich hier niederlassen.

Dominic Papen hatte in einer schwachen Stunde erzählt, dass Simon Klinger nach Deutschland zurückgekommen war, um eine Rechnung zu begleichen.

Eine Rechnung? Verdammt. Um welche Rechnung sollte es sich hier handeln? Aber wozu dann dieses riesige Haus? Sie hatten sich eine Luftaufnahme von Simons Anwesen fertigen lassen.

Peter Heß zählte 1+1 zusammen. Er hatte es ja hautnah miterlebt, wie man mit Simon umging, als er aus dem Krankenhaus nach Aalfurth zurückkam. Damals. Vor langer Zeit.

Er kannte Simons weiteren Leidensweg – bis hin zu Maritas Hochzeit. Er wusste auch, was davor passierte. Im Dorf wussten es damals alle - ohne Ausnahme. Was sich vor seiner Zeit abgespielt hatte ... also nach 1945 ...? Darüber wollte niemand so recht sprechen.

»Es war eine ganz andere Zeit, als man die Sudetendeutschen vor der Alten Schule ablud«, raunten einige der Älteren.

»Damals hatten sich die Aalfurther wahrlich nicht mit Ruhm bekleckert. Auch später nicht.«

Peter wusste sehr genau, unter welchen Umständen Simon aufwuchs. Das war damals kein Zuckerschlecken. Dass der steinreiche Rückkehrer die Alte Schule schleifen ließ, hatte Symbol-Charakter. Das war kein Zufall! Und nach Lage der Dinge hatte sich Simons Hass auf die Aalfurther in den vielen Jahrzehnten offensichtlich gesteigert.

Peter Heß hatte sich zunächst mit keiner Menschenseele über seine Schlussfolgerungen unterhalten. Sie war zu verrückt, um sie in den Bereich des Möglichen oder gar des Wahrscheinlichen einzureihen. Doch als er sich vor wenigen Tagen mit einigen Freunden unterhalten hatte, schlossen auch diese sein Szenario nicht mehr aus. Er, Peter, kannte Simon am besten von ihnen. Deshalb hatten sie beschlossen, dass er mit diesem Verrückten sprechen sollte.

Es war ein Tag vor Weihnachten. Die Information, die Peter Heß vor wenigen Stunden erhalten hatte, ließ selbst Hartgesottenen den kalten Schweiß über den Rücken laufen. Danach gab es keinen Zweifel daran, dass die wichtigsten Gegenspieler Simons zum Insolvenzverwalter gehen mussten. Das war nur noch eine Frage von wenigen Tagen. Diese fünf Personen waren in den letzten Jahrzehnten die wirtschaftliche Wirbelsäule von Aalfurth gewesen. Und Simon war dabei, ganz Aalfurth das Rückgrat zu brechen. Das war jetzt kein fernes Szenario mehr.

»Wir kennen uns jetzt doch seit der Volksschule«, begann Peter das Gespräch.

Sie hatten sich in die Ecke eines Cafés in Weinersheim zurückgezogen.

»Viele Jahre habe ich genau hinter dir gesessen.«

Mit Bedacht machte er eine kleine Pause, um leiser fortzufahren:

»Das waren damals völlig andere Zeiten. Wir waren jung und dumm. Ich bin nicht stolz auf diese Jahre Simon. Habe dir ja nie etwas getan.«

»Nach Roswitha Hannagard gab es eine gottgewollte Rang- und Hackordnung.« Simon verzog seine Mundwinkel.

»So gesehen hatten viele Erwachsene und viele Kinder christlich gehandelt. Damals.«

Peter verschränkte seine Arme.

»So gesehen hat sich die Rang- und Hackordnung nun etwas verschoben«, sagte Peter.

Er versuchte Augenkontakt herzustellen. Doch Simon hielt es für angebracht, in seiner Schwarzwälder Torte herumzustochern.

»Und du hackst verdammt gut, wenn ich das mal so sagen darf«, fuhr er mit sonorer Stimme fort.

»Bei der Sache im August hast du doch im Vorfeld ganz genau gewusst, wie dieser Abend verlaufen würde.«

»Du hast deine Sache gut gemacht Peter. Aber es war von dir keine pure Menschlichkeit, die dich dazu bewogen hat … wenn ich dich daran erinnern darf.«

»Der Grund mit dir sprechen zu wollen, hat nichts damit zu tun, an deine Menschlichkeit zu appellieren.«

Simon schob seinen Kuchenteller demonstrativ von

sich.

»Du warst immer ein guter Kaufmann Peter. Du hast immer gewusst, wann es Zeit ist, sich zurückzuziehen.« Simon fixierte sein Gegenüber.

»Du sprichst nur für dich?«

Der Grauhaarige grinste.

»He, dir werden Elmar und seine Deppen niemals gewachsen sein. Es ist richtig, dass ich so eine Art Unterhändler bin. Außer mir gibt es noch weitere Personen, die daran interessiert sind, Konfrontationen aus dem Weg zu gehen und stattdessen wie vernünftige Kaufleute miteinander zu sprechen.« Er lehnte sich zurück.

»Aus unserer Sicht bist du ein Verrückter, der nur schwer zu stoppen ist - um es einmal vorsichtig auszudrücken. Aber da sage ich dir mit Sicherheit nichts Neues.«

»Also mit deinem Hang zu offenen Worten solltest du nicht auf die dumme Idee kommen, eine politische Karriere einzuschlagen«, sagte Simon lachend.

»Aber ich will deinen Redefluss nicht unterbrechen. Sprich weiter.«

»Karten auf den Tisch. Ich spreche auch für Fabian Rückinger. Du kannst dich sicher an den Elektriker erinnern? Manfred Binder mit dem ganzen Komplex der Alten Mühle. Sieglinde Ruckwald, das ist die Enkelin von Daniel. Georg Flegler. Das ist das Haus gleich neben Rückinger und drei weitere kleinere Häuser unweit der Alten Schule.«

Simon zuckte mit den Schultern.

»Und? Weiter!«

Wortlos schob der Unterhändler eine Liste über den Tisch. Auf dieser Liste standen die genannten Namen. Dahinter waren Beträge vermerkt.

Es war eine schon fast gespenstische Szene. Beide Männer am Tisch wussten, dass sie im Moment über Schicksale sprachen … und über das Erbe vieler Generationen. Umso erstaunter war der Unterhändler, als Simon bereits nach knapp zehn Sekunden die Liste mit dem Kommentar zurückschob:

»Du enttäuschst mich Peter. Meine Einschätzung mit dem guten Kaufmann muss ich wohl zurücknehmen.«

Er lehnte sich kopfschüttelnd zurück und verschränkte dabei seine Arme vor der Brust.

»In ein paar Tagen haben wir Weihnachten. Aber sehe ich aus wie das Christkind? Bei einer Halbierung lasse ich vielleicht mit mir reden. Warten ist für mich billiger. Das sind schließlich wahnsinnige Abriss-Kosten. Und diese zahle ich.«

»Du bist wirklich reif für die Klapsmühle«, schnaubte Peter.

»Aber. Aber. Mein Freund. Wir wollten uns doch wie vernünftige Geschäftsleute unterhalten. Als professioneller Unterhändler machst du gerade keine gute Figur«, lachte Simon.

»Dir ist doch bekannt, welche Kosten die Binders in die Modernisierung der Alten Mühle gesteckt haben. Und bei mir handelt es sich um ein großes und zwei kleinere Häuser.«

Wortlos griff Simon über den Tisch, und zog die Liste wieder zu sich heran. Peter schubste mit seiner Hand einen Kugelschreiber hinüber; ebenfalls wortlos … und mit zerknirschter Miene.

Mit raschen Bewegungen strich Simon die Zahlen durch und schrieb neue Beträge dahinter.

Er unterzeichnete das Dokument, versah es mit dem Datum 22. Dezember 2012 und schob es zum Unterhändler zurück.

»Als Unterhändler steht dir ein kleiner Bonus zu«, sagte Simon mit einer bitteren Miene, die anzeigte, dass eine weitere Diskussion völlig aussichtslos war.

»Den Preis für die Mühle habe ich korrigiert. Der Vater von Manfred Binder hat mir geholfen, dass ich auf die Handelsschule gehen konnte. Das werde ich ihm nie vergessen. Außerdem habe ich unzählige Jahre diese Mühle gesehen, wenn ich aus unserem Fenster geschaut habe. Aber dieses Fenster gibt es ja heute nicht mehr. Das ganze Haus Nr. 61 ist abgefackelt worden. Das solltet ihr nicht vergessen. Die anderen Beträge habe ich leicht korrigiert. So, und das ist jetzt ein Dokument.«

»Können wir nicht doch …«, versuchte Peter Heß nachzuhaken.

»Spar dir die Mühe«, unterbrach ihn Simon.

»Du kennst meinen Anwalt Paul Korber und seine Frau die Notarin?«

Peter nickte wortlos.

»Denen legst du dieses Dokument vor. Mit Paul und Vanessa Korber könnt ihr Termine für die notariellen Beurkundungen vereinbaren. Sie haben Unterschriftsberechtigungen und Bankvollmachten.«

Simon stand auf und gab dem Unterhändler kurz die Hand.

»Ich gehe davon aus, dass die Objekte bis Ende Februar 2013 geräumt sind. Geht das so in Ordnung?«

Der Unterhändler nickte mehrere Male. Es war schwer auszumachen, ob er sich über die Tragweite seines Nickens bewusst war.

»Tschüss Peter. Kaffee und Kuchen übernimmst du. Schließlich hast du mich eingeladen.«

Ehe der ermattet wirkende Mann antworten konnte, hatte Simon Klinger das Café verlassen.

Weihnachten 2012 entwickelte sich nicht zum besinnlichen Fest im Haus von Simon Klinger.

Es begann damit, dass Berta Dosch, die jüngere, ledige Schwester von Käthe zwei Tage vor Weihnachten Marita anrief.

Berta besserte ihre kleine Rente dadurch auf, dass sie Arthur Koschwitz pflegte. Allerdings ging es ihr in den letzten Monaten fast genauso schlecht wie dem Pflegebedürftigen. Noch vor Käthes Tod hatte Arthur einen Schlaganfall. Er konnte so gut wie nicht mehr gehen und sprach äußerst schleppend. Arthur hatte ausrichten lassen, dass er kurz vor seinem Tod doch noch einmal mit Marita sprechen wolle.

Simon war nicht zu bewegen gewesen, ein Dreiergespräch zu führen. Er wartete im Nebenzimmer, falls …

Bei Arthur konnte man nie wissen. Nach einer halben Stunde holte ihn Marita dann doch. Sie war in Tränen aufgelöst. Der taktkräftige und äußerst erfolgreiche Sudetendeutsche aus Mährisch Trübau war nur noch ein Skelett.

Mit Tränen in den Augen und mit dem durch den Schlaganfall entstellten Gesicht streckte Arthur Simon seine stark zitternde Hand entgegen.

Wollte er die Absolution für seine Sünden? Oder hoffte er gar, im Hause von Simon und Marita aufgenommen zu werden? Niemals, dachte Simon; niemals!

Eine ganze Stunde später durchschlug Simon den gordischen Koschwitz-Knoten. Marita war bereit, ihrem Vater zu verzeihen. Für Simon kam dies nicht in Frage.

Marita würde das Skelett in einem sehr guten Heim so oft wie möglich besuchen. Als Gegenleistung musste er

Marita seinen Besitz überschreiben. Bereits am Tag darauf, am 23.12.2012, hatten sie einen Termin bei Janette Korber. Einen Tag nach der Vertragsunterzeichnung starb der Sudentendeutsche aus Mährisch Trübau.

Marita fühlte sich von Simon überfahren. So hart und kaltherzig hatte sie ihn noch nie gesehen. In dieser Nacht schlief sie in ihrem Schlafzimmer. Sie wollte … nein, sie musste … nachdenken. Das heute Mittag war nicht ihr Simon. Das war ein völlig fremder Mensch.

Simon war enttäuscht. Was hatte sie von ihm erwartet? Ja, er liebte Marita. Die Aktionen der letzten Monate hingen ja eng mit ihrer Leidensgeschichte zusammen. Viele Dinge hatte er ihretwegen geplant und umgesetzt. Das war zumindest seine Wahrheit. Er wusste beim besten Willen nicht, was er ihr am Frühstückstisch hätte sagen sollen. Da er einem Streit aus dem Wege gehen wollte, verabredete er sich mit Paul und Janette in Weinersheim

»Hast du eine Ahnung, wo Simon ist«, fragte Marita, als sie das Frühstückszimmer betrat.

Sylvia machte aus ihrem Herzen keine Mördergrube. Sie genoss das reichhaltige Frühstück. Neuerdings hatte sie Gefallen an Klassischer Musik gefunden. Heute ließ sie sich von Edvard Grieg verzaubern.

»Komm. Setzt dich. Hör mal: Peer Gynt, Suite Nr. 1, Opus 46, Morgenstimmung. Ist das nicht herrlich«, sagte sie, schloss dabei ihre Augen und begleitete die Musik mit ihrer rechten Hand.

Marita ließ sich mit hängenden Schultern auf einem der Stühle nieder.

»Du und Klassische Musik. Hast du dir neuerdings einen Dirigenten geangelt?«, lästerte sie.

»Noch einmal: Wo ist Simon?«

Sylvia öffnete kurz ihr Augen, um sie sofort wieder zu schließen.

»Hast du dich heute schon einmal im Spiegel ange-schaut? Schätze er ist geflüchtet. Wie ich dich kenne, hast du ihn allein schlafen lassen … den groben Klotz … den Kotzbrocken … den blöden, fremden Kerl … ach, was weiß ich noch alles«, ätzte sie.

»Was willst du mir damit sagen«, fauchte die Übernäch-tigte.

»Wenn wir nicht befreundet wären, würde ich diese Si-tuation schamlos ausnutzen. Was erwartest du eigentlich von deinem Mann? Hätte er es vielleicht akzeptieren sollen, dass dein Vater hier einzieht? Hätte er täglich mit an-schauen sollen, dass du diesen Kerl fütterst? – Zum Dank dafür, wie er dich und Simon behandelt hat? Dieses seelen-lose Wesen hätte es doch verhindern können … nein ver-hindern müssen …, dass du nicht in die Fänge von diesem Schwein gerätst. Hast du dich je gefragt, wie oft Simon in all den vielen Jahren wach lag… und sich vorgestellt hat, wie dieser fette Kerl über dich herfällt?«

»Blödsinn«, schrie Marita.

»Du wirst doch nicht behaupten, dass es Simon war, der Elmar und dieses Gesindel fertiggemacht hat? Das hättest du wohl gerne? Vielleich wünschst du dir, dass er auch dei-nen Kai wirtschaftlich zermatscht, und ihn irgendwann aus dem Haus jagt - wie es dieser gottverdammte Verein vor-hat.?«

»Verein. Welcher Verein?«

»Na »Simonis« … und die anderen!«

Sylvia griff nach der Fernbedienung und schaltete die Musik aus. Diese schöne Musik passte nicht zum gegenwär-tigen Thema.

»Das kommt davon, dass dieser Arsch dich fast ein gan-zes Leben lang in der Küche und in der Gastwirtschaft hat schuften lassen. Du Arme. Du dumme Gans.«

Sie stand auf, ging zu ihrer Freundin und schüttelte

deren Schultern.

»Simonis! Was sagt dir das? Lass doch einfach mal die letzten zwei Buchstaben weg!«, sagte sie fast verächtlich.

Marita sprang auf und stieß hierbei ihre Freundin zurück.

»Du willst doch nicht behaupten, dass …?«

Marita schrie und weinte gleichzeitig. Dabei rannte sie im großen Frühstückszimmer hin und her.

Sylvia stellte sich ihrer Freundin in den Weg.

»Natürlich will ich damit sagen, dass er sich rächen will. Für das, was man ihm angetan hat! Was man euch angetan hat! Du dumme Ziege!«

Erschöpft ließ sich Marita auf einen Stuhl sinken. Sie hielt die Hände vor ihr Gesicht … und begann zu schluchzen.

»Ich verstehe ihn«, murmelte die Blondine.

»Was habe ich als kleines Mädchen geweint, als sie ihn …«

Sie führte diesen Satz nicht weiter zu Ende. Doch Sekunden später schrie sie:

»Hat es dir etwa Spaß gemacht, von diesem Vieh vergewaltigt worden zu sein? Zwangsverheiratet zu werden? Wie im finstersten Orient! Und Jahrzehnte neben diesem feisten Kerl zu liegen? Ganz sicher hat er kein schriftliches Gesuch eingereicht, wenn er dich wieder und immer wieder genommen hat! Als ob du ein Stück Vieh wärst oder ein Gegenstand, an dem man sich abreagieren kann. Und seine Freunde haben ihm wahrscheinlich damals geholfen … und gelacht. Und fast ganz Aalfurth hat es gewusst … hat weggeschaut … hat dich hämisch angegrinst, wenn du ihnen ein Bier vor die Nase gestellt hast. Wo ist dein Stolz? Wo ist deine Selbstachtung? Wo ist dein Hass?

Und wo ist dein Dank, dass er dich aus den Klauen von diesem Monster befreit hat? Was um alles in der Welt ist so falsch daran, dass er diese Brut bestrafen will?«

An dieser Stelle stand Sylvia leise auf und rannte schluchzend aus dem Zimmer. Sekunden später erschien sie jedoch wieder im Türrahmen.

»Hör gut zu Marita. Wenn du dich nicht bei ihm entschuldigst und eine andere Platte auflegst, kündige ich dir die Freundschaft. Und danach habe ich keinen Grund mehr, Rücksicht auf dich zu nehmen«, schrie sie aus Leibeskräften, um anschließend die Tür hinter sich zuzuknallen.

Sekunden später saß Marita allein im großen Speiseraum. Es war still; totenstill. Und es war Heiligabend.

Als Simon am anderen Morgen, es war der 1. Weihnachtsfeiertag, erwachte, lag Marita neben ihm. Sie schlief noch.

Gegen 19:00 war er gestern mit dem Taxi nach Hause gekommen. Er hatte sein Auto in Weinersheim stehen lassen, da er, ganz gegen seine Gewohnheiten, zusammen mit Paul sehr viel Glühwein getrunken hatte.

Die beiden Leibwächter wurden von Gabe offensichtlich sehr gut instruiert. Sie hatten sich artig im Hintergrund gehalten. Doch Simon hatte sie sehr wohl bemerkt.

Gabe und Luca waren vor einer Woche in die Staaten geflogen. Am 10. Januar wollten sie wieder zurück sein. Sie waren davon ausgegangen, dass Simon und Marita Weihnachten gerne für sich allein haben wollten. Schließlich waren es ihre ersten gemeinsamen Weihnachtstage. Dass Sylvia sie nicht in die Staaten begleitet hatte, nahmen sie ihr allerdings übel.

Simons Wegbegleiter hatten sich fast wie Kinder auf die große Ranch gefreut.

Vielleicht lag es auch daran, dass ihnen ein paar Tage Abstand von Simon guttaten.

In den letzten Wochen wurde beiden Freunden bewusst, dass sie in den Staaten ein weitaus engeres und vertrauensvolleres Team waren. Sie waren es gewohnt, dass ihr Freund sich so gut wie nie Freizeit gönnte. Aber seine Art zu arbeiten, zu denken und zu handeln war früher irgendwie anders.

Dieses Kämpfen um Erfolge machte ihm Freude.

Irgendwie war es eine Mischung aus Arbeit, Hobby und Erfüllung.

Doch seit Simon in Deutschland war, hatte er sich verändert. Er war härter zu sich selbst geworden - und auch zu ihnen. Diese Verbissenheit, die er an den Tag legte, hatte etwas Krankhaftes.

Ja, jetzt, wo sie sich etwas Abstand gönnten, waren sie traurig und auch verzweifelt. Ihr Freund war krank geworden. Die Einzige, die ihn offensichtlich verstand, war Sylvia. Diese attraktive Frau, auf die sie sich fast wie Teenager freuten, entzog sich ihnen ebenfalls schleichend. Nein, auch mit ihr war es nicht mehr so - wie früher - in den Staaten. Sie war nicht mehr so unbeschwert. Früher war sie oftmals ein klein wenig verrückt und genoss den Augenblick … ohne über die Folgen nachzudenken.

Eigentlich hätten Gabe und Luca glücklich und zufrieden sein können. Sie wohnten im Luxus.

Luca hatte, zusätzlich zu seinem IT-Unternehmen in den USA, ein äußerst gut florierendes IT-Unternehmen in Weinersheim auf die Beine gestellt. Man riss sich um sein Know-how. Außerdem war er der der inoffizielle Teilhaber des Wettbewerbsunternehmens von Kai Betzelt.

Gabe war inoffizieller Inhaber der Immobiliengesellschaft, hatte ein Sicherheitsunternehmen und war Teilhaber der Wettbewerbsunternehmen kontra Markus Spielmann und Horst Haßfurter.

Simon selbst wollte nicht in Erscheinung treten.

Parallel zu diesen Unternehmen arbeiteten die beiden Männer eng mit Simon zusammen.

Er hatte sie in fast alle geplanten Details eingebunden. Zusätzlich band Simon Sylvia mit ein. Sie war vor allem notwendig, um Lucas Mittschnitte der Gespräche am Stammtisch in Elmars Gasthaus zu analysieren.

Wenn deren Gespräche ins fränkische Dialekt abdrifteten, war Luca hilflos.

Nach dieser Arbeit war Sylvia oft nicht ansprechbar.

Tränen hatten Gabe und Luca bei dieser schönen und lebenslustigen Frau zuvor noch nie gesehen; auch nie für möglich gehalten.

»Ist Sylvia unterwegs? Ich finde sie nirgendwo«, begann Marita das Gespräch, als sie sich zu Simon an den Frühstückstisch setzte.

Während Simon die Zeitung zusammenfaltete, um sie wegzulegen, sagte er in einem eher beiläufigen Tonfall:

»Ich habe vorhin eine SMS von ihr gelesen. Danach ist sie gestern zu Gabe und Luca in die Staaten geflogen.«

»Hat sie das mir dir zuvor abgestimmt?«, wollte Marita mit äußerst erstaunter Miene wissen.

»Nein. Muss sie auch nicht. Sie ist schließlich keine Angestellt von mir.«

»Hm. Dann ist sie sauer. Wir haben uns gestern gestritten«, murmelte Marita leise und mit einer leicht schuldbewussten Miene.

»Das ist doch sonst nicht ihre Art. Sie mag dich und sie respektiert dich.«

»Sie hat mir den Kopf gewaschen. Lautstark sogar. Dann ist sie wütend hinausgerannt.«

Nur für den Bruchteil einer Sekunde blickte Simon Marita an.

Er wollte ihr nicht Übergebühr lange in die Augen sehen.

Beide hatten sie Fehler gemacht … gestern.

Und noch dazu am Heiligen Abend.

»Dass sie mal wütend hinausläuft, ist nicht ungewöhnlich«, grinste er, um ernster fortzufahren:

»Aber dir den Kopf zu waschen? Kann ich mir nur schwer vorstellen.«

»Es wäre mir wohler, wenn ich sagen könnte, dass sie immer noch in dich verknallt ist«, seufzte Marita sehr leise.

»Ihr gestriger Auftritt lässt aber nur einen einzigen Schluss zu: sie liebt dich wirklich immer noch.«

Marita machte eine Pause, um noch leiser fortzufahren.

»Ich bin sogar fest davon überzeugt, dass sie für dich sterben würde - wie Gabe und Luca.«

Simon versuchte, die Situation zu entschärfen.

»Das hört sich jetzt aber sehr dramatisch an. So wie du es sagst, kannst du so etwas nicht nachvollziehen. Du würdest wahrscheinlich nicht für mich sterben.«

Marita blickte gedankenverloren aus dem Fenster.

Es hatte zu schneien begonnen.

»Ich könnte sowieso nur mit einer Hälfte für dich sterben«, sagte sie fast flüsternd.

»Ich weiß beim besten Willen nicht, wo die andere Hälfte ist. Vielleicht ist sie schon lange tot.« Sie hielt kurz inne, als wolle sie nach weiteren Worten suchen.

»Ein Stück von mir ist Monat für Monat, Jahr für Jahr, ganz langsam gestorben. Nur so konnte ich wahrscheinlich überleben.«

»Sie haben sich wie Tiere verhalten. Sag mir einen vernünftigen Grund, warum du Probleme damit hast, dass ich sie wie Tiere behandle?«

»Weil man Unrecht nicht mit neuem Unrecht wiedergutmachen kann. Sie werden sich früher oder später ihr eigenes Grab schaufeln. Und in der Hölle schmoren.«

Simon lehnte sich zurück und verschränkte die Arme

vor der Brust.

»Damit sie nicht weitere Unschuldige in ihr beschissenes Leben hineinreißen, bin ich ihnen lediglich beim Schaufeln behilflich. Das kannst du mir doch nicht vorwerfen!«

»Sie war ja auch einige Zeit in den Staaten.«

»Wer?«

»Na Sylvia. Hattet ihr etwas miteinander?«

»Für mich gab es immer nur die kleine Marita Koschwitz.«

»Dann warst du nie verheiratet oder fest liiert?«

»Doch. Ich war einige Jahre verheiratet.« Simons Satz klang, als sei es das Selbstverständlichste von der Welt.

»Aber das widerspricht sich doch«, fauchte Marita.

»Nein. Sie war lesbisch. Das war eine rein geschäftliche Angelegenheit. Außerdem habe ich dadurch rasch die amerikanische Staatsbürgerschaft erhalten.«

»Wir wissen sehr wenig voneinander«, seufzte Marita.

»Ja und nein«, brummte Simon.

»Für mich ist es nachvollziehbar, dass du nicht gerne über deine Vergangenheit sprichst. Und ich war nur mit meiner Arbeit verheiratet. Ich habe so viel Geld verdient, dass ich mir diese Rache leisten kann. Du solltest mich dabei unterstützen.«

»Auch dabei, dieses ganze Dorf in Schutt und Asche zu legen?«, ereiferte sich Marita.

Simon lachte.

»Von wem hast du denn diesen Blödsinn? Du wirst zumindest keine Asche sehen. Neues und Gutes sollte Altem weichen. So ist das im Leben. Was ist so falsch daran, wenn ich etwas Gutes und Schönes schaffen möchte?«

»Die Schule und der Kindergarten. Das war doch etwas Schönes. Ich bin in beide Schulen gegangen.«

»Vergangenheit«, ächzte Simon mit einer wegwerfenden Handbewegung.

»Der Kindergarten wäre bald in sich zusammengebrochen. Und die Schule stand seit vielen Jahren leer. Wurde nicht mehr gebraucht. Da erzähle ich dir doch nichts Neues.«

»Aber es war doch auch deine Schule«, schrie Marita.

»Falsch. Ganz falsch. Du hast nur zum Teil miterlebt, was sie mit mir gemacht haben. Du hast gesehen, wie sie mich bereits als Kind erniedrigt haben. Du hast gesehen, dass mir niemand geholfen hat. Soll ich mich an dieser Erinnerung erfreuen?«

»Und was ist mit meinem Elternhaus?«

»Deine Mutter lebt nicht mehr. Ich habe sie sehr gemocht. Das weißt du. Willst du etwa dort wohnen? Gefällt es dir hier nicht mehr?«

»Aber es ist mein Elternhaus!«

»Das Haus Nr. 61 war in gewisser Weise auch mein Elternhaus. Sie haben es abgefackelt. Und ich sollte dabei in Rauch und Asche aufgehen. Schon vergessen?«

»Oh Gott. Natürlich nein«, begann Marita zu schluchzen.

»Ist Elmars Reich schützenswert? Würde es deine Seele nicht auch ein kleines bisschen erleichtern, wenn du zumindest wüsstest, dass diese Gemäuer dem Erdboden gleichgemacht wurden?«

»Dann hat Sylvia doch recht!«

Langsam begann sich Simons Gesichtsausdruck zu verändern. Es verwandelte sich zunehmend in eine wütende Grimasse.

»Eines steht fest: Sylvia würde mir um den Hals fallen, wenn sie mit anschauen dürfte, wie die Schuppen von Kai geschleift werden. Sie würde heulen vor Glück.«

»Auch die Tankstelle?«

»Da sieht man, wie wenig dich Aalfurth interessiert«, schnauzte Simon.

»Die Tankstelle ist bereits geschlossen. Und in vier Wochen werden die Anwesen von Elmar, von Horst, von Kai, von Markus und auch von Tobias versteigert. Meistbietend. Und ich werde sie alle kaufen. Für billiges Geld. Um deiner Frage zuvorzukommen: Ja, an diesen Stellen wird Neues entstehen. Großes. Schönes. Und noch eines: Ich werde diese Brut aus dem Dorf hinausjagen. Ich werde dafür sorgen, dass sie dieses Dorf nie wieder betreten.«

»Simon«, schrie Marita.

Sie riss ihre großen blauen Augen weit auf. Und sie hielt eine Hand vor ihren Mund.

»Komm. Sag es! Sag, dass ich krank bin«, krächzte Simon mit belegter Stimme.

»Dann antworte ich dir, dass nicht ich, sondern dass meine Seele krank war und ist … wie deine Seele auch. Aber ich bin davon überzeugt, dass sie aufatmen wird und dass es ihr wieder bessergehen wird, wenn … wenn diese Arbeit getan ist. Weil sie getan werden muss! Sie haben es verdient! Alle!«

Marita warf sich an Simons Brust.

»Oh Gott. Mein Liebster. Ich hab nicht gewusst, dass es so schlimm ist … mit dir.«

Sie begann hemmungslos zu schluchzen; unterbrochen von »Oh Gott. Oh mein Gott.«

»Glaube mir. Es wird deinem Gott gefallen, wenn ich mit Allem fertig bin. Er hat auch dich leiden sehen … all die vielen Jahre. Und nur wenn es ein guter und gütiger Gott ist, dein Gott, wird er mich bei meinem Werk unterstützen.«

Am 10. Januar 2013 brachte der Postbote Elmar Klüpfel, Horst Haßfurter, Kai Betzelt, Markus Spielmann und Tobias Wiesner ein Einschreiben. Darin machte der Vorstandsvorsitzende der Bank die fünf Männer darauf aufmerksam, dass sie verpflichtet seien, aufgrund der eindeutigen Überschuldung kurzfristig einen Insolvenzantrag zu stellen. Gegengezeichnet hatte dieses Schreiben: Simon Klinger, Mitglied des Vorstandes.

Nachdem sich die fünf Personen in Rage geredet und ihren Kummer in sehr viel Bier ertränkt hatten, stellten sie am 14. Januar 2013, es war ein Montag, gemeinsam einen Insolvenzantrag beim zuständigen Insolvenzgericht in Würzburg.

Dominic Papen lehnte zwei Wochen später das Ansinnen der Insolvenzverwalter kategorisch ab, über viele Monate oder gar Jahre hinweg Käufer zu finden, damit es die Betroffenen nicht so hart treffen würde. Da zum gegenwärtigen Zeitpunkt keine Käufer in Sicht waren, gab es nur noch den Weg der Zwangsversteigerungen.

Besonders hart traf es Kai Betzelt und Markus Spielmann.

Niemand wollte eine stillgelegte Tankstelle, eine heruntergekommene Werkstatt und eine in die Jahre gekommene Schreinerwerkstatt. Die beiden Immobilien waren über einhundert Jahre alt. Beide Männer hatten keine großen Rücklagen gebildet.

Markus hatten die Grundstückkäufe das Genick gebrochen. Es gab keinen Käufer für diese Grundstücke.

Früher hätten sich Tobias Wiesner, Kilian Maininger und Arthur Koschwitz gegenseitig überboten.

Doch Koschwitz gab es nicht mehr. Maininger hatte vor bereits zehn Jahren seinen Hof aufgegeben. Und Tobias Wiesner stand vor der Zwangsversteigerung.

Die Grundstücke für das Maynowa-Projekt waren noch nicht einmal fünfundzwanzig Prozent des spekulativen Preises wert. Auch die Grundstücke, welche sich teilweise seit zweihundert Jahren im Besitz der Wiesingers befanden, unterstanden plötzlich dem Diktat von Angebot und Nachfrage. Die meisten Ackerflächen würden niemals Bauland werden. Tobias war der letzte namhafte Landwirt am Ort. Niemand wollte seine große moderne Scheune und seinen Maschinenpark. Alles war in die Jahre gekommen.

Die Grundstücke, die Horst Haßfurter für 1,4 Millionen erstanden hatte, waren nur noch 350.000 Euro wert. Ein Steinbruch wurde zum Spottpreis versteigert. Niemand wollte die Sandgruben haben. Sie sollten in Kürze unter Naturschutz gestellt werden, da sich bedrohte Tierarten angesiedelt hatten. Das Bauunternehmen war pleite und der Baumarkt war spätestens in einem Jahr nicht mehr wettbewerbsfähig. Einzig die modernisierten Immobilien wurden vom Insolvenzverwalter mit 750.000 Euro angesetzt. Unter dem Strich blieb günstigenfalls ein Verlust von 200.000 übrig. Aber nur, wenn sich ein Käufer finden würde.

Bei Elmar Klüpfel sah es nicht viel besser aus.

Für Modernisierungsmaßnahmen seiner Gastwirtschaft und der Metzgerei hatte er noch 450.000 Euro abzutragen. Hinzu kam ein Kreditrest, den er für seinen Sohn aufnehmen musste. Dieser Rest betrug immerhin noch 350.000 Euro. Ein Glück war, dass er für das Maynowa-Projekt nur einen Kredit von 280.000 Euro aufgenommen hatte. Die Grundstücke waren jetzt nur noch 70.000 Euro wert. Die Immobilie wurde vom Insolvenzverwalter auf 750.000 Euro angesetzt. Fünf Zwangsversteigerungen in einem kleinen Dorf sorgten seit einigen Tagen für großes Interesse.

Sogar die Presse hatte sich dieses seltenen Spektakels angenommen. Anfang Februar fand die erste Zwangsversteigerung statt. Die letzte Versteigerung war am 15. Februar 2013 vorgesehen.

Rechtsanwalt Paul Korber hatte von Simon äußerst einfache Instruktionen erhalten. Zum einen musste er ohne Rücksicht die Preise drücken. Andererseits durfte kein anderer Bieter den Zuschlag erhalten. Nach oben gab es in einem solchen Fall keine Grenze. Und noch eines stand unverrückbar fest: Die Immobilien mussten bis spätestens Ende März 2013 geräumt sein. Dieser Punkt war nicht verhandelbar.

Dramatisch war diese Vorgabe vor allem auch für Volker und Bettina Klüpfel. Nach der Zwangsversteigerung ihres Hauses, hatten sie sich mit ihren beiden Kindern in den Gästezimmern von Elmar Klüpfel einquartiert. Jetzt mussten sie sich erneut eine neue Bleibe suchen. Das war sicher nicht ganz einfach, da Volker inzwischen arbeitslos war.

Der vollmondgesichtige Klüpfel-Spross hatte sich alles viel einfacher vorgestellt, als er sich am 20. Februar aufmachte, um mit seiner Mutter zu sprechen. Er wusste in etwa, wo sich Simons Haus befand. Doch bereits am Eingang des Grundstückes wurde er von zwei bulligen Männern angehalten. Marita stand im von Säulen umrahmten Entree. Sie war nicht unvorbereitet. Simon hatte sie einige Tage zuvor entsprechend sensibilisiert.

Ganz bewusst ließ sie Volker im Schneeregen stehen, während sie, im Pelzmantel gehüllt, im Trockenen stand.

»Darf ich dich sprechen Mamma?«, stotterte der dicke Mann mit dem riesigen Doppelkinn und den großen Geheimratsecken.

»Ich höre«, sagte Marita mit unbeweglicher Mimik.

»Hier?«

»Ja. Hier. Fass dich bitte kurz. Ich habe noch zu tun.«

»Aber Mamma. Das geht nicht so zwischen Tür und Angel«, flehte der Vierundvierzigjährige.

»Entweder hier … oder gar nicht!«

»Du … du hast wahrscheinlich mitbekommen, dass wir seit einigen Monaten in den Gästezimmern von … meines Vaters wohnen. Und in spätestens fünf Wochen sollen wir dort raus, weil das ganze Anwesen versteigert wird.«

»Davon hab ich gehört«, sagte Marita tonlos.

»Aber Mamma! Wo sollen wir hin? Du bist doch meine Mutter. Das kann dich doch nicht kaltlassen. Wir haben zwei Kinder.«

Volker wollte nach diesen Worten seiner Mutter näher sein. Die beiden bulligen Männer reagierten blitzschnell … und stellten ihn in den Schneeregen zurück.

»Es fällt mir in der Tat nicht leicht, dir Folgendes sagen zu müssen«, begann Marita, während sie dem Jammerlappen in die Augen sah.

»Du bist in Schmerzen gezeugt worden. Ich habe dich mit großen Schmerzen geboren. Bis dahin trifft dich keine Schuld. Doch später … bereits in deiner Kindheit … hast du dich ausschließlich auf die Seite deines Vaters geschlagen. Gemeinsam habt ihr mich wie eine dumme Magd behandelt. Du hast dich niemals dazwischen gestellt, wenn dein Vater mich wieder einmal verprügelt hat. Meistens hast du dabei gegrinst. Deine liebe Frau hat mich wie den letzten Dreck behandelt. Du willst deine beiden Kinder wie ein Schild vor dir herschieben! Es sind gelungene Kopien ihrer Eltern geworden. Auch für sie war ich Luft. Sie haben gesehen, wie ihr mit mir umgegangen seid. Warum soll ich mich für dich einsetzen?«

»Weil … weil du meine Mutter bist«, stammelte er.

Offensichtlich hatte er es sich niemals vorstellen können, dass dieses Gespräch einen solchen Verlauf nehmen würde. Mit Sicherheit hatte er über diese Fakten, die ihm seine Mutter nun vor den Kopf geknallt hatte, sowohl früher als auch vor diesem Gespräch niemals nachgedacht.

»Du beginnst dich zu wiederholen«, sagte Marita mit eiserner Miene. Während sie sich umdrehte, um ins Haus zurückzugehen, sagte sie leise: »Euch alles Gute.«

Danach stand Volker Klüpfel mit offenem Mund im Schneeregen. Die beiden bulligen Männer gaben ihm ein unmissverständliches Zeichen, sich zu entfernen.

Marita fiel in die Arme von Sylvia, die vor zwei Tagen wieder aus den Staaten zurückgekehrt war. Ihre ganze gespielte Härte fiel von ihr ab. Sie begann fast hysterisch zu schluchzen.

»So. Das hast du überstanden«, sagte Sylvia in einem anerkennenden Tonfall.

»Du hast es sogar verdammt gut gemacht. Jetzt heul ein bisschen. Und danach legst du die ganze Scheiße unter erledigt ab. Sie haben es nicht anders verdient.«

Der 10. März 2013 war ein sonniger Sonntag.

Zwei Tage zuvor stand vor dem Haus von Kai Betzelt ein kleines Transportfahrzeug. Es waren nur wenige kleinere Möbelstücke und drei Koffer, die er in seine neue kleine Wohnung in Faulbach transportieren ließ. Heute wollte er endgültig Abschied nehmen - von seinem Haus, seiner Werkstatt, der stillgelegten Tankstelle … und von Aalfurth. Innerhalb von wenigen Wochen war sein dunkler Igelkopf und sein grau melierter Bart schlohweiß geworden. In einer Woche würde er vierundsechzig Jahre alt werden. Er würde diesen Geburtstag mit Sicherheit nicht feiern. Mit wem auch? Nachdem er sich noch einmal wehmütig umgeschaut hatte, fuhr er mit seinem alten VW-Kombi langsam in Richtung Weinersheim. Er hatte keine Eile. Auf ihn wartete die Einsamkeit, die Armut … und irgendwann der Tod.

Am 12. März wurde das Anwesen von Kai Betzelt eingeebnet. Die riesigen Treibstofftanks wurden mit einem Kran aus dem Boden gehievt und abtransportiert. Es war allen ein Rätsel, wo man um diese Jahreszeit Rollrasen herbekommen konnte. Aber am 13. März gegen 12:00 Uhr zierte die Fläche neben dem Feuerwehrhaus und dem Bürgerhaus darüber eine sattgrüne Rasenfläche; 35 x 25 Quadratmeter.

Simon hatte sich fast den ganzen Tag in sein Büro zurückgezogen.

Wortlos kam Sylvia auf ihn zu. Sie ließ sich vor ihm auf die Knie, um ihren Kopf auf seine Oberschenkel zu legen. Die langen blonden Haare verdeckten zum Teil ihr Gesicht.

»Du hast Kai die Rechnung präsentiert. Du hast dein Versprechen gehalten. Du hast mich damit glücklich gemacht. Danke Simon. Danke«, sagte sie leise.

»Und … Wie fühlst du dich jetzt?«, fragte er tonlos.

»Leer Simon. Leer. Nichts sonst. … Ich habe immer davon geträumt, dass ich in dieser Situation vor Freude tanzen würde; schweben und lachen. Und wie fühlst du dich?«

»Leer. Nichts sonst«, lachte er bitter.

»Nach all dieser Mühe.«

Stille entstand im Raum. Sylvia begann leise zu weinen.

»Soll das jetzt immer so weitergehen?«, unterbrach sie die Stille.

»Bis ich es zu Ende gebracht habe. Ja.«

Sylvia hob den Kopf und blickte Simon mit verweinten Augen an.

»Das wird Ärger geben; viel Ärger.«

Ein Lächeln huschte über ihr Gesicht.

»Das mit dem Rollrasen hat vielen den Atem verschlagen. Hat nur noch ein Holzkreuz gefehlt. Die Presse war auch schon da.«

Die alternde Schönheit rappelte sich mit erstaunlich schneller Bewegung hoch und setzte sich breitbeinig auf Simons Oberschenkel.

»Ich möchte mich bei dir bedanken«, gurrte sie.

Ihre verweinten Augen hatten urplötzlich einen kecken und unternehmungslustigen Ausdruck erhalten.

»Bist du verrückt?! Zum Schluss noch hier, wo jeden Moment Marita hereinkommen kann«, schnaufte Simon.

»Ich liebe Marita. Und überhaupt … Ich fühle mich im Moment beschissen.«

Mit diesen Worten schubste er die blonde Herausforderung vorsichtig von seinen Knien. Die Unbelehrbare stand nun vor ihm und setzte ein beleidigtes Teenagergesicht auf.

»Schade. Das hätte dich vielleicht auf andere Gedanken gebracht«, schmollte sie und blickte Simon aus ihren Augenwinkeln weiterhin keck an.

Doch von einem Moment zum anderen wurde das Gesicht der Frau, die nicht altern wollte, ernster.

»Muss es wirklich das ganze Dorf sein? Geht es nicht eine Nummer kleiner? Jetzt nur noch Horst, Tobias, Markus und natürlich Elmar. Und dann ist aber Schluss«, sagte sie leise aber eindringlich.

»Ich hab doch schon viele andere Immobilien gekauft. Bei einigen anderen bin ich ganz knapp davor. Was soll ich dann mit diesen alten Kästen.?«

»Und was willst du mit den riesigen Grundstücken, für die es momentan keine Käufer gibt?«, witzelte Sylvia.

»So viel Rollrasen gibt es in ganz Deutschland nicht.« Sie lachte.

»Wer soll das dann überhaupt mähen. Schon mal darüber nachgedacht?«

»Jetzt wirst du aber albern. Du warst schon immer eine verrückte Nudel. Los. Marsch. Geh zu Gabe und Luca.«

Reagier dich dort ab.«

»Pah. Luca hat nur seinen IT-Kram im Kopf. Und Gabe? Der ist todtraurig. Er macht sich Sorgen um dich. Solange das mit dir nicht wieder in Ordnung ist, läuft da gar nichts. Was ist aus euch geworden? Männer? Pah! Dass ich nicht lache.«

Sie drehte sich auf den Absätzen um, und wenige Sekunden später krachte die Bürotür ins Schloss.

Doch Sylvia war mit ihrem Auftritt zufrieden. Jetzt hat er etwas zum Nachdenken, grinste sie in sich hinein.

Als sie mehrere Bahnen im temperierten Wasser des Schwimmbeckens absolviert hatte, wusste sie plötzlich, wie sie Bewegung in die Sache bringen konnte. Hierbei würde ihr die Kindergärtnerin Gisela Diehm und einige andere Frauen helfen. Sie kannte ja noch viele Frauen in Aalfurth; vor allem auch aus dem Neubaugebiet. Simon hatte sich bislang fast ausschließlich auf das Kerndorf konzentriert. Im Neubaugebiet wohnten nicht nur Zuzügler, sondern viele Personen, die ursprünglich im alten Aalfurth großgeworden waren.

Markus Spielmann hatte zumindest ein klein wenig Glück im Unglück. Sein Onkel, der in Marktbreit wohnte, war vor wenigen Wochen gestorben. Auch er war Schreiner gewesen; allerdings mit einer sehr kleinen Schreinerwerkstatt. Da er kinderlos war, setzte er Markus als seinen Erben ein. Bis zu seinem Tod wohnte Onkel Karl in einer heruntergekommenen Drei-Zimmer-Wohnung, die nun zur Erbmasse gehörte. Entgegen Kai hatte Markus freiwillige Rentenbeiträge geleistet. Mit 1.150 Euro bei keinen Mietbelastungen hatte er es also weitaus besser getroffen als Kai. Vielleicht konnte er in den kommenden Jahren noch einige

Fenster, Türen und kleinere Möbelstücke reparieren. Schwarz selbstverständlich. Steuern hatte er in seinem Leben genug bezahlt. Holz und sogar Glas hatte Onkel Karl in Hülle und Fülle hinterlassen.

Mit drei alten Koffern verließ Markus Spielmann am 17. März Aalfurth.

In den letzten Wochen hatte er sich alles noch einmal angeschaut. Er hatte auch nachgedacht - über sein Leben.

Er und seine vier Freunde hatten sich auch nicht gravierend anders verhalten als viele fränkische Kinder oder Jugendliche. Wer dachte damals schon über das Leben nach. Die Alten gaben den Ton und die Gangart vor. Spätestens seit dem Tod seiner Mutter, Markus war damals vierzehn Jahre alt, soff sich sein Vater langsam zu Tode. Was erwartete man unter solchen Umständen von einem Heranwachsenden. Nein, er hatte sich nicht schlimmer als seine Freunde verhalten. Die Zeit nach dem Krieg zeichnete sich nicht durch übergroße Empathie aus; in Franken schon zwei Mal nicht. Was solls, dachte er emotionslos. Die paar Jahre reiße ich auch noch runter. Um mich wird sich kein Schwein kümmern. Was soll ich mir einen Kopf über andere machen.

Simon, der ja gleichaltrig war, hatte nachgedacht. Er ahnte, wie Markus aller Voraussicht nachempfand oder entsprechend seiner Veranlagung denken musste. Die anderen Galgenvögel dachten und fühlten artähnlich. Seit ihrer Kindheit und Jugend hatten sie sich um keinen Jota geändert.

Am 18. März tauchten bei den alten Gemäuern von Markus Spielmann zunächst einige Transporter auf, um die noch brauchbaren Maschinen abzutransportieren. Gleichzeitig verwertete eine Spezialfirma Möbel und andere noch brauchbare Utensilien. Sie waren mit ihrem Job in einer

Stunde fertig. Erst danach rollten die fast haushohen Abrissgeräte und riesige Container an.

Elmar konnte diesen Vorgang von seinen Fenstern aus beobachten. Er sollte sich keine falschen Hoffnungen machen.

Es war nur eine Frage von wenigen Wochen, bis die gleichen Kolonnen bei seinem Reich vorfahren würden.

Der Spuk war gegen Abend zu Ende.

Simon erinnerte sich an Sylvias süffisante Bemerkung hinsichtlich des Kunstrasens. In den Steinbrüchen von Horst lagerten große Mengen Sandsteinplatten.

Am 21. März blickten die Aalfurther auf eine zweihundert Quadratmeter große mit Sandsteinplatten belegte Freifläche. Am Rand, mit Blick auf den Kreibach und dem dahinerliegenden Alten Lagerhaus standen zwei schöne Bänkchen und daneben kleine Büsche. Auch das alte hässliche Lagerhaus sollte es in Kürze nicht mehr geben.

Der Reporter des Main-Echo hatte es dieses Mal recht schwer. Gegen dieses Ambiente anzuschreiben war nicht ganz so einfach. Eigentlich hätte er schreiben müssen, dass es sich um eine Dorfverschönerungsmaßnahme gehandelt hatte. Er entschied sich, stattdessen einen Artikel über seltene Frühblüher zu schreiben.

Waldemar Achhammer, der Landrat, hatte schweißnasse Hände.

Bei einem der vielen Seminare hatte Simon schon sehr früh gelernt, auf diese Dinge zu achten.

Warum hatte sich der Manager dieses Landkreises nicht zuvor kaltes Wasser über Hände und Arme laufen lassen und kurz vor Eintreffen seines Gastes die Hände auf eine kühle Fläche gelegt.

So aber wusste der weit gereiste, hart gesottene Profi sofort:

1.: Dieses Thema war dem Landrat wichtig.

2.: Er fühlte sich in keiner starken Position.

3.: Er hatte Respekt vor seinem Gast; vielleicht sogar Angst.

»Ich mache mir große Sorgen Simon«, eröffnete er dementsprechend das Gespräch.

Simon goss sich ein Glas Wasser ein. Er ließ sich explizit Zeit damit.

Sein Gegenüber sollte sehen, dass er eine ganz ruhige Hand hatte.

Er wollte damit demonstrieren, dass er keine Angst hatte - auch nicht vor einem Landrat.

»Kürzen wir das Thema ab Waldemar. Ja, ich werde auch die Gebäude von den anderen drei bösen Buben abreißen lassen. Und ich werde sie zum Dorf hinausjagen, diese räudigen Schakale.«

Simon sagte dies mit einem fast gewinnenden Lächeln.

»Sei doch vernünftig Simon. Dein gesunder Menschenverstand muss dir doch sagen, dass dies nicht gut gehen kann, wenn sich dieses Thema verselbständigt«, krächzte der Achtundfünfzigjährige, der plötzlich gut zehn Jahre älter wirkte.

»Was hast du gegen eine Grünfläche, wo zuvor eine Tankstelle stand, die stillgelegt wurde. Und hast du dir diesen schönen mit Sandsteinplatten belegten Ausguck auf den Kreibach schon einmal angeschaut? Das fällt unter die Kategorie: „Unser Dorf soll schöner werden".«

»Lassen wir diese beiden Ablenkungsmanöver einmal beiseite«, hüstelte Achhammer.

»Aber bei den drei anderen Objekten wird es völlig anders aussehen.«

Er schnaufte tief durch, bevor er fortfuhr:

»Wie mir Dominic berichtete, hast du bereits viele weitere Objekte gekauft. Man könnte fast auf die total verrückte Idee kommen, dass du ganz Aalfurth schleifen willst, um es einmal mit einem Kriegsvokabular auszudrücken.«

Simon lehnte sich zurück und verschränkte seine Hände hinter dem Kopf.

»Als Landrat solltest du dich nicht so negativ ausdrücken. In deiner Position bist du doch verpflichtet, wenigstens ein bisschen visionär und vorausschauender zu denken und zu handeln«, sagte Simon fast etwas vorwurfsvoll.

»Mach deine Augen zu und vergegenwärtige dir dann das Bild der Alten Schule und des Kindergartens. Es waren alte Gemäuer, die den Steuerzahler auf Sicht gesehen viel Geld gekostet hätten. Was die drei Objekte anbelangt, auf die du mich angesprochen hast: Kann ich etwas dafür, dass sich drei honorige Männer verkalkuliert und sich wie Anfänger verzockt haben? Du musst mir ja nicht mit aller Gewalt einen Orden umhängen, wenn ich viel Geld investiere. Ich lasse alte und unansehnlich gewordene Gebäude abreißen … Schandflecke …, um Neues und Visionäres entstehen zu lassen. Eigentlich wäre das deine Aufgabe. Aber wie es aussieht, hast du keine Fantasie, keine Visionen und vor allem keinen Mut. Du hast gar nichts. Warum haben dich die Leute zum Landrat gewählt?«

»In diese Kategorie passt aber die Alte Mühle und die Übernachtungsstätten von Elmar Klüpfel nicht hinein. Diese Gebäude wurden mit viel Geld saniert und modernisiert«, fauchte jetzt der Landrat.

»Kleinere Kollateralschäden müssen manchmal sein«, sagte Simon schulterzuckend.

Für Aalfurther Verhältnisse, aber selbst für den unterfränkischen Raum, waren die „Haßfurter" ein riesiges Gebilde; ein ehrwürdiges Unternehmen, welches nun mit lautem Getöse in sich zusammenbrach.

Die Anfänge des Unternehmens lagen weit zurück. Zunächst heiratet die einzige Tochter des Bauunternehmers Ruckwald in die Klüpfel-Familie ein. Kurz nach der Scheidung erbte Anja Klüpfel das Ruckwald-Unternehmen und brachte es quasi als Hochzeitsgeschenk mit in die Ehe eines Haßfurters.

Cordula Heß, einzige Tochter des größten Steinbruch- sowie Sand- und Kiesgrubenbesitzers, erbte dieses Unternehmen, nachdem sie in die Familie Adelmann einheiratete. Es kamen weitere Steinbrüche hinzu. Dieser gesamte Komplex mündete, ebenfalls durch Heirat, in die Familie Haßfurter.

Kurz nach dem Zweiten Weltkrieg explodierte das Unternehmen Haßfurter förmlich. Es kam ein großer Baumarkt hinzu und das Bauunternehmen wurde weiter ausgebaut. Neben der alten Ruckwald-Villa und dem Großbauern Tobias Wiesner entstand eine ansehnliche Villa. Doch seit dem Tod von Hanne, der Tochter eines Fuhrunternehmers, brach Horst in sich zusammen. Er vernachlässigte ausnahmslos alle Unternehmen.

Genau genommen hätte Horst bereits vor 10 Tagen Aalfurth verlassen müssen. Jetzt, am 10. April, hatte er seine Koffer gepackt und war in sein Apartment nach Obertshausen bei Offenbach gezogen. Dieses 3-Zimmer-Apartment ließ er bereits vor langer Zeit auf den Namen eines Freundes eintragen. Deshalb fiel er nicht in die Insolvenzmasse.

Früher, als seine Frau noch lebte, gönnte er sich ab und zu eine Auszeit; natürlich immer mit einer anderen jungen Frau. In diesem Appartement befand sich, gut versteckt, ein kleiner Safe. Mit dessen Inhalt würde er halbwegs gut über die Runden kommen.

Am 12. April wurde, sowohl die einstmals schöne Ruckwald-Villa und gleichzeitig das gesamte Anwesen von

Horst Haßfurter, niedergewalzt - zusammen mit der dreigeschossigen ausnehmend schönen Villa mit Blick auf den Main. Das waren keine Granateneinschläge, sondern große Bomben, die unmittelbar neben Tobias Wiesner für Furore sorgten. Die Abrissarbeiten ließen bei ihm sogar einige Fenster zu Bruch gehen.

Ulrich Urban war als Reporter ein alter Hase. In kluger Voraussicht ließ er sich in den letzten Monaten viel Zeit, um alle Häuser von Aalfurth abzulichten. Er hatte sogar Luftbildaufnahmen anfertigen lassen. Spätestens jetzt gab es im Raum Weinersheim einen Aufschrei.

Im Hause Klinger läuteten ununterbrochen die Telefone.

«Herr Klinger ist nicht zu sprechen. Er ist für eine längere Zeit im Ausland«, antwortete Sylvia.

»Nein. Details kannte sie nicht. Sie könne und wolle zu allen Themen keine Stellungnahme abgeben«, sagte sie emotionslos und tonlos; fast wie ein Roboter.

Sylvia selbst war der Initiator von Simons Reise gewesen. Sie hatte ihm vorgeschlagen, Marita sein Reich in den Staaten zu zeigen. Wer weiß, vielleicht fand sie sogar Gefallen daran, Aalfurth für immer den Rücken zu kehren. Aber diese Wahrscheinlichkeit war gering.

Neuerdings beschlich sie das Gefühl, dass Gabe und Luca lieber heute als morgen wieder auf der Ranch leben wollten. Simon hatte ihnen das Versprechen abgerungen, so lange in Deutschland auszuharren, bis er seine Mission abgeschlossen hatte. Danach, und dessen war sie sich mittlerweile sicher, würden die beiden Männer fast fluchtartig Deutschland verlassen.

Wie ihre eigene Zukunft aussah? Darüber machte sie sich im Moment noch keine Gedanken. Entscheidend würde sein, ob Marita die Kraft aufbrachte, bei Simon zu bleiben. Gegenwärtig war die Wahrscheinlichkeit groß, dass ihre Freundin der Apathie und einer tiefen Depression anheimfallen könnte.

Simon war mit seiner Rache zu beschäftigt, um sich Zeit zu nehmen, über Marita nachzudenken oder mit ihr anstehende Gespräche zu führen. Das war insofern paradox, weil Marita der wichtigste Auslöser für seine Rache-Visionen war. Sie, Sylvia, würde bei Simon bleiben … sollte er sie brauchen. Vielleicht würde sie aber auch zwischen Deutschland und den Staaten pendeln. Die Zeit würde es bringen.

Das Projekt, an dem Sylvia seit zwei Wochen arbeitete, hatte zum Ziel, eine rasche Veränderung in Simons Seelenleben herbeizuführen. Er war enorm reich. Er war mutig und tollkühn. Er konnte hart oder gar seelenlos sein - wenn es darum ging, sein letztes großes Ziel in die Tat umzusetzen. Doch er überschätzte sich dabei.

Aus Sylvias Sicht zog Simon zwar seinen einstigen Widersachern die Schlinge immer fester um den Hals. Eigentlich waren jetzt nur noch Elmar und Tobias übrig.

Aus ihrer Sicht war es mittlerweile nicht mehr auszuschließen, dass Simon ausnahmslos alle Häuser von Aalfurth - mit Ausnahme der Wehrkirche - dem Erdboden gleichzumachen würde.

An die Kirche würde er sich mit Sicherheit nicht herantrauen.

Dort, am Südhang, mit Blick auf die Mainschleife und dem Spessart im Hintergrund, wollte Simon eine gigantische Senioren-Anlage schaffen; einmalig in Franken – oder gar in Deutschland.

Sylvia hatte viele Wellness-Tempel von Simon in den Staaten kennengelernt. Fünfzig solcher gigantischen Oasen hatte er aus dem Boden gestampft. Ja, sie würde diesem Visionär ein solches Projekt in Aalfurth zutrauen. Notfalls würde er den Landrat überrennen und einige widerspenstige Politiker kaufen.

Doch: Nur Gott würde man vielleicht verzeihen, wenn er zur Strafe ein ganzes Dorf vernichtete. Aber Simon war nicht Gott. Sie würden einen Teufel aus ihm machen - und das für immer und ewig.

Allerdings; und das wusste sie auch: Weder ihr oder Marita, Gabe, Luca, Paul oder Janette würde es im Moment gelingen, sich Zugang zu Simons Herzen – oder gar zu seiner Seele – zu verschaffen … um ihn umzustimmen.

Vielleicht würden es Engel schaffen; kleine und unschuldige Engel!

Marita kam völlig verändert aus den Staaten zurück.

Diese Größe. Diese Weite. Diese Freiheiten. Diese schöne Farm.

Im Moment konnte sie sich vorstellen, Deutschland ganz den Rücken zu kehren; Aalfurth mit all diesen vorwiegend negativen Erinnerungen hinter sich zu lassen.

Auch Simon hatte sich etwas erholt. Doch wieder einmal war er enttäuscht von Marita. Dass sie mit Feuer und Flamme in die Staaten ziehen würde, konnte er nicht fassen.

Aus dieser Stimmungslage heraus hatte er vorgeschlagen, sie möge doch einige Monate auf der Ranch bleiben, bis er seine Mission in Deutschland abgeschlossen habe.

Doch am Tag der Abreise entschied sie sich, ihn wieder nach Deutschland zu begleiten.

Sowohl Simon als auch Marita hatten es nicht gelernt, offen zu kommunizieren und sich hierbei besser kennenzulernen.

Dass Simon während der Abwesenheit die Ruckwald- und vor allem die ehrwürdige Haßfurter-Villa dem Erdboden gleichmachen ließ, war für Marita eine scheußliche und in keinster Weise nachvollziehbare Tat. Auch jetzt gaben sie sich keine Zeit, ausgiebig darüber zu streiten, Simons Beweggründe besser kennenzulernen.

Obwohl: Simon hatte ihr die Gründe doch bereits klar und unmissverständlich genannt. Deutlicher ging es eigentlich nicht mehr. Allem Anschein nach hatte sie Simons Gemütsausbruch wieder vergessen; wollte es verdrängen; zusammen mit den vielen anderen Dingen ihres bisherigen Lebens. Sie wollte endlich Ruhe und suchte nach Ausgeglichenheit. Sie selbst wollte keine Rache und auch keine Aufarbeitung. Später vielleicht; wenn sie ausreichend Abstand zu alledem geschaffen hatten. Sie sehnte sich nach Ruhe, Verständnis und Liebe.

Dominic Papen und Waldemar Achhammer hatten Simon zu einem klärenden Gespräch gebeten.

»Ich will offen sein Simon«, begann Dominic.

»Man setzt mich unter Druck. Sowohl Vorstandmitglieder als auch große Kunden sind der Meinung, dass du als Vorstandsmitglied nicht mehr tragbar bist. Deine Methoden sind mit kaufmännischem Gebaren nicht mehr in Einklang zu bringen. Einige namhafte Personen rücken dich gar in die Nähe der Mafia. Andere regen an, dass du dich in pflegerische Hände begeben solltest. Du weißt, was sie damit ausdrücken wollen.«

Waldemar hatte Simons letzte Breitseite nicht vergessen. Deshalb versuchte er es diplomatischer:

»Du hast bei unserem letzten Gespräch angedeutet, eine sehr große Summe in ein Projekt investieren zu wollen, das revolutionierend für diese Region ist. Vielleicht können wir der gegenwärtigen Unruhe die Spitze nehmen, wenn du wissen lässt, was in Aalfurth…« Er hüstelte.

»Oder vielmehr was davon übriggeblieben ist, entstehen soll.«

»Meine Abrechnung mit einigen Aalfurthern ist die eine Sache«, begann Simon.

»Mir ist es auch völlig egal, ob man mich in die Nähe der Mafia rückt. Dass Aalfurth ein Haufendorf ist, wie man es in späteren Zeit fast nirgendwo mehr gebaut hat, brauche ich nicht zu betonen. Es wäre ausschließlich eine Frage der Zeit, dass in diesen alten Gemäuern am Hang niemand mehr wohnen will. Das ist schlichtweg nicht mehr zeitgemäß. Wir sind doch nicht in Sizilien. Allerdings: Der Hang als solcher, mit Blick auf den Main, die Mainschleife und das Waldgebiet dahinter, bietet sich für eine fast einmalige Wohnanlage an. Doch es ist noch nicht an der Zeit, darüber im Detail zu sprechen. Fest steht aber schon heute, dass ein Großteil der alten Schuppen weichen müssten.«

»Du hast es falsch angefangen Simon. Du hast dich von deiner Rache leiten lassen, um es einmal unmissverständlich auf den Punkt zu bringen. Wenn weitere Hiobsbotschaften hinzukommen, tauchen irgendwann Reporter von Stern, Spiegel und der BILD-Zeitung auf. Dann will man Köpfe rollen sehen. Ich würde dann eines dieser Bauernopfer werden. Dominic wahrscheinlich auch. Ich schließe nicht aus, dass du dieses gigantische Projekt realisieren könntest. Deine Anwälte werden dich herauspauken. Rein rechtlich gesehen hast du bist jetzt keine Gesetzesübertretungen begangen. Zumindest kann man dies dir nicht nachweisen. Aber zum Helden wirst du in dieser gesamten Region niemals werden. Für sie wirst du der Teufel bleiben, wenn du nicht langsam aufhörst mit deinem Quatsch, der einmalig in Deutschland ist.«

»Wie so oft liegst du mit deiner Einschätzung daneben Waldemar.«

Simon setzte eine verächtliche Miene auf.

»Das liegt daran, dass du aus dieser Ecke Frankens niemals hinausgekommen bist. Du vergisst die mindestens dreihundert Dörfer, die unter die riesigen Räder der Braun-kohlebagger geraten sind; um umweltschädliche Energie zu erzeugen; damit Aktiengesellschaften noch reicher werden. Schau doch mal die Mondlandschaften an, die sie anschlie-ßend hinterlassen haben. Fahr mal in die Ecke kurz vor Aachen … oder in die Lausitz!

Hier in Aalfurth würden dagegen wirklich blühende Landschaften entstehen; mit eigener, sauberer Energie. Das ist alles eine Sache der Betrachtungsweise. Dieses Dorf ist bereits heute schon tot. Was willst du als Landrat mit einem toten Dorf? Du bist ein Schwätzer, der keine Eier in der Hose hat. Auch das ist eine Wahrheit.«

Wütend und wortlos verließ er den Raum. Dominic blickte anerkennend hinterher. Waldemar machte sich nichts mehr vor. Dies war eine Kriegserklärung. Die Freundschaft mit Simon war zu Ende.

Männer wie Paul, Dominic, Waldemar, Elmar oder Tobias stellten für Simon kein Problem dar.

Entweder waren es seine Freunde. Dann war er freund-lich und großzügig. Oder sie waren seine Feinde. Dann setzte er alles daran, sie wirtschaftlich – und in der Folge dann auch als menschliche Persönlichkeiten – auszuschal-ten. Alle Wesen dazwischen waren für ihn schon immer ein Neutrum gewesen. Sie hatten sich nie für ihn interessiert. Also waren sie auch für ihn peripher. Bislang lohnte es nicht, sich über sie Gedanken zu machen.

Kinder? Auch mit Kindern hatte er bislang nichts am Hut. Schließlich hatte man ihn als Kind fast wie eine räu-dige Katze behandelt.

Das war natürlich eine sehr verzerrte Sichtweise. Da gab es doch die Schwestern im Heim auf Amrum, die sich lie-bevoll um ihn bemühten. Sie schrieben seinen Eltern wö-chentlich, wie es dem kleinen Simon ging. Da waren die

Schwestern im Krankenhaus in Würzburg. Warum konnte er sich nicht mehr an ihre Gesichter erinnern? Da waren der Professor und die Ärzte, die ihn operierten. Und da war die hübsche Lehrerin aus Heidelberg, der er immer Blumen auf das Pult legte … und weinte, als sie Aalfurth verließ.

Nein, da machte es sich Simon einfach; zu einfach. Keine einzige Sekunde hatte er an die Kinder von Aalfurth gedacht. Ja, auch in der Kerngemeinde lebten noch einige Kinder. Weitere wohnten wenige hundert Meter weiter im Neubaugebiet. Das Ausradieren von Alt-Aalfurth würde die gesamte Infrastruktur – auch des Neubaugebietes – zerstören.

»I can't understand what they say Simon. But: Look at.«

Sobald Luca sich in englischer Sprache artikulierte, war das ein untrügerisches Zeichen, dass er sich über etwas ärgerte oder dass etwas sehr Ungewöhnliches passiert war. Luca legte seinen Laptop vorsichtig und leise auf Simons Schreibtisch, um anschließend, in geduckter Haltung, das Büro zu verlassen.

Interessiert drückte Simon die Enter-Taste.

Zu sehen war eine Gruppe von sechs oder sieben Kindern. Es waren süße Kinder. Sie mochten fünf bis sieben Jahre alt sein.

Da war ein Mädchen mit Zöpfchen, Sommersprossen und einem luftigen Kleidchen.

Ein anderes Mädchen trug ein Dirndl. Das nächste Mädchen, mit einer Puppe im Arm, war besonders herausgeputzt. Ein Bub hatte knielange Lederhosen an. Seine Altersgenossen waren in Jeans verpackt.

Simon erkannte sofort, wo die Gruppe aufgenommen wurde. Sie standen auf dem Platz des ehemaligen Kindergartens. Einige hatten sich auf die grüne Bank gesetzt, die er dort hatte aufstellen lassen. Weiter unten sah man den freien Platz, wo früher die Schule stand. Und bergwärts konnte man die Kirchturmspitze der Wehrkirche von Aalfurth ausmachen.

Das Mädchen mit den Sommersprossen weinte.

»Komm. Hör auf zu heulen, bat ein anderes Mädchen.

»Ich will hier aber nich‘ weg«, jammerte das Sommersprossenmädchen leise und trat dabei trotzig mit dem Fuß auf.

»Hilft nix«, brummelte ein Junge.

»Papa hat gesagt, dass wir noch dieses Jahr unsere Sachen packen müssen.«

»Aber warum?«, piepste das Mädchen mit der Puppe.

»Gibt es Krieg?«

Ein Junge schubste das kleine Mädchen. »Was verstehst du schon vom Krieg?«

»Na ja«, begann der Älteste der Gruppe.

Er war vielleicht acht Jahre alt.

»Mein Vater hat von früher erzählt. Er meint, dass es schlimmer wird wie bei den Russen damals. Oder bei den Amis. Die hatten alles kaputtgebommt. Für Dörfer wie Aalfurth brauchten sie nur acht oder zehn Bomben.«

»Also doch Krieg?«

»Nee. Aalfurth soll einfach weggerissen werden. Einfach so.«

»Aber das können die doch nicht machen«, weinte jetzt das Mädchen mit der Puppe.

»Wir sind doch hier daheim. Wir wohnen doch gleich da oben.«

»Klar geht das. Haste doch gesehen«, sagte der Achtjährige.

»Ging doch mit dem Kindergarten auch. Der stand doch genau hier … wo wir jetzt stehen. Wupps. Und in einem Tag war er weg. Wie die Schule da unten.«

»Mein Opa meint, dass sich da jemand rächen will«, jammerte das Mädchen im Dirndl.

»Rächen? Was meint er damit?«

»Weiß nich. Oma war traurig. Sie hat erzählt, dass man damals einen Jungen bös verklopft hat. Immer wieder. Irgendwann iss'a dann nach Amerika. Jetzt iss'a wieder da. Und is' stinksauer … wegen damals. Deshalb.«

»Aber dafür können wir doch nix«, jammerte das Mädchen mit der Puppe.

»Onkel Hubert denkt halt, dass er uns in Sipp …. Sipp … ach irgendwas mit haft machen will.«

»Was will er?«

»Mitgegangen mitgehangen«, lispelte der ältere Junge. Scheißegal, ob du selbst was gemacht hast. Ganz einfach. Das verstehst du nicht.«

»Versteh' ich auch nicht. Für mich ist er dann halt böse.«

»Mit tut er aber schon ein bisschen Leid«, hauchte ein Mädchen, das bislang noch nichts gesagt hatte.

»Blöde Kuh«, schnauzte der Älteste.

»Ihm sind wir doch scheißegal. Der ist nicht nur böse. Der ist auch blöd. Meine Eltern wissen noch nicht mal, wohin wir jetzt geh'n sollen.«

»Die Oma hat gesagt, dass man die Eltern von dem kleinen Jungen damals auch verjagt hat. Da kam ein ganzer Schwung von diesen Zigeunern, hat sie gesagt. Und niemand wollte die hier haben.«

»Das war aber auch blöd«, sagte das Mädchen mit der Puppe.

»Die ham sicher auch nix dafürgekonnt. Oder?«

»Das war blöd. Hätt' man nicht machen sollen. Aber … wo geh'n wir jetzt hin?«

»Und was machen wir, wenn uns niemand will … dort … wenn man uns dann auch haut … wenn wir verhungern?«

»Quatsch. Heute verhungert niemand mehr. Das war früher anders.«

»Die ham wirklich nix zu essen gehabt? Auch Kinder? Oh Gott.«

»Dann hatt's der Junge damals wirklich nicht einfach gehabt … gehungert und verklopft … Dann wär' ich auch stinkig.«

»Hör' auf so blöd zu quatschen. Der Depp will das ganze Dorf plattmachen. Kapierst du das nicht?! Dem geht's doch am Arsch vorbei, wie es uns später geht«, polterte der Älteste.

»Opa Hubert hat erzählt, dass ihm der Elmar sein Mädchen weggeschnappt hat. Ganz schlimm soll das damals gewesen sein. Ich wüsst' auch nicht, was ich dann machen würde.«

»Ja, Elmar ist ein Arsch. Das weiß jeder. Volker ist auch ein Arsch. Sascha und die Waltraud mag auch niemand in der Schule. Wär' nicht schlimm, wenn die nicht mehr hier wären.«

»Stimmt. Und die Schlimmsten damals waren Horst, Kai, Markus und Tobias.«

»Kai und Markus auch? Die tun doch keiner Fliege was. Das glaub' ich nicht.«

»Das hat Opa Hubert so erzählt. Alle fünf haben sie ihn verklopft. Zehn Jahre lang. Der Arme.«

»Was? So lange?«, seufzte ein kleines Mädchen mit einer großen Zahnlücke.

»Des is abba … oh je! Und was hat dein Opa gemacht?«

»Ich glaub' der hat Schiss gehabt. Den hätten die fünf einfach auch verklopft. War halt so.«

»Zehn Jahre. Fünf Kerle«, weinte das Mädchen mit der Puppe.

»Er tut mir jetzt aber doch leid. Das war blöd.«

»Wenn das stimmt, war das ganz schön schlimm. Da wär' ich auch ganz schön sauer. Wer war eigentlich damals das Mädchen?«

»Die Marita«, sagte der Junge.

»Hat Opa Hubert gesagt.«

»Die beim Elmar in der Küche arbeitet?«

»Du bist aber blöd. Das ist doch seine Frau!«

»Aber der hat die doch immer verklopft! Und der hat früher auch den Jungen verklopft … zusammen mit den Anderen? Ich hass' den Kerl.«

»Aber dann hätt' dieser … dieser … wie heißt der eigentlich?«

»Simon … Wie weiter? … Hab' keine Ahnung.«

»Dann soll dieser Simon Elmar eins über die Rübe hauen.«

»Das wär' nicht schlecht gewesen«, sagte wieder der ältere Junge.

»Aber irgendjemand hat das Haus angezündet, wo dieser Simon drin geschlafen hat. Wär' fast verbruzzelt. Vorher und später haben sie diesen Simon in der Wirtschaft von Elmar bös' verhauen.«

»Dann tut er mir immer mehr leid«, meinte ein Mädchen, und wischte sich Tränen aus den Augen.

»Wie alt ist der denn eigentlich?«

»Zu alt für dich«, lästerte der Älteste.

»Heirate einfach mich. Später natürlich.«

»Würd' dir so passen.«

Die Kinder lachten.

»Und wenn wir ihn lieb bitten, Aalfurth ganz zu lassen«, fisperte das Mädchen mit der Puppe. Es vergaß, dabei den Daumen aus dem Mund zu nehmen.

»Du hast doch'n Knall«, schnauzte ein Junge.

»Warum eigentlich nicht? Genau. Ich würd's probieren. Na klar«, sagten einige Kinder in rascher Reihenfolge.

»Lieber Herr … Simon«, würd' ich sagen. «Tun' sie unserem Dorf nix an. Sonst müssen wir ja weg. Dann geht's uns vielleicht so wie dir … früher. Und das wär' doch traurig. Oder?«

Die Kinder schwiegen für einige Sekunden. Die Kamera zeigte Nahaufnahmen trauriger Kindergesichter.

»Au ja. Ich würd' mitmachen. Der kann doch nicht so bös' sein. Der weiß doch selbst wie's is. Der ist doch ein Mensch.«

Zum Schluss blickte das kleine Mädchen mit der Puppe in die Kamera. Es nuckelte fleißig am Daumen … und nickte einige Male eifrig. Dabei sagte sie leise:

»Hmm!«

Dann wurde es plötzlich dunkel.

Simon blickte wie erstarrt auf den Laptop, der sich nun automatisch ausgeschaltet hatte. Tränen flossen über seine Wangen. Lange saß er … das Gesicht mit seinen Händen verdeckt.

Er schreckte auf, als das Telefon klingelte.

»Soll ich zu dir rüberkommen«, fragte Luca.

»Nein. Nein. Nicht notwendig«, stammelte Simon.

»Woher hast du den Film?«

»Der ist seit gestern Abend auf Facebook zu sehen. Wurde inzwischen über fünfundzwanzigtausend Mal angeklickt. Das ist gigantisch in so kurzer Zeit – in this area!«

Es entstand Stille.

»Bist du noch dran Simon?«

»Ja Luca. Danke. Bis später.«

Danach legte Simon auf.

Luca hatte am gestrigen Abend eine Mail bekommen. Darin wurde er auf diesen Film aufmerksam gemacht. Er hatte sofort versucht herauszufinden, wer diesen Film ins Netz gestellt hatte. Es war ein Internet-Laden in Würzburg.

Zunächst hatte er Gabe den Film gezeigt.

»Verdammt«, hatte er sofort gebrummt.

»Das ist gar nicht gut. Hast du es Sylvia schon gezeigt?«

Wenige Minuten später saßen sie zu dritt in Lucas Büro.

Sylvia hatte sofort Tränen in den Augen - obwohl sie den Film schon vor Tagen viele Male angesehen hatte.

Zusammen mit Gisela, der jungen Kindergärtnerin, hatten sie fünf Tage gebraucht, um die Kinder auf diesen Film einzustimmen. Sie mussten die Texte auswendig lernen. Und sie durften oder sollten sogar improvisieren. Nicht jedes Wort musste stimmen. Sie konnten oder sollten drauflos plappern. Alles musste so authentisch wie nur irgend möglich sein.

Die Kleinen waren voll bei der Sache.

Das mit Abstand schwierigste bei der ganzen Aktion war, alles geheim zu halten. Nichts durfte vorschnell an die Öffentlichkeit dringen. Sylvia selbst wollte unter keinen Umständen damit in Verbindung gebracht werden. Diesen Vertrauensbruch würde Simon ihr vielleicht niemals verzeihen. Gisela hatte noch zwei junge Mütter gewonnen, die assistierten. Sie mussten hoch und heilig versprechen, ihre Person niemals ins Gespräch zu bringen. Gemeinsam hatten sie an den Texten gefeilt. Sylvia wusste, worauf es ankam; welche Sequenzen besonders herauszustellen waren.

Nun saß sie Luca und Gabe gegenüber. Beide musterten sie auffällig. Hatten sie zum Schluss etwas bemerkt? Wenn es um Simon ging, entwickelten sie unvorstellbare, beängstigende Instinkte.

»Wie wird er darauf reagieren?«, wollte Gabe wissen.

»Es ... es wird ihn umhauen«, sagte Sylvia leise.

»Wird oder soll?«

Gabes Augen waren unter den buschigen Augenbrauen stechend auf Sylvia gerichtet; als versuchten sie, auf diese Weise Zugang zu ihrem Innersten zu finden.

Die blonde Frau mit psychologischen Grundkenntnissen hatte den Instinkt einer Klapperschlange.

Klapperschlangen warteten oft sehr lange ... bevor sie klapperten - um dann blitzschnell zuzubeißen.

»Du selbst hast doch gesagt, dass du dir langsam Gedanken über Simons seelischer Verfassung machst«, klapperte sie.

Mit diesem Satz warnte sie - hörbar. Sie hatte damit zu verstehen gegeben, dass sie ihn selbst nicht angreifen würde. Es genügte, Simon zu sensibilisieren, wie sein wichtigster Freund und Beschützer über ihn dachte. Das wäre Gift gewesen – wie das Gift einer Klapperschlange.

»Verstehe«, antwortete deshalb der Hüne, mit dem sie nun schon so oft das Bett geteilt hatte.

Doch inzwischen war ihr bewusstgeworden, dass dieser Mann sie im Extremfall erdrosseln würde - sollte Simon lediglich eine kleine Handbewegung machen. Aussprechen würde er seinen Befehl – in diesem Fall - niemals.

»Meine Freunde«, begann deshalb Sylvia.

»Simon ist mehr als unser Freund. Ich habe versucht, mit ihm zu sprechen. Auch ihr habt es zumindest ansatzweise versucht, ihm verständlich zu machen, dass er begonnen hat, einen gefährlichen Weg beschreiten. Für sich selbst wohlgemerkt! Ihr seht doch selbst, dass es noch nicht einmal Marita gelingt, Zugang zu seiner Seele zu finden.«

Sie machte eine Pause; ließ sich Zeit.

»Wer weiß … Vielleicht erreichen ihn jetzt Kinderherzen. Vielleicht ist das seine Rettung. Vielleicht ist das auch unsere Rettung. Sein Schicksal ist ja eng mit unserem verknüpft.«

Es wäre töricht gewesen, Gabe zu unterschätzen. Er brauchte ja nur eins und eins zusammenzuzählen. Für diese Texte war Insiderwissen Grundvoraussetzung. Und Gabe schätzte Marita nicht für so intelligent oder kämpferisch ein, um eine solche Aktion zu initiieren oder gar zu leiten. Also blieb nur sie, Sylvia, übrig.

Zu ähnlichen Schlussfolgerungen könnte – oder musste - Simon auch kommen.

Doch: Bereits im Vorfeld war ihr bewusst, dass sie dieses Risiko eingehen würde; eingehen musste. Sie liebte diesen Mann. Sie würde ihn selbst dann noch lieben, wenn er Gabe beauftragen sollte, dieses sehr große Problem zu lösen ...

»Sollten wir auch Marita diesen Film vorspielen?«, fragte Luca.

»Wenn Simon aus den Latschen kippt, muss sie den Grund hierfür wissen. Nur dann können wir ihm gemeinsam helfen.«

»Und ich werde auch Paul und Janette Korber informieren«, sagte Sylvia leise.

»Gleich nachher. Wir haben ja keine Ahnung, wie Simon reagieren wird.«

Luca räusperte sich.

»Wie wird er deiner Meinung nach reagieren?«

»Keine Ahnung. Ich bin doch keine Psychologin.«

Luca zuckte mit den Schultern und blickte sie mit einem eigenartigen Gesichtsausdruck an. Sollte er etwa ihren Lebenslauf genauestens zurückverfolgt haben? Ja, das war ihm zuzutrauen. Es war aber auch nicht auszuschließen, dass er sogar den Befehl hierzu von Simon erhalten hatte. Das wäre zumindest Simons Handschrift gewesen. Wenn es um geschäftliche Dinge ging, vertraute er noch nicht einmal seinen Freunden. Wobei: Hier ging es eigentlich nicht um geschäftliche Dinge. Doch niemand konnte bei ihm so genau wissen, ab wann er welche Dinge unter „geschäftlich" einreihte.

Sylvia war auf Maritas Reaktion nicht vorbereitet. Sie reagierte erstaunlich ruhig; mit Tränen in den Augen. Doch nachdem die letzte Sequenz des Films abgespielt worden war, sagte sie leise:

»Wer auch immer für diesen Film verantwortlich ist - Er oder sie hat es verdammt gut gemacht. Genau das braucht er jetzt. Leider. Wenn er das nicht verstehen wird, kannst du ihn haben. Dann ist er sowieso nur noch eine leere Hülle … oder ein seelenloser Roboter.«

Niemand hatte bemerkt, dass Simon das Haus verlassen hatte - ohne sich vorher abgemeldet zu haben.

Seine drei Freunde blickten sich wortlos an. Es war nicht notwendig, es auszusprechen. Dieses Mal würde sich niemand auf die Suche nach ihm begeben. Und - Sie waren sich alle darin einig: Wenn er dieses Mal zurückkommen würde, ohne die leiseste Bereitschaft zu zeigen, Teil eines gesunden Teams werden zu wollen, würde er plötzlich ganz allein auf diesem Erdball sein. Schließlich hatten sie alle auch eine Vergangenheit. Und die war zum Teil auch recht holprig gewesen!

Der 5. Mai 2013 war ein Sonntag. Die Sonne schien über das Maingebiet; dies bei angenehmen 20 Grad Celsius.

Simon war gegen 10:00 Uhr aufgetaucht. Er hatte Gabe wissen lassen, dass sich alle um 14:00 Uhr auf der Terrasse einfinden sollten. Es sei ein zu schöner Tag, um drinnen zu sitzen. Danach zog er sich wortlos in seinen Büro-Trakt zurück. Alle schüttelten darüber den Kopf, dass er noch nicht einmal mit Marita sprechen wollte.

Kurz vor 14:00 Uhr tauchten Janette und Paul Korber auf. Sylvia übernahm die Pflichten der Gastgeberin. Marita hatte es vorgezogen, sich in ihre Räume zurückzuziehen - und zu weinen.

Um Punkt 14:00 Uhr versammelten sich alle auf der großen Terrasse. Sylvia hatte die gemütlichen Stühle im Halbrund aufgestellt; sechs Stühle. Und drei bis vier Meter davon entfernt, gegenüber dem Halbrund, stand ein weiterer Stuhl.

Marita, Sylvia, Gabe, Luca, Paul und Janette hatten zaghaft Platz genommen. Sie warteten. Niemand verspürte an diesem Nachmittag den Wunsch, auf den blauen Himmel mit den kleinen Wölkchen darin zu blicken … auf den blauschimmernden Main dort unten … oder das zarte Frühlingslüftchen und das Vogelgezwitscher zu genießen.

Simon tauchte mit großen Schritten auf. Grußlos. Er stellte sich hinter dem Stuhl, und benutzte die Lehne als Stütze.

»Zunächst möchte ich mich bei euch bedanken«, begann er leise.

»Ihr seid alle meine Freunde. Ihr habt es in der Vergangenheit nicht immer einfach mit mir gehabt.«

Er legte seine Stirn in Falten.

»Ich habe es mir selbst auch nicht immer einfach gemacht. Das weiß ich jetzt langsam.«

Er zuckte mit den Schultern.

»Wer weiß - Wenn ich schon als junger Mann Marita an meiner Seite gehabt hätte … Wahrscheinlich wäre alles anders verlaufen.«

Er versuchte leicht zu lächeln.

»Ich habe mich nun einmal zuerst in Marita verliebt. Daran hat sich bis heute nichts geändert. Bei dir, Sylvia, muss ich mich entschuldigen. Du bist mir sehr sympathisch. Auch du bist mir inzwischen ans Herz gewachsen. Und ich wollte dich niemals verletzen.«

Simon wandte sich nun in Richtung seiner amerikanischen Freunde.

»In Gabe und Luca habe ich sehr gute Freunde gewonnen. Liebe und Freundschaft sind für mich die höchsten Güter auf dieser … dieser Erde. Ich bin meinem Schicksal dankbar für eure Freundschaft. Auch ihr habt es nicht immer leicht mit mir gehabt. Auch bei euch möchte ich mich an dieser Stelle entschuldigen. Und: Ich muss mich bei euch besonders bedanken. Schließlich habt ihr es über 27 Jahre mit mir ausgehalten.«

Simon legte bewusst eine kurze Pause ein.

»Ich habe euch die vielen, vielen Jahre so gut wie nichts über mich erzählt. Das war falsch von mir. Und es war fast unentschuldbar, mich in all diesen Jahren nicht meiner Vergangenheit gestellt zu haben. Es ist nicht so, dass ich mich habe treiben lassen. Nein, ich habe mich ... und euch, meine Freunde ... nach vorn gepeitscht ... in Arbeit ersäuft. Okay - Das hat mich, das hat uns, reich gemacht. Aber Geld ist nicht alles. Mit Sicherheit haben wir zu wenig gelebt. Und mit Sicherheit wäre es gut gewesen, wenn ich mehr über mein bisheriges Leben nachgedacht hätte.«

Und wieder machte er eine kurze Pause.

»Irgendwann ... mitten in der Luft ... He Gabe, du kannst dich noch daran erinnern ... hat es plötzlich klick gemacht. In dieser Sekunde wusste ich, dass ich zurück nach Deutschland musste. Irgendwer oder irgendwas zwang mich, nicht nur Marita wieder ganz nahe zu sein, sondern auch eine alte Rechnung zu begleichen. Etwas in mir hatte gesagt, dass es mir vielleicht wieder gut gehen würde, nachdem ich mich gerächt habe ... für all die Dinge, die mir in meiner Kindheit und Jugend zugestoßen waren. Vor allem seitdem ich wieder zurück in meiner alten Heimat bin, ist das zu einer fixen ... na ja ... vielleicht sogar krankhaften Idee von mir geworden.«

Simon machte eine Pause, um einen Schluck zu trinken.

»Im Oktober werde ich vierundsechzig. Unfassbar«, fuhr er mit einer festen Stimme fort.

»Es ist an der Zeit, mit dem eigentlichen Leben zu beginnen. Und dieses Leben möchte ich mit dir verbringen - Marita. Wir müssen beide daran arbeiten, das abzuschütteln, was unsere Zukunft weiterhin belasten könnte. Wir beide haben in den letzten Monaten allerdings den Fehler gemacht, nicht offen und ausreichend über diese Themen gesprochen zu haben. Das trifft vor allem auf mich zu. Wichtig ist, dass wir in den nächsten Tagen darüber sprechen, wie wir unsere Zukunft gestalten möchten.«

Simon machte wieder eine kurze Pause.

Mit einem sehr harten Gesichtsausdruck und mit fast eisiger Stimme fuhr er fort:

»Ich habe zwar beschlossen, so rasch wie möglich die Vergangenheit abzuschließen. Doch: Die Themen Elmar und Tobias muss ich noch zu Ende bringen! Das wird eine Sache von nur wenigen Tagen sein. Darüber werde ich noch nicht einmal ansatzweise mit jemandem von euch diskutieren! Ich hätte keine ruhige Nacht mehr, wenn vor allem Elmar ungeschoren davonkommt. Er hat dein Leben, Marita, und auch mein Leben zerstört. Diese verlorengegangenen Jahre bringt uns niemand zurück!«

Erst jetzt blickte er seine beiden Weinersheimer Freunde an.

»Selbst Janette und Paul, mit denen ich freundschaftlich und vor allem auch geschäftlich verbunden bin, habe ich nicht in Gänze in alle meine Pläne eingeweiht. Weiß der Teufel warum.«

Simon machte eine Pause, holte tief Luft und blickte kurz in den blauen Himmel.

»Es ist wahr, dass ich ganz Aalfurth abreißen lassen wollte. Ich habe mich von meinem Hass treiben lassen. Ich wollte an der Stelle dieses ehemaligen Haufendorfes, das ich aus nachvollziehbaren Gründen auf den Tod gehasst habe, einen großen Traum entstehen lassen, der gut und wichtig für diese Region gewesen wäre. Ich wollte ein großes und profitables Projekt entstehen lassen … ähnlich wie viele große Projekte in den Staaten.«

Mit einem Lächeln blickte er Sylvia an.

»Es war letztlich dieser Film … übrigens einen Dank an

dich Sylvia … der diesen bösen Männchen da drinnen …«
Er klopfte an seine Brust.

»… den sicher überfälligen Tritt gegeben hat. Heute, jetzt, kann ich es nur schwer nachvollziehen, dass ich mir nicht vor Augen gehalten habe, dass die Nachkommen der … und dabei bleibe ich nach wie vor … der bösen und seelenlosen Brut von damals … nichts für ihre Eltern oder gar Großeltern können. Insofern waren die Texte der süßen Kinder in diesem Film alles andere als falsch. Ich schäme mich sogar, nicht an solche Dinge gedacht zu haben. Aber … ich verspreche euch, dass ich es wiedergutmachen werde. Im Klartext: Ich werde diesen Traum nicht weiterverfolgen. Wie es weitergeht? - Darüber werde ich zunächst einmal mit Marita sprechen.«

Nach diesen Worten ging Simon langsam auf Marita zu. Ganz langsam, fast theatralisch, ließ er sich vor ihr auf die Knie nieder. Er nahm ihre Hand.

»Willst du mich alten Mann heiraten, meine schöne Marita?«, fragte er leise.

»Diese Frage ist schon lange überfällig.«

Marita blickte zunächst Simon irritiert an. Danach schaute sie sich fast hilfesuchend bei den Zuschauern dieses Auftrittes um.

Diese hatten gebannt Simons Worte verfolgt. Nun begannen sie zu lächeln. Sie waren auf Maritas Antwort gespannt.

»He Marita, du bist jetzt an der Reihe«, beschwörte Sylvia lachend ihre Freundin.

»Sag was. Schnapp ihn dir. Bis jetzt ist er ja noch nicht verheiratet.«

Alle Anwesenden lachten lauthals.

»Ja. Bitte«, brummte Simon.

»Denk an meine alten Knie. Seit meiner Ministrantenzeit bin ich nicht mehr auf die Knie gegangen.«

»Ihr seid schon ein verrückter Haufen«, sagte Marita lachend. Sie lachte und weinte gleichzeitig.

»Natürlich will ich dich heiraten. Ich hab dir ja quasi vor ein paar Tagen einen Heiratsantrag gemacht. Du erinnerst dich?«

»Waaas? Simon! Das ist ein dicker Hund«, kicherte Sylvia.

»Und was hast du geantwortet?!«

»Na ja«, sagte Marita.

»Simon ist Pragmatiker. Er hat darauf bestanden, dass ich mich zuerst scheiden lasse. Das ging dann ja auch verdammt schnell. Und danach hat er wohl wieder vergessen, was er eigentlich wollte. So ist er halt.« Sie gab Simon einen Kuss auf die Stirn.

»In Gottes Namen ja. Damit du endlich Ruhe gibst«, kicherte Marita.

Alle lachten.

Simon ging zu seinem einsamen Stuhl zurück.

»Ich möchte euch an dieser Stelle schon einmal vorab zu unserer Hochzeit einladen, meine Freunde.«

Er machte eine kurze Pause, um hierbei Gabe, Luca und Sylvia anzublicken.

»Gabe. Luca. Ich bin davon überzeugt, dass ich euch jetzt aus der Seele spreche. Ich weiß, dass es euch hier in Deutschland mittlerweile gefällt. Aber … mit eurer Seele und mit euren Gedanken seid ihr oft auf unserer Ranch.« Simon machte lachend mit beiden Händen eine scheuchende Bewegung.

»Macht euch wieder auf die Socken. Geht zurück in die Staaten … auf unsere schöne Ranch.«

Gabe und Luca grinsten über das ganze Gesicht.

Gerne wären sie aufgesprungen, um Simon um den Hals zu fallen. Doch sie kannten ihn. Jetzt wollte er erst zu Ende sprechen.

»Ihr habt da drüben ja noch eure Aufgaben. Mein größeres Flugzeug steht auch noch im Hangar. Ich schenke es dir. Packt also eure Sachen. Was mit den Unternehmen hier in Deutschland passiert … darüber werde ich mit Paul und Janette und Sylvia sprechen.«

Er blickte nun Sylvia an … und lächelte.

»Und zum Schluss zu dir Sylvia. Du kannst dir aussuchen, ob du künftig deine Zelte in den Staaten aufschlagen willst. Lass dich von Gabe oder Luca nicht beeinflussen. Solltest du hierbleiben wollen, bekommst du entweder das Immobilien-Unternehmen in Weinersheim. Oder … wir erweitern Elmars ehemaliges Gasthaus um das Doppelte oder Dreifache. Dieses Hotel würde dann dir gehören. Suche es dir aus. Wenn du dich für die Hotel-Version entscheidest, geht das Immobilien-Unternehmen an Janette und Paul. Mit Paul und Janette werde ich mich in den nächsten Tagen detaillierter unterhalten. Einverstanden? Danke. Dann lasst uns den Kaffee und den Kuchen und den Tag genießen.«

Sylvia rannte mit wehenden Haaren auf Simon zu, um ihm einen Kuss auf die Lippen zu drücken.

»Jetzt hast du mich ganz unglücklich gemacht«, gurrte sie.

»Ich weiß überhaupt nicht, wofür ich mich entscheide.«

»Das passt zu dir«, lachte Marita.

Luca, der ausgesuchte Objekte in Aalfurth weiterhin auf seinem Laptop überwachte, bestätigte, dass Elmar Klüpfel und Tobias Wiesner noch in ihren Immobilien wohnten. Genau genommen waren sie nicht mehr Besitzer und hätten spätestens seit fünf Wochen das Feld räumen müssen.

Offensichtlich wollten sie aus ihren Häusern herausgetragen werden. Sie empfanden sich als Opfer einer großangelegten Intrige.

Simon fand es an der Zeit, die Schlinge um den Hals seiner beiden größten Widersacher zuzuziehen.

Am 6. Mai kam es zu einem denkwürdigen Gespräch in der Staatsanwaltschaft Mosbach.

Die Außenstelle Weinersheim hatte die Brandsache Aalfurth Haus Nr. 61 dorthin weitergeleitet; zusammen mit den Unterlagen des Oberbrandmeisters und der Kripo Weinersheim.

Bekannt war inzwischen, dass Phosphor als Brandbeschleuniger im Spiel war. Einbestellt hatte man Elmar Klüpfel als Feuerwehrkommandant sowie drei weitere Feuerwehrleute. Letztlich konnte man keine Indizien finden, welche zu erneuten Nachforschungen Anlass gegeben hätten. Beim Gespräch in Mosbach waren anwesend: Der Richter Dr. Herbst, Oberstaatsanwalt Dr. Kalchreuther, der Hauptkommissar Wonneberger sowie Rechtsanwalt Paul Korber, beide aus Weinersheim.

»Warum haben Sie uns erst jetzt diese hochbrisanten Beweismaterialien zukommen lassen«, schnauzte Dr. Kalchreuther.

»Ganz einfach Herr Oberstaatsanwalt«, antwortete Paul Korber.

»Weil wir die Unterlagen erst vor fünf Tagen erhalten haben. Ich habe diese gesichtet, einen Sachverständigen hinzugezogen und Ihnen zeitnah das Material zukommen lassen. Im Übrigen wäre es der Sache dienlich, wenn wir dieses Gespräch in einer vernünftigen Tonlage führen könnten. Ich bin Anklagevertreter und mein Mandant ist

Geschädigter. Wir wollen doch nichts durcheinanderbringen.«

»Es wäre sicher förderlich gewesen, wenn Sie mich unmittelbar hinzugezogen hätten«, versuchte Hauptkommissar Volker Wonneberger aus Weinersheim, der Sache die Spitze zu nehmen. Normalerweise duzten sie sich.

»Wir wollen doch einmal sachlich festhalten, dass Ihre Abteilung es für nicht notwendig empfunden hat, mir Zwischenergebnisse zukommen zu lassen. Über viele Monate hinweg! Besonders enthusiastisch habt ihr diese Strafsache nicht behandelt … um es einmal vorsichtig auszudrücken«, warf Paul leise und emotionslos ein.

»Woher haben Sie diese Unterlagen eigentlich?«, versuchte es der Oberstaatsanwalt nun etwas leiser; aber nach wie vor mit recht aggressiver Mimik.

»Sie sind uns anonym zugespielt werden.«

»Halten wir doch einmal fest: Um dieses Film- und Ton-Material zu erstellen, war es doch notwendig gewesen, das Haus Nr. 61 mit einer Kamera zu überwachen und die Gastwirtschaft von Elmar Klüpfel sogar zu verwanzen. Wie erklären Sie sich das Herr Korber?!«

Paul zuckte mit den Schultern.

»Es war nicht meine Aufgabe, dies zu eruieren. Die Unterlagen lagen eines Tages in meiner Post.«

Dr. Herbst, der Richter, blätterte in seinen Unterlagen. Finster blickte er den Rechtsanwalt an.

»Auf mich macht diese Sache einen höchst seltsamen Eindruck, um es einmal vorsichtig auszudrücken. Es erinnert mich ein wenig an amerikanische Filme aus den Sechzigern, in denen einige finstere Ge …«

Jetzt stand Paul Korber auf.

»Stopp, stopp Herr Richter. Wenn Sie jetzt anfangen, die Fakten zu verdrehen, breche ich dieses Gespräch an dieser Stelle ab. Dann werde ich die Unterlagen nach Stuttgart weiterleiten. Mit meinen Randnotizen versteht sich. Im Übrigen bestehe ich langsam darauf, dass Sie mich mit meinem Titel ansprechen.«

»Hier in diesem Raum bestimme noch immer ich die Spielregeln!«, schrie Dr. Herbst auf, als hätte ihm jemand zwischen den Schritt gegriffen.

»Mein Mandant - ich habe keine Probleme damit zu betonen, dass wir seit Jahrzehnten befreundet sind - ist ein weiser und vorausschauender Mann«, sagte Paul, während er in eine schmale Aktentasche griff.

Er holte ein Kuvert heraus, um es dem Richter zu übergeben.

»Mein Mandant, ich habe ja bereits gesagt, dass er aus meiner Sicht ein weiser Mann ist, scheint diese Entwicklung vorausgesehen zu haben. In diesem Fall soll ich Ihnen diesen Umschlag übergeben. Ich habe natürlich absolut keine Ahnung, was sich darin befindet.«

Die Hand des Anwaltes zitterte leicht.

»Was soll jetzt diese Scheiße«, brummte der Richter, während er rasch das Kuvert öffnete … um augenblicklich blass zu werden. Er begann nach Luft zu ringen. Augenblicklich ließ er seine Hand auf den großen und langen Konferenztisch sinken, damit niemand sehen konnte, dass seine Hand zu zittern begann; sogar stark zitterte.

Fast ruckartig stand er auf, um in sein Büro zu stürmen, welches sich unmittelbar neben dem Konferenzraum befand.

»Wir unterbrechen kurz diese Besprechung«, keuchte er heiser.

Dr. Kalchreuther blickte Paul Korber fragend und ratlos an.

Zunächst entstand Stille im Raum. Doch dann machte er einen folgenschweren Fehler.

»Das wird Folgen haben«, schrie er den Rechtsanwalt an.

»Diese Sache entwickelt sich wirklich langsam zu einer höchst bedenklichen Posse. Wieso halten Sie der Staatsanwaltschaft wichtige Unterlagen vor?«

»Entschuldigung Herr Oberstaatsanwalt.«

Paul klopfte sich mit seiner Handfläche hörbar gegen die Stirn.

»Wo um alles in der Welt hatte ich meinen Verstand gelassen.«

Mit einer raschen Bewegung griff er wieder in seine schmale Aktentasche, um einen weiteren kleinen Umschlag herauszuholen.

Doch er übergab das Kuvert erst dem verdutzten Oberstaatsanwalt, nachdem er seine beiden Hände fast beschwörend nach oben gestreckt hatte.

»Ich bin lediglich Rechtsanwalt. Und als solcher befolge ich die Wünsche und Anweisungen meines Mandanten. Selbstverständlich habe ich keine Ahnung, was sich in diesem Umschlag befindet. Mein Freund ist, wie gesagt, sehr weise. Aber er hat manchmal schrullige Wünsche. Ich habe inzwischen gelernt, seine kleinen taktischen Schritte zu befolgen. Schließlich ist er ein äußerst erfolgreicher Geschäftsmann.«

Auch Dr. Kalchreuther wurde augenblicklich blass, nachdem er mit raschen Bewegungen den gut verschlossenen Umschlag geöffnet hatte.

Plötzlich erhob er sich.

»Ich muss mir mal kurz die Hände waschen«, stotterte er, um mit großen Schritten den Konferenzraum zu verlassen.

Es entstand Stille im Raum. Paul war traurig darüber, dass Simon an diesem Gespräch nicht teilnehmen wollte. Er wäre jetzt stolz auf seinen Freund gewesen.

»Herr Rechtsanwalt. Ich möchte mich hiermit entschuldigen, und hoffe, dass Sie diese Entschuldigung annehmen«, begann fünf Minuten später Richter Dr. Herbst.

Er war noch immer leichenblass und seine Hände hinterließen auf dem glatt polierten Konferenztisch riesige feuchte Abdrücke. Simon hatte Paul vor wenigen Tagen instruiert, auf welche Dinge er bei diesem Gespräch zu achten hatte. „Mein Freund ist wirklich clever", dachte Paul.

»Akzeptiert«, sagte er jetzt lächelnd.

»Lassen Sie uns bitte noch einmal ganz von vorn anfangen Herr Richter. Einverstanden?«

»Das … das ist eine sehr gute Idee. Danke.«

Paul wandte sich an Dr. Kalchreuther, der in gebückter Haltung wieder am Konferenztisch Platz genommen hatte.

»Bevor Sie auf die Ergebnisse der Proben zu sprechen kommen, Herr Oberstaatsanwalt, gebe ich hiermit zu Protokoll, dass wir uns diese Proben rechtmäßig beschafft haben. Mein Mandant hat einen Freund gebeten, entsprechende Proben einzusammeln. Auf seinem Grund und Boden wohlgemerkt, Herr Oberstaatsanwalt. Wir haben diese Proben bei verschiedenen Instituten untersuchen lassen. Das war nicht billig gewesen. Wie auch immer: Fest steht nach den Ihnen vorliegenden Unterlagen, dass der Feuerwehrhauptmann Elmar Klüpfel zusammen mit seinem Freund Tobias Wiesner das Feuer gelegt hat. Beide wussten, oder mussten davon ausgehen, dass sich in diesem Haus mein Mandant Simon Klinger befand. Hier handelt es sich also nicht um böswillige Brandstiftung, sondern um vorsätzlichen Mordversuch. Unsere Nachforschungen haben ergeben, dass sich Herr Elmar Klüpfel das Phosphor von seinem Freund Horst Haßfurter beschafft hat. Dieser hat das Phosphor 1945 gesetzwidrig von amerikanischen GIs beschafft. Wofür? Das herauszufinden liegt in Ihrem Ermessen.«

»Entschuldigen Sie bitte nochmals Herr Rechtsanwalt«, stotterte der Oberstaatsanwalt noch immer blässlich.

»Wenn man das Filmmaterial mit etwas Abstand anschaut, sieht man die Gesichter von Elmar Klüpfel und Tobias Wiesner eindeutig und gestochen scharf. So etwas habe ich in meiner ganzen Praxis noch nicht erlebt. Es gab meines Wissens auch keinen artähnlichen Fall in Deutschland. Es ist genau zu erkennen, wie die beiden Männer die kleinen Phosphorkugeln auf kleine mit Benzin befüllte Plastikbeutelchen gelegt haben.« Er lachte heiser.

»Es fehlen nur noch die Nahaufnahmen, woraus hervorgeht, dass die Phosphorkugeln mit einer kleinen Eisschicht überzogen waren. Das ist schon fast diabolisch. Mir bleibt jetzt noch der Atem stehen, wenn ich den Film anschaue.«

Auf der Nachhausefahrt blieb Hauptkommissar Volker Wonneberger ebenfalls fast der Atem stehen. Zwischen Mosbach und Hardheim platzte der Vorderreifen seines Dienstfahrzeuges. Die Untersuchungen der KTU ergaben später, dass sich ein scharfes Eisenteil in den rechten Vorderreifen gebohrt hatte. Mit seinen zitternden Knien war der alte Kriminalbeamte an diesem Tag nicht mehr in der Lage in die Dienststelle zu fahren, um eine Verhaftung von Elmar Klüpfel und Tobias Wiesner in die Wege zu leiten.

Am anderen Morgen war in der größten Tageszeitung zu lesen:

„Feuerwehrkommandant ein Feuerteufel".

Aus diesem Artikel war weiterhin zu entnehmen, dass die Ursache des Feuers in Aalfurth zweifelsfrei geklärt sei.

Der Feuerwehrkommandant Elmar Klüpfel hat nach zweifelsfreien Unterlagen zusammen mit dem Landwirt Tobias Wiesner, ebenfalls Mitglied der Freiwilligen Feuerwehr Aalfurth, das Feuer gelegt. Sie mussten gewusst haben, dass Simon Klinger in diesem Haus übernachtete. Nur um Haaresbreite kam dieser mit dem Leben davon.

Als die Polizei Weinersheim gegen 9:45 Uhr in Aalfurth anrückte, um Elmar Klüpfel festzunehmen, fand man ihn nach längerem Suchen im Gebälk seiner Scheune. Er hatte sich erhängt.

Der stockbetrunkene Tobias Wiesner empfing die Polizei mit seinem Jagdgewehr. Nach einem kurzen Feuergefecht wurde er schwer verletzt. Er starb in der darauffolgenden Nacht im Krankenhaus Weinersheim an den Folgen der Schussverletzung.

Simon hatte versprochen, dass diese beiden Kapitel in Kürze abgeschlossen sein würden. Marita lachte und weinte wieder einmal gleichzeitig. Sylvia gab Simon kommentarlos einen Kuss auf die Stirn. Sie glaubte an keine Zufälle.

Gabe Graves und Luca Amoroso flogen am darauffolgenden Tag in die Staaten. Sie hatten ihre Jobs mit größter Präzision erfüllt. Gabe machte darauf aufmerksam, dass sie immer in Abrufbereitschaft zur Verfügung stehen würden, falls Simon Unterstützung brauchte. Innerhalb einer halben Stunde sei er schließlich mit seinem Flugzeug in Boston. Da Kosten keine Rolle spielen würden, wäre er mit einer gecharterten A320 in knapp sieben Stunden in Frankfurt. Innerhalb von zehn Stunden wäre er also in Weinersheim. Dass dies notwendig sein würde, war mittlerweile gering; sehr gering sogar.

Die Inhaberin einer schönen Boutique in Weinersheim oder gar in Frankfurt zu sein, wäre für Sylvia äußerst verlockend gewesen. Nach ruhelosen Nächten entschied sie sich für die Aalfurth-Version. Aus Elmars Gastwirtschaft entstand ein größeres Hotel mit fünfzig Zimmern. Janette Korber bereitete die notarielle Vereinbarung vor. Daraus ging Sylvia als Besitzerin des Hotels hervor. Simon richtete seiner blonden Mitstreiterin ein Konto über zehn Millionen Euro ein; sozusagen als Werbe-Budget, hatte er grinsend erwähnt. Sylvia nahm ihren Familiennamen wieder an, und fuhr einen flotten Mercedes. Alle Leute in Aalfurth und Umgebung grüßten Sylvia Kuhnert. Sie war plötzlich eine sehr gute Partie. Aber sie konnte sich nicht entscheiden.

Simon schenkte Aalfurth den größten und schönsten Kindergarten weit und breit. Im nächsten Jahr wollte er ein riesiges Schwimmbad entstehen lassen; am Ortsrand von Aalfurth. Nur hundert Meter entfernt ließ er eine Bucht ausbaggern und mit Sand befüllen. Diese Bucht war mit dem Main verbunden.

Anstelle der Schule und des ehemaligen Kindergartens entstanden dreigeschossige Wohnungen mit Garagen und Penthauswohnungen. Von der Penthauswohnung des ehemaligen Kindergartens aus hatte man einen atemberaubenden Blick auf die Mainschleife bis nach Bettweiler. An der Stelle der ehemaligen Haßfurter- und Ruckwald-Villen und den hässlichen Sand- und Kieshaufen wurde eine Fertighaus-Siedlung mit schönen Gärten gebaut. Der Architekt schwitzte wieder einmal. Bis Jahresende musste alles fertig sein. An der Stelle der ehemaligen Tankstelle wurde eine moderne Einkaufsstätte mit Bäckerladen und Fleischtheke errichtet. Alles in Fertigbauweise. Alles musste bis Jahresende stehen.

Die verbliebenen alten Häuser in Aalfurth sollten Stück für Stück renoviert werden. Dabei musste alles unternommen werden, um den alten Charakter weitestgehend beizubehalten. Notfalls würde man sie abreißen, um sie mit alten Materialien wiederaufbauen. Sandsteine gab es noch in Hülle und Fülle in den alten Steinbrüchen.

Vom Quellegebiet zwischen Aalfurth und Hahnenberg führte eine Leitung bis zum oberen Dorfrand in der Nähe der alten Wehrkirche. Ab hier plätscherte das Wasser in Rinnen und alten Brunnen durch das Dorf, um später im Main zu münden.

Die Mainwiesen in Richtung Bettweiler müssen dieses hässliche Grün verlieren, verlangte Simon. Er erinnerte sich, dass in seiner Jugend westlich der Ruckwald-Villa in Richtung Weinersheim fünf oder sechs Quellen aus dem Berg sprudelten, sich durch die Wiesen schlängelten, um im Main zu münden.

Innerhalb weniger Wochen plätscherten diese Quellen wieder. Im kommenden Sommer würden hier wieder die schönen blauen und grünen Libellen gaukeln und ein Meer aus Wiesenschaumkraut, Storchenschnabel und anderen Blumen entstehen.

Ähnliches erwartete er auch auf den ehemaligen Weinberg-Terrassen.

»Ein Großteil der Verbuschung muss wieder weg. Ich will die typischen Trockenrasenblumen dort sehen«, hatte er gerufen.

»Ich will vor allem wieder meinen Lieblingschmetterling, den Aurora-Falter, sehen. Und dazwischen pflanzt ihr mehr als tausend Weinbergpfirsichbäume. Im Frühjahr sollen die Terrassen in ein rosafarbenes Blütenmeer verwandelt werden; mit bunten Blumen dazwischen.«

Simon setzte sich mit den Naturschutzorganisationen in Verbindung.

»Ich möchte hier wieder Natur«, schrie er ins Telefon.

Und sie kamen in großen Trupps.

»Geld spielt keine Rolle«, hatte er zur Begrüßung gesagt.

Die Zeitungen schrieben über die Visionen des Simon Klinger.

Doch Simon war noch lange nicht am Ende seiner Träume. Wiesner, Maininger und vor allem Koschwitz hatten grüne, totgespritzte Wüsten hinterlassen. Alles war zur toten und seelenlosen Landschaft verkommen. Hier gab es Mais, Mais und nochmals Mais. Sie ließen noch nicht einmal blühende Ackerrandstreifen übrig.

Simon machte eine weitausladende Handbewegung.

»Große Inseln mit alten Apfelsorten, Birnen, Kirschen und Quitten will ich hier haben«, schrie er mit glühenden Augen.

»Dazwischen kleine Äcker mit Weizen und Gerste. Darin sollen Klatschmohn, Kornblumen, Kornrade und Kamille blühen. Kleine Streifen mit Kartoffeln und Runkelrüben - wie früher in Unterfranken.«

Auch Marita blühte bei alledem auf. Auf dem Hof ihrer Eltern gab es Schweine, Hühner, Gänse, Ziegen und Schafe, die frei herumliefen. Auf den Wiesen grasten Pferde. Am Rande der alten Mühle wurden einige Ställe aktiviert. Darin befanden sich 15 Kühe, die auf der riesigen Wiese bis hin zum Kreibach Freigang hatten.

Auch das alte Milchhäuschen wurde wieder aktiviert. Die BIO-Milch wurde kostenlos an den Kindergarten und die Gesamtschule zwischen Aalfurth und Lindenwald abgegeben. Den Rest der Milch konnte im Dorfladen gekauft werden. Dort sollten auf Sicht gesehen viele weitere BIO-Produkte aus Aalfurth zu kaufen sein. Jeder konnte und sollte sehen, wo die Produkte herkamen. Die Kinder aus Aalfurth oder auch die zahlreichen Feriengäste sollten die Möglichkeit haben, in die Ställe oder Freiflächen zu gehen; um zu sehen, wo die Milch, die Molkereiprodukte, wo Eier, Mehl, Honig und vieles mehr herkamen. Sie durften die Tiere streicheln und sich sogar darin versuchen, zu melken.

Marita strahlte und lachte. Sie war glücklich, da sie für alle Projekte im Dorf zuständig war. Wann immer möglich legte sie selbst Hand an.

Sie fütterte die Schweine und Hühner. Die Ziegen fraßen ihr aus der Hand. Sie war auch für die Koordination der Feld- und Wiesenarbeit zuständig. Schließlich hatte sie das früher in Triesdorf studiert.

Simon wollte keine von diesen riesigen modernen Ungetümen sehen, die unnötig die kostbare Erde verdichteten.

Es gab ausreichend Senioren oder auch junge Burschen, welche mit Museumstücken mähten und ernteten. Am Ortsrand in Richtung Kreibach wurde eine alte Scheune renoviert. Darin konnten in den Wintermonaten die Schafe und Ziegen Zuflucht finden. In den übrigen Monaten wurden sie auf die ehemaligen Weinberge oder die Abhänge zwischen den Steinbrüchen getrieben.

Auch Elmars frühere Gastwirtschaft entwickelte sich innerhalb kürzester Zeit zu einem kleinen Paradies. Das großzügige Hotel, teilweise mit Blick auf den Main, war zum Magneten für Touristen geworden. Weiter oben am Hang hatte sich Sylvia ein schmuckes Haus bauen lassen.

Gabe und Luca stürzten sich in den Staaten in die Geschäfte. Die Unternehmen gehörten jetzt ihnen.

An einem Sonntag im Juni machten Simon und Marita einen ausgedehnten Spaziergang.

Sie stapften den Krummen Buckel, die Serpentinen, hinauf, um auf dem Kamm, am Rande des Fürstenweges, die Ruhe zu genießen.

Simon hatte es durchgesetzt, dass die Straße zum Fürstenweg nur noch für Anlieger befahren werden durfte.

Auf dem Rückweg, kurz unterhalb des Fürstenweges machten sie eine Rast. Sie setzten sich ins Gras, um den herrlichen Blick zu genießen. Schon als Junge war dies einer von Simons Lieblingsplätze gewesen. Von hier aus sah man lediglich den oberen Teil der alten Wehrkirche. Aalfurth befand sich unterhalb der Bergkuppe.

Dort unten floss der Main, der an dieser Stelle diese charakteristische große Schleife machte.

Dazwischen, auf der gegenüberliegenden Seite, befand

sich das riesige Waldgebiet, was als Himmelreich in den Volksmund einging. Mainaufwärts konnte man Bettweiler und weitere kleine Ortschaften ausmachen.

Es fiel Simon wie Schuppen von den Augen. Genau - dieses Bild war es, dass er glaubte, vom Flugzeug aus zu sehen - damals, als er Gabe bat zu landen. Dieses »dort unten« war der Main dort unten. Aber gesehen hatte er dieses Bild genau von dieser Stelle aus … wo sie gerade saßen.

»Hier werde ich für uns ein Haus bauen«, flüsterte er.

»Kein großes. Nur eines für uns zwei.«

Marita sah, dass Simon versuchte, seine Tränen in den Augen vor ihr zu verbergen. Lächelnd gab sie ihm einen Kuss auf die Lippen.

»Du verrückter Kerl«, lachte sie.

»Für hier oben bekommst noch nicht einmal du eine Baugenehmigung.«

Nein. Achhammer wollte Simon nicht mehr sehen. Das sollte Paul für ihn erledigen.

Gabe, Luca, und die vielen Privatdetektive hatten gute Arbeit geleistet. In Pauls Archiv schlummerte ein Material über mehr als eintausend Personen. Diese Unterlagen ließ er punktuell auf den neuesten Stand bringen. Obwohl Simon noch nicht einmal auf ein Prozent der Unterlagen zugreifen musste, hatten sich diese Investitionen von weit mehr als einer Million Euro amortisiert.

Waldemar Achhammer wusste sehr genau, dass mit Simon nicht zu spaßen war.

Wie zu erwarten, lag die Baugenehmigung bereits nach zwei Tagen in Simons Briefkasten. Für ihn stand jedoch zu diesem Zeitpunkt fest, dass er alles daransetzen würde, der Bevölkerung einen jüngeren und intelligenteren Landratskandidaten mit Visionen zu präsentieren. Dieser neue Kandidat sollte ein großes Budget erhalten. Mit dieser Unterstützung konnte er nur gewinnen.

Die heimliche graue Eminenz rund um Weinersheim wollte keine Protzvilla. Das hatte er Marita versprochen. Es entstand eine eingeschossige Villa mit verstärktem Sedumdach; errichtet aus Fertigteilen. In Richtung der Fürstenstraße gab es nur ein Lichtband. Die Außenseiten waren mit Muschelkalksteinen verkleidet und passten sich in die Landschaft ein. Nach vorn, in Richtung des Mains, dominierte Glas- bis zum Boden. Er wollte das Gefühl haben, im Gras zu sitzen, und auf die Landschaft zu schauen.

Die Diskussion mit Marita war kurz. Nein, ohne zwei Leibwächter würde er hier oben nicht wohnen wollen; sie ohne Schutz nicht allein lassen. Es waren geschulte Spezialisten, die sich dezent zurückhielten. Für sie gab es zwei zusätzliche Räume mit Bad.

Bereits im September zogen sie in das Haus ein.

Janette und Paul Korber wollten das große Anwesen südlich von Weinersheim um nichts auf der Welt haben. Deshalb wurde diese Immobilie als exquisites Übernachtungs- oder Urlaubsdomizil für Betuchte an Sylvia übergeben.

Am Samstag, den 5. Oktober 2013 heiratete Simon seine Marita; zwei Tage nach seinem fünfundsechzigsten Geburtstag.

Die standesamtliche Hochzeit fand in Weinersheim statt. Die kirchliche Trauung wurde in der alten Wehrkirche in Aalfurth zelebriert.

Gekommen waren: Janette und Paul Korber, die weinende Sylvia, der hünenhaften und bärtigen Gabe, der schmächtige Luca mit randloser Brille, Dominic Papen und die Kindergärtnerin Gisela Diehm. Letztere hatte sich wie Kaugummi an die Fersen von Sylvia geheftet.

Der Landrat wurde nicht eingeladen.

Marita akzeptierte Simons Wunsch, keine weiteren Personen einzuladen. Wo sollte man anfangen? Man würde automatisch viele vor den Kopf stoßen. Später, im Hotel, wäre ja ohnehin der Teufel los.

Sylvia hatte Marita bei ihrem Brautkleid beraten. Sie gebärdete sich, als sei es ihre eigene Hochzeit. Ganz in Weiß war natürlich nicht opportun. Schließlich entschieden sich die beiden Frauen für eine fränkische Hochzeitstracht. Dabei stießen sie allerdings auf ungeahnte Hürden. Simon musste über einen Satz von Marita grinsen, den er zufällig aufschnappte.

»Willst du mich unbedingt noch älter aussehen lassen, als ich sowieso schon bin?«, hatte Marita gelästert.

Das Endergebnis konnte sich wahrlich sehen lassen. Es war eine Kombination aus einer helleren fränkischen Tracht, aus Landhausmode und einem bayerischen Dirndl – mit kleinen weißen Stoffblümchen im schwarzen Haar.

Simon ließ sich nicht beraten. Er entschied sich für eine schwarze Hose und einen roten Trachtenjanker mit weißer Weste; angelehnt an die Farben der Frankenfahne.

Es war eine evangelische Zeremonie. Maritas Mutter hatte durchgesetzt, dass ihre Tochter evangelisch erzogen wurde. Arthur Koschwitz war nichtgläubiger Katholik.

Im Vorfeld wollte der Pfarrer ein Gespräch mit dem nicht mehr ganz so jungen Brautpaar führen. Er stellte sich mit Kilian Maininger vor. In dieser Sekunde kamen sie wieder … die Erinnerungen. Kilian Maininger war damals … 1948 … als Simon geboren wurde … der zweitgrößte Bauer am Ort. Und dessen Sohn hieß Raimund. Raimund war schon als Junge ein Riese.

Wenn dieser riesige Bursche mit seinen riesigen Bärenkräften damals nur drohend in Richtung Bernd und seine Mitläufer geblickt hätte – diesen armen hinkenden Buben in Ruhe zu lassen … Niemand von diesen fünf Burschen wäre ansatzweise auf die Idee gekommen, sich mit diesem Maininger-Spross anzulegen. Doch Raimund schaute weg. Damals. Das Schicksal wollte es, dass dieser starke Bursche auch die Höhere Handelsschule besuchte. Auch er fuhr, wie Simon, jeden Tag mit dem Fahrrad nach Weinersheim.

Nach der Handelsschule ging Raimund auf die Wirtschaftsoberschule, machte das Abitur nach und studierte. Damit war das Schicksal der Maininger-Dynastie besiegelt. Der Vater sah keinen Sinn mehr, den Hof aufrecht zu erhalten. Er schob Schichten in der größten Glasfirma in Weinersheim … und starb mit achtundfünfzig Jahren.

Raimund Sohn hieß Kilian; wie Raimunds Vater.

Und dieser Kilian zelebrierte nun die Hochzeit von Simon Klinger und Marita Koschwitz; Tochter des Dinkel-Kätchens. Natürlich kannte Kilian Maininger die ganze Geschichte. Deshalb unterließ er es auch, die Vergangenheit in seiner kurzen Rede einfließen zu lassen. Ja, er machte es kurz. Und das war auch gut so.

Das Kirchen- und Friedhofsareal wurde von einer alten und sehr hohen Sandsteinmauer und in Richtung des Dorfes von einem riesigen Holztor eingeschlossen. Eingelassen in diesem Tor war ein kleines, immer quietschendes Törchen mit einer Rundung an der Oberseite. Simon bestand darauf, dass dieses Tor geschlossen bleiben sollte. Hier am relativ großen Vorplatz vor der Kirche wollte er niemand sehen.

Umso erstaunter war er, dass sich genau dort eine große Kinderschar aufgestellt hatte, als sie aus der Kirche traten.

Die Mädchen schmückten sich mit weißen Kleidchen und Blumen in den Haaren. Die Buben waren in fränkischen Trachten gekommen. Als das Brautpaar näherkam, begannen sie zu singen:

»Am Brunnen vor dem Tore …«

„Verdammt. Bitte nicht dieses Lied", schrie es in Simon.«

„Komm' her zu mir, Geselle, hier findst Du deine Ruh'!" … hatte Wilhelm Müller gedichtet. Doch der gesamte Text traf nur bedingt auf Simon zu. Einige Tränen rannen ihm trotzdem über seine Wangen, während er dachte:

„Schon gut. Schon gut. Ich bin ja wiedergekommen", brummte Simon in sich hinein. „Aber ich wollte mich nicht unter einen Lindenbaum setzen. Eigentlich kam ich zurück, um Rache zu üben; und um dieses gottverdammte Dorf dem Erdboden gleichzumachen! Es ist anders gekommen. Verdammt anders. Neben mir steht jetzt meine Marita - als meine Braut.

Aber ich will hier noch keine Ruhe finden. Ich hab' noch viel vor; sehr viel sogar. Jaja, das ist meine Heimat. Das war immer meine Heimat. Ich wollte es nur nicht wahrhaben. Zu viel Hass war in meiner Seele. Ich liebe vor allem diese Landschaft und diese Natur hier. Aber die Menschen? Hier! Ich habe sie doch abgrundtief gehasst. Nur wegen dieser Menschen bin ich in die Fremde gegangen. Diese Menschen …"

Jetzt musterte er die Kinder. Es waren süße Kinder.

Einige erkannte er. Sie waren Akteure in diesem Film … Und plötzlich sah er das kleine Mädchen, das im Film mit der Puppe im Arm zu sehen war … am Finger nuckelte … und zum Schluss bejahend in die Kamera nickte – mit einem süßen „Hmm".

Als die Kinderschar das Lied zu Ende gesungen hatte, ging Simon zu diesem kleinen Mädchen.

Es war wie ein Zwang, dieses kleine, zarte Wesen in den Arm zu nehmen.

»He, du hast toll gesungen. Wie heißt du denn? Verrätst du mir das?«

»Tanja«, hauchte das Wesen und blickte Simon dabei in die Augen. Das Mädchen hatte wasserblaue Augen. Und es hatte eine süße Stupsnase.

In diesem Moment war Marita an seiner Seite.

»Kennst du meine Braut Tanja?«

Das Mädchen hatte inzwischen beschlossen, ihren kleinen Daumen wieder in ihr süßes Mündchen zu stecken.

»Hmm. Klar. Das ist die Marita«, brabbelte es und nickte viele Male mit dem Köpfchen; so, wie sie es zum Schluss in diesem Film getan hatte.

»Wenn ich dich früher getroffen hätte, wär' vielleicht aus uns ein Brautpaar geworden«, flüsterte Simon lächelnd.

»Du bist doch zu alt«, hauchte das daumenlutschende Engelchen.

»Naja. Da hast du auch wieder recht. Darf ich dir trotzdem ein kleines Küsschen auf die Wange geben?«

Das süße Mädchen mit den Blumen im Haar nickte wieder einige Male stumm.

Fast gleichzeitig hauchten Simon und Marita dem Mädchen einen Kuss auf die Wange. In dieser Sekunde blitzte ein Blitzlicht auf. Diese Aufnahme war am Montag auf der Titelseite der größten Tageszeitung im Main-Tauber-Kreis zu sehen.

Vor dem Kirchentor stand eine geschmückte Pferdekutsche. Simon hatte sich zwar vorgenommen zu vergeben. Aber vergessen konnte er nicht. In seiner Seele waren immer noch diese Bilder.

Zur Beerdigung seines kleinen Bruders, seiner Großmutter, seiner Mutter und seines Vaters hatten nicht mehr als zehn Personen teilgenommen oder säumten den Weg dieser Dorfstraße.

So etwas kann man nicht vergessen. Das darf man nicht vergessen.

Marita hatte darum gebeten, den Weg von der Kirche

bis zum Hotel zu Fuß zu gehen - um Glückwünsche entgegenzunehmen. Doch Simon setzte sich durch. Er wollte mit der Kutsche fahren.

Da war immer noch diese Schranke in seiner Seele. Von der Kutsche aus, da oben, würde er es ertragen.

War es das kleine Mädchen von soeben?

Wieder einmal dieses Mädchen?

Simon ging zum Kutscher, um ihm etwas zu sagen.

Es war beeindruckend; ja fast berauschend.

Die Menschentrauben standen dicht an dicht … vom Ausgang der Kirche bis zum Hotel.

Da mussten viele Menschen auch aus den Nachbargemeinden und auch aus Weinersheim gekommen sein.

Selbst Pressevertreter waren gekommen. Über dieses Brautpaar wurde viel geschrieben und noch mehr gesprochen. Was dieser Mann, diese schillernde Persönlichkeit, innerhalb eines Jahres auf die Beine gestellt hatte, war atemberaubend.

In den kommenden Jahren wollte er mit vielen weiteren Überraschungen aufwarten; über Aalfurth hinaus – hatte er wissen lassen.

Zunächst starrten die Menschen mit offenen Mündern auf diese … diese leere Kutsche.

»Wo ist das Brautpaar?«, raunten sie.

Das Brautpaar ging zu Fuß hinter der langsam fahrenden Kutsche.

Das wartende Menschenschaar bekam die Gelegenheit, das Paar aus allernächster Nähe zu sehen.

Das Brautpaar ließ sich Zeit.

Ab und zu blieb Marita, sie hieß jetzt Klinger, und Simon stehen.

Die Menschen wollten der Braut die Hand geben oder gar ein Küsschen auf die Wange drücken; ihr weiterhin viel Glück wünschen.

Sie gaben auch Simon die Hand.
In ihren Augen lag Respekt und Staunen.
Das reichte Simon. Mehr wollte er auch nicht.
Viel wichtiger war ihm, dass Marita glücklich war.

Marita weinte und lachte wieder einmal gleichzeitig.

Doch dieses Mal waren es Tränen des Glücks.

Weitere Veröffentlichungen des Autors

„Blutende Schöpfung"
Roman

ISBN:
978-3-7323-3464-3 (Paperback)
978-3-7323-3465-0 (Hardcover)
978-3-7323-3466-7 (e-Book)

„Glatter Durchschuss"
Kriminalroman

ISBN:

978-3-7439-5626-1 (Paperback)

978-3-7439-5627-8 (Hardcover)

978-3-7439-5628-5 (e-Book)

„SOKO Puppenmann"

Kriminalroman

ISBN:
Paperback   978-3-7439-5935-4
Hardcover   978-3-7439-5936-1
e-Book   978-3-7439-5937-8